徳間文庫

緋色の華
新徴組おんな組士　中沢琴 上

黒崎視音

JN151229

徳間書店

目次〈上巻〉

目次〈下巻〉

第一章　浪士組

赤城山《あかぎやま》が朝陽をうけて、薄紅に染まったその姿を、夜が明けて間もない群青《ぐんじょう》色の空に浮かべた。

東から昇った太陽は、やがてその裾野《すその》に広がる山里へも、陽光の恵みを与えはじめる。山間《やまあい》に広がる田畑、集落の家々を、ふんわりと暖かく照らし出す。その金色《こんじき》に映《は》える茅葺《かやぶ》き屋根からはどれも、朝餉《あさげ》を支度《したく》する細い煙がたっていた。

早春の陽光が、障子《しょうじ》の枠を滲《にじ》ませて、部屋の中へと射し込んでいた。

燦々《さんさん》とした光に格子《こうし》も溶けて、象牙一色になった障子の前に横顔が一つ、浮かんだ。

うつむけたおとがいは細く、まだうら若い娘だった。

その娘――中沢琴《なかざわこと》は、畳に膝《ひざ》を揃《そろ》えて座っていた。小さな鏡台に向かっている。

夜明けから、まだ間もない。けれど、すでに夜具は上げられ、琴は寝間着から小袖《こそで》に着替えていた。

——よく眠れなかった。……胸がどきどきして。

琴は、今朝は夜が白むのを待ちかねていたのだった。いや、待ちわびていた。胸の動悸《どうき》を確かめるように、ちょっと袂《たもと》を押さえてみる。それから、あらためて鏡を覗《のぞ》き込むと、金属製のくすんだ鏡面から、もうひとりの琴が、睫毛《まつげ》の長い円《つぶ》らな眼《まなこ》で見返してきた。その眼はすこし不安で、本当に望み通りにゆくのか、と問いかけている。

いいえ。きっと、うまくゆく。……琴は自分に言い聞かせ、決意を込めて髪を結い直す。長い髪をくるりと巻いて頭の上で団子にし、簪《かんざし》と櫛《くし》で留めた、〝しのびずき〟という簡単な纏《まと》め方だ。琴は、凝った髪型は嫌いだ。どうせすぐに崩れるんだし……、第一、邪魔になる。それにこの髪型は、瓜実《うりざね》型をした頰の線の優しい琴に、よく似合ってもいた。

——これでよし、と。

琴は鏡の中の自分へ、にっ、と白い歯をみせて笑いかけた。若さが弾《はじ》けるような笑顔だった。

——さあ、今日は朝から大一番じゃ……！

目論み通りに事が運べば、この部屋で身だしなみを整えるのは今日で最後になるだろう。なるはずだ。……いや、なってほしい。

琴はそう願いながら、部屋の隅に目をやった。木舞壁《こまいかべ》に寄せて、大きな風呂敷包みが隠すように置いてある。

――でも、もし駄目だったら……？

いいえ！　そんなこと、あるはずない！　琴は慌てて打ち消した。そして、決意も新たに感情を良く映す円らな眼を鏡台に戻し、弱気の虫を封じるように鏡へ蓋《ふた》をした。鏡の中で、形の良い眉《まゆ》を曇らせていたもう一人の琴は、いなくなった。ぐすぐすと思い煩《わずら》う自分の顔など、この世で一番、見たくない。そういう娘であった。

琴は覚悟を決めて、畳に正座していた足を伸ばし、腰を上げた。

しなやかに立ち上がった琴の背は、高かった。五尺七寸――約百七十センチはあった。現代でも女性としては長身だが、この時代、男性の平均身長が五尺二寸――百五十六センチ程度である。事実、村の若い男衆のなかにも、琴の背丈を超える者はいない。

琴が部屋を出ようと板戸を開けた途端、奥から炊いた米の匂いが漂う。

そこは、板敷きの茶の間だった。――すでに粗朶《そだ》の燃える囲炉裏《いろり》を囲んで、父孫右衛門《まごえもん》と兄の良之助《よしのすけ》が蒲座《がまざ》に座り、母のとしが給仕を始めていた。続きになっている広い土間は台所で、そこから竈《へっつい》の釜から飯櫃《めしびつ》に移した御飯を、義姉のひさが幼い息子、栄太郎を背中であやしながら運んでくるところだった。

家の造りこそ近在の百姓家とかわらなかったものの、――中沢家の身なりは、お百姓とは異なっていた。としが差し出す椀《わん》を受け取る孫右衛門と、その隣、飯櫃を運んできた義姉に声をかけている良之助の腰には、脇差しがあった。二人は質素な木綿《もめん》製ながら、袴《はかま》も穿《は》いている。

いつもながらとはいえ、朝食の席は、幼児がいることもあって騒々しい。けれどその分、一日のはじまりの活気に満ちてもいた。

「お父上様、お母上様。おはようございます」

琴は囲炉裏端《ばた》の、いつもの場所に膝をおって座ると、ぴょこんと頭を下げる。

「兄上様もお姉様も、おはようございます」

良之助はすこし肯《うなず》いただけだったが、義姉は言った。

「今朝はお寝坊さんですこと」

「……ちょっと物思いなど」

「まあ、お珍しい」

琴は、余計なお世話だ、とばかりに義姉には答えず、代わりにその膝にいる栄太郎に笑いかけた。

「おはよう、栄太郎」

三歳になったばかりの幼児は、お気に入りの叔母に笑いかけられて、ぶばぶば、と嬉《うれ》しそうに声を上げる。

「あはは。息災息災」琴は笑った。

ここまでは、いつもの日常、いつもの風景だった。

けれど、――　平素と変わらなかったのは、あるいは琴が大人しかったのは、ここまでだった。

琴は、囲炉裏の上を汁や飯の椀がやり取りされる中、薄く上気させた頰を艶々《つやつや》と真珠色に輝かせて、唐突に宣言した。

「わたくしは、兄上とともに、江戸へゆく！」

上野国《こうずけのくに》、利根《とね》郡穴原村《あなばらむら》。……現在の群馬県沼田市郊外。

旧暦二月、太陽暦では三月になる。季節は、上州《じょうしゅう》名物の強風から肌を切る冷たさが、ようやく緩みはじめる頃だった。その空《から》っ風にも、ここ数日、春を望む草木の甘い芳香が混じりはじめている。

琴にとって、十七回目の春だった。

「琴、お前は……！――」

賑《にぎ》やかな朝食の場は、琴の宣言で、ぴたりと静まった。

父の孫右衛門、母のとしは勿論《もちろん》、それに栄太郎の世話を焼いていたひさまで、茶碗や箸《はし》を持つ手をとめ、呆気《あっけ》にとられて見返すばかりだったが——。

そんななか、飯を喉《のど》に詰まらせながら、ようやく声を押し出したのは兄の良之助だった。

「——なにを言い出すのだ！」

飯粒を吹き出しかねない勢いでそう続けた良之助の肩は、着物の上からでも判るほど厚い。肩だけでなく、そこから首筋へと伸びる僧帽筋の太さも尋常ではなかった。一目で、撃剣で鍛え抜いたのがわかる体つきをしていた。

なにより、良之助は座っていてもわかるほどの大男だった。立てば優に六尺——百八十センチはあるだろう。兄妹ともに、体格に恵まれている。

「そう決めたのです」

琴は色白の頬を真珠色に輝かせて、平然とうなずく。十七歳という年齢はこの時代の結婚適齢期であり、充分に大人といえる年頃だった。けれど、その笑みは、天真爛漫《てんしんらんまん》な少女のようだった。……しかも、強情な。

琴は笑顔のまま続ける。「兄上お一人でゆかせるのは、心許《こころもと》ない」

「……わしが、お前より世間を知らぬというのか」

良之助は木製の茶椀と箸を膝に置いて、ここは妹とは対照的な切れ長の眼を、琴に据えた。良之助は丁度、いまの琴と同じ歳から十年間、江戸で武者修行を積んだ経験があるのだった。

この当時、俗に江戸の三大道場と呼ばれて有名だったのは、千葉の北辰一刀流〈玄武《げんぶ》館《かん》〉、桃井《もものい》の鏡新明智流〈士学館《しがくかん》〉、斎藤の神道無念流〈練兵館《れんぺいかん》〉だが、良之助は三つすべての門を叩き、剣を学んだ。

当然、良之助は江戸の地理には詳しい。対して琴の方はといえば、近隣の村に所用に出掛ける程度で、その範囲は五里四方くらいのものだった。代官所のある沼田に行くのもまれなくらいである。

「いいえ」琴は良之助の反撃に怯《ひる》むどころか、にこにこしながら答えた。「ですが、兄上はお人がおよろしすぎる」

強引な口実だが、琴は実際、そう思ってもいる。兄は、幼少から剣の道を厳しく仕込まれ、生真面目な性格と武者修行の成果もあって、琴が道場で立ち会っても三本のうち、二本までとられてしまう。だが――剣の腕は別として、良之助はどこか周りに遠慮がちすぎるところがあると、琴は見ている。

「なんじゃと……?」

事実、良之助は自らの弱点を指摘されると、気色《けしき》ばむ。図星をつかれたからだった。琴はこうして、ずっと小さな頃から十歳以上も歳の離れた兄をやり込めてきた。

「あの……、それでは」

義姉のひさが、険悪な表情で口を閉じた夫に代わり、膝の上でむずがる栄太郎をあやしながら口を挟む。

「その……、わたくしに珍しく針仕事を習いたいなどとおっしゃったのは、うちの人のためでなく、そのためだったのでございますか？」

ひさの口調には、驚きと呆《あき》れはもちろんだが、詰問の響きも混じっていた。ひさはいまのいままで、琴が殊勝にも良之助の旅装を整えるために、まったく不得手な裁縫に励んだのだと、信じきっていたのだから。

なんのことはない、琴は自らの企ての準備に忙しかったのである。

琴はちらりと笑顔を覗かせただけで、ひさの問いを黙殺した。……体面を重んじ、諸事口うるさい義姉とは、嫁いできた頃から反《そ》りが合わない。

折良く、食事を中断させられていた栄太郎が、丸々とした手足を振り回し、抗議の泣き声を上げると、ひさは慌てて世話に戻る。

「琴！　馬鹿べえ言うのもよい加減にしろ！」良之助は声を荒らげた。「物見遊山に参るのではないのではないぞ！　判っていっておるのか」

「はい、判っておりますとも」琴は煙るような笑顔のままうなずいてみせる。

「判っていて、何故そのように申すのだ」良之助は琴に眼を据えた。「わしは京へと上り遊ばされる大樹公《たいじゅのきみ》を、御警固《けいご》つかまつる為に参るのだぞ」

この年、文久三年（一八六三年）。これより遡《さかのぼ》ること九年前の嘉永《かえい》七年、幕府は朝廷の勅許《ちょっきょ》をえずに、浦賀に来航した米国海軍ペリー提督と、日米和親条約を締結した。そのために、あくまでいわゆる鎖国体制の護持と〝攘夷《じょうい》〟――外国の徹底排除を求める朝廷と、国外からの圧力の対応に苦慮する幕府の関係は、悪化することになった。

いかに政権を握る幕府とはいえ、最高権威である朝廷の意向をないがしろにはできない。それに、国内経済の混乱や外交の無策によって権威の凋落《ちょうらく》した幕府とは相対的に、朝廷の発言力は増しつつある。二年前の文久元年、十四代将軍家茂《いえもち》の御台所として皇女和宮《かずのみや》を将軍家に迎えたのは、血縁によって朝廷と幕府の一体化を推進するためであった。いわゆる公武合体政策であり、さらにそれを推し進めるには、攘夷断行を求める孝明《こうめい》天皇に対し、将軍が直接に京の御所へと参内《さんだい》し、形ばかりとはいえ攘夷の実行を上奏する必要がある。

だが、将軍上洛《じょうらく》には障壁があった。

それは、黒船来航の衝撃は幕府の屋台骨を、のみならず二百六十年続いた幕藩体制そのものさえ揺るがし、政治的地殻変動を惹起《じゃっき》させただけではない。封建制度下でこれまで抑圧されてきたものが、政治的液状化現象をおこして時代の地表に噴出させたのである。

その依代《よりしろ》となったのが尊皇思想であり、攘夷という気運だった。

朝廷に働きかけ、天子の権威をもって幕府に攘夷実行を迫る。……これを目的、あるいは名目として、志士を自称する有象無象の不逞《ふてい》浪士たちが、群れをなして京の街を闊歩《かっぽ》している。

そんな状況下で将軍が上洛すれば、不測の事態が出来《しゅったい》する懸念があった。

そこで幕府は、広く浪士を天下に募り、京へ派遣して将軍警固の一助とする、と決定したのだった。

それが浪士組である。応募の条件は尽忠報国《じんちゅうほうこく》の志を持つこと、ただこの一点のみ。武士や農民といった身分も、それどころか〝既往《きおう》〟——犯罪歴さえ問わない、という。浪人対策に頭を痛める幕府の、いわば毒をもって毒を制すという案ではあったが、身分制度の揺らぎを示してもいる。

そして、ここ上州でも池田徳太郎なる人物が、武蔵《むさし》国大里《おおさと》郡の豪農で剣客でもある根岸《ねぎし》友山《ゆうざん》の協力を得て、町や村々の剣術道場に檄《げき》を飛ばした。

良之助は、その浪士組募集の話を耳に入れ、志願するのを決めたのだった。

志願者は江戸へ参集することになっている。そして良之助は、明日江戸へと発《た》つ事に決めていたのだったが――。

そんな矢先に、琴は自分も兄とともに京へ行く、つまりは浪士組に加わる、と言い出したのだった。

「お琴、朝からなにを言い出すのです」

母親のとしが、口を開いた。言葉こそ娘の突拍子もない希望を咎《とが》めるものだったが、口調は畑の青菜の出来を尋ねたように穏やかだった。滅多に慌てないとしの鷹揚《おうよう》さを、穴原村で知らぬ者はいない。この気丈な性格だけは、琴が独占して受け継いでいる。

「心許ないだの、人が良すぎるだのと。さ、兄上に謝りなさい」

「全く……困った奴だ」

良之助は鼻先で息をつき、湯呑みからごくりと水を飲んだ。「それに、じゃ。お前がなにを独り決めしたところで、天下の御定法《ごじょうほう》までは変えられん。手形はどうするつもりだ」

この時代、旅行には手形という身分証明書が必要だった。

琴は、うふふ、と少し得意げに含み笑いをして、袂から畳んだ奉書紙《ほうしょし》を取り出す。

「名主様にお願いして、ここに」

「お前……いつの間に」

栄太郎以外の全員の目が、墨痕《ぼっこん》鮮やかな手形に釘付けになった。

幼い頃から無鉄砲なこの娘は、いよいよ本気らしい……。背筋に悪寒に似たものを感じつつ、家族の皆が確信した。

「まあ……」としもさすがに驚いて目を見張り、となりの夫の顔を伺った。「貴方」

兄妹の剣術の師でもある父、孫右衛門は、琴と家族の言い合いの間も、ずっと無言だったが、やがて口を開いた。

「お琴。……後でわしのところへ来い」

琴は不機嫌に黙り込んだひさを手伝って、朝食の後片付けを済ませると、座敷に向かった。

「お琴、そこへ」

はい、と琴は、床柱を背に並んで待ち受けていた両親の前へ、座った。

「お前が心中何事かを思い定めていようことは、わしも察しておった」

孫右衛門は剣客らしく直截《ちょくせつ》に、そう告げた。

中沢家は代々、穴原村の地で剣術道場〈養武館〉を受け継ぎ、流儀を継承している。孫右衛門はその当主でもあった。

上州は天領も多く、支配する代官所は幕府の職制上、小規模なので、治安維持が行き届かず、自然と自衛のため剣術を学ぶものが多い。門弟のほとんどは農民である。

流儀の名は、法神流《ほうしんりゅう》という。——創始したのは楳本《うめもと》法神、本名を富樫白星藤原政武《とがしはくせいふじわらのまさたけ》といった。が、その前半生には謎が多い。十五の歳に早くも富樫家伝来の剣術の奥義に達したというが、何らかの事情があって、故郷の加賀金沢を捨てて武者修行に出たという。後半生は赤城の麓《ふもと》に留まり、門弟たちの家を点々としながら剣術を指導し、多くの門弟を育てた。最盛期には上州を中心に三千人もの弟子がいたというが、もっとも有名なのは、ずっと時代は下るものの、昭和の天覧試合において優勝した持田盛二《もちだもりじ》であろう。法神は剣術指導の傍《かたわ》ら、武者修行していた頃に長崎で身につけた医術、占術を用いて、付近の住民たちの生活を助けつつ世を送った。

文政十三年（一八三〇年）、法神は弟子の家で客死したが、多数の門弟に恵まれたにもかかわらず、生涯ついに家の一軒も持たなかった。その飄然《ひょうぜん》とした無欲さと、医術をもって人々の苦痛を和らげたこと、なにより過去を語らぬあまり正確な享年さえ詳《つまび》らかでない不可思議さが、いつしか法神を〝赤城の神仙〟と呼び慕われる、伝説と化さしめた。

だが——その法神の生き方とは対照的に、法神流の剣は熾烈《しれつ》なものだ。

その点、野を奔《はし》り森を拓《ひら》いてきた住民達には相応《ふさわ》しい流儀といえた。だからこそ、広まったともいえる。

法神流では、相手と立ち会う際は、身体全体を一個のバネの如く用いるように教える。あくまで敏捷《びんしょう》さを尊ぶ体術から繰り出される技は、現代で言うところの総合格闘技に似ていた。

……とすれば、座敷で孫右衛門の前に座った、男に劣らぬ上背としなやかさを備えた十七歳の娘は、さしずめ、法神流の具現のようでもあった。

その琴は、父が自らの胸の内を見透かしていたという言葉に、驚いた。

「まことにございますか……？」

琴はただでさえ大きな目を見張り、これ以上心を覗かれたくないというつもりか、慌てて襟元に手の平を重ねて、胸を隠す。大きな子どものような仕草だった。

「ひさは気付いてはおらぬようじゃったが……、針を持つお前の背からは、闘気が出ておった。わからぬはずがなかろう」

孫右衛門は農夫にしては精悍《せいかん》すぎる顔で苦笑した。精悍なだけでなく、村の入れ札、つまり選挙で組頭に選ばれるだけあって、篤実な性分でもある。

「それに……、我が娘ながら、お前ほどの腕ならば、自らの技が果たしてどこまで通ずるか試したくもなるのは、わしにもわかる」

竹刀《しない》、木剣では、まだまだ父に及ばない琴だった。だが――、こと薙刀《なぎなた》に関しては、この娘は精妙な遣い手だった。互いに薙刀で立ち会えば、最近は良之助を寄せ付けないだけでなく、師であり、同流内では知られた名人でもある孫右衛門からでさえ、三本のうち二本取ることも、まれではなくなっていた。

この時代、武芸の免許は北辰一刀流など一部の流派を除いて、女性には認められていない。けれど琴は、免許こそ許されていないものの道場の師範代として、近くの村まで出稽《でげい》古《こ》に赴いている。

「それにしても……お前はいつから、武芸をもって世に出たいなどと考えていた」

琴の顔は相変わらず微笑んだままだったが、目許《めもと》から笑みを消した。

「ずっとずっと、先《せん》から」

黒船からこちら、世の中の地殻変動は続いている。

琴がそれを意識するようになったのは、いまより三年前の安政《あんせい》七年、世の攘夷派すべてを刈り取る勢いで強行された大弾圧、いわゆる安政の大獄を主導した大老、井伊直弼《いいなおすけ》が、桜田門外の変で暗殺されたときだ。

徳川三百年の太平の世で官僚化したとはいえ、本来、武士とは軍人であり、幕府とは軍事政権である。その軍事政権において実権を握っていた最高権力者が、衆人環視の路上で、たかだか十数人の浪士に襲撃された挙げ句、命を落としたのだ。

世の中は揺らいでいる。隙間《すきま》が生まれようとしている。……衝撃とともに江戸から事件の風聞が、ここ上州の穴原村にも届いたとき、琴はそう思ったのだ。

世は黒船によって太平の眠りから覚め、再び武道練達の士が求められる時代が来ている。

——ならば女子《おなご》の私にも、武芸で身を立てられる場所が、きっとどこかにあるはず。私には、父より授けられた薙刀の技がある。

そう思い立つと、慣れ親しんだ穴原の風景が、途端に窮屈に感じられるようになった。

狭い、狭い、狭い！　琴の目には、いまいる自分の世界は、あまりに有限すぎた。

広い天下をこの眼でみて、そして、できるなら時代の流れのなかに身を投じたい……！きまりきった事などない日常へ、飛び出してゆきたい——。

そんな渇望にも似た願いが昂《こう》じていた矢先、良之助が幕府募集の浪士組に志願したい、と父に相談しているのを立ち聞いたのだった。琴は、躍り上がりたいのを必死で抑えたものだ。

「そうか」

孫右衛門は自分にも覚えがある、という風にうなずいて、若者らしい琴の煩悶《はんもん》に理解を示してから、続けた。

「しかしな、お琴。お前はひとつ肝心なこと忘れておる。お前は女子ぞ」

「ほんとうに」としが夫の後を引き取って、口を挟む。「もういつ嫁いでもよい年頃というのに。あのようなことがなければ、今頃は――」

ため息をついて表情を曇らせたとしに、琴は口を尖《とが》らせて言い返す。

「は、母上様……！　お、お言葉ではございますけれど、琴は、竹刀で頭を撫《な》でられたくらいで足腰立たぬようになるような殿方のもとへは、嫁ぎとうはございません！」

「普通は縁談を申し入れてきたお相手を道場に呼んで、試合を強《し》いたりはしません。足腰を立たぬようにもしません」

眉を寄せて顔を逸《そ》らし、ふんっ、と細い鼻梁《びりょう》の先で息をついた琴に、孫右衛門は言った。

「……しかしな、琴よ。良之助は男じゃ。武芸によって取り立てられるのは男子の本懐、なにより中沢の家の為にもなる」

いまでこそ中沢家は穴原の地に根付き、名主を補佐する村方三役のうち組頭など務めているが、二百六十年前の江戸幕府開闢《かいびゃく》の昔には、武士であった。主家は、沼田藩真田家であったという。

沼田藩は、二度にわたる大坂の陣において豊臣方の猛将として活躍した、有名な真田幸村の兄信之《のぶゆき》を藩祖とし、その長男である信吉《のぶよし》、さらにはその息子の信利《のぶとし》が家督を継いだ。が、その藩政には問題が多すぎた。

その原因は、信利の母が時の老中酒井忠世《さかいただよ》の娘であるなど、いろいろと事情は入り組んでいるが、煎《せん》じ詰めれば原因は、信利の性格に求められるだろう。致命的だったのは、分家されてしまった劣等感からか、領地の石高《こくだか》を多くみせようと過酷な年貢を領民に課したことだった。疲弊しきった領民は幕府に磔《はりつけ》覚悟で直訴した。それだけでなく領民たちは、信利が幕府より命じられた両国橋普請《りょうごくばしふしん》の為の材木調達を、一切助けなかったのだ。結果、沼田藩真田家は一代で改易《かいえき》、いわゆる取り潰《つぶ》しとなった。愚かな暴君ひとりのせいで、真田家三代の守り続けた地は、あっけなく取りあげられる結果になったのだった。

それだけではない。沼田藩の家臣であった中沢家が主家を失い、帰農したのはこの時だった。いまは幕府直轄の御料地、いわゆる天領となった沼田の地で、中沢家は上州でいう刀差し百姓、他国の藩領でいう郷士《ごうし》として続いている。

だが――刀差し百姓あるいは郷士は、正規の武士ではない。身分制度上は、慣例的に名字帯刀と武士の身なりを許された、お百姓だ。

良之助が浪士組に採用されれば、幕府に召し抱えられた幕臣として、天下晴れて武士になれる。けれど、琴は――。

「だが、お前にそれはかなわん。どんなに武芸の腕を誇っても、御家人《ごけにん》はおろか、どこぞの家中にもなれん。わかっておろう、女子だからだ」

「でも、別式女《べっしきめ》というものが……！」

「源平の昔や戦国の乱世ではともかく、いまの世に奥向きを守る女武芸者がいるなど、とんと聞かぬではないか。なにより、御公儀にそのような御役目があるとは思えん」

琴は、いちいち的を射た孫右衛門の説諭に、反論の余地を失う。といって、江戸へ行く決意まで失ったわけではない。むしろ、火に煎《い》られるような思いで、忙しく頭をはたらかせている。ここはやはり、かねてからの目論み通りに、夜中にこっそり家から――。

「が、お前はわしがどれだけきつく命じても、江戸へ発つつもりであろう？」

「え……？」

琴は頭のなかを言い当てられて驚き、まじまじと父親の顔を見直す。

「お父上様は、いつから法神様のような通力《つうりき》をお持ちに……？」

「父が娘の心中を察するのに、法神様の如き通力などいらん。許さなければ夜更けに屋敷内を抜け出し、江戸へと向かうつもりであろう？」

なにからなにまで見透かされている……。琴はそう思って、少し情けなくなる。

「お前を留めるには、それこそ柱に縛りつけでもするしか仕様がないが……それも何日も続けるわけにもいくまい。なにより、縄を解かれた途端、お前は飛び出してゆくであろう。どうじゃ」

「ほんとうに」としがため息混じりに、琴にかわって同意した。

さすがに両親は、この鉄砲玉のような娘の心根《こころね》がよく解っていた。

琴は、なんだか話の流れが変わってきている、と思った。

父上は、私が江戸へ行くのをお許しに……？

「琴よ」孫右衛門は琴の目を見詰めた。「良之助について、江戸へ行くがよい」

「ま、まことでございますか！」

琴は、ぱっと顔を輝かせ、素《す》っ頓狂《とんきょう》な声を上げる。

孫右衛門ととしは、この穴原からろくろく出たこともない娘に出奔《しゅっぽん》されるくらいなら、いっそ生真面目な兄という鈴をつけて送り出した方がまし、という結論に、すでに至っていたようだった。

「父上様、母上様！　ありがとうございまする！」

「ただし！――」

畳に額を擦りつけた琴に、孫右衛門はぴしゃりと告げた。

「――ただし、自らの身の置き所が見いだせなければ即刻、穴原に戻れ。即刻じゃ。よいな」

「それに、兄上から絶対に離れてはなりません。いかなるわけがあろうと。そうなれば、すぐ帰ってきなさい」

としもいつにない霜のように厳しい口調で告げ、続けた。

「琴、これは私との約定《やくじょう》です。──誓いなさい」

額を畳につけたまま、喜びにはしゃいでいた琴の背中が、ぴたりと静まった。

琴はゆっくりと、よほど強く押しつけたのか額に畳み目の模様が残る顔を上げた。傍からみれば滑稽《こっけい》だが、琴の表情は厳粛そのものだった。

「お誓い致します」

琴は手を着いたまま、静かに言った。いまさらではあったが、自らの願望に沸き立つばかりで、両親の気持ちを忘れていた自分自身を、琴は恥ずかしく思う。

──この約定、破るわけにはいかない……。

「少し安堵《あんど》しました」としはようやく、微笑んだ。「少しだけ、ですけれど」

「申し訳……ございません」

「さ、琴。これをお持ちなさい」

ひさは背中に手を回して、後ろに隠していたものを琴の前に置いた。

一尺──三十センチほどの小刀だった。

「これは……女国重《おんなくにしげ》！」

琴は、袖にくるんだ手で小刀を持って、ちいさく叫んだ。

古来、名刀の産地として有名なのは西国の備前《びぜん》（現在の岡山県南部）だが、その隣の備中《びっちゅう》にも優れた刀工集団があった。青江《あおえ》派という。その中には伝説ではなく実在した女刀匠がいた。それが女国重こと、大月源《おおつきげん》である。金屋子《かなやご》神を奉る関係上、鍛冶場《かじば》へ女性が入るのを極度に忌《い》んだ刀匠集団にあって、お源がなにゆえ国重の名を継げたのかは諸説ある。その作はやはり腕力の限界があったものか、脇差しや小刀が多い。が、それらには確かに女手に鍛えられたことを彷彿《ほうふつ》させる優美さと、なにより鋭さがあった。

琴は、中沢家と同格の家から嫁いだ母の嫁入り道具の鯉口《こいぐち》を、そっと切った。鞘《さや》と鍔《つば》の間にすっと延びてゆく刃文《はもん》が美しい。琴は小さな頃からこの小刀が好きだった。門人に物知りの者がいて、幼い琴に小刀がつくられた西国の風物を物語ってくれたものだ。それを膝の上で聞きながら、琴は彼《か》の地の風景を様々に想像したものだ。

琴は西の地を、冬でも風が優しく暖かい土地なのかな、と思い描いた。仏様の国は西にあると、寺の和尚様はおっしゃっていたし。

それに海とは、どれほど広いのじゃろう？

そうだ、幼いときのあの憧憬《どうけい》が、いまの自分に繋《つな》がっている。琴は鞘走らせた刀身を鞘に戻しながら思った。浪士組への志願者は一旦江戸に集合するが、最終目的地は京の都――ずっとずっと、西の国だから。

琴が、鎺《はばき》が鯉口にかかる感触とともに顔を上げると、その様子をじっと見詰めていたとしが言った。

「ただし、琴。それは与えるのではありません。お前は差料《さしりょう》を持っていないから、貸すだけです」

としは、膝を進めて続けた。「いいですか、貸すだけ、と言ったのです。だからいつか、お前自身が、この母の手に返すのです。いいですね」

この女国重は、私と母上との約定……絆《きずな》なんだ――。

「はい。……必ず」

琴が桜桃のような唇を引き締めてうなずくと、としは寂しげに微笑した。

「お前が無事、この穴原に戻って嫁ぐそのときに……、女国重は、お前に譲りましょう」

「琴よ」孫右衛門も諦念《ていねん》まじりの苦笑を漏らした。「お前は幼き頃より、わしらを驚かせることばかり言い出すのう」

両親と、対座した娘との間の空気が、急に湿りを帯びたようだった。

すると急に、江戸へと発つ用意を密かに調《ととの》えていた最中には、ちらとも浮かばなかった思いが、惻々《そくそく》と琴の胸に湧いた。

それは、別離を前にした寂しさであった。

両親と折り合いが悪いわけでもない。不満があるわけでもない。琴は、父であり師でもある孫右衛門を尊敬し、温和だが芯の強いとしを愛していた。

それなのに私は、私自身が広い世を得るために家を、穴原の村を出て行く……。

私は、身勝手な娘だ。そう思い至ると、琴は自然に畳に指を突き、深く頭を下げた。

「ありがとうございます」

「そして琴、これは特に言っておきます」としが厳しい口調で告げた。「お前は女子です。それだけでなく、武家の血を引く娘です。その事を改めて心に刻み、貞操を穢《けが》すことがないように」

琴は指を突いたまま身を起こし、としに顔を向けた。

「これまで琴は、剣一筋に身を慎みましてございます。――」

それから、口許だけで微笑んだ。

「――そしてそれは、これからも」

空には、まだ星が銀の粒のように瞬いていたが、東の端から群青色に明るみ始めている。その下の、穴原村を取り囲む山々の稜線《りょうせん》は、黒い巨大な屏風《びょうぶ》のようだった。

春とはいえ冷えた空気のせいか、森の匂いが濃く匂った。

「では、父上様、母上様。行って参ります」良之助が言った。

琴が江戸行きの許しを得た翌日、その早朝だった。現代でいう午前四時、いわゆる七つ発ちである。

琴と良之助は、家の戸口のまえに、旅装を整えて肩を並べている。それを見送るため、孫右衛門ととし、ひさと栄太郎といった家族が顔を揃えていたが、それだけでなく、村人たちも提灯《ちょうちん》を手に集まっていた。

「行って参ります……！」

琴も良之助に続いて、期待に頰を火照《ほて》らせながら告げ、背中に負った重たげな風呂敷包みをひと揺すりする。

琴は髪に埃《ほこり》よけの手ぬぐいを被《かぶ》り、裾をあげた小袖に、着古しの浴衣を羽織って帯を締めていた。そこまでは普通の女の旅装姿だが、富山の薬売りじみた、その大きな風呂敷包みには、こっそりすすめた準備の成果が詰められている。

それだけでなく、これから最も重要になるものが、田楽の串のような格好で風呂敷包みには括《くく》り付けられていた。

それは二振りの薙刀だった。ひとつは木製の稽古用のもの、――もうひとつは中身（刃の部分）に覆いを被せた、実戦用の武器だった。

一方、旅慣れた良之助の姿は、夜逃げ並みの荷物を背負った琴とは、対照的だった。手甲脚絆《てっこうきゃはん》で四肢を固めているのは同じだが、中沢家の家紋、〃丸に紐《ひも》無しの軍配〃をあしらった打裂羽織《ぶっさき》に、小倉袴という身軽な服装だった。荷物といえば網状の物入れである打飼《うちがい》を襷《たすき》状に背中に回し、他に、大きな弁当箱ほどの大きさの、四角い旅行李《たびごうり》ふたつを紐で結び、それを肩に振り分けて掛けている程度だ。武士は軍人である以上、嗜《たしな》みとして両手は開けておく。そしてその象徴である大小の刀には、柄覆いと鞘袋をかけて守っている。手には火の灯った携帯用の箱提灯を、上下に延ばして提げていた。

「良之助、尽忠報国の志を忘れるな。御役目を無事果たすようにな」

「お琴。くれぐれも、兄上の申しつけに従うのですよ。どうか無事に。良之助も」

両親の挨拶《あいさつ》が終わると、村人たちが琴と良之助を囲んだ。

「……さ、琴さまや、これをお持ちなされ」

小柄な老人が進み出て、枯れ木のような腕で、数足の草鞋《わらじ》を突きだした。

「まあ、ありがとう」琴は笑顔で受け取った。

琴が真っ黒に日焼けして畦道《あぜみち》を飛び回っていたころから可愛がってくれている、近所の与平《よへい》という年寄りだった。

「与平さんが編んでくれた草鞋は、足に優しい」

「寂しくなりますらあ……。琴さまのお天道様のような笑い顔がみられなくなるとのう」

「また会える。与平さんが長生きしてくれれば」

琴は腰を屈めて与平の皺《しわ》だらけの手を取り、笑顔で言った。

「琴姉さま！」子供たちから声がかかった。

琴は与平の手をそっと撫でてから腰を伸ばし、幼い弟子たちに向き直る。

十人ほども集まっている子供たちは皆、剣術の師匠というだけでなく、琴を姉のように慕っていた。その琴との突然の別れに、半べそをかいて見上げている。

「姉様、行ってしまうの……？」女の子が涙声で問うた。

「泣くな！　琴姉さまは良之助様と、公方《くぼう》様をお守りにいくんじゃぞ」

「そうじゃ、お侍様になるんじゃ！　泣く奴があるか」

子供たちは辛さを紛《まぎ》らわせるつもりか、口々に涙ぐむ女の子を責めた。

お前たち……。琴は子供たちを悲しませてしまったことで、きゅっと抓《つね》られたような痛みを心に感じたが、――あえて男のように笑い飛ばしてみせた。

「あははっ、殊勝げな！　本心ではもう稽古で絞られなくて済む、と胸をなで下ろしておるのじゃろ？　小天狗どもめ」

琴の明るさに救われたのか、生意気盛りの男の子のひとりが、涙に濡《ぬ》れた顔を笑みでくしゃくしゃにして、言い返す。

「琴姉様のほうこそ、七つ道具を背負った弁慶のようじゃ」

「馬鹿べえいうな」琴は怖い顔をしてみせる。「巴御前《ともえごぜん》様の出陣のようじゃ、とお言い」

泣いていた子も笑いだし、子供たちに笑顔が戻ると、琴は真顔になった。

「稽古は怠らぬように、ね。我が法神流は神速の流儀じゃ。空を奔る稲光のごとく、己を操れるようにならなければ」

感情を抑えられなくなった女の子が、琴姉様！　と声を上げて抱きついてきた。すると、我も我もと子供たちは琴に群がった。

「お前たちの稽古がどこまで進むか、わたくしもここへ戻ったときの楽しみにしている」

琴はひとりひとり頭や背中を撫でて、優しく言い聞かせてから、背を伸ばした。子供たちは、涙で正体をなくした顔で、背の高い琴を見上げている。

琴は天性の明朗さで周りの人々に愛され、それゆえさらに、琴も周りの人々を愛した。

――私はこれまで、そんな幸せな輪の中で生きてこられたんだ……。

けれどもはや、言葉は尽きた。あとは言葉にならない感情だけが、琴と良之助を繫ぎ止めようとしている。出発しなければならない。

旅立ちの刻限だった。

「ではおひさ、父上母上、それに栄太郎を、よろしく頼む」

「はい」ひさは眠り込んでいる栄太郎を抱いて涙ぐんでいる。「ほら、栄太郎、お父様がお発ちですよ、起きなさい」

「よい、寝かせておけ」

夫婦の会話を、なんだか別世界の出来事のように感じながら横目で見ている琴に、としが言った。

「ああ、調えたのに忘れるところでした。お琴、大切なものを忘れているでしょう」

としが琴に差し出したのは、竹の包みだった。

「ああ、法神丸《ほうしんがん》……！」琴は声を上げる。

法神が製法を教えた、万病に効くとされる丸薬だった。――天明《てんめい》二年（一七八二年）、諸国を巡っていた法神は、常陸国笠間《ひたちのくにかさま》において神道無念流剣客の小野鉄之進及び門弟と試合をして、さんざんに倒した。そのあと、法神がこの法神丸を小野と門人たちに与えたところ、たちまち彼らの痛みはおさまったという。のちに、高弟の勝江玄隆斎が製法を相伝し、前橋で売り出された。時代が下った後も、第二次世界大戦前まで売られていたらしい。

「母上、ありがとうございます」

「……用いるおりがないのを、祈ってます」

琴は竹の包みを持つ母の手に自らの手を重ねてから、母の温もりごと、法神丸を受け取った。


武家ならば八の字に開いた門扉、そして高張り提灯に見送られるところだろう。けれど正式な武家ではない琴と良之助の場合はそういった仰々しさはなく、かわりに村はずれまで、与平たち村人と小さな門弟たちが列をなして送ってくれた。

村はずれで見送りの人々と別れると、琴はもう振り返らなかった。

兄妹はそうして、山道へと、草鞋がけした足を踏み入れた。

古来から開かれている地元の街道で、根利道《ねりどう》、という。現代の群馬県道六十二号線と、ほぼ同じ道筋である。良之助のもつ箱提灯の淡い光では、到底追い払えないほどの濃密な闇《やみ》が充満する中、どこからか川のせせらぎが漂うように聞こえてくるのは、道が渓谷に沿っているからだ。川の名は片品川《かたしな》といった。

琴と良之助は、上毛《じょうもう》歌留多にも詠われる赤城山の広い裾野を、北側へ迂回《うかい》する道程をとっている。

「赤木の御山も今宵限り、じゃ。ね、兄上？」

「博徒のようなことを申すでない」

夜がようやく明けきる頃、琴は黎明《れいめい》の空にそびえる赤城山を見上げて声を弾ませたけれど、箱提灯の蠟燭《ろうそく》を消して畳みながら答えた良之助は、素っ気ない。

赤城山の麓から離れると、渓谷を流れる片品川は利根《とね》川へと合流した。その流れを追ううちに日も中天に達して、根利道をゆく人馬の往還も増え、足尾《あしお》山脈に至ったのが、昼頃だった。

兄妹は道の端で、としの用意してくれた中食《ちゅうじき》を摂《と》った。

「兄上様？」

琴は握り飯を食べ終えると、薙刀を括り付けた重い風呂敷包みを背負いながら言った。

「重い荷を負う妹を、憐《あわ》れと思し召しにはなりませぬか？」

「思わん」

良之助は口に傾けていた竹の吸筒《すいづつ》、いまでいう水筒を下ろし、暗に助けを求めた琴に答える。

「お前が勝手についてきたのであろう。さ、ゆくぞ」

琴は唇を尖らせる。いかに法神流の〝風足〟という修練で足腰を鍛えてきたとはいえ、大荷物を担いで丸一日の山道踏破は、少しこたえている。なにより足の指の間が痛い。兄上は痛まないのか、と琴が良之助の足もとを観察すると、旅慣れた良之助は新しい足袋《たび》の上に古足袋という二重ばきで、鼻緒が指の股《また》に食い込むのを防いでいる。琴は、ずるい、と思う。発足前に教えてくれてもいいのに。

「ま、負けませぬからね」琴は意地になって、風呂敷包みと薙刀を揺すって立ち上がる。

「わしとなんの勝負をしているつもりだ、お前は」良之助は呆れている。

やがて夕闇が迫る頃、足尾の山々は途切れて、関東平野の隅に出た。

桐生《きりゅう》だった。今夜は、古《いにしえ》より機織《はたお》りの産地として知られるこの町に一泊する。

「御夫婦で、日光参りでございますか」

暖簾《のれん》をくぐった旅籠《はたご》の土間で、下女が琴と良之助に尋ねた。商売柄、田舎侍は見慣れていたが、女連れは珍しく、おまけにやたらと背の高いその女が薙刀まで背負っているのを、奇妙に思ったからだ。もっとも下女も、このふたりが夫婦者でどこからかの帰路、ここから倉賀野《くらがの》を経由して日光道中へと入り、東照宮参詣《さんけい》でもするつもりなのかもしれない、と思い返したので、そう尋ねたまでだった。

琴は生まれて初めての旅籠が珍しく、下女たちが盥《たらい》に張った水で客の足を濯《すす》ぐのに忙しい土間や、忙《せわ》しない帳場の様子を興味深げに眺《なが》めていたのだが——、夫婦、と言われて驚いた。

自然と兄妹は顔を見合わせたが、互いに、誰がこんなのと……、という表情だった。

「これは、妹だ」良之助は帯から刀を鞘ごと抜きながら、ぶすりと答えた。

翌朝、琴と良之助は前日と同じ時刻——夜明けとともに旅籠を発った。これまでずっと川が兄妹の道連れだったが、その道連れが利根川から渡良瀬《わたらせ》川へと変わったのも束の間、すぐに渡良瀬川とも別れを告げて南下し、熊谷《くまがや》から五街道のひとつ、中山道へと入った。

その先に江戸がある。


ひゃあ……、と琴は風呂敷包みを背負って歩きながら、ちいさく声を漏らした。

十間《けん》、二十メートルはあろうかという大通りに、笠を被って道を急ぐ旅人、薦《こも》を被せた荷を背に乗せた馬が蹄《ひづめ》を鳴らしつつ馬丁《ばてい》に引かれて、行き交っている。

旅行や流通のための人通りばかりでなく、着流し姿の町人も多い。

そして、ひっきりなしに上がる客を誘う女たちの嬌声《きょうせい》と、天秤棒《てんびんぼう》を担った物売りの声。

通りの両側には旅籠や見世（店）が軒を連ねていて、その町並みは、人の往来も手伝って、とても端まで見通せないほど、ずっと向こうまで続いている。

「お江戸は殷賑《いんしん》を極めるとは聞いておりましたけれど――」

琴は土埃《つちぼこり》も気にせず、好奇心に眼を輝かせつつ良之助の後を追いながら言った。

「――ほんとうに賑《にぎ》やか……。樹よりも人の方が多い。すごい……！」

中山道板橋宿。日光道中の千住《せんじゅ》、甲州道中の内藤新宿、東海道の品川と並ぶ江戸四宿《ししゅく》の一つである宿場町だった。半里、およそ二キロに渡って六百軒が街道を挟んで並び、住民は二千四百人ほどいた。他の四宿、特に住民だけで一万人もあった千住と比べればこぢんまりとしたものだが、将軍家の鷹狩場《たかかりば》もある関係上、古く慶長《けいちょう》の頃から整備されていた。

「みっともないこと申すな。玄武館のある日本橋辺りの賑わいは、この比ではない」

良之助は、打裂羽織《ぶっさきばおり》の背中越しに答えた。

「それにここは、ようやく御府内に入ったばかりだ」

良之助の言うとおりだった。四宿を線で結んで囲った内海（江戸湾）側が、そのまま幕府の定めた江戸の市域、いわゆる〝朱引《しゅび》き〟と呼ばれる範囲となるからだ。ちなみにもう一つの基準である〝墨引《すみび》き〟――町奉行所支配（管轄）の範囲は、これよりも一回りほど狭い。

「はぐれるな、捜してはやらんぞ」

琴は、いかにも場慣れした様子の良之助をちょっと見直してから、ええ、と童女のように素直にうなずき、後を追う。雑踏とはいっても、当時の男性の平均身長は五尺一寸、百五十五センチほどのなか、身長六尺を越える良之助は人波に胸から上が浮かんでいて、よく目立った。さらに琴自身も五尺七寸と、同性はもちろん男と比べても頭一つ分長身なので見通しがきく。だから、琴が〝保護者〟を見失う懸念はなかったが、反面、町行く者の中には、長身の女がよほど珍しいのか、わざわざ足を止めて見送る者もいた。

もっともそれは、琴が背負う二振りの薙刀に眼をとめたからかもしれない。穴原村で彼女の弟子の指摘通り、まさに女弁慶といえる姿だったから。もっとも、そう呼ぶには、好奇心に艶々と輝く琴の笑顔は、無邪気すぎるものであったけれど。

板橋宿は三つの地区に分かれている。琴と良之助は上宿《かみじゅく》から、地名の由来となった石神井《しゃくじい》川に架かる〈板橋〉を、幸い義経に遭遇することもなく渡って、仲宿《なかじゅく》に進んだ。宿場の中心となって栄えている地区で、参勤交代における諸大名の宿泊施設である本陣も、ここにある。宿泊施設の名称に軍事的響きがあるのは、建前上は参勤交代が一種の軍役であるからだ。ちなみに江戸に上るのが参勤、帰国が交代である。

琴と良之助は明るいうちに旅籠に入った。疲れと埃を落とすために宿の湯を使ううちに、夜になった。

「この香の物、美味しい」

行灯《あんどん》のともった小部屋で、兄妹で差し向かい、三つ足膳を前にして夕食を摂っていると、琴が健啖《けんたん》ぶりを発揮して言った。

「徳丸《とくまる》大根といって、土地の名産だ」良之助も膳を前にして答えた。「……もっとも、名の由来となった場所は、もうないがな。いまは高島平《たかしまだいら》という」

高島平の地名は、砲術家の高島秋帆《しゅうはん》に由来する。長崎出身の高島はオランダ人から西洋砲術を学んだが、中国大陸への列強諸国による侵略の報に接して、強い危機感を抱く。

それは、イギリスと清《しん》国とのアヘン戦争の情報だった。

高島が長崎奉行に提出した洋式砲術採用を訴える上書《じょうしょ》は、幕府に採用され、いまから二十二年前の天保《てんぽう》十二年（一八四一年）、高島の弟子百人による西洋式調練が徳丸が原において実施された。以来、徳丸が原は高島平と呼び習わされるようになったのだった。

時代の緊張は地名にも現れている。

「へえ……」琴は口の中でぽりぽりと小気味よい音をさせながら感心する。「兄上は物知りじゃ、義姉様が惚《ほ》れ直すでありましょう」

「琴……」

良之助は口調を改め、手にした椀と箸を膝に置いた。

「考えは変わらぬのか」

琴がすこし虚を突かれた思いで顔を上げると、良之助が厳しい表情で見詰めていた。穴原を発って以来、素っ気なさをずっと通してきたのも、もしかするとこの口べたな兄が、妹の身を案じる気持ちをうまく口に出せない裏返しだったのかも知れない。

明後日の二月四日。——浪士組への志願者は、小石川伝通院《こいしかわでんづういん》に集まるよう達せられている。

兄上……。琴は旅立ってから初めて、良之助の思いやりに触れた気がして、ふと笑みを消した。

会話の絶えた兄妹の間に、どこからか女の嬌声がうっすらと響いてくる。四宿は江戸市中の町人の手軽な行楽地でもあって、飯盛《めしも》り女——幕府黙認の遊女もいるので、その声かも知れない。もっとも二人がいるのは飯盛り女を置く本旅籠ではなく、平旅籠だったが。

「兄上。……琴は決して、兄上に御迷惑はおかけしません」

「馬鹿者……！」良之助は顔を逸らした。「そのようなことはどうでもよい……！　わしが案じておるのは、琴、お前の身だけだ。なぜそれがわからん！　お前は女子ぞ？」

浪士組に採用されれば、京へと上り将軍警固の任に着く。その京は、攘夷浪士の闊歩する闘争の巷《ちまた》と化している。京都所司代《しょしだい》、京都町奉行所の役人でさえ暗殺の対象であり、現に所用で江戸に下ろうとした四人の奉行所同心が、攘夷浪士に囲まれて虐殺されたという。

一時期、京における幕府治安機関の士気は崩壊したも同然だった。
目的地の危険だけではない。そもそも浪士組も、風雲を恃《たの》んで集まる者どもである以上、いかがわしいあぶれ者がいないとはいえない。琴はそんな集団に混じって、江戸から京まで向かわなくてはならない。その途上、うら若い女の身の上に、間違いが起こらないとは言い切れない。いや、それ以前に——。

「お前に働きの場が与えられることは、まず間違いなく……」

……無い。そう続けようとする良之助の言葉を、琴は、にっ、と笑って遮った。

「兄上。どのような大きな門でも、叩いてみなければ、開くかどうかはわかりません。琴はとにかく、叩いてみます。力一杯」

琴は幼い頃から変わらない、天衣無縫な笑顔で続けた。

「明日、残っていた支度《したく》を終わらせます」

翌日。

「では、よろしく頼む」

良之助は連れてきた旅籠の女中に言い置くと、刀を手に障子を開けて部屋を出て行った。

「……あの、ほんとうによろしいのでございますか」

女中は、すでに畳の上に座っている琴の背後に膝を着いて、尋ねた。

「ええ、お頼みします」

琴は女中に左頬をわずかに見せて答えると、すぐに前に向き直った。

この時すでに、琴の〝しのびずき〟だった髪は解かれ、簪や櫛はなくなっていた。それらのかわりに、髪は頭の後ろで元結《もとゆい》に纏《まと》められ、黒髪が背中の半ばまで流れていた。大昔の武家の子女の髪型である、下げ髪に似ている。

「どのような仔細があるかは存じ上げませんけれど……」女中は躊躇《ためら》っている。「それに、こんなに艶々《つやつや》した美しい御髪《おぐし》なのに……」

女中は琴の黒い生糸《きいと》のような髪を、そっと手の平に載せて呟《つぶや》く。

「ありがとう」琴は前を向いたまま、口許だけでちいさく笑った。「でも、ほんとうによいのです」

女中はこの若い娘の決心が固いのを知ると、呆れたように息をついてから、では、と鋏《はさみ》を手に取った。

……覚悟はしていたつもりだった。けれど、髪にかかった刃の交叉が閉じ、ざくり……、と耳元で音を立てた途端、琴は背筋に冷水を流されたような悪寒を感じる。

身が毀《こぼ》れる――女であることがこの身から切り離され、抹消されてゆく。髪は女の命という。嘘《うそ》だ。髪は女の命そのものだ、と琴は思った。これまで数え切れないほど母に髪を切ってもらっていた時にはなかった、ほとんど恐怖に近い喪失感……。

胸一杯に広がった、その奇妙な感覚に堪《た》えかねて、琴は眼を閉じた。

「……終わりました」

琴は女中に声を掛けられて、眼を開く。気がつくと、すべてが終わっていた。

「ありがとう」琴は少し上の空で礼を言った。

首から上が、とても軽い。……最初に気付いた、そんな他愛もない事実が、いつもの自分とは違ってしまったのを、即物的に琴に教えた。

琴は怖々、両手で側頭部である鬢《びん》の髪を撫で、後ろで結んだ元結に触れると、切ったばかりの髪の末端が掌に触れた。筆先のような、さらさらとした感触がする。

——なんだか、違うわたくしになったみたい……。

琴は袴を払って膝を伸ばし、立ち上がる。すると、そこに現れたのは、若い美貌《びぼう》の武士だった。……色の白い端整な面立ちに、円らな瞳が磨かれた黒曜石のようにきらきらと光り、唇は熟れた桜桃のようだった。総髪に結った髪が、さらりと襟に垂れている。

着ているものこそ、着古しの着物に馬乗り袴という質素さだった。けれどそれが、逆に、なだらかな丸い肩と引き締まった腰の線を際だたせ、清廉な色香を立ち昇らせる。

私は、大事なものを捨てた。だから私は、新しい私になった。琴はそう思った。

「入るぞ」

廊下から良之助の声が聞こえ、障子が開いた。

「――済んだか」

良之助は、ある意味、女を捨てる妹の姿が忍びなく、席を外していたのだった。

「ええ、ご覧の通り」琴は白い歯を唇からこぼし、袖を摘んだ腕を広げて見せた。

良之助は、いまにもはしゃぎだしそうな男装の琴を眼にしても、感想じみた言葉はなにも漏らさず、ただ黙っていた。

「いかがでございましょうか？」

琴は男のように、にっ、と笑って感想を求めてみたが、良之助は相変わらず無言で、少しだけ痛ましげな眼になったものの、すぐに逸《そ》らす。

「あの……、こちらのおかもじは、いかが致します？」

錦絵から抜け出してきたような琴の姿に見とれていた女中が、広げた紙の上にある黒髪を示して尋ねる。それを見ても琴には、つい先ほどの身が毀れるような感傷はなく……、それどころか、逸《はや》る気持ちを抑えつけてきた日々の象徴のように感じるだけだった。

「好きにしておくれ」琴は言った。「女物の着物と一緒ならば、いくらかにはなる。お世話になった御礼じゃ。……私にはもう、用のなくなったものだから」

この時代、着物は大切にされて何度でも仕立て直されて店頭に並ぶ。それだけでなく、髪にも梳《す》き髪《がみ》買いという、回収業者がいた。

女中が喜んで古着一式と髪を持って階下へ消えると、琴は良之助を見上げて言った。

「兄上、これからは琴を弟と思うて下さりませ」

「安心せよ」良之助は重い息をついて、ようやく口を開いた。「もうずっと以前より、そう思っておった」

「まあ、ひどい」琴は、ぷっ、とふくれっ面になった。

「――同じく良之助が妹、琴と申します」

「……なに？」

帳面に小筆を構えていた武士は、顔を弾かれたように上げた。

「お主いま……妹、と申したか？」

琴が姿を男装に改めた翌日の二月四日。

徳川家康の生母、於大《おだい》の方の墓所がある将軍家菩提寺《ぼだいじ》、伝通院。

その塔頭《たっちゅう》内にある処静院《しょじょういん》の境内には、大勢の人間が渦を巻くようにごった返していた。

普段は静寂の内に読経が響くばかりの場所も、いまはひどく騒々しさに満ちている。集まっている者達は、両刀を差しているものがほとんどだったものの、中には手槍を担ぎ、大弓を携えている者さえいた。こざっぱりした者もそうでない者もいたけれど、いずれも歴とした主取《しゅうど》りの武士には見えなかった。

集まっているのは、幕府の呼びかけに応じ、各地からやってきた浪人たちだった。その数、およそ三百人はいる。

浪人たちの内で気の早い者は、商家が雨戸を繰って大戸を開き、屋敷町で辻番が提灯の明かりを落とす明け六つ、午前六時からすでに集まり始めていた。

琴と良之助はといえば、丁度その時刻に板橋宿の旅籠を出て、一刻、約二時間ほどかけて朝五つ頃に伝通院に着いていた。

「ひゃあ……」

立派な山門をくぐった途端、男装して二本の薙刀をかついだ琴の口から、板橋宿に入ったときと同様の声が漏れた。

琴が声を上げたのも無理はない。なにしろ目の前の境内を侍体《てい》の者達が埋め尽くし、さながら浪人の見本市、あるいは梁山泊《りょうざんぱく》のような、異様な活況を呈しているのだから。その人混みのせいで、奥の処静院は、初春の陽に鈍く鉛色に光る甍《いらか》しか窺《うかが》えないほどだ。壮観といえば、壮観である。

江戸に着いて以来、琴は驚かされてばかりいる。

「兄上様、兄上様」琴は円らな眼を見張ったまま囁《ささや》く。「……たくさんのお方がおられます」

「浪士組を募る檄文は諸国に達している」良之助は前を向いたまま答える。「当然だろう」

「あの者たちも？」

琴が視線で示した先には、長脇差しを帯びたいかにも凶状持ちらしき連中が、大蛇がとぐろを巻くように屯《たむろ》している。

「博徒かもしれんな」

良之助が小声で答えたとおり、それらは上州の俠客《きょうかく》、祐天仙之助《ゆうてんせんのすけ》とその子分、二十名ばかりの一団だった。

「兄上、あれ、あの方たち。毛皮など着ておられます」

琴は、毛皮の羽織を着けた武士たちに目を止めた。その十人ほどの集団は、相撲取りのように身体の大きな男が率いているようだった。

「指を差すでない……！」良之助は声を殺して慌てていった。「あれは、水府《すいふ》者……おそらく天狗連の生き残りであろう」

「水戸様の――常陸国にも天狗が住むのでございますか？　赤城の御山のように？」

琴は姿形こそ凛々《りり》しい若武者といったところだったけれど、尋ねる事柄は少女のようだった。

そんな琴に良之助はそれ以上は取り合わず、幕府の役人の姿を求めて、人混みの中を縫ってゆく。琴も担いだ薙刀を肩の上でひと揺すりし、好奇心から、つい泳ぎそうになる眼で良之助の背中を追い、歩き出す。

人垣のできているところを見付けると、果たして係らしい役人が浪人たちに取り囲まれながら、申告を帳面に書き留めていた。

「御苦労に存じます」良之助は自分の番が来ると言った。「拙者は御代官伊那半左衛門様支配処、上州利根郡穴原村、中沢良之助と申す者にござる」

ここまでは何事もなかった。役人も、ふむ、とうなずいて帳面に筆を走らせただけだった。だが――。

問題はここからだった。

役人は良之助の後ろから、にこにこと笑顔で現れた琴を見上げて、これはまた大層な美形がきた……とすこし感心したものの、すぐに帳面に筆を構えて姓名を問うた。

そして、琴が良之助の妹、と答えた途端に、顔を上げたのだった。

「お主、……妹ということは、女子ということか？」

役人は、朝から信じられないものを見た、という表情をして問い返す。

「はい」琴は相変わらず笑顔で答えた。「男児であれば、弟になりますもの」

「そのようなこと言っておるのではないわ」

役人は、素直すぎるこの娘に揶揄《やゆ》されたと思ったのか、顔を真っ赤にした。

「女子が加わるなど、許されると思っておるのか！　お主、御柳営《ごりゅうえい》（江戸城）の奥向きへの御奉公かなにかと勘違いしておるのではないか？　ならばどちらか御旗本の養女の口でもあたるがよい。ここは上洛あそばす大樹公を御警固つかまつる、浪士組の者を募る場ぞ」

「はい、心得てござります。ですが――」

琴は笑顔を引っ込め、驚いた顔をしてみせる。集合場所で、役人にこのようにいわれることくらい、琴にも予想はついていた。

「――その浪士組に募られる条件は、たしか、〝尽忠報国を元とし公正無二、身体頑健、気力荘厳、身分の貴賤《きせん》、老少にかかわらず〟……でございましたね？」

「それがどうかしたか」

「ええ、ですから――」

琴は、にこにこと笑って見せる。

「――ですから、女子は罷《まか》り成らぬ、とは、なかったように存じますけど」

「当然のことを、わざわざ記すはずがなかろうが！」

琴と役人の問答を、周りで見物していた浪士たちから、失笑が上がった。

どれだけ怒鳴られようと、怯《ひる》むわけにはいかない、と覚悟を決めていた。将来がかかっている。良之助と別れ、めそめそとひとり、穴原村に帰るわけにはいかないのだ。泣きべそをかくのが嫌なら、とことん厚顔になって押し切るしかない。

だから琴は、驚いた顔に次いで今度は、ははあ……、感心したような顔をしてみせた。

「女子では技量《うで》が不足と申されますか？」

「誰もそのようなことは――」

「いいえ。ならば是非、お試し願いとう存じます」

琴は笑みを消した眼で役人を見据えて畳みかけてから、周りの浪人たちへ向かって告げた。

「どなたか一手、ご教授を願えませんか？」

琴は、自分より背の低い役人へと屈めていた腰を伸ばして、ぐるりと見回す。

すると――、その身から発散されはじめた闘気を感じたのか、人垣はざわつきながら自然と琴を中心に波紋のように広がり、地面が同心円状に露わになってゆく。

開いた場は、にわかに仕合場となった。

大した見物になる、と思った誰かが、琴の足下に竹刀を投げ込んだ。そして、離れたところにも竹刀が落ちる、乾いた音。

「面白いではないか、小娘」

琴がゆっくりと竹刀を拾い上げるのと同時に、粘り着くような声がかけられた。

そちらを見ると、顔を髭で覆った男が、左右の人垣を肩で押しのけながら出てくるところだった。薄汚れた綿羽織に皺だらけの小倉袴、油気のない藁《わら》のような髪を束ねて大髻《おおたぶさ》にしている。いかにも浪人らしい出で立ちの男は地面から竹刀をとると、琴に向けて髭の下の顔を歪《ゆが》ませ、野卑な笑みを浮かべた。

「試してやる」

「教えていただきます」

琴はそう答え、口もとだけで微笑んだ。が、最前までの屈託のなさは消し飛んでいた。異様なまでに澄んだ瞳を相手に据え、形相まで変わっている。

琴と男は向き合ったまま、周りが見守るなか円の真ん中へ、ゆっくりと草鞋の底を滑らせる。

男は脅すつもりか、があぁっ、と奇声を発すと竹刀を大上段に振り上げ、開いた両足を撞木《しゅもく》に踏みしめた。ことさら自分を大きく見せようとしている。

琴は動じなかった。怖くもない。穴原の〈養武館〉にも、こういう声や動作だけはやたら大きい、草鞋銭目当ての手合いがやってくるのは、珍しくない。

琴は流れるように竹刀を正眼に構えた。

対峙する間、男の顔には、厭《いや》らしい笑みが縺《もつ》れた髭の下に透けて見えた。眼は、袴の帯に締められた琴のすらりとした肢体を睨《ね》め付け、下卑た表情で値踏みしている。

実際、内心で男は舌なめずりをしていた。——美味そうな身体をしておるわ……。組み敷いて、衆目の中で着ている物を剝《む》いてくれる……!

琴は、男の発する闘気に混じった腐臭を嗅《か》ぐと、桜桃のような唇の両端を吊り上げ、白い前歯をこぼした。嗤《わら》ったのではない。胸の底から湧いた冷たい怒りが、琴の整った顔立ちに、そんな表情をつくらせたのだった。

男は琴の表情の変化に誘われたように、があっ！　と濁った奇声を発し、短い足をどたどたと交叉させて突進した。

上段から一気に面へ振り下ろす——、と見せかけて、諸手《もろて》突きに飛び込む。

瞬間。

が——、まっすぐ飛んできた男の竹刀と琴の竹刀が交叉したとみえた、その閃《ひらめ》くような

琴の竹刀は男のそれを、弾いていた。

次の刹那《せつな》、琴は、男の竹刀が空しく肩をかすめて背後へ伸びるより速く、振りあげた竹刀の物打ちを、男の脳天に叩きつけていた。

竹の軋《きし》む派手な音が響き渡った。木刀ならば頭蓋《ずがい》を叩き割られ、真剣なら鳩尾《すいげつ》まで斬《き》りさげたであろう、峻烈《しゅんれつ》な一撃だった。

実際、男は竹刀ではなく稲妻に打たれたように、びくん、と動きを止めた。両腕と竹刀を一杯に伸ばした姿勢のまま、下卑た表情はその顔から消し飛んでいた。琴を卑猥《ひわい》さをこめて睨め付けた眼は白目を剝き、欲情に舌なめずりしそうだった口は、驚いた形に開いたまま涎《よだれ》を垂らし、髭に不潔な糸を引いている。

周囲から、どっと歓声があがった。

琴は素早く、つい数瞬前までは淫らな存念が渦巻いていたものの、いまは衝撃で意識が粉砕された男の頭へ、とどめの一撃を送り込んだ。

再度の竹刀の叫びのあと、——男の上体が大風の中の掘っ立て小屋のように、ぐらり、と揺れた。上体が折れ、前のめりになる。脳髄が痺《しび》れた男の、虱《しらみ》を飼っているに違いない

藁束頭が、倒れ込んでくる——。

汚らしい……！　琴は、古着とはいえ男の垢《あか》で着物を汚されるのを嫌った。次の瞬間、琴は左の膝で自身の袴を蹴《け》りながら、右足でもまた、地面を蹴った。

琴の身体は跳躍し、軽々と宙に浮いた。そしてそのまま、地面へ頭から飛びこむような姿勢になった男の背中を、左足を伸ばすや思い切り踏みつけて飛び越し、さらに高く跳ねた。

琴はふわりと袴を膨らませながら、猫が屋根から飛び降りたほどの音もさせずに、すたりと地に降り立つ。

と——、その背後で、顔面から地面に叩きつけられた男の、盛大なわめき声が上がる。

「鼻が……、鼻があぁっ！」男は砂と血に塗《まみ》れた髭面を両手で覆い、転げ回っている。

「鼻が折れたぁっ！」

琴の、まるで宙に掛けられた透明な昇り梯子《ばしご》を駆け上がったかのような、驚異的な脚力に驚嘆する、おお！　という見物《けんぶつ》からの響《どよ》めきはしかし、……すぐにやんだ。

それは、琴が息も切らせず表情も変えず、周りにこう言い放ったからだ。

「お次は？」

そこにいたのは、男装の無邪気な乙女ではなかった。美貌で長身の、白百合のような法神流術者だった。

琴はそれから、二人と試合をした。

両手で顔を押さえて喚き続ける不潔な浪人が、両脇を支えられて人垣のなかに消えると、次いで現れたのは、吊り眼をした瘦《や》せ形の浪人だった。

「お相手申そう」

瘦せた浪人は竹刀を拾うと、柄《つか》を握って納刀したように構え、腰を落とした蹲踞《そんきょ》の姿勢を取った。

居合の術者……！　琴は澄んだ瞳のまま、竹刀の先を天に向け、鍔《つば》を引き結んだ口もとの高さまで上げて、八相に構えながら思った。

居合との勝負は、先に仕掛けた方が、負ける。琴はそれを一年ほど前、身をもって学んでいた。その時、父であり師匠である孫右衛門に教えられたことを思い出そうとする。

「父上、居合の術者と立ち会う折は、如何《いかが》すればよいのでしょう」

琴は道場で、この娘にしては珍しく強張《こわば》った顔で孫右衛門に尋ねた。……額に巻かれて血の滲《にじ》んだ晒《さら》し布が、大きく盛り上がっている。

大きな瘤《こぶ》をつくったうえに、きかん気の強い子どものような表情だった。吹き出されても仕方がないところだったが、至って真剣な琴に、孫右衛門は答えた。

「相手に剣を抜かせ、初手を外し、しかる後に、――打つ」

「もし抜かぬ場合には……？」

「相手の剣が鞘内にある間に、先の先を打つ」

つまり、居合の術者が仕掛ける前に、鞘から奔《はし》る太刀筋をあらかじめ予想して、見切ってしまう、ということだ。

できるか……？　琴は、上目でこちらを凝視する男を、円らな眼を細めて見据えた。

筋肉は、よく使う部位が発達する。当然のことだ。だから琴は、着物の上から男の痩せた身体を読み取り、筋肉の付き方から男の得意技を見切ろうとする。

右腕の肩の上の肉と、左足の太股《ふともも》の内側が、わずかに太い……。ならば――。

琴の脳裏で、蹲《うずくま》ったままの男から、幽体離脱のように男の半透明な仮想の像がいくつも現れては離れ、様々な技で剣を抜き打ち始める。思い描くこの太刀筋のどれかで、男は仕掛けてくるはず。どれだ……？

琴は微睡《まどろ》むように細めていた眼を、かっと見開いた。……見切った！

放胆、というより無造作に、琴は爪先を進めた。進めながら、竹刀を上段に上げた。

自らの間合いへと踏み込んでくる琴を、思う壺だ、と痩せた男は確信したのだろう。竹刀を一気に腰から抜き打ちしようとして――。

けれど、男が逆袈裟《ぎゃくげさ》に打ち込もうとして描いた竹刀の軌道は、琴の脇腹に達する前に、叩き折られた。琴が男の間合いに踏み込みながら放った上段からの一手が、柄を握っていた男の右手首を、強《したた》かに打ち据えたからだった。

男の抜き打ちは充分に速かったが、太刀筋を予想していた琴は、それ以上に速かったのだ。

膝を着いた男の手から竹刀が落ち、からからと音を立てて地面を転がった。

「調子づくんじゃねえぞ、小娘がっ！」

居合師のつぎにそう吐いて挑んできたのは、甲源《こうげん》一刀流の術者だったけれど、これは他愛もなく籠手《こて》を取り、胴を抜くことができた。

「……お次は？」琴は手の甲で額の汗を払いながら、周りに呼びかけた。

琴を遠巻きに取り囲む者達は、険悪に押し黙っている。……最初こそ、面白い見ものだと思って囃《はや》し立てていた。しかし、女の琴が技量の差を見せつけて、男の相手を叩きのめしてゆくのを目の当たりにするにつれ、不快さが募っていったのだった。といって、この時代、女の武芸者が男に勝つことは、珍しくはあっても無いことではない。

例えば山田朝右衛門といえば幕府首斬り役で有名だが、その妻もとは、若い頃には男装して関東の道場を巡り、武者修行をした経験があったという。かなりの手練《てだれ》であったのは、嫁いだ後の他行中、人気のない路上で覆面をした武士が斬りかかってきた時、苦もなく取り押さえてしまったのでも解る。のみならず、もとは「お顔を拝見致します」と告げるや覆面を剝ぎ取ったものだから、辻斬りの武士はほうほうのていで逃げ出した。他にも、幕府の武術教習所である講武所に通っていた五人の若い侍が、腕試しとばかりに横浜の道場を訪ねて仕合を申し込んだところ、門弟の三人の婦人に散々な目に遭わされて逃げ帰った話など、幾つもある。

なるほど、話に聞くだけなら面白い。もとの剛胆さを称え、若侍の未熟さを嗤っていればいい。だが、目の前で見せつけられるとなると、話は別だ。しかも、ならば自分が、と勝負を挑んだところで、もし負ければ大恥を曝《さら》すことになる。浪士組を募るこの場では、それは皆が避けたいところだった。それゆえ、周囲は切歯扼腕《せっしやくわん》しつつも、琴を黙って見ているしかないのだった。

「もうおられませぬか？　どなたも？」

琴が細いおとがいから汗の滴を落としつつ、呼びかけながら見回しても、誰もが目を逸らすだけだった。

穴原村で考えていた以上に、私の稽古は進んでたんだ。琴はそう思った。

私は、強いのだ――。琴の胸の中で、優越感が熱い水蒸気となって広がった。太平洋を渡ってきた黒船の、蒸気機関のかわりが務まりそうなくらいだった。

「ですが、わたくしの一人勝ちでは、皆様も立つ瀬がありませんでしょう。是非もう一手、教えていただきとうございます。――」

琴は、高揚をそのまま言葉にして、挑発していた。背の高い琴は自然と、睥睨《へいげい》する格好になる。……後年、このときの自分自身を思い出す度に、琴は顔から火を噴く思いをする。

「――では、そこの貴方様」

琴は誰もが目を逸らす中で、立ち並ぶ中からこちらを眺めている背の高い男を、竹刀の先で指した。

「わしか？」

背の高い男は武士らしからぬ軽妙な仕草で、ひょいと自分の顔を指して尋ね返す。

「ええ」琴は竹刀を向けたまま、唇の両端を吊り上げて肯定した。「貴方様」

「ふん」と男は答えた。「俺ぁ、構わねえぜ」

背の高い男は、人垣からのっそりと全身をあらわして進み出た。

五尺五寸、百六十五センチほどだろう。琴より二寸、六センチほど低いくらいで、この時代の男性としては背が高い。

琴が指名したのは、男のその背丈が目立っていたからであったが、改めて見ると身長だけでなく、顔立ちも際だっていた。美男だった。やや面長で締まった頬をしていて、一重まぶたに切れ長の眼が光っている。豊かな髪は総髪に結われていた。

もっとも、男の役者じみた目鼻立ちなど、琴の眼中にない。琴が男に目を止めたのは背の高さともう一つ、皆が目を逸らす中で、憚《はばか》る風もなくこちらを見返す視線に気付いたからだった。なにより――。

その男の眼に、微かに嗤う気配をみてとったからだ。

「そいじゃ……おっぱじめるか」

男は転がった竹刀を拾い上げ、手溜まりを確かめるように二、三度振ってから、気負いのない声で告げた。

「ええ」琴は竹刀を正眼につけながら応じた。「ぞ――」

存分に。――そう続けようとした琴のほそい喉の奥で、言葉は潰れた。

男の足が地面を蹴って、いきなり目の前へ殺到してきたからだった。

……！　琴は眼を見開いて、爆発的な速さで迫ってきた男が繰り出してきた竹刀を、夢中で払いのけるのが、精一杯だった。

最初の一手は、辛くも躱《かわ》せた。だが男は勢いを止めず、なおも執拗《しつよう》に踏み込んで、……さらに踏み込んで、鍔迫《つばぜ》り合いを強いてくる。

琴は歯を食いしばった。顔の前にたてて防ぐ竹刀の物打ちが、激しく鳴った。縦に交わった互いの竹刀の向こうに、男の顔が重なっている。嗤っていた。

これは、剣術じゃない……！　鍔迫り合いのなかで、琴は思った。これは——。

喧嘩《けんか》だ！　そう悟った琴の草鞋が、男の押しの強さを支えかね、じりじりと下がった。

と、——竹刀から感じていた圧迫が、急に弱まった。

……？　琴が、はっ、と息を飲んだ瞬間だった。一旦身を引いた男は、今度は伸び上がるようにして、全身を琴にぶつけてきた。竹刀同士が激突しただけでなかった。男は膝で、琴の腹を突き上げていた。

男の剣法は、まさしく喧嘩だった。

琴は堪らず、吹き飛ばされた。滑っていた草鞋の底が浮いて、そのまま一間、二メートル近く宙を跳ばされ、背中から地面に投げ出される。倒れ込んだ拍子に跳ね上がった足から、袴の裾がずり落ち、ほっそりした脹《ふく》ら脛《はぎ》までが露わになった。

咄嗟《とっさ》に受け身をとったおかげで、頭を地面にぶつけはしなかったものの、昨日結ったばかりの大髻が、押さえつけられた大筆のように潰れた。

ひっくり返った琴の姿に、固唾《かたず》を呑んで見守っていた者達は、どっと歓声をあげた。

「なんだ、あの格好は」

「ははは、良い様じゃ」

溜飲《りゅういん》を下げる、あからさまな嘲笑《ちょうしょう》に取り囲まれながら……、琴は上半身を起こして、呆然《ぼうぜん》と座り込んだ。

身体の痛みのせいではない。確かに、男の激しい打ち込みを受け止め続けた腕は、少し痺れてはいる。が、それは修行者にとって馴染《なじ》みの感覚だ。蹴られた腹も、普段は漆喰《しっくい》塗りの白壁のように平らだが、力を込めれば田の字に割れる筋肉に守られている。

だから、琴が腰を落としたまま動けないのは、生まれてこの方――、いや、少なくとも物心ついて父に剣術を学びだして以来、これほどの大恥をかかされた経験が無かったからだ。

そして、大恥をかかせてくれた張本人は、竹刀で肩を叩きながら、面白そうにこちらを眺めている。

琴は、男の形の良い口もとを歪ませているのが笑みだと見て取った途端、背中の後ろに着いていた手で、砂利を握りしめていた。

嘲《あざけ》りが取り巻く中、琴は全身を怒りで震わせながら、男だけを見据えて口を開いた。

「あ……兄上……！　な、薙刀を……！」琴の声は屈辱で震えていた。

「もうよい、琴、止めるのだ！」良之助が人垣の中から叱咤《しった》した。

琴は上目遣いに男を睨《にら》みつけたまま、絞り出すように続けた。

「薙刀を！　お早く！」

琴は地面から飛び起き、やむなく良之助が放った稽古用の木製の薙刀を、空中で摑《つか》んだ。

頭上に長柄《ながえ》を掲げて、琴は上段に構えた。見開いた爛々《らんらん》と光る眼で役者男を睨み据え、眉の端が吊り上がっている。

うおおああぁあっ！　琴は、卵を飲み込む蛇のように口を割って、咆哮《ほうこう》した。

凄《すさ》まじい気迫が吹きつけ、周囲の嘲笑が凍りつく。琴はにわかに静まったなかを、頭上で薙刀を旋回させる変蝶の構えで男を牽制《けんせい》――というよりも威嚇しながら迫ってゆく。

顔から嗤いが消し飛び、竹刀を取り直した男の間合いまで達すると、琴は頭上で空を裂いていた薙刀を振り下ろす。そして、尖端を沈める下段へと、ぴたりと構えなおした。反りで中身《なかみ》が垂れ下がっているように見える、受眼である。

琴は美しい能面のような顔で男を見返すと、一瞬の猶予をくれてやった。そして――。

一気に攻めかかった。

琴は裂帛《れっぱく》の気迫を吐いて、薙刀を男の脛へ向け、突いて、突いて、突いた。並みの剣客なら躱すどころか、動きを眼で追うこともできないほど速い。

それを巧みな足捌《さば》きで避け続ける男も、尋常の剣客ではない。だが足を跳ね上げ、飛びずさって躱す度に、浜に盛った砂山が波に洗われてゆくように、体勢を崩されてゆく。

くそっ……！　役者のような男は、おかしな念仏踊りじみた自らの動きに苛立ち、竹刀を振り上げ、上段から琴の面を打とうとした。

予想していた琴は、くすっ、と口の端に笑みをこぼした。そして、中身を地面から一気に跳ね上げる。

薙刀の反った尖端が、仰《の》け反《ぞ》って危うく身を引いた男の顎《あご》先をかすめた。

琴は男の顎を叩き割り損ねて舞い上がった中身を、右に引いて、地をかすめて中空で猛烈に反転させる。と、勢いはそのままに、男の左膝を掬《すく》い上げるように薙《な》ぐ。動き通り、風車という技だった。

びしっ！　と男の膝を薙刀が打った途端、皮膚と骨の間で薄い肉を押しつぶす確かな感覚が、柄をつたって琴の手元に届いた。

琴はその瞬間、あはっ、と笑った。

これまで稽古は別にして、琴は命あるものを傷つけて喜んだことなど一度もない。それなのに――この時ばかりは、笑っていた。

膝を思い切り横から打たれて、男は役者のような顔をさすがに歪めた。がくりと、左足をわずかに折り、よろめく。

尋常な仕合なら、ここで終了するはずだった。だが――。

琴の脳裏に鉾《ほこ》を収めようという考えは、ちらともかすめなかった。

とどめを刺してやる……！　琴は、その〝とどめ〟が具体的にはどういうことなのか考えぬまま、怒りが沸騰するにまかせて、そう決めていた。

琴は飛びずさって、薙刀の柄を胸元に戻した。そして、感心なことにまだ音《ね》を上げず竹刀を正眼に据えた男を見詰めながら、薙刀を右肩に担ぐように構える。

薙刀における八相である。

これで仕舞いじゃ……！　琴は柄を握りしめた。

琴は咆《ほ》えるような気合いを爆発させて腰を回し、小憎たらしくも未だ闘志を失っていない眼をした男の顔へ向け、薙刀を大きく振りかぶった。

受けてみよ！　琴は渾身《こんしん》の力で、柄を薙ぎ払った。

男は必死に、竹刀で薙刀を受けようとする。その竹刀に薙刀が触れたその刹那――。

竹刀はへし折れ、竹の断面をささらのように弾けさせて、細かな繊維の破片が飛び散る。

男は驚愕《きょうがく》し、叩き折られた竹刀の向こうで、一重まぶたの眼を見開いた。

琴の技は、それで終わりではなかった。竹刀を粉砕した後も、〝こんぱっす〟のように左足を軸に、さらに身体全体を旋回させる。まるで、ひとの形をした竜巻だった。

そして――琴は輪郭のぼやけた景色が左から右へと流れる中、竹刀を粉砕した尖端とは反対の石突きを上げた。男の横顔へ、思い切り叩きつけてやるために。

旋回する間に視界から消えていた男が、再び眼の端に飛び込んでくる。男はまだ驚愕した表情をしていた。その無防備な顔へと、石突きが尾を引く流星のように奔る――。

とった……！　琴の胸の中で、快哉《かいさい》が炸裂《さくれつ》した。が――。

「それまで！」

突然に、制止する声が鋭く響いた。太く、強く、良く通る、剛刀の切っ先のようだった。

琴はその瞬間、怒りに霞《かす》んでいた視界が、唐突に晴れた。

――！

無表情だった琴の顔のなかで、はっ、と眼が見開かれた。そして、石突きが男の顔面を撃ち砕く寸前なのを認識するや、咄嗟に左足へ渾身の力をかけた。反転しかけていた身体に急制動がかかり、草鞋の底が地面に弧を穿《うが》ちながら擦ってゆく――。

――お願い！　琴は下唇を噛《か》んで堪えながら念じた。間に合え……！

薙刀の石突きは男の顔の脇で、ぴたりと止まった。耳たぶに触れる寸前のほんの二寸、およそ六センチほどのところで、なんとか留まった。

琴の口から、魂の抜けるような息が、漏れた。それから悪夢から覚めた後のように、思った。

――私は、なにを……？　なにをしようと……？

「どうした、なんの騒ぎか」

制止したのと同じ声がして、琴はその方へのろのろと顔を向けると、声の主が蝟集《いしゅう》していた者達を掻《か》き分けて、姿を現したところだった。

歳は三十前といったところだろう。際だって背が高かった。六尺は優に超え、琴は兄よりも大柄な人間を、生まれて初めて見た。それだけではない。集まっている浪人と違って清潔な身なりからみて幕臣、おそらく浪士組の掛かりなのだろうが、その着物に包まれた体躯《たいく》は、一目でわかるほど、筋骨隆々としている。

いや、これは……と、帳面と筆を手にしたままの、琴を受け付けた役人が、大柄な幕臣らしい男に事態を説明する、というより訴え始める。

――私は、私は止められなければ……。

琴がそう思いながら顔を前に戻す。男が役者のような顔を苦痛に歪めて、荒い息をつきながら睨んでいた。

――あのまま薙刀の石突きを叩きつけていた……はず。

その事実が胸に押し寄せ、むしろ窮地に追い詰めた琴の方が脅え、後ずさった。力が抜けて、薙刀を握っていた両腕が、だらりと垂れた。

私は――、私は……。琴は立ち尽くしたまま、認めたくない事実を譫言《うわごと》じみて心で繰り返していたが、その肩を急に摑まれ、後ろに引っ張られた。

良之助だった。琴の両肩を摑んで、急き《せ》込むように言った。

「大事ないか……！　怪我は」

「は……はい」琴はこくこくと子供のようにうなずく。「で、でもお相手は……」

役者男も、仲間に肩を貸されて運ばれてゆくところだった。

「ははっ、いい勝負でしたよ」

役者男の肩を支える、ひょろりと背が高くて色の黒い男が、からかうような声をかける。

「……うるせえよ」

役者男は足を少し引いて言い返しながら、――琴へと顔を向けた。

こちらを睨む男と、琴の視線がぶつかった。男は口もとこそ苦痛に歪めていたが、その眼は炯々《けいけい》と光り、いまだ闘志を失っていない。

決して、負けを肯んじない漢《おとこ》の眼だ……。琴は見返《がえ》しながら、そう思った。

「琴、お前、なぜ加減しなかった……？」

良之助に押し殺した囁きとともに肩を揺すられて、琴は仲間に連れられて行く男から、兄へと顔を戻した。

「お前は、下手をすれば……」

兄上の言うとおりだ、と琴は思った。私は——。

琴は良之助の肩越しに、役者男の運ばれていった方へ目をやった。すると、人垣の中に消えようとしていた役者男は、まだ忌々しげにこちらを睨んでいた。

私は、あの人を殺してしまうところだった……！　琴は、自分自身に戦慄《せんりつ》した。

「事情は聞いた」

琴は兄に両肩を摑まれたまま、小さく震えながら足下に眼を落としていたが、幕臣の男が受付の役人から向き直って告げると、顔を上げた。

「拙者は徳川家家臣、山岡鉄太郎。浪士組の世話役を仰せ付かっている」

山岡と名乗った幕臣の全身、特に極端な撫で肩と異様なまでに太い手首を改めて見て、まるでお寺の門を守る仁王様のようだ、と琴はまだぼんやりしている頭で思った。両頰の切り立った精悍な顔立ちも、どこか仁王像に似ている。

琴の感じたとおりだった。山岡は剣をとれば北辰一刀流、槍も自得院流《じとくいんりゅう》の免許皆伝であり、講武所の世話掛も勤めた、幕臣でも指折りの剣客だった。――ちなみに、山岡が十六歳のとき亡くなった母は鹿島神宮社家出身で、旧姓を塚原といった。山岡は剣聖と評された、かの剣豪塚原卜伝《ぼくでん》の血を受け継いでいる。

「お琴、と申すそうだな。結論から言おう、女子を浪士組に加えるわけにはいかん」

山岡は武だけの人物ではない。禅も師につき、また書にも造詣《ぞうけい》が深い、文のひとでもあった。だから、琴に告げる声には、厳しくも誠実な響きがあった。

「我らが目指すのは、不逞浪士どもが跳梁《ちょうりょう》しておる京だ。そのような場所に、いかに腕が立つとはいえ、女子を連れて参るわけにはいかんのだ。どのような危難が待ち受けておるかわからぬ。悪いことは言わぬ、在所に戻り、兄の無事を祈って待つことだ」

琴は、山岡の諄々《じゅんじゅん》とした説諭を聞くうちに、先程まで頭に充満していた良心の呵責《かしゃく》の霞《かすみ》が晴れてゆくのを感じ――打って変わって湧き出したのは、むしろ反発心であった。

硬い拒絶なら、かえって打ち砕く方策がありそうに思える。けれど山岡の、その人物を反映して深みのある口調には、温かくも滋味があって、相手がふと従わざるを得ないような気にさせる、琴にとっては危険な響きがあったからだ。

「わかりました」

琴は両拳を握りしめ、兄より背の高い山岡を見上げて口を開く。

「されど、技量をお認めくださりながら浪士組加盟はお許しにならないと仰《おっしゃ》るなら、琴は勝手次第に、皆様に付いて参ります。付きまとって差し上げます」

「そのような、押しかけ女房のごときことを……」

怒鳴りつけて追い返すこともできた筈《はず》だが、山岡はそうせず、かわりに困った顔になった。厳つい顔に似合わず、優しい性格なのだろう。

「私は女子ゆえ、執念深いのです」

「おい、琴。もう止めよ」

琴は、いたたまれなくなった良之助を無視して、太い眉を寄せて見下ろす山岡だけを見詰めた。それから袴からのびる足で地を踏みしめて、精一杯、脅すように言った。

「女は、祟《たた》りますぞ」

男の格好をし、さらに三人の浪人を叩きのめすほど強い癖に、いまさら女であるのを持ち出すのか――と、山岡はその滑稽さに、ちらと苦笑を漏らしそうになる。が、役目柄、面白がっている場合ではない。さらに困った顔になった。

そのとき、山岡へ声がかかった。

「どうした、まだ収まらないかね」

琴を含めて、その場の全員が新たな声の主のほうを見ると、ひどく身なりの良い男が端然と立っていた。光沢のある絽《ろ》の羽織に、仙台平《せんだいひら》の袴という瀟洒《しょうしゃ》な出で立ちだった。

「清河先生」山岡が言った。「この娘が――」

「ああ、あらましは聞こえた」

清河先生、と幕臣の山岡が尊称で呼んだ三十代半ばの男は、鼻筋の通った端整な顔を柔和に歪めて、苦笑した。

「鉄さんの声は、大きいからね」

そう答えた男の名は清河八郎、といった。本名は斎藤正明。出羽庄内藩の一介の豪農の息子でありながら、浪士組を募るという計画の提唱者であり、事実上の責任者だった。

しかし本来なら身分上、幕府の企てに参画できる立場にはない。それどころか、こうして公の場に姿をみせるのさえ、憚られるはずだった。

なぜなら清河は、ひと一人を殺害している。しかもそれは――幕府の関係者だったのだから。では、そのような男がなぜ、浪士組を任されたのか。

清河はもともと、政権を天皇を中心とした政体に還して外国勢力を締め出すという、尊皇攘夷論者だった。桜田門外の変以降、江戸で私塾を開いて文武両道を教える傍ら、活発に攘夷運動を展開し、同志も募っていた。広範囲な活動はしかし、幕府の警戒するところとなり、町奉行所は清河八郎本人と同志の捕縛を決定する。

いまから二年前、文久元年五月十九日のことである。

清河が捕縛に現れた幕府の捕り方を斬り殺したのは、その翌日であった。場所は日本橋甚左衛門《じんざえもん》町の路上、書画会の帰りであった。清河は北辰一刀流免許皆伝者であり、斬られた者の首は、一間は飛んだという話が残っている。

清河は幕府の意図を察すと、すぐさま逃亡した。政治犯逮捕に失敗した幕府は、それを糊塗《こと》すべく罪名を〝酩酊《めいてい》した上での町人無礼打ち〟にすりかえ、手配した。政治犯よりも酒乱の無礼打ち、という罪名のほうが、町人の憤激を買い、発見につながりやすいという目論みもあったのだろう。

それはともかく、逃亡した清河にかわり、幕府は関係者を一斉に検挙した。遊郭で仲居として働いていた頃に清河に見初められた愛妻お蓮《れん》、実弟の斎藤熊三郎を始め、のちに上州での徴募を担当する池田徳太郎、石坂周造など、清河の同志は根こそぎにされ、小伝馬《こでんま》町《ちょう》の牢屋敷へと収監された。ちなみに、山岡鉄太郎も〝無礼討ち〟事件当日に清河と同道しており、上役から事情聴取を受けている。〝確かにあの時は清河の近くにいるにはいたが、路上で物売りを呼び止めて瓜を買い、その支払いをしてるうちに清河たちは先に行ってしまったので、現場は見ていないのです。何度いえば納得して戴けるのですか〟と、苦しい——読みようによっては妙に微笑ましくもある、悲鳴のような上司宛《あて》の上申書が残っている。

逃亡しただけなら、ただのお尋ね者で、いずれ捕らわれて終わっただろう。しかし、清河の傑物たる所以《ゆえん》は、この逃亡生活中の活動にあった。

清河は入水自殺まで偽装して時を稼ぎながら、自らが立案した政策を提案する建白書を、山岡たち幕臣の同志の手を経て、幕府上層部に提出することに成功する。

清河の建白書には、〝国家急務三事〟として攘夷断行と英才教育、なにより——大赦発令を求めていた。

幕府上層部、つまり幕閣のうち、特に政事総裁である松平春嶽《しゅんがく》はこの建白書の内容が気に入った。建白は受け入れられて大赦が発せられ、お尋ね者であった清河は自由の身となり、獄に繋がれていた仲間たちも、晴れて放免となった。

それだけではない。清河は、浪士を募って不逞浪士を押さえるという献策を行い、それは春嶽と同じく幕閣のひとり、将軍上洛にともなう京の治安問題に頭を痛めていた老中板倉勝静《かつきよ》にとって、効果がある方策と思えた。

そこで文久二年、清河とその同志を中心とした、浪士組徴募の計画が始動したのだった。

とはいっても表向き、清河はなんの役にも就任していない。陰からすべてを差配することに徹するためだが、その影響力は隠然たるものがあった。

「まあ、良いんじゃないのかね」

その清河が気楽な口調で言うと、生真面目な山岡は気色ばんだ。

「ですが清河先生、この者は女子でございますぞ！」

「いやいや、鉄さん。ちょっと聞いたんだが、この娘の言い分にも一理ある。なるほど、募る際に、女子はならぬ、とは告げておらん。これは我らの落ち度だ」

「そのようなお戯れを……！」

「それに、薙刀の腕も大したものだ」

「しかし……！」

「山岡君、いまは時が惜しいのだ」

清河が表情を改めて告げると、山岡は言い募っていた口をつぐんだ。

「我らは一刻も早く、京へ発たねばならん。その他は、すべてが些事《さじ》といっていい」

清河の表情は、大事の前の小事にかかずらっている暇はない、と告げていた。

「とにかく京へ上ることだよ、鉄さん。……上ってしまえば、どうとでもなる」

清河と山岡の間には、浪士組上洛の目的が将軍警固のほかに存在するのを暗示していたが、自分の処遇問題だけで頭が一杯の琴には解らない。

清河の諭すような口調に、山岡は気を取り直してうなずく。

「――そうですな」

「それでは山岡さん、よしなに」

清河が、ぱっ、と一転して笑顔を咲かせて立ち去ると、山岡は音を立てて息をつき、向き直る。

固唾《かたず》を呑んで〝おとな〟たちの話し合いを見守っていた琴は、急に山岡の巨体がこちらを向いたので、思わず姿勢を正した。

「お琴。先ほど申し述べたとおり、浪士組加盟は、認められん」

琴は顔を上げたまま、食い入るように山岡の顔を見詰める。拒絶の次に、別の言葉があるのを信じて。だから、向日葵《ひまわり》のように顔を上げ続ける。

「だが……同道するのは、許そう」

山岡がそう告げた瞬間、――琴のなかで風が吹いた。

それは猛々しく、熱い風だった。琴の、武芸者としての季《とき》における、春一番のような。

――わたくしも、……わたくしも京へゆける……！

「まことで……まことでございますね？」琴は笑顔を輝かせて、念を押した。

「但し！」山岡はぴしゃりと続けた。「お手当金は出んぞ。路銀は己で工面せよ。……よいな」

「はい！」琴は声を弾けさせ、深々と頭を下げた。「ありがとうござりまする！」

むすりと肯いた山岡鉄太郎が背を向け、人混みに消えるのをしおに、開いていた場は、先程来の騒ぎなど無かったように、また浪士で埋まった。

「お琴、お前。……無理無体とはいえ、門を開けてしまうとはな」

良之助が喧噪《けんそう》の戻ったなかで、呆れ半分驚き半分の口調で言った。

「はい」琴はにこりと笑った。「そのようです。でも、……私は信じていました。疑わなければ叶うものと」

「子供の如き事を言う」良之助はため息をついた。「お前とともに中山道を上る羽目になろうとはな……。板橋の〝縁切り榎木〟へ連れて行っておくべきだった」

「まあ、ひどい。……それにしても、兄上――」

琴は、形ばかり憤慨してみせてから尋ねた。

「――あの山岡様や清河様とは、どういった……？」

「お二方とも、市中では聞こえた剣客だ。俺も〈玄武館〉で何度かお見かけもし、手合わせも願った。清河殿は一時、御公儀から追われる身ではあったが……免許皆伝の腕だ。山岡殿も講武所世話役で、それゆえの御抜擢《ばってき》だろうな」

江戸で十年修行した良之助は、やはり物知りだった。そんな兄に、琴はほんとうに聞きたかった事を尋ねた。

「それで、あの……私が最後に立ち合った、背の高いお方は……？」

私の薙刀の技を防ぎきったあの方は、並の技量の持ち主ではない。――と琴は思っていた。これは自惚《うぬぼ》れではなく、もともと薙刀や槍といった長柄の武器は間合いが広くとれるぶん、剣と対峙すればかなり有利になるのだ。それなのに……。

――強いひとだった。薙刀だから勝てたけれど、剣ではまだ……とても及ばない。

だから知りたい、あのひとのことを。琴は好奇心だけではない、なにか複雑な情動に突き動かされるように、そう思う。

「あの古流を受け継ぐ体術や太刀さばきは、おそらく」良之助は思案しながら言った。「天然理心流《てんねんりしんりゅう》」

「天然理心流……」

琴は聞き慣れない流名を、口の中でちいさく繰り返して、さらに聞いた。

「それで、天然理心流の？　なんとおっしゃるお方なのです？」

「そう急《せ》くな。……そうだな。かの流儀は、市ヶ谷に〈試衛《しえい》〉という道場があり、三代目宗家は百姓の出で、近藤勇《いさみ》と申す仁だ」

良之助は記憶を辿《たど》りながら話した。

近藤勇――。いうまでもなく、後の新選組局長である。ちなみに今日、近藤の道場を〈試衛館〉とするのが一般的だが、同時代に〝館〟をつけて表記した文書はない。

「近藤殿のことは、斎藤弥九郎先生や一橋家の櫛渕《くしぶち》様も高く評されている」

「斎藤先生というとあの、神道無念流の……？」琴は眼を丸くする。「それに、櫛渕先生まで……！」

斎藤弥九郎、といえば、穴原村からほとんど出たことのない琴も、その高名は当然、知っている。

江戸三大道場の一つで、門人三千人といわれた名門中の名門である〈練兵館〉の館主だ。

また、櫛渕とは御三家一橋家で剣術指南役をつとめる神道一心流三代目、櫛渕盛宣《もりのぶ》のことだった。この流派は一橋家家臣を中心に四百名以上の門人を抱えていたが、創始者は、琴たちの住んでいた穴原村と同じ利根郡の出身者で、櫛渕彌兵衛《やひょうえ》といった。いわば近在では立志伝中の人物で、琴も当然知っている。

後世の想像と違い、近藤勇は剣の世界では、知る人ぞ知る有名人であった。

それも当然であろう。近藤がただのひとの良い貧乏道場主というだけなら、これから後、京を震撼《しんかん》させる男たち――、永倉新八や斎藤一《はじめ》、山南《やまなみ》敬助といった手練《てだれ》の士に、慕われる筈がない。

「もっとも……、三流派が門人の数を競う江戸市中では、天然理心流は広く知られているわけではなく……甲州街道の日野宿一帯の百姓や八王子の千人同心に、門人が多いと聞いたが……。そうか、その武州日野宿に、たしか――」

良之助は、ようやく思い当たったようだった。琴は、背の高い男の名が知りたい一心で辛抱強く耳を傾けていたものの、焦《じ》れはじめていた。勢い込んで先を促す。

「それで？　名はなんとおっしゃるのです？　兄上！」

「あ、ああ」良之助はすこし鼻白んで答える。「確か、近藤殿の門人で、土方《ひじかた》……そうだ、土方歳三、という仁ではないかと思うが」

「土方……歳三」琴は呟いた。

それが、あの方の御名前……。

「土方殿を恨んではいかんぞ。道中、諍《いさか》いの種だ」

良之助は琴の表情を読み違えて、そんなことを言った。この負けず嫌いの妹が、薙刀を振るって土方に闇討ちでも仕掛けるのではないかと、心配したらしい。

「さあ、本日はもう仕舞いだ。明後日、諸規則が申し渡される。もっとも……、その時にやはり女子はならぬ、と申し渡されるかも知れぬがな」

良之助は歩き出しながら答えた。

「兄上は、いつからそのような意地の悪いご性分に？」

眉をしかめて、ぷっと頬を膨らます琴に、良之助は歩き出しながら答えた。


「……半分は、本心だ」

琴は、ふん、と鼻で息をついて、そんな良之助の後をついてゆきながら、兄の視線がなくなると、ふと無邪気だった表情を消した。

あの人の名は、土方歳三様……。琴は、兄の後ろで混雑を縫いながら、心の中に書き留めるように、改めて思い直す。

どうして、気になる？　自分でもよく解らない。ただ……好奇心や興味だけとは、とても言い切れない、どこか熱を帯びすぎている感情のせい……。

そして、もう一つの忘れてはならないことがあった。

──私はあやうく土方様の……ひと一人の命を、怒りにまかせて奪ってしまうところだった……。

それを思い出すと胸の中で昂《たか》ぶっていた感情が急速に冷めた。琴は頭から冷水を浴びせられたように、ちいさく身を震わせる。

──取り返しのつかないことをしてしまうところだった……。

琴は修練を重ねてきた自らの武術が、まぎれもなく人の命を奪う技術なのだと、改めて強く心に刻み込む。

琴は顔をうつむけて唇を噛んだ。そして——それでも、ごった返す浪人たちの中に土方歳三の姿を探していた。

第二章　上洛

二月八日。

浪士組二百三十六名と員数外の一名が、上洛《じょうらく》の集合場所であった伝通院を出発したのは、辰の刻五つ半、現代でいうと九時頃のことだった。

「いいか、お琴」

山岡鉄太郎は出発に先立ち、浪士たちが各組三十人ごとに集合し始めた喧噪《けんそう》のなかで、言った。

二日前の六日に申し渡された編成に従い、組は七つに分かれ、各組はさらに十人ごとの〝隊〟に別れることになっている。

「お主は我ら世話役と同道するようにな。姓名帳に名を載せるわけにはいかんが、まあ、小姓役のようなものと心得ていればいい」

「お世話役のお世話、でございますね？」

琴は初めてお使いを言いつけられた子供の表情で、山岡を見上げる。山岡の約束を違《たが》えない誠実さが嬉《うれ》しかった。

「戯《ざ》れ言《ごと》を申すな」山岡は口ではそう注意したが、厳めしい顔は苦笑していた。

この娘の愛嬌《あいきょう》に当てられると、誰しも笑みがこぼれざるをえないのかもしれない。

琴はそれから、山岡に世話役一行のもとへと連れて行かれた。いささか有象無象じみた浪士たちとは違う、小綺麗《こぎれい》な旅装の役人が二十人ほど集まっていて、そこにいた浪士取扱頭取である鵜殿鳩翁《うどのきゅうおう》へと引き合わされた。

「ほほう、そなたがお琴か。女子《おなご》の身ながら、豪儀なことじゃ」

白髪の鵜殿は好々爺《こうこうや》とした顔つきで、まるで孫の晴れ姿でもみるように琴の男装を下から上まで眺めて、ほっほっ、と笑った。このとき、鳩翁は五十五歳。高齢である。

なんだか優しそうなお年寄りだと琴は思った。なるほど、鳩翁と号しているいまでこそ村の和尚然としている。だが鵜殿甚左衛門長鋭《じんざえもんながとし》は、武家の非違を監察する目付《めつけ》を務めていた頃には、器量にあらずとして井伊直弼の大老就任に反対し、老中に翻意を迫った直情のひとでもあった。その結果、駿府奉行へと左遷され、程なく免職のうえ隠居となった。

その隠居していた鵜殿が浪士取扱役として引っ張り出されたあげく、さらになぜ、最高責任者になったのか。前任者の松平主税助《ちからのすけ》が、突然辞任したからだ。

幕府としては募集する浪士は五十名程度、ひとり当たりの支度金は五十両、総予算二千五百両と考えていた。だが、幕府の想定を越えて浪士が集まりすぎたために予算が足りず、その責任をとった格好だった。

だが、その責任をとらねばならないとしたら、幕府の思惑を無視して、諸国から浪士たちを掻《か》き集めるだけ掻き集めた、清河八郎たち一派だっただろう。おまけに清河は、集まった者の質を問わなかった。その端的な例が、五番組一番隊小頭の山本仙之助という男だった。山本、ともっともらしい姓を名乗ってはいたが、もとは甲斐国、つまり甲州の、〝祐天〟という二つ名を持つやくざ者である。子分を大勢連れてきた、というだけで役職にありついた。他にも、自らの姓名を記すのすら覚束《おぼつか》ない者、それどころか竹刀の持ち方も怪しいものまで混じっている始末だった。

それはともかく――、松平主税助が去り、代わって引き受けざるを得なかった鵜殿鳩翁の、浪士取扱頭取としての最初の仕事は、二日前の二月六日、伝通院処静院学寮の方丈で、手当金を受け取るべく集まった浪士たちに対し、こう告げることだった。

手当金は不足している。もし不満の者があれば、帰ってもらいたい、と。

琴はその際、百畳敷きはある方丈へは入れてもらえず、縁側から覗《のぞ》いていたのだが、不満のある者はいなかったように思う。皆もとより志を抱いて、あるいは喰うに困って参加したのだし、随分と減ったとしても手当金は一人につき十両配られる。京への道中、旅籠《はたご》代は一泊二百文程度で、当座は懐具合を心配する必要はない。一両はこの頃、銅銭に換算すると六千文ほどの価値があった。

とはいっても、琴には関わりのないことだった。もとより手当は貰《もら》えない立場だ。けれど手当金のかわりに、小姓役を仰せ付かった。

琴はとりあえず役目が与えられたことに満足して、意気軒昂《けんこう》だった。

「鵜殿様、なにかお手伝いなどできることがございましたら、お声がけ下さいませ」

琴が頭を下げると、鵜殿は笑った。

「鳩翁でよい。折があれば、よろしく頼もう」

「鳩翁殿、拙者も目を光らせますゆえ、どうか……」山岡が言った。

「清河殿がお許しになったのであろう。ならばわしからとやかく申すことはない。それにじゃ、このような美しい小姓を従えてゆけば、老骨には堪《こた》える長い旅路も、すこしは違ったものになるだろうて」

鳩翁はそう洒脱《しゃだつ》に言って、琴と山岡の間から、その背後を見透かすように眼を細めた。つられて琴と山岡、そして世話役の役人たちも振り返る。

組分けに右往左往していた浪士たちの波は、いつしか組ごとに並んだ長蛇の列に代わっていた。自らの組下の者を呼び立てる小頭たちの声も、いつの間にか止んでいる。

浪士たちの行列は、次の下知を待っていた。

「発足の支度は整ったの」鳩翁は言った。「では、参ろう」

「進発！」山岡は集団に向けて、大きく号令をかけた。

――さあ、いよいよなんだ……！

琴は、ぞろぞろと鳩翁に続いて動き始めた集団の中で、自分の足もとに眼を落とす。与平のくれた草鞋《わらじ》を履いた爪先を見た。

この一歩は生涯、きっと記憶に留められるだろう……。

忘れたくない。琴はそんな感慨を胸に足もとから眼が離せなかったのだが、山岡に、おい、と声をかけられて顔を上げ、歩き出した。

――とにかく、これからなんだ。

追いついた琴に、鳩翁は肩越しに片頬を見せて告げた。

「……ああ、お琴や、最初に言うておこう。道中、火の用心だけは怠らぬようにな」

こうして浪士組の、中山道六十七次の旅程は始まったのだった。

浪士組は、中山道を京へと向かう。

距離にして百三十里五百二十キロを、一日十里、約四十キロを目途に踏破して行く。

琴は名目上は小姓、ということになってはいたものの、それらしい務めをしたのは、一泊目、二月八日の大宮宿と、二泊目の鴻巣《こうのす》までだった。

もとより、鳩翁はじめ世話役の幕臣たちは、それぞれが小者《こもの》を随《したが》えていたし、泊まるのも本陣なので、それほど手は必要とされなかった。

琴の仕事といえば、本陣に着いてから、鵜殿鳩翁の着替えなど身の回りの世話をし、夕飯の相伴に与《あずか》りながら給仕を務めるぐらいのものだった。それから鳩翁の、役目に就いていた頃の思い出や孫の話に耳を傾けるのも、仕事のうちに入るのかもしれない。

琴は特に、鳩翁の目付の頃の武勇伝や、講武所創設に関わった際の苦労話を興味津々で聞いたのだが、それも、陽の落ちるまでだった。女子を泊めるのは風紀上差し障りがある、との山岡の意見により、公儀御用で本陣に宿泊する世話役たちとは別に、近くの旅籠屋に泊まるよう指示された。なんだか追い出されるようで、琴は面白くなかったが、宿代は山岡が出してくれた。

そんな旅路だったから、琴は小姓役とはいえ、昼間はある程度は自由だった。

「兄上様、兄上様――」

葦簀《よしず》張りの水茶屋の縁台に腰掛け、琴は隣に座った良之助《よしのすけ》に囁《ささや》きかける。

琴は、六番組に所属する良之助が、小頭金子正玄ほか九名の組合——同僚とともに休憩しているのを見付け、やってきたのだった。

ついでながらいえば、六番組の金子の隊には長沢千松という若者がいる。巷間《こうかん》ではこの長沢千松が琴の偽名ではないか、と疑う向きもあるが、全くの別人である。さらに付け加えれば、松沢良介も中沢造酒丞《みきのじょう》も吉沢徳之助も、琴の偽名ではない。

「——兄上様!」

「そう何度も呼ぶな。なんだ」良之助が茶を飲みながら、素っ気なく言った。

「男の格好《なり》をして歩いているだけで、なにか、こう……、世の中が変わって見えまするな」

琴はひとつ囓《かじ》った団子の串を口許に留めたまま、往来を眺めて声を弾ませている。が、良之助の返事は、相変わらず素っ気ない。

「それは良かったな」

「あ……! 兄上様……!」

「今度はなんじゃ」

「お団子が美味しい……!」

琴は団子を頬張ったまま、笑った。沼田で食べる味噌団子がこの世で一番美味しいと思っていたけれど、みたらし団子も悪くない。

「――黙って喰え」良之助はため息をついた。

琴は上機嫌な子どものように足をぶらぶらと揺らしながら、伊勢参りが絶えず上下する東海道ほどではないにせよ、ひっきりなしに行き交う中山道の旅人たちを、じっと眺め続けた。

揺らす足の袴は、裁付袴《たっつけばかま》にかわっていた。

土方歳三との一件で、馬乗り袴の裾《すそ》が捲《めく》れたときは、さすがに琴も恥ずかしかった。そこで、今後に備えて兄にねだり、板橋宿の古着屋で買い求めたのだった。現代では相撲の関係者が穿《は》いている、ズボン状の袴だった。ちなみに、英語でトラウザス、この当時〝段《だん》袋《ぶくろ》〟と呼ばれていた筒状の下衣《したごろも》が〝ズボン〟と呼ばれはじめたのは、この頃である。

それはよいとして――、琴が道行く人々から目を逸らさないのは、その土方歳三が通らないかと期待しているからだった。

わざわざ探し回って押しかけ、こちらから話しかけるなどというのは、はしたないことだし……人目もあって、恥ずかしい。こうして良之助の隣にいるのも、兄の側にいたいのではなく、一緒にいれば同じ組同士ということで、なにか土方歳三と話す切っ掛けくらいにはなるのではないか、と考えたからだった。

けれど、追い越して行く浪士組の者の中にも、あの役者のような姿は見当たらない。

――道中で、言葉を交わすのは無理なのかな。でも、京へ着けば、自然と……。

そう思いながら、団子の串を皿に置いた琴に、良之助は言った。

「お琴。御役目は、どうだ」

「はい」琴はにこりと笑った。「楽しく務めております」

「お役人中は、どうだ」

「鳩翁様ほか山岡様や皆様、優しゅうして下さいますけど」

そうか、と良之助は答えて唇を引き結ぶ。しばし黙った後、口を開く。

「ああ、……その、なんだ。無理なことを、させられてはおらぬか?」

「――え?」琴は円らな目を瞬かせた。「無理、と言われますと?」

「だから、その……、無体《むたい》な真似を強いられてはいないな?」

ははあ、と琴は、朴念仁《ぼくねんじん》の兄が切り出しにくい懸念を、ようやく得心する。

「それは私が、鳩翁様の夜伽《よとぎ》のお相手でもさせられていると、兄上はお疑いに?」

「ば、馬鹿……！　真っ昼間から、そのようなことをはっきり口にだすでない……！」

慌てる良之助に、琴は笑ってみせる。

「そのようなことは、ございません」琴は笑顔できっぱりと言い切る。「鳩翁様はご立派な方ですもの。なにより、そのような破廉恥な行いは誰であれ、金剛石のようにお堅い、あの山岡様がお許しになりません」

それもそうだな、と良之助も納得した顔をした。

有象無象の群れといっていい浪士組が、なんとか秩序だって行動できているのは、山岡鉄太郎が巨軀《きょく》に目を光らせて掌握しているおかげだとは、浪士組全員が感じている。実質的に浪士組を握っている清河八郎は、仲間たちに任せて表だって指揮することもなく、一団とは付かず離れずで道行きしているのだ。

「なら良いがな」良之助は飲み干した茶碗を下ろした。「道中はまだ続く。お前は女子ぞ、それを忘れるな。身辺には、充分に気を配れ」

「心得まして」琴は少しおどけて答える。「ござりまする」

良之助の懸念は、的中した。

道中三泊目、本庄宿。上弦の月は彼方にそびえる上毛三座——榛名《はるな》山、妙義《みょうぎ》山、そして琴には懐かしい赤城山の上にあって、皓々《こうこう》と光っていた。その蒼《あお》い月明かりは、数百軒の屋根を、まるで水底の風景のように浮かび上がらせている。

時刻は深更を回り、中山道中、最も繁華な宿場町にも喧噪は絶えて、寝静まっていた。

と——、突然。

静寂を叩き壊すような、どかん！　という、爆発めいた破壊音が、旅籠屋に響く。

昼間に歩き疲れてぐっすり寝入っていた浪士組の者たちは、文字通り敷布団から飛び上がると、何事かと起きだし、がたがたと雨戸を繰った。

そうして、彼らが月明かりのもと、窓の外に見出したのは——。

まず、中庭に寝間着姿の男が転がっているのが目に入った。そして、その近くには吹き飛ばされたように雨戸が落ちている。

なんだ……？　と皆が思った途端、うははは！　と突如哄笑《こうしょう》が響く。

「忍んでこられるなら、もう少しお強うなってから来られませ」

その声に皆が眼をやると、雨戸が一枚分欠けて、白い光が射し込む縁側に——琴が、襟のわずかに乱れた寝間着姿で、得意満面で仁王立ちしている。

夜這《よば》いを敢行した、ある意味では勇気のある不届き者を、琴が返り討ちにしたらしい。

琴は愉快そうに笑っていたが、起きてきた宿の者に中庭から声をかけられ、さらに開け放たれた雨戸から覗いた、幾つもの寝ぼけ眼に気付いた。さすがに、はっ、と息を飲むと慌てて襟を直しながら、陰になった奥へと引っ込む。それから、ひょいと顔だけ月明かりしたに覗かせると、まず宿の者に雨戸を直してくれるように頼み、次いで呆然《ぼうぜん》としている浪士組の者達に告げた。

「あの……、私も疲れております。このような真似はもうおやめになって下さいましね。……では、お休みなさいませ」

やれやれ……、と浪士組の者達は息をつき、雨戸をがたがたと閉め、寝床に戻った。

一刻の後――。

再び、雨戸の吹き飛ぶ激しい音と、琴の呵々《かか》大笑する声が、月明かりの中に響いた。


浪士組の旅は続く。

男装の琴もまた、その中の一人として、京を目指す。

夜這いには遭ったが、土方歳三とは逢《あ》えないままだった。――もっとも、本庄宿以来、褥《しとね》に忍び込む男はいなくなった。男どもも、危険性を学んだのであろう。それに、京へ着けばいくらでもよい女子がいる……、と思い直したのかも知れない。当時、京の遊里の女性たちは、世の男どもの憧れだったのだから。

眠りを邪魔されないのはよいのだが、……肝心の土方歳三に逢えないのはやりきれない。京に着けば、お話しする機会もあるだろうけど……。琴はそんな風に自分を慰めてみるのだが、なんだか胸の中で、竹林が風にざわめくのに似た音が絶えずしている気がして、落ち着かない。

そんな中で最初の難所に行き当たった。碓氷峠《うすい》であった。一千メートル近くある標高を、十キロ進む間に五百メートルは上る、きつい勾配《こうばい》だ。

そして、琴にとっては身体的な疲労だけでなく、さらなる問題が控えているはずだった。関所、である。ここ中山道の木曾福島、そして東海道の箱根と新井と並び、天下の四大関所と呼ばれた碓氷の関門があるのだ。

関所では、事前申請する大名や公家の行列、主家をもつ武士は容易に通過できた。けれど庶民と女性、とりわけ後者は、よく知られているように〝入り鉄砲に出女〟ということで、改め姥あるいは人見女《ひとみおんな》に、必要と判断されれば着物を脱がされた上、徹底的に検査される。幕府にとって、半ば人質の大名の妻女や姫が、無断で江戸から領国へ脱け出すのを防ぐためだ。

琴は手形をもっているとはいえ、男装している。……関所役人にとっては、これを疑わなければなにを疑うのか、というところであったろう。

が――、薙刀《なぎなた》を担いだ琴を、関所役人はちらりと役所の縁側から眺めただけで、通行を許したのであった。

琴が難なく通過できたのは、これまで女を取り締まれと命じていた、当の幕府の役人が引率しているからなのは勿論《もちろん》だったが、時代の趨勢《すうせい》もあった。

一年前の文久二年、将軍後見職についた一橋慶喜《よしのぶ》と、浪士組の責任者でもあり井伊直弼が桜田門で暗殺されたために政事総裁として返り咲いた松平春嶽が行った改革のひとつが、大名たちに多大な出費を強いる（それが幕府の狙《ねら》いでもあった）参勤交代の緩和、事実上の廃止だったからである。浮かせた出費を、軍備に費やそうとしたのである。海の外からの脅威はそれだけ、幕府に危機意識をもたせ、古くからの繁文縟礼《はんぶんじょくれい》を捨てさせる威力があったといえる。

そういうわけで、最初の難所は琴は無事通過できたのだったが――。

けれど次の、そして中山道における最難所である和田峠を越えた下諏訪《しもすわ》で、事件は起きた。そしてその時――。

琴は土方歳三と再会した。

和田峠では、雨に祟《たた》られた。

雨雲のなかへと延びゆく急峻《きゅうしゅん》な坂を登りながら、浪士組一行は、春先とはいえ寒さに凍えた。鳩翁は行列を崩すことを許し、体力に余裕のあるものは先にゆくよう指示した。

そうして標高千五百メートルの峠を、ようやく踏破して坂を下るころには、雨は細くなりはじめていたけれど、笠と蓑《みの》のしたの着物はびっしょりと濡《ぬ》れそぼり、冷たさが骨身に染みるほどだった。

琴も、雨水を吸って垂れた大髻《おおたぶさ》を、何度も握って絞らなくてはならなかった。濡れた髷《まげ》がうなじに触れると、飛び上がるほど冷たかったからだ。はやく、濡れてぐしょぐしょになった足袋《たび》と、せっかく与平爺が編んでくれた物ではあったけど、草鞋を脱ぎ捨ててしまいたい。

日が暮れるにはまだ間があるはずだったが、宿場へと下る山道は、薄墨を流したように仄暗《ほのぐら》い。雨はもうすぐ上がるらしく、山の斜面には、霧が巻き始めている。

「お琴」鳩翁が世話役一行の先頭で口を開いた。

琴は、高齢の鳩翁が足下を滑らせたときの用心にと、寄り添って下り坂を歩いていたが、声をかけられて、雨の滴る笠の縁を上げた。

「はい？　鳩翁様？」琴は自分より背の低い鳩翁へ身を屈めた。

「寒いであろう。風邪などひいてはおらぬか」鳩翁は笠の下で、前を向いたまま続けた。

「いいえ」琴は、にっ、と笑った。「寒くはございません」

「嘘《うそ》を申すな。わしは寒い。それはわしの歳のせいだと抜かすか」

「いいえ」琴はくすりと笑った。「失礼致しました。寒くて堪りません」

「左様であろう。じゃがな、もうしばしの辛抱じゃ」

鳩翁は琴だけではなく、黙々とあとに続く世話役たちにも聞かせるように続けた。

「下諏訪は中山道中でただ一つ、温泉が湧いておる宿じゃ。芯から冷えた身体を温めるには、もってこいであろう。これまでの疲れも癒えるというものじゃて」

皆、寒さと疲れが身にこたえている。けれど、武士は弱音は吐けない。だから鳩翁様は、私に話しかける振りをして、他の皆様を励ましてるんだ……。

琴はそう思った。だから、明るく相づちを打つ。

「難所を苦労して踏み越えた者への、神仏からのご褒美かもしれませんね？」

「お琴、それはおかしいであろう」山岡が珍しく茶化すように口を挟む。「お主の言い分だと、西から下ってくる者はどうなるのだ？　難所を踏む前に、湯に浸かれるではないか」

「そ、それは」琴は口ごもったが負けてはいない。「……それは、これから難所へと向かう者はよく身をほぐしておくように、との……思し召しでは」

「口の立つ女子だな」

山岡が呆《あき》れると、鳩翁が笑い、背後に続く者達も、笠の下で小さな笑いをこぼした。

笑うとすこし活力が湧いた。琴たち世話役一行は、肌が痺《しび》れるような熱い湯を切望しながら、疲れた足を急がせる。雨は幸いにも山道を進むうちに細ってゆき、下諏訪の宿場町に着く頃には、止んだ。

けれど、温泉どころではなかった。事件は、すでに始まっていた。

琴が異変を感じたのは、下諏訪宿の宿境に差し掛かってすぐ、高札場のあたりだった。

――……? なんだか、山の焼けるような臭いがする……。

「火事でもあったのかの」

「さあ、なにか――」

火の始末には神経質な鳩翁に問われた山岡は、答えようとして――。

目に飛び込んできた光景に、絶句した。

左右に旅籠や店の並ぶ大路に、大勢の人だかりができていた。

だが、剛胆な山岡から言葉を奪ったのは、そのせいではなかった。人だかりを越える勢いで炎が赤々と燃え上がり、煙を立ち昇らせているからだった。

そして、土地の者達が不安げに見詰める、その盛大な篝火《かがりび》のすぐそばには、三つの人影があった。

往来の真ん中に樽《たる》らしきものを置いて腰掛けている人影と、それに重なる立ったままの人影。さらにその二つに話しかけているらしい、身を屈めた人影と。

三つの人影が浪士なのは、すぐに見て取れた。刀を差し、袴を穿いている。

「おい、これはなんの騒ぎだ！」

山岡は、騒ぎを見守っていた者の中に浪士組の者をみつけて、詰問した。

「や、山岡殿……。それが――」

「どういうことか、有り体に申せ！」山岡は胸ぐらを掴《つか》み上げんばかりの勢いで促した。

「それが……」浪士は山岡の剣幕に唾《つば》を飲んで言った。「先番宿割りの近藤殿が」

先番宿割りとは、一行より先行して宿の手配をする、庶務係長といった役目だ。

琴は近藤の名が出てきたことに眼を見開く。近藤というと、天然理心流宗家では？

――もしかして、土方歳三様のお師匠……？

「その近藤殿が、どうした」

「は、はい。宿割りの際……その、手落ちがあり……。宿所の手配から漏れたその者は、ならば寒さよけに一晩篝火を焚《た》く、邪魔立てするなと申して……あのように」

「あれだけ往来を妨げるような真似はするなと、達していた筈《はず》であろうに……！」山岡は吐き捨てた。「それで誰だ、このような無法をさらしておるのは！」

「す、水府浪人の芹沢《せりざわ》殿、……芹沢鴨《かも》殿でござる」

水府浪人……。それでは伝通院で見掛けた、毛皮をまとったあの一団。

良之助が教えてくれた〝水戸の天狗〟だ。

琴は、炎に照らされながら悠然と腰掛けている人影を見た。

巨漢だった。座っていても、それと判るほどの。おそらく、一団を率いていた、あの色の白い男だ。

山岡は事情を聞くと、そのまま野次馬を半ば突き飛ばすように押しのけながら、篝火に照らされた巨体へと駆けだした。

「山岡様……！」

琴も咄嗟《とっさ》に山岡の後を追いかけた。が——。

「お琴、行ってはならん。ここで控えておれ」

琴は四間ほど走ったところで、背後からの鳩翁の声に、襟首をつかまれたように足を止めた。

「で、でも……」琴は振り返って訴えた。

「そなたが行けば、かえって話が拗《こじ》れるかもしれぬ。……よいな」

はい……、と琴は不承不承うなずいて、顔を火柱の方へと戻す。

すると、怒りを抑えながら近づいた山岡が立ち止まり、樽に座った巨漢へ声をかけたところだった。

「芹沢殿。……これはなんの真似でござるか」

「おや、これは取締役殿か」

芹沢鴨は、脂肪質の丸い顔を炎に向けたまま、立ち上がりもせず口を開いた。

「なに、寒さしのぎでござるよ」

芹沢は嘯《うそぶ》くと、袴の膝《ひざ》から〝尽忠報国〟と書かれた鉄扇を持ち上げ、首筋を叩く。

ばしん！……威嚇する音を辺りに響かせて、芹沢は続けた。

「なにしろわしには、今夜、泊まる宿はないらしいのでな。のう、近藤殿？　そうでありましたな？」

「全く……、全く拙者の落ち度でござった。ご寛恕《かんじょ》を願いたい」

近藤勇は、体つきこそ頑健そのものだったものの、背はあまり高くない男だった。そのせいか、岩のような顔を苦衷に歪《ゆが》ませ、あらためて頭を深く下げたその姿は、悠然と腰掛け続ける芹沢と比べて、さらにちいさく見えた。

「しかし近藤殿」芹沢の傍らに立つ男が言った。「小僧の使いでもあるまい、いかがなされるおつもりか」

近藤を責めているようで、じつは芹沢に媚《こ》びている。琴はその男の口ぶりをそう感じた。

餓鬼大将の取り巻きには、ああいう手合いが多い。

「お手前はたしか、殿内《とのうち》殿でござったな」山岡が言った。「芹沢殿はともかく、何故、お手前までこのようなことをなさるのか。殿内殿は目付役のはず、非違を正すのが役目であろう。それともまさか、お手前まで宿割りに漏れたわけではなかろうと存ずるが」

殿内義雄《よしお》は歳は三十過ぎ、いかにも秀才、といった細面の男だった。その目には、どこか皮肉で冷笑的なところがあった。

殿内は、その冷笑を目だけでなく口許にも薄く広げて、言った。

「左様、拙者は目付役ゆえ、芹沢殿の難儀のもととなった近藤殿を、この場にて詮議《せんぎ》しておるのです。いわば、目の行き届かぬお役人中の肩代わり、とでも心得られたい」

「なに……?」

あからさまな軽侮《けいぶ》に顔を強張らせた山岡を、近藤が押さえた。

「山岡殿、かたじけないが、ここは……」近藤は岩のような顔を歪めたまま、謝意を含んで囁いてから、続けた。

「芹沢殿、曲げてご寛恕を――」

ばしん!……芹沢は近藤の謝罪の言葉を、鉄扇の音で冷ややかに打ち消した。

「いや、お構い下さいますな」

芹沢は底意地の悪さを見せつけておきながら、空々しいほど明るく言った。

「このようにしておるほうが、濡れた着物も早く乾こうというもの。いや、これはむしろこの芹沢が、近藤殿に礼を言うべきかもしれませぬなあ」

琴は、離れたところで芹沢鴨の言いぐさを聞きながら、胸がむかむかしてきた。

あの芹沢というお方、あんな態度をとるのは武士ではない、と思った。

——ただのごろつきのような言いようじゃ……！

少し待てば宿は用意されるだろう。それなのに、これ見よがしに大きな火を焚いて……火事にでもなったらどうするつもりなのか。宿場の者が大勢難儀するというのに。そこまで考えてから、琴はふと気付いた。——そうか。

琴は暗くなり始めた頭上を振り仰ぐ。暗くなりはじめた空に、たしかに煙は灰色の大蛇のように立ち昇ってはいる。だが、火事の原因となる火の粉は、両側の軒に降り落ちても、雨に濡れているせいで、すぐに消えてしまう。つまり——。

——この芹沢という方、どれだけ往来で火を焚いても、火事にならないのを見越した上で……？

ということは、芹沢鴨はなにか思惑があってこのような暴挙に及んでいるのではないか。それに、鉄扇を小道具にした脅し方も堂に入っている。脅迫にも場慣れしているのではないか。

琴の想像は間違ってはいない。芹沢と鉄扇。これは、ほとんど一対の存在といっても良かった。

芹沢鴨。——本名は下村継次。剣は神道無念流、免許皆伝である。

もとは常陸国芹沢村の郷士、芹沢貞幹の三男として生まれ、後に松井村の下村家の婿養子となった。そして、この下村家が代々神官を務める家柄であったことが、芹沢鴨の今日に大きく関わっている。

水戸藩内では武士だけでなく神官もまた、領内各地の〈郷校《きょうこう》〉を核とする攘夷派に組みこまれていたからだ。

郷校とは、藩が文化年間から領内に設けていた庶民教育機関である。極端なまでの攘夷派である徳川斉昭《なりあき》の〈天保の改革〉以降、その方針に従って領内で数を増やしつつ、さらに教育の重点を尊皇思想と武術鍛錬にあてるようになった。自然と、そこは尊皇攘夷激派の拠点となり、集まった激派の集団は、天狗党と呼ばれた。

芹沢鴨が郷校で接する内に感化され、天狗党へと身を投じるのに、時間は掛からなかっただろう。実家に近い玉造《たまつくり》郷校の一派、〝玉造勢〟に加わった。

その頃——というのは、いまより二年前の万延《まんえん》二年（一八六一年）。天狗党は水戸領内各地で徒党を組み、領民に攘夷実行の軍資金供出を強要してまわるなど、横行していた。

領民の苦境の訴えを取り次いだ藩役人を、天狗派が殺害する事件もあり、なかば無政府状態と化していたといってもいい。攘夷浪士が闊歩《かっぽ》する、いまの京に似ている。

そのような情勢の中、芹沢は資金強要のために潮来《いたこ》に出向いた。

そしてそこで芹沢は、その人格と鉄扇が特筆される事件、〈佐原騒動〉を起こすのだ。

これについては、『万延二年正月天狗党浪士佐原騒動一件留書』と『水戸浪士佐原一件』という記録に詳しい。

まず芹沢ら天狗党は、鹿取《かとり》神宮にほど近い佐原宿の富商たちへ、一千両という大金を要求した。

困り果てた富商たちは相談の上、なんとか二百両ほどで引き取らせようとし、土地の有力者である伊能権之丞へ、芹沢ら天狗党との仲介を依頼した。

その翌日、富商たちの回答を伊能から聞かされた芹沢は——激怒したのである。

「その方ども！」

芹沢は、普段は白い顔を真っ赤に染め、赤鬼の如き形相で怒鳴った。

「我らを今日まで待たせておきながら、いまさらたった二百両三百両の金で断りをいれるとは、どういうつもりか！　ん？　待たされておる間にほかを回れば、もっと金を集められただろうが！　その分はどうしてくれる！」

富商たちにはなんの義務もない大金を要求した挙げ句、たった一日待たされただけにもかかわらず、芹沢は高齢の伊能を面罵《めんば》した。

「な、なにとぞご容赦のほどを――」

畳の上で震えながら頭を下げ続ける伊能を、芹沢は奇声をあげて鉄扇で殴りつけた。鉄扇で激しく打たれた指はたちまち腫《は》れ上がり、伊能は悲鳴を上げてひっくり返った。

「佐原の村一つ焼き払ってやろうか！　そうして我らもここの土になってやろうか！　ああ！」

芹沢は狂気のよう喚き、話し合いの持たれていた旅籠を飛び出した。それから、大総代高橋家やその配下の者の家を、暴風と化して次々に襲った。什器《じゅうき》を、家具を打ち壊して粉々にし、障子を裂いたのは、やはり手にした鉄扇だった。

常軌を逸した暴力性だった。

結局、佐原の人々は、天狗党の――いや芹沢の狂態のまえに屈するしかなかった。しかしそれは、芹沢の不気味な暴力性に慄《ふる》えたから、……だけではない。

佐原の人々は以前から、この芹沢、いや下村継次の風聞を耳にしていたのである。

『……右下村と申者昨年中牛堀村前州ニ於て川合村百住（姓）某と申もの之首刎候もの之由、一同恐怖いたし立帰り申候……』

芹沢はこの佐原の狼藉より一年前、すでに近在の百姓を殺害している、というのだった。

その理由と方法がまた、凄惨《せいさん》だった。

『一、川合村百住（姓）某と申もの此度天狗之所行不宜を諌候とて、夫を深々憤り寒夜裸にいたし縛置、翌日ニ相成事柄委細不申聞候とて、牛堀村前州え参り首を刎候始末、言語に絶し候次第に御座候』

川合村の勇気ある百姓某が、天狗党の乱暴狼藉を諌《いさ》めた。それに腹を立てた芹沢が、その百姓某を、あろう事か冬の夜、裸にして縛り上げてそのままにした。

そしてその翌日、寒さと縛られた縄の痛みに半死半生であったであろう、無抵抗な百姓某を川原に引きずりだし、首を刎《は》ねた――という。

あくまで風聞であり、噂《うわさ》である。真相はわからない。

しかし――。

……いま下諏訪宿の街道で、篝火に照らされている琴がその話を聞けば、信じたであろう。

このひとなら、それくらいのことをしても不思議ではない、と。

その芹沢は、相変わらず街道の真ん中で、二重顎《あご》に影を溜めながら、顔を炎に向け続けている。そしてその手には、鉄扇。佐原騒動で仲介した伊能権之丞本人が、〝筆舌に尽くし難〟いと書き残した、屈辱と傷手《いたで》を与えた凶器が握られている。

「……芹沢殿、拙者の粗忽《そこつ》でござった。なにとぞ――」

近藤は頭を下げたまま謝り続ける。

芹沢は顔も向けず、おもむろに鉄扇を上げた。それから急に、蠅《はえ》でも叩くように首筋を打つ。

ばしん！……聞く耳持たぬ、とでも言いたげな音。

「幾重にもお詫《わ》び致す、どうか――」

ばしん、ばしん……！

「ここはひとつ、芹沢殿、曲げて――」

ばしん……！

琴は、近藤の詫びの合間に鉄扇の音が響く中、憤りに下唇を嚙みしめて様子を見守っていたが、ふと目の端に、こちらへ近づいて来る者を捉えた。

長身の、しなやかに近づく影。

土方歳三だった。

土方様……！　琴は眼を見開き、息を飲んだ。それは、伝通院以来の再会だったからばかりではなかった。

役者のような顔をややうつむけ、前を睨《にら》み据えながら歩む土方歳三の姿には——殺気があった。

まさか……。琴は身体ごと土方の動きを追いながら息を飲む。

——まさか土方様は、……芹沢殿を……斬るおつもりでは……？

琴は急に肩へ担いだ薙刀の重さを意識し、柄を握りしめた。そんな琴を土方は一顧だにせず、芹沢と近藤の背後へと迫って行く。

琴は為す術もなく、土方の背中を目で追うことしかできない。

その間にも、近藤の謝罪は続き、芹沢は鉄扇を鳴らし続けている。

「芹沢殿、幾重にもお詫び致す。宿所は——」

ばしん！……ばしん！……

ばしん！　鉄扇の音が、唐突にぴたりと止まる。

土方歳三が、芹沢の背後に立ったからだった。

芹沢だけでなく、近藤も山岡も、土方が全身から放つ尋常ではない気配を感じ、動きを止めていた。

息を止めて見守る琴の目には、その場にいる誰もが、揺らめく炎に照らされる影絵となったように見えた。

「芹沢殿」土方が口を開いた。「これほどお詫びしても、近藤を勘弁しては戴《いただ》けませんか」

「詫びと申されるが、それ相応の作法というものが――」

芹沢が答えながら、腰掛けていた樽の上で身体を背後に回した途端、土方の両手が、刀に走った。

――斬る……！　琴は土方を止める、あるいは助太刀しようと考える暇もなく、ただそう心の中で叫び、水たまりを踏んで駆けだそうとした。

土方は刀を抜いた。……ただし、抜き身ではなく、鞘ぐるみで。

……？　琴がつんのめるように足を止めた途端、土方はさらに予想外の行動をとった。

土方は膝を折ってぬかるんだ路上に正座した。そして手を着き、……深々と頭を下げたのである。

土下座だった。

「近藤は拙者の師です」土方は額に泥を押しつける姿勢のまま言った。「ですから、師の不始末は拙者の不始末でもあります。……」

琴は、ただ眼を見開いて、泥道で蹲《うずくま》る土方の背中を見詰めた。なぜ……？

――あれほどにお強い、あの土方様が……？

土方歳三ほどの腕があれば、剣をとれば、決して誰にも後れをとることはないはず。それなのに——。

琴の胸の中で、どくん、と鼓動が強く鳴った。

いいえ、違う！　琴は見守りながら、高鳴る胸に握りしめた手を無意識に押しつけて思い返す。

——あれは……、あのような真似は、土方様がほんとうに強いからこそ……！

あれこそが、まことの漢《おとこ》。琴は震えるような驚きと感激をもって、土方を見詰め続ける。

「……ですからこれで、どうかご勘弁願います」

地面に伏せたまま続ける土方を、同情をもってみていた山岡は顔を上げ、険しい表情を芹沢に向けた。

「芹沢殿。もう気は晴れたでござろう、良い加減にされよ」山岡は告げた。「それともまだ、往来を乱す振る舞いを続けると申すなら、この山岡にも考えがござるぞ」

「ほほほ……、まあ、山岡殿」

「き、鳩翁様……！」

琴は見とれるような思いで成り行きを眼に焼きつけていたのだが、傍らから急に鳩翁の声がしたので、飛びあかりらんばかりに驚く。

「今日は雨中の難儀な道のりで、芹沢殿も気が立っていたのであろう。そうじゃな……、あとで皆の宿に粗酒など届けさせよう。無論、鳩翁のおごりじゃ」

琴は、これが年の功というものなんだろうかと、老幕臣の取りなしに感心した。さすがに目付役まで務めただけあって、人の機微に通じている。

恐れ入ります、と山岡は鳩翁に答えて、芹沢に続けた。

「芹沢殿も、これで宜《よろ》しいな」

ふん、と芹沢は鼻先で嗤《わら》ってみせたが、それでも鉄扇で首筋を撫でると、のっそりと樽から腰を上げた。

「わしが悪さをしたような言われようは業腹だが……、ここは近藤殿ではなく、両重役様方のお顔を立てるとしようか」

芹沢は、自らの所行を棚に上げた恩着せがましい口ぶりで言い放ち、続けた。

「が、この篝火はわしの尽忠報国の志の現れとでも心得ていただけると、有り難い。この芹沢鴨、大きな務めが果たせる男ですぞ」

芹沢の図々しい売り込みに取り合わず、山岡は言った。

「近藤殿。芹沢殿の宿は手配できておりますな？　ではすぐに案内《あない》を。――土方殿と殿内殿は、そこの天水桶《てんすいおけ》で、すぐに火の始末を願いたい」

「拙者も、でござるか」

殿内は、近藤に促されてこの場を立ち去る芹沢の後に、さも当然という顔で続こうとしていたが、山岡に命じられて足を止め、意外そうな口調で聞き返した。

「不服、でござるか。殿内殿」

山岡が試合を挑むような目でいうと、殿内は皮肉に笑って答えた。

「滅相もござらん。仰せのままに」

「皆の者も！　もう心配はせずともよい！　何事もなくなった、戻るがよい！」

山岡が大声で周囲に宣言すると、往来で不安げに見守っていた土地の者達の人垣が散り始める。

琴は、人影が行き交いはじめたその合間に、土下座から立ち上がった土方の姿を見た。

土方の袴は、べったりと泥水に染まっている。それだけでなく、整った顔にも、泥が散っていた。

あれほどに強いお人が惨めに汚れているのは許せない、――と、何故だか琴は強く思った。駆け寄りたい。駆け寄って、泥を払いおとしてあげたい。無様さを少しでも自分の手で拭《ぬぐ》ってあげたい。

だが琴は、濡れた足袋と草鞋を、踏み出せなかった。

――土方様が大勢のまえで恥を忍んだいまこのとき、さらに伝通院で打ち据えた私がお声をかけては……。

あの方に、二重に屈辱を与えてしまうかもしれない……。少なくともあのような姿は、私にだけは絶対に見られたくはないはず。

琴は、炉端の天水桶に向かい、積んであった桶を手に篝火の始末を始めた土方歳三を見守りながら、そう思った。だから足が動かなかった。ただ、動悸《どうき》だけが、胸の中を激しく駆けている。強敵を前にしたかのように。

——でも……でも、あれでは土方様があまりにお気の毒じゃ……！

いまの琴の敵は、自分自身の心だった。琴は生まれて初めて、恐怖ではない感情で身がすくむのを知った。

土方と殿内が桶から水をかける度に、通りを照らす火はちいさくなり、湯気を上げて弱まってゆく。火が消えれば、土方は立ち去ってしまう。

行かなきゃ……行きたい。足を動かさなくては、……歩き出すんだ。

琴は、ぴしゃ……、と飛沫《しぶき》をあげて、泥道を一歩、踏み出す。歩き出す。

琴が近づいたとき、土方歳三は火を消し止め、ひとり使った桶を元通りに山形へ重ねおわったところだった。背中を向けていた。

なにかお声をかけなくては……でも。琴が足を止めて、もじもじと爪先を見下ろしながら躊躇《ためら》ったのと同時だった。土方はくるりと振り返った。

琴も驚いたが、向き直った途端に飛び込んできた人影に、土方はもっと驚いたようだった。だが、やがて口を開いた。

「なんぞ、御用ですか」無味乾燥な声だった。

「――ひ、土方様……」

琴は顔が陰になるようにうつむけたまま、囁いた。あれだけ雨に濡れたのに喉が干上がって、擦《かす》れた声しか出ない。

「……これを」

琴は袂《たもと》からつかみだした手拭いを、土方の胸に押しつけるように突きだした。

「……これを？」

土方は、煤《すす》や泥が散ってはいてもやはり役者のような顔に、怪訝《けげん》そうな表情を浮かべて、琴をみた。

「拙者に……？」

琴は緊張のあまり下唇を嚙んでいたので返事もできず、ただ、こくこくとうなずくので精一杯だった。

どうか……、どうかはやく受け取って！　琴は心の中で土方に訴える。心の臓が、どうかなってしまいます……！

「……かたじけない」

土方は汚れた手で手拭いを受け取った。琴は自分の手から手拭いが離れた途端、安堵《あんど》とも驚きともつかぬ感情が湧いて、力が抜けそうになった。だが――。

「……？　あんた、たしか」

土方が顔を上げ、まじまじと見あげられると、琴はもう堪えきれなかった。身を翻し、裁付袴に泥が散るのにもかまわずにその場から走り去りながら、琴はいまになって、一日中袂の中で蒸された手拭いは女臭いかもしれない――と、そんなことが妙に恥ずかしくなった。

ひとり頬を朱くする琴の肩の上で、担いだ薙刀が跳ねて微かな音を立てる。琴の耳には、それが囃《はや》し立てているように聞こえた。

その夜。琴は、温泉に浸かって冷え切った身体をあたためてから、旅籠の狭い部屋で、雨に濡れた薙刀の手入れをした。

刀は丁子《ちょうじ》油を引いておけば、それほど錆《さ》びやすいものでもないが、それでも濡れたままにしておいて良いことはない。道具は、鳩翁の世話を終えてから本陣をでるとき、そこで借りた。

目釘《めくぎ》抜きをつかって長柄《ながえ》から〝中身〟——刃を外す。二尺三寸、すらりとした姿の冠《かんむり》落造《おとしづくり》をしている。それを揉《も》んで柔らかくした布で、丁寧に拭った。行灯《あんどん》の明かりでも白銀のように冴える、無銘ながら中沢家に伝わる逸品を磨きつつ——、琴は心が定まらなかった。

土方歳三を労《ねぎら》えてよかったという、どこか誇らしい気持ち。いや、あの場では見て見ぬ振りをするのが賢明だった、というちょっぴり後悔する気持ちの両方が、心で乱取り稽古をしている。

これから土方と顔を合わせたとき、一体どんな顔をすればよいのか。

——私は……どうしてこうも、後先のことが考えられないのだろう……？

暗い天井を見上げて、細い鼻梁の先に息をついた途端、ちくりと指先が痛んだ。

琴は、いてて、と子供じみた声をあげ、慌てて手元に目をやると、人差し指に血の玉ができている。切っ先に触れてしまったらしい。

これまでになかった自らの粗忽に、琴は腹を立てた。

「ええい、お馬鹿さまな……！」

半分は己への叱責だが、もう半分は……自分をこんな気持ちにさせる土方歳三への八つ当たりだということも、どこか自覚している琴だった。

――これが、殿御を慕って切なくなる、ということ……?

「もう、寝る!」琴は思考を断ち斬るように宣言した。

中沢孫右衛門の娘、琴は、女子とはいえ武芸によって身を立てんとする者である。その武芸者である私が、男に気をとられて上の空になるなど、あって良いはずがない。大体、武芸一筋に身を慎んできた、と両親の前で言ってのけてから幾らも経っていないではないか。今のありさまを見れば、さすがに気丈な母上も情けない、と泣くだろう。

……というようなことをいらいらと考えながら、琴は錆止めの丁子油を薄く引いた中身を長柄に戻し、乱暴に目釘を打ち直すと、さっさと布団を引っ被った。

けれど、眠りは一向に訪れない。むしろ、焦って寝返りを打つほど、軽くなった心臓が胸の中でふわふわと転がるようで、頭が醒《さ》めてゆく。薙刀の手入れをしたのも、本当のところは、落ち着きたかっただけなのかも知れない。

困った心持ちじゃ……。琴は、消えかけた行灯の光を避けて固く眼を閉じ、布団に顔を埋めた。

翌日の二月十五日の早朝。浪士組は、まだ昨日の雨が泥濘《ぬかるみ》になって残る中山道を、下諏訪宿から京へ向けて発った。

往来の真ん中には、昨夜の篝火騒ぎのあとが、黒々と炭になって残っている。土地の者達のなかには、立ち去って行く浪士組の列を、安堵の表情で見送る者達もいた。

浪士組の責任者として、鳩翁もまた芹沢鴨の暴状がよほど腹に据えかねたのか、昨夜の内に組中に急廻状を発出している（仮名、カタカナが交じっているが原文のまま）。

『火之用心之儀休泊は勿論、往来小休止之節たり共、厳重相慎み麁忽《そこつ》ニ無之様心得可申候』

〝火の用心については宿泊の際はもちろん、道端で休憩する際でも、厳重に慎んで粗忽な振る舞いのないよう心得るように〟。——あくまで火の始末にこだわるのが、鳩翁らしい。

それだけでなく、鳩翁は山岡鉄太郎ら幹部達と話し合い、騒ぎの張本人たちへの具体的な対策もとっている。

暗に組中での昇任を望む旨を匂わせた芹沢鴨を、一旦は謹慎処分にした上で、三番組小頭から世話役附きに転役させている。……これは一見、騒ぎを起こしたのが功を奏したようにみえて、実は面倒を起こしそうな者を手元で監視する意図があった。事実これ以後、京に着くまで芹沢は目立った問題を起こしていない。

また、これは後日の事となるのだが、芹沢に同調した殿内義雄は目付役を更迭された。

さらに、乱妨人取押方という役目まで新たに設け、中村定右衛門以下六人を任命し、風紀取締を厳しくした。

けれどそれらは、琴にとってはおとなの世界の出来事だった。

「……あ、あの！　少しお尋ねします。その……土方歳三さまはどちらに……？」

琴が、葦簀張りの茶屋で休む十人ばかりの浪士たちに声をかけたのは、本山宿《もとやま》を過ぎた桜沢でのことだった。街道沿いの小規模な宿場町、という風情だが、旅人の宿泊は許されていない、いわゆる〝間《あい》の宿〟である。

「歳さんか。歳さんなら、あそこにいるがね」

良く陽に焼けた四十くらいの浪士が、いかにも人の良さそうな顔で床几《しょうぎ》から立って、少し離れた軒先を指さして教えてくれた。

琴は、急《せ》く気持ちを気取《けど》られないよう、ゆっくりと頭を巡らす。と――。

それなりに賑《にぎ》わう茶店の中で、土方歳三の姿だけが、周りからくっきり浮かぶように眼に入った。土方はひとり離れて床几に腰掛け、なにやら背を屈めている。

あそこに、おられた……。琴は胸の高鳴りを抑えるために、心の中でそっと呟《つぶや》いた。

礼を言ってきびすを返しかけた琴に、人の良さそうな浪士が言った。

「あんた、女子かね」

琴は、あっ、と口もとを押さえた。人にものを聞いておきながら、名乗ってもいない。

「こ、これはとんだご無礼をつかまつって……！　中沢良之助が妹、琴と申します」

ほう、と善人顔をますます柔和に崩して感心する浪士に、床几で茶を飲んでいた仲間らしい若者から声が掛かる。

「いやだな、源さん。忘れたんですか」

「なんだったかな、総司《そうじ》」

総司と呼ばれた若者は、切れ長な眼をさらに下弦の月のように細めて続ける。

「ほら、江戸を発つ前、伝通院で。卑しげな浪人三人を瞬く間に打ち据えた女丈夫。おまけに、土方さんを薙刀で――」

琴は、若者がつらつらと伝通院での一件を並べ始めると、恥ずかしさで顔に、かあっ、と血が昇った。ふと気付けば、土方の仲間らしい数人も、茶碗の湯気ごしにこちらを眺めている。そのどの眼も、笑っていた。

「あっ……あっ、……あの！　ありがとうございました！」

琴は、おたふく風邪を患ったかのような赤い顔で、ぴょこんと頭を下げると、その場から逃げ出す。洋式調練をうけた幕府歩兵も真っ青な、見事な回れ右だった。

琴は土方のいる方へ足を向けながら、顔から火が噴き、煙管《きせる》を近づければ煙草に火が付きそうなくらいだったけれど、結果的には、これで良かったのかもしれない。

土方歳三のところまで、背中を押されたようなものだったから。

――わたくしはいままで、こんな心持ちになったことはなかったもの……。

昨夜も、悶々《もんもん》として眠れなかった。行灯の火の絶えた闇の中に、芹沢へと向かう土方歳三の決然とした横顔が、幻となって浮かんでしまう。どうしても。

琴は自分に苛立《いらだ》ち、意地でも眠ってやるとばかりに固く眼を閉じたのだが、今度は瞼《まぶた》の裏に、こちらを見据える土方の顔が浮かんだ。

それは琴が無意識に求めている、ほんとうの意味での強い男の貌《かお》だった。

もう消しようがない、と琴は悟った。あの方はもう、私の心に住んでしまっている……。

――ならば、私は逃げない。それは一番、わたくしらしくない。

払暁の布団のなかで、この鉄砲玉のような娘は決心した。

そしてその結果、琴はいま、背中を丸めて茶屋の床几に座る土方歳三の前に立った。

「……ひ、土方様」

琴は、酷《ひど》い風邪を引いたような擦れた声で囁きかけた。足に立っている感覚がなかった。

「――うん？」

土方歳三は、胡乱《うろん》そうに答え、前屈みになっていた背を伸ばすと顔を上げた。左手の小さな帳面に、矢立《やたて》から抜いた筆を立てている。

背の高い男装の娘は立ったまま、後に京洛を震撼《しんかん》させる男は床几の上から、束の間、互いの表情を見つめ合った。

「あんた――……」

土方は口を開きかけた。が、なにか思い直したらしく言葉を一旦飲み込んでから、続けた。

「伝通院の、女弁慶だな」

琴は土方の挨拶《あいさつ》に一瞬、うっ、と見えない手で首を絞められたように言葉に詰まったが……自らを励まして言った。

「あ、はい」琴は答えてから慌てて打ち消す。「……いえ！　女弁慶ではありませんけれど……、その節は失礼致しました。私は中沢良之助が妹、琴と申します」

土方は、自分によい印象を持っていない。当然といえば当然なのだが、それだけで琴はどうにも話の接ぎ穂《つ　ほ》がみつからなくて、途方に暮れてしまう。

が、琴からすれば、下諏訪では世話になった、といってくれても罰は当たらない、とも思う。もしかして気付いていないのだろうか。そんなはずはないと思っても、恩着せがましく自分の方から言うわけにもいかないし。

「……あの」

琴は眼を落として、おずおずと言った。

「足の方は、大事ございませんでしたか……？」

「まだ痛ぇよ」

土方は忌々しげに武州訛《なま》りで答えた。琴は額を弾かれたように、視線をあげた。

けれど――見直した土方の顔は、笑っていた。白い歯を覗かせて苦笑している。

どうやら、遺恨にはなっていないらしい。

琴も土方の苦笑につられて、安堵の息まじりに、あはっ、と笑い返した。胸の中にあった、緊張の氷が急に溶けた。

そうなると現金なもので、琴は即座に持ち前の愛嬌を取り戻す。

「おや？　なにを熱心に書いておられたのでございます？」

琴は笑顔のまま上体を折って、土方の手元の帳面を覗き込む。

「あっ、勝手にみるな」

土方は玩具を取りあげられまいとする子供のような仕草で、それを隠そうとした。

琴は構わず手を伸ばし、舞い降りた猛禽《もうきん》が獲物をさらうように、土方の手から帳面を取りあげる。

「〝木曾掛橋〟……？」

琴は土方の抗議をよそに帳面を一旦閉じると、表紙の文字を読み上げた。

「これは俳諧《はいかい》……でございますか？」

琴は眼を慌てる土方に移して、意外そうに聞く。

「悪いか、返せ」

いかにも、それは句集であった。――土方歳三が諱《いみな》の義豊にちなんだ豊玉《ほうぎょく》、という俳号で句作を嗜《たしな》んだのはよく知られている。祖父は三日月石巴といって文化文政の頃の俳人であったし、長兄の為次郎は目が不自由なために、近在では〝お大尽〟と呼ばれた家を継ぐことはできなかったが、閑山亭石翠《かんざんていせきすい》と号して句を詠んだ。

どうやら血筋のようで、土方も上洛中の道すがら、歌を詠んでいる。それを留めたのが、いま琴が手にしている帳面なのだった。

「ちょっと……拝見致します」

「おい……！」

琴は慌てる土方を顧みず、興味津々で帳面に眼を落とす。幕末の三筆のひとり、市川米《べい》庵《あん》の影響が窺《うかが》われる、なかなかの達筆で記された句を読み進む。

横川秋月　〝飽かす見む　横川の波にすむ月の　影の散りなむ秋の山水〟……。

江戸を出発して四日目、安中《あんなか》宿横川を詠んだものらしい。それは琴にもわかったのだが……、ちょっとおかしい。

琴は確信して、憮然《ぶぜん》としている土方へと顔を向ける。

「あのお……土方様？　季節をふたつほど、お間違えになっているのではありませんか？」

句の題名は秋になっているが、旅程の合間に詠んだのだとすれば、春でなければならない筈だ。

琴の指摘に、離れて見守っていた土方の仲間たちから、どっと笑い声があがった。

「あはは、豊玉先生、一本とられましたな」

「黙ってろ、総司」

土方は憤然と先ほどの若者に怒鳴ってから、琴を見た。

「秋のほうが……、こう、涼しげでいいだろうが」

「でもそれは、いんちきではありませんか」琴は言下に答えた。

「うるせえな」土方は頑なな子供のような表情で言い返す。「叙情といってもらいてえ」

土方はそこで渋面を逸らしたのだが、琴にとって意外な表情をみせた。

こちらに向けた片頬をほんの少し、……微かにではあったけれど、土方は気恥ずかしげに赤く染めたのだった。まるで、婦人にからかわれた初心《うぶ》な少年のように。

土方様は、こんなお顔もする……。それは、琴にとってひどく鮮やかな表情だった。

そして……嬉しい発見でもあった。

このとき土方歳三は二十九歳。琴よりも一回りは年かさだった。けれど琴は、この強い男の垣間見せた繊細な少年のような一面が、とても好ましく感じられた。

いや、好ましい、というよりも……。

——なんだか可愛い……。大きな男の子のような御仁じゃ……。

琴は口許に当てた帳面で、くすっ、と漏らした笑みを隠し、土方の横を向いた仏頂面を見ながら、そう思った。


次の奈良井《ならい》宿を過ぎると、琴は土方歳三に対して、より積極的になった。

自分の願望に素直すぎるこの娘は、道中、折をみては世話役の群れから離れると、土方の側に寄っていった。それは、土方歳三への思慕はもちろんだったけれど、もうひとつ理由があって、世話役附きとなって同道する芹沢鴨の近くには、いたくなかったからでもある。琴は、ごり押しで世話役に加わった元天狗派の巨漢の、妙に粘っこい好色がましい視線に辟易《へきえき》していた。四六時中、あんな厭《いや》らしい眼で見られていては、気分がよろしくない。

「なんだよ、あんたは俺の憑《つ》き物かなにかか」

土方歳三は、宿場宿場のあいまに設けられた簡易な休憩施設――〝立場《たてば》〟の、葦簀張りの茶店で、整いすぎた面《おもて》をしかめた。立ち寄った仲間と共に、縁台に座っている。

「天下の往来、でございましょ？　どこにいようと、わたくしの勝手ではございませんか」

琴は、さも当然、という風に土方の隣に裁付袴の腰を下ろし、澄まし顔で言い返した。

もっとも土方の方も口では悪態をつきつつも、本気で追い払おうとはしなかった。

ひとつには、物怖じしない、何事にも直截《ちょくせつ》な琴の気性に親しみを覚えはじめたのかも知れない。土方は幼少の頃に母親を亡くし、姉らん（のち、のぶと改名）に育てられたのだが、気丈な女丈夫であった姉と、この娘はすこし似ていた。そして、江戸を発つ前のある出来事にも、関係していたのかもしれない。

もちろん、なにより、自らの師であり同時に義兄弟の契りを結んだ近藤勇を守るため、屈辱と泥にまみれた下諏訪宿で、琴が無言の思いやりと敬意をもって自分をすくい上げてくれたことへの感謝も、当然あっただろう。

けれど奇妙なことに、土方歳三は下諏訪宿での一件について、琴に礼の一つも述べるでもなかった。仲間を憚《はばか》ったのではない。ならば小声で、あの時はすまなかった、と告げればいい。けれど土方は、琴との間には何事もなかったように、一言も触れなかった。

琴からすれば、なにかすこしのお言葉くらい……、と内心では頰を膨らませないではなかったけれど、まさか自分の方から話題にするわけにもいかない。それに、目下の関心は別にある。

「あ、またなにか歌をお詠みに？」

琴が隣を覗き込むようにして、床几のうえで身を乗り出すと、土方歳三は避けるようにして胸元で構えた筆と帳面を庇《かば》った。

「なんでもねえよ、日記だ」土方はお八つを取りあげられそうになった子供のように答える。

琴は、全く信じてませんとばかりに、ふふっ、と細い鼻梁《びりょう》の先で笑った。それから、ごめんあそあせ、と怪しげな口調で形ばかりの断りを入れ、伸ばした手で土方から帳面を取りあげる。

徳音《とくおん》晩鐘〝山寺は　外ともわかす程遠き　ふもとに響く入り相の鐘〟

過ぎたばかりの宮ノ越宿の名所である徳音寺の入相《いりあい》、つまり夕暮れに晩の鐘が響き渡る情景を詠んだものだった。それはいいのだが――。

「土方さま……」琴は嘆くように言って顔を上げる。「またこのようないんちきを」

「なにがだよ」土方は憤然と答える。

「お惚《とぼ》けを。宮ノ越はつい先ほど通り過ぎたばかりでございましょ？　なのにお天道様は、ほら、あんなに高いところにおられるではありませんか。それに、鐘など聞こえませんでした。これをいんちきと言わずして、なにを言うのです」

「いいだろう、これくらいは。――」

土方は男でも惚れ惚れすると評された顔を、執拗《しつよう》な追及にあって渋面にした。

「――叙情というもんだと、過日にも申したであろうが」

「いいえ、いいえ」琴はこればかりは譲れないという表情で、ゆっくりと首を振る。「ほかのことならともかく、徳音寺にまつわることですもの。私としても、見過ごす訳には参りません」

「上州の山出し娘と、なんぞ関わりでもあるっていうのかよ」

「それが、あるのです」琴は得意気にうなずく。

徳音寺は中山道中の名所で、源平の昔に活躍した武将、木曾義仲の菩提《ぼだい》を弔う古刹《こさつ》である。義仲は源氏の頭領、源頼朝の従兄弟にあたり、ここ信濃《しなの》国で平家打倒の兵を挙げた。その配下に滋野《しげの》一族という土着の豪族がいる。

後の真田氏である。――つまり、琴の先祖が仕えていた主家にあたるわけであり、義仲は主家の主家だった、というわけだ。とはいいつつ、その頃から中沢家が従っていたかとなると定かではないのだが。それはともかく、琴は一人の武芸者あるいは薙刀使いとして、女傑小松姫と並び、木曾義仲とともに戦場をかけた伝説の女武者、巴御前をこよなく尊敬していた。

巴御前は旭《あさひ》将軍義仲とともに、京の町を闊歩したであろう。琴が良之助と孫右衛門の浪士組参加について話しているのを小耳に挟んだとき、いてもたってもいられなくなったのは、その目的地が京だったからでもある。

その巴御前さまの菩提寺で、このような歌を詠まれようとは、許せない。――と、琴は土方に絡むよい口実を見付けたのを、内心でほくそ笑む。

「ほう、それは」土方は理由を聞くと感心したように言った。「そなたとは、か細いながら縁があるわけだな」

「おわかりになりまして？」琴は澄まし顔で答えた。「そういうわけですから、それをお消しになって、さあ、お書き直し下さい。この琴が、見ていてあげます」

「なるほどなあ。――」

土方歳三は再度、感心したように琴を見てから宙を見上げ、それからそそくさと背を丸めると、筆先を舌で舐《な》めた。

「――が、それはそれとしよう。このままにしておく」

「まあ、なんと往生際の悪い！」琴は素っ頓狂《すっとんきょう》な声をあげる。「殿方らしゅうない！」

琴は跳ねるように床几から立ち上がり、悪辣《あくらつ》な姉が弟から菓子でもとりあげるように、土方が筆を走らせようとした帳面をひったくる。

「あ、こら！　なにしやがる！」土方も驚いて立ち上がる。

「ええい、このようなもの！　琴がひっちゃぶいてくれます」

琴は土方の延ばす手を避けて、万歳するように帳面を高く掲げる。

「返せ、返さねえか！」

「返しません」

土方が頭上に手を延ばす度に、琴はぴょんぴょんと身を弾ませて躱《かわ》す。ただでさえ琴の方が二寸近く長身なので、土方の手は届かず、空をつかむばかりだった。その様子を見て、土方の仲間や行きずりの旅の者達、まわりの皆が笑った。

「返せ！……なあ、返してくれよ」土方はみっともなさに弱った表情をして、懇願する口調になった。「……お琴」

え？　琴の白い顔から、満面の笑みが滑り落ちた。

「……いま、私の名を……？」琴は土方を見詰めて言った。

「そうだよ」土方は苛立たしげに言う。「おまえは、名を呼ばれたことがないのかよ」

「い、いえ。そうではありませんけれど……」

なぜ、この人の口から自分の名を聞くだけで、こんなに胸が突かれたようになるんだろう……？

琴は戸惑ったまま無言で帳面を下ろして差し出した。土方はそれをひったくると、ぶつぶつ言いながら床几に戻った。

「あの……、失礼致しました」琴は土方の隣に座りながら、小声で詫びた。

「全くだぜ」土方は帳面から眼も上げずに肯定した。「もう行けよ」

こうして静かに座っていると、土方歳三の臭い、そして温もりが伝わってくる。はしゃいでしまったのが恥ずかしい。この強い男の存在を肌に感じているだけで、自分の中が満たされるような気がする……。だから——。

「あの……でも、もうすこしだけ」琴は乾いた喉から囁いた。

土方が警戒するようにちらりと横目を向けると、琴はこの天真爛漫《てんしんらんまん》な娘に似合わぬ、はにかんだ笑みで答えた。

「勝手にしな。……まあ、邪魔にはしねえよ」

土方も、琴の唐突に可憐《かれん》になった様子に、なにがしかの気配を感じ取ったらしい。言い方は素っ気ないが、口調は優しかった。

琴は横目で、句作に没頭する土方をちらりと窺いながら、葦簀の庇《ひさし》越しに木曾路の空を見上げた。良く晴れていて、暖かい。

江戸の伝通院を発ってすでに八日。旅程の半ばは越えた。

京に着けば、と視界の端に土方の横顔を捉えたまま琴は思う。土方様とは、ともに将軍警固という大任の御役目を果たすことになる。京の町には公儀を困らせる、不逞《ふてい》浪士とかいうやくざ者や、天朝様を唆《そそのか》す攘夷浪人とやらが大勢いるらしいので、それらから公方様を守るため、命がけの働きになるだろう。

そして命がけの分、土方様とはより親密になれるのでは……？

琴は薙刀一振りで身を立てるのと同じくらい、それに期待した。

けれど——そんな琴のささやかな思惑を遥かに超える、おとなの世界の謀略が、京には待ち構えている。

幕末屈指の策士、清河八郎が動きだしたのである。

第三章　策謀、そして瓦解

文久三年、二月二十三日。浪士組は、京に到着した。

足を痛めたり途中で病に罹《かか》って遅れている者もいたものの、着いた者から京の西――洛《らく》西《せい》の壬生《みぶ》村で草鞋《わらじ》を脱いだ。

浪士組の宿所となったのは、坊城通りと綾小路《あやのこうじ》通りの交叉する一帯の民家及び寺院で、琴ら取締役一行のそれは臨済宗新徳寺であった。

琴は世話役附きに成りおおせた芹沢鴨と同宿なのが、どうにも厭《いや》だったのだが、芹沢は勝手に元天狗党の仲間のいる前川荘司邸に同宿してしまったので、胸をなで下ろした。

――ちなみに、浪士組宿所の手配は、その前川家の本家が幕命によって行った。前川家本家は幕府と朝廷双方の掛屋《かけや》、つまり公金を運用して利益を上げる御用を勤める商人だが、それだけでなく、朝廷ではさらに御香水役を務める、御所出入りを許された信頼篤《あつ》い家柄だった。

そして、琴にとって最大の関心事である土方歳三の宿所は、大人ふたりが肩を並べられる程度の、狭い坊城通りを挟んだ斜向《はすむ》かいにある。至近距離といっていい。

須原宿から京までの道すがら、琴は土方とかなり親しくなっている。

「また来たか。俺はお百度石じゃねえぞ」

「あら、随分な申されようです。来なければ土方様がご心配でもされるかと思い、わざわざやって来てさしあげたのに。私もこちらで休ませて戴《いただ》きます。ごめんあそあせ」

土方とは、そんな軽い戯《ざ》れ言《ごと》が自然と交わせる様になっていた。

京は千年の皇都という。塔頭伽藍《たっちゅうがらん》や名所は数知れず、物見遊山の場には事欠かない。

——そんな、東国とはなにもかもが……風の香りさえなんだか違う気がする京洛を、土方様と親しく一緒に歩けたらいいのに……。

琴はそんな淡い願いを抱いたのだが、それは最初から叶わぬ夢だった。

何故なら、京到着の前日の二月二十二日、大津宿において、鵜殿鳩翁《うどのきゅうおう》の名で京滞在中の心得が廻状——回覧文書で全体に達せられていた。それには私的な他行、つまり外出は堅く禁止する、と明記されている。他にも、皇居に近いので謹慎し、滞在している諸藩士や浪士へ不行跡がないように、さらに旅宿での宴会じみた行為や口論の禁止も申し渡されていた。そして、——鳩翁らしく火の用心の注意も。

このような理由で、浪士組の者達はそれぞれの宿所で半ば禁足状態にされ、各々旅装の埃《ほこり》を払い、歩きづめだった疲れを癒すのに、専念するしかなかった。

事実、京到着後数日というもの、浪士組に大きな動きはない。けれどそれは束の間の、そして表面上の平穏に過ぎなかった。

なぜなら、浪士組の実質的責任者である清河八郎は、京到着の直後から、己の秘めたる大望《たいもう》実現のため、同志であると同時に浪士組の幹部でもある者たちとともに、動き始めている。

清河はその一環として、末端の浪士たちには、〝賄《まかな》いに不満があっても仕出し屋へ直《じか》に苦情を持ち込んではならない〟とか、〝旅の途上で休憩した際の茶代を精算するように〟などと、日常的な業務連絡を発する一方で、役附きの浪士たちを本陣とした新徳寺の本堂に参集させた。

「我らは大樹公を御警固つかまつらんがため、この程、上洛したわけだが」

清河は、集まった数十人を前にして朗々と切り出した。

「御公儀より与えられたお役目は、ひいては、畏《おそ》れ多くも宸襟《しんきん》を安んじ奉るにある、と心得ている。そこでだ、諸君」

清河の話しぶりは気宇壮大であり、浪士たちは気を呑《の》まれたように聞き入るしかない。

「我ら草莽《そうもう》の志を鮮明にするべく、朝廷へ上書奉ろうではないか」

ゆっくりと首を巡らして端整な白い顔を向けながら、清河は続けた。

「ついては、御同志の方々には連名書に記名のうえ、爪印を戴《いただ》きたい」

畳に居並ぶ浪士たちは、清河の話す内容に、呆然《ぼうぜん》としていた。……しかし、清河の演説を聴くうちに、腹の底から高揚を伴う熱がじわじわと頭に昇り始める。

つい二十日前までは、国政にはなんの縁もない、一介の浪人にすぎなかった自分たちの志が、天朝へ達せられるのだ……！

そのことに、浪士たちは興奮した。が――。

「しかし清河殿、非常のときとはいえ、御公儀に対し僭越《せんえつ》ではござるまいか」

納得しかけた浪士たち一同の中で、そう声を上げる者があった。

近藤勇であった。

「故郷を捨て妻子をなげうって、御国の藩屏《はんぺい》とならんとする我ら草莽の赤心を、天聴に達したいのです。如何《いかが》ですかな、近藤殿」

……結局のところ、近藤をはじめ集められた浪士たちは連名書に署名し、現代の拇印《ぼいん》にあたる爪印を押した。なぜなら、清河が署名に先立って全員のまえで読み上げた連名書には、ごく穏当な文言しか並んでいなかったからだ。

〝私どもが上京したのは大樹公（将軍）が上洛し天皇より命令を戴き、夷狄《いてき》を攘《う》つという大儀を御勇断されたからです。そして私ども草莽の尽忠報国の有志を天下から募り、前歴にかかわらずお召しになったのです〟と、連名書は始まっている。さらに――。

〝万一因循姑息《いんじゅんこそく》、皇武離隔之姿ニモ相成候は、私共儀幾重ニモ回挽周旋仕可候〟

万が一、これまでの慣例やしきたりにこだわり、朝廷と幕府の関係が隔たり離れる姿になってしまった場合には、私たちが幾重にも政治的に交渉して挽回《ばんかい》します。……と、清河八郎はあくまで奉勅攘夷《じょうい》、つまり朝廷からの勅令をうけた幕府が中心となって攘夷を実行すべき、と主張する。

その上で〝固ヨリ尽忠報国拋身命ヲ勤王仕候赤心ニ付、何卒於朝廷ニ御憐垂被成候、何方也トモ尊攘赤心相遂候様差向被成下候は、有難仕合ニ奉存候〟……固く尽忠報国、身命をなげうって赤心から勤王を行うつもりですので、なにとぞ朝廷においてもお憐《あわ》れみになり、いくらかでも尊皇攘夷が遂げられるよう差し向かいでお言葉をいただければ、有り難き仕合わせです、と願っている。

その後に〝右ニ付幕府御世話ニて上京仕候得共、禄位等は更ニ相受不申、只今尊攘之儀奉相期候間、万一皇命ヲ妨ケ私意企讒候輩於有之人たり共、聊無用捨建責仕度、一統之決心ニ御座候〟……右のようなわけで幕府のお世話で上京しましたが、禄位などは受けておりません。ただただ尊皇攘夷を期したいのです。万一朝廷の命令を妨げ私意を企てた輩が有意の人でも、いささかの容赦なく譴責《けんせき》したいと考えています、と続いているが、これは朝廷へのみ絶対的忠誠を誓っているわけではない。この時代において尊皇は思想ではなく常識であった。そもそも将軍家も尊皇であり、建前上は攘夷を標榜《ひょうぼう》しているのだから。

後半の〝皇命を妨げ……〟にしても、浪士組における内部統制の厳格化を謳《うた》っているに過ぎない。――と読めるように書かれている。

つまりは、連名書に幕府を蔑《ないがし》ろにする文言は一つもない。

だから、将軍家への尊崇篤い多摩の百姓出身である近藤勇も、爪印を押したのだった。

新徳寺の集会が解散し、それぞれの宿所に連名書の一件が伝えられると、浪士たちは、自分たちの尽忠報国の志が最高権威である天皇に達せられる、と歓喜する者もいた。

そして三日後の二月二十七日。清河八郎は、連名書を御所の学習院へ提出した。

しかし――、この建白書は、清河八郎が浪士たちの前で述べたように、単に攘夷の旗幟《きし》を鮮明に掲げる、という意味以上の具体的な目的が隠されていた。

それは、幕府の指揮下を離れ、朝廷の意と連携すること。

だが浪士組の中でも、かねてより清河一派の動きを警戒していた者達もまた、それを察して動き始めていた。

「……それにしても、御所見物でございますかあ」

琴が炭を入れた桶《おけ》を持って歩きながら感心すると、先を行く鳩翁が背中越しに窘《たしな》める。

「これ、畏れ多い。どこぞの祭りを見物に参るのではない。天朝様の禁裏じゃ、拝見とお言い」

二人は新徳寺から四町ほど離れた更雀寺《きょうじゃく》の庭を、前後になって歩いていた。

琴は鳩翁の後ろで首をすぼめ、はあい……、と口の中で答えた。

――鳩翁様はそうおっしゃるけど……、天朝様のお住まいに行くなんて、穴原村をでたときには考えもしなかったもの……。

二月二十八日。浪士組の半分は、御所の見学に出掛けていた。

清河八郎の発案であった。清河はどういう手づるを使ったのか、朝廷の許可を取り付けていた。

御所拝観が許されたとはいっても、浪士組全員でぞろぞろと大人数で押しかけるわけにもいかない。そこで、二日間に分けて見学する手筈《てはず》になっている。本日は朝方を一番と七番、昼から二番と六番の組が、それぞれ取締役並出役一名に引率されて出掛けていった。

琴や鳩翁らは、明日の昼からの予定だった。

「それにしても、お琴や」

鳩翁は、庭の踏み石の先にある茶室の戸に手をかけながら、言った。

「そなたが気になるのは行く先ではなく……、誰と参るか、ではないのか？　確か土方と申す仁であったか」

「そっ、そそそ、そのようなこと……！」

琴は踏み石に躓《つまず》きかけた。

「だっ、誰が……！」

「わしは元目付じゃ、わからんでどうする。――さ、茶の支度を手伝っておくれ」

鳩翁は含み笑いを漏らして、茶室へと消えた。琴は眉《まゆ》をハの字型に寄せた、情けない顔をしてしばらく佇《たたず》んだ後、手にした桶を持ち直して茶室へと続いた。

琴と鳩翁がここ更雀寺へとやってきたのは、鳩翁が、外出を厳禁された浪士たちの退屈を少しでも紛らわせてやろうと、少人数ずつを招いての茶を点《た》てようと思いつき、その場所を借りるためだった。ちなみに、ここも浪士組の宿所であり、芹沢鴨と親しい新見錦《にいみにしき》が寝起きしている。

鳩翁様らしいお心遣いだけど、と琴は狭い茶室の畳の上で、茶器を箱から取り出しながら思う。男どもには酒の方が有り難いのではあるまいか。それはともかく、お茶の席でなら土方様と言葉を交わす機会があるかも……、と琴は少しだけ期待してしまう。

そんなことを考えて手伝ううちに、茶室の外から、御免、と声が聞こえた。

「あ、友山様《ゆうざんさま》」

琴が立って茶室から顔を覗《のぞ》かせると、陣羽織姿の老人が立っていた。痩《や》せているせいで頬骨が高く、見事な口ひげを生やしている。

「お琴か。鳩翁殿はこちらにおられると聞いてな」

琴は、はい、と答えて友山を茶室に招じ入れる。

根岸友山は、武蔵国甲山《かぶとやま》村の豪農で、〈振武所《しんぶしょ》〉という道場の主で剣客でもあった。かねてから清河八郎の知己で、北関東における浪士組募集に協力し、自身も参加した。浪士組中、最年長である。

琴は友山とは顔馴染《なじ》みだ。それは中山道の道中、友山が宿所の本陣に鳩翁を訪ねて良く姿を見せていたからだ。二人の間で交わされる時勢論は、琴には難しかったけれど、友山様は大した物識りじゃ、と思っている。

実際、友山は豪農というだけでなく、学者であり、そして商人であった。さらにその商売を通じて、長州藩とも密接な繋《つな》がりがあった。

長州藩はこの頃、軍政改革をすすめて、急速に軍備を洋式化しつつあった。

友山は最新の洋式軍備の情報を入手できる立場を清河に買われ、浪士組運営に深く関わっているのだった。

「たったいま、報せが参ったのでござるが」友山は茶室に通されるなり言った。「足利三将軍梟首《きょうしゅ》の件の下手人が、召し捕られたそうでござる」

鳩翁は肯き、左様か……、と答えただけだったが、琴は驚いた。

「あ、あの……！　足利様といえば、ずいぶんと昔の公方様ではありませんか？」

鳩翁はちいさく笑って、説明してくれた。

去る二月二十二日、攘夷主義者たちによって、洛北等持院《とうじいん》に祀《まつ》られていた足利尊氏《たかうじ》、義詮《よしあきら》、義満《よしみつ》の木像から首が抜き取られたあげく、ちかくの加茂川の河原に〝罪状〟を記した紙を添えられ、晒《さら》されたのである。

武家政権の起こりである足利家を、攘夷主義者たちの思想的支柱である水戸学では、朝廷から政権をうばった簒奪《さんだつ》者とみなしている。

――それにしても、まるで子供の悪戯《いたずら》ではないかしら。

琴は、用件を伝えて帰ってゆく友山を見送りながら、そんな感想をもった程度だったが、この児戯に等しい〝天誅《てんちゅう》〟が政局にあたえた影響は、甚大だった。

前年に上洛した京都守護職、松平容保《かたもり》を激怒させたのである。この二十八歳と若い、誠実な青年藩主は、当初は尊皇攘夷を唱える浪士たちを志のある者と呼び、寛容な方針で接していた。会津藩の本陣である黒谷光明寺《くろだにこうみょう》に彼らを招き、ともに酒を酌み交わしたほどである。けれど、テロリズムにおける幼児性を見せつけられるとその寛容な方針を一転させ、武力による徹底弾圧に乗り出すことになる。そしてそれが、土方歳三のこれから後の運命を決定づけるのだ――。

……けれど琴は、そんな事情は露しらない。

そして翌二月二十九日、鳩翁ら世話役たちとともに御所見学へと赴くべく、九つ半――午後一時に集合すると、新徳寺を出発した。

坊城通りを東に、それから西堀川通りを北へ向かう、一里あまりの道のりである。

浪士組は世話役と四番組、五十人ほどの行列をつくって、ぞろぞろと歩き出す。

狭い坊城通りから大通りへと差し掛かった途端、前を行く幹部達の髷《まげ》越しに広がった光景に――琴は圧倒された。

「ひゃあ……」

男装した琴の口から、娘らしい感嘆の声が上がった。

「これが……京の都」

「お琴、驚いたか」鳩翁が孫へ尋ねるように言った。

「はい、鳩翁様」琴は輝かせた眼を見張ったまま答えた。

まっすぐな、どこまでも続く通り。まるで、建物を巨大な手が掻《か》き分け、押し広げたように広く、清々としている。

そんな西堀川通りを、琴は浪士組の列に紛れて、歩く。

整然とした町割り。大通りから別れた小路では、品物を抱えて賑わう人々を挟んで、表に繊細な京格子の塡《はま》った見世が並ぶ。

そして、京都東町奉行所や所司代屋敷に囲まれ、帝都における幕府の重要拠点、二条城の威容――。

町屋や商家、公家屋敷に諸藩の京屋敷……。それらがびっしりと建ち並んでいるのに、京の空は広い。町屋が中二階の高さに押さえられているからか。

ただ、その空の雲は鼠色がかかって低く、御所見学日和《びより》とはいかなかったが――。

雅《みやび》じゃ……。琴は背を押されるように歩きながら、いつもは忙しい口を動かすのも忘れて、ただ風景を円らな瞳に溶かしこむように見詰め続けた。

あいにくの曇天の下とはいえ、琴の目には、良くいえば実用本位、悪くいえば雑ぱくで荒々しい東国の風物とは違い、なにもかもが柔らかく優しげに見える。京の町並みやそこの住人、そのすべてから、雅さが陽炎《かげろう》のように醸し出されている……ような気さえする。

――そして、ご先祖様が巴御前様とともに、この町を……。

琴はそう思うと、自分が巴御前になった心持ちがして、胸が高鳴った。

大通りから東に折れ、丸太町通りをしばらく行くと、町屋は途切れた。それらの屋根より高い、長い長い褐色の築地塀《ついじべい》が延々と、果てがみえないほど続く。

この内側が、天皇のおわします御所である。

浪士組一行は、厳重に警備された棟つきの重厚な堺町御門が、わずかな軋《きし》みを響かせて開くと、幕府の禁裏附きの役人に案内されて、御所に足を踏み入れた。左右を、それぞれ九条殿と鷹司《たかつかさ》殿の長い塀にはさまれた、広い通りだ。混雑していた洛中の大通りとは正反対の、厳粛な空気だけが漂う。

「お琴。――」

琴はずっと、深閑とした風景にただ見とれるばかりであった。だから途中、太い腰紐《こしひも》を襷掛《たすきが》けした大腰《おおごし》姿の女官の列とすれ違ったとき、女官たちが百鬼夜行と遭遇したかのようにすべらかしの下の顔を背けたのにも、琴は気付かなかったくらいだ。……が、話しかけられて我に返った。

「はい？」琴は顔を向けた。

中背だが、精悍《せいかん》な体つきの四十代の男が、こちらを見ていた。

「——そなたのような女子でも、このような賢きところに参れば、感ずるものがあるようだな」

「それはもう」琴は微笑む。「このような雅な御殿にお住まいの方々とは——」

「うん、雅な御殿にお住まいの方々は……なんだ?」

琴は眼を輝かせ、胸元で両手を握りしめた。「——どんなものをお召し上がりになってるんでしょう?」

屋敷の広大さとは裏腹に、公家の膳に上る魚といえば傷みかけて値段が安くなったもの、酒もほとんど酢のようになったものであったとは、琴はもちろん知る由もない。公家は幕府の厳しい統制と監視下におかれ、幕府から与えられた知行、つまり米のとれる領地も、最も格式の高い五摂家でさえ小藩の家老程度であった。

しかし、朝廷が再び政《まつりごと》への発言権を強め始めた昨今、幕府、長州とも朝廷工作として公家へ派手に金をばらまいているので、多少息がつけるようになってはいた。

「そなたらしい物言いだな。雅な女官の装束より、食い気とは」

男——佐々木只三郎《たださぶろう》は、琴の返答に苦笑した。

佐々木は取締役並出役《でやく》の四人のひとりだった。浪士組幹部は、ほとんど清河八郎の仲間だが、佐々木は幕府から派遣されている。が、浪士組の運営には、ほとんど口を挟まず、自ら浪士の非違を取り締まるでもない。上洛の途中に佐々木ら取締役並出役がしたことといえば、中山道三大難所のひとつ〝太田の渡し〟で、御三家のひとつ尾張《おわり》家の参勤交代の列と行き合わせた場合には無礼がないように、と廻状を発したことくらいだ。一体なんのために佐々木ら取締出役が江戸から同道しているのか、琴には不思議だった。

もう一つ不思議なのは、出役の筆頭は講武所師範方、速水又四郎ではあったものの、琴のみるところ、出役たちを実際に指揮しているのは、この佐々木只三郎ではないかと感じられることだ。けれど――。

いまは、そんなことはどうでもいい。いまは――。

琴は千年前の、源氏物語の頃の空気がそのまま漂っているような清雅さに、ただただ、圧倒されていた。

京へ上って良かった、と琴はしみじみと思った。浪士組に加われたおかげだ。それもこれもあのお方の一声が……と、そこまで思い至ると、琴はふと気付いた。

「あのう、佐々木様」琴は言った。「清河様は今朝も御所拝見に、三番五番両組とともにいらっしゃったはずです。でも……壬生へ戻られた御同志のなかに、姿をお見かけしなかったような気が致しますけれど？　どこかへ行かれたのでしょうか」

「なに……？」

琴は何気なく口にしたのだけれど、佐々木の反応は意外なものだった。精武流の遣い手らしい鋭い剣客の眼差しで、琴を振り返ったのである。

「あの……、わたくしなにか、余計な事を申し上げましたか?」

琴が驚いて眼のうえの睫毛《まつげ》を瞬かせると、講武所の師範でこそないものの、〃小太刀をとっては日本一〃とまで評される佐々木は表情を緩めた。

「ふん……、なかなか目敏いとみえる。が、余計な詮索だ。ここは京の都、寄るところはいくらもある。京の女子は、格別だというからな」

「はあ……」

琴は頬を赤らめながら、なるほど、そうかも知れないと単純に納得した。それに、佐々木と話していたのが丁度、城郭ならば郭内《くるわ》にあたる公家屋敷を通り過ぎたところであり、目の前に現れた、仙洞《せんとう》御所や禁裏の佇まいの荘厳さに、忘れてしまった。

けれど、指摘を受けた佐々木只三郎は、自分たち取締役並出役の他に、清河の不在に気付いた琴の目配りに驚いたであろう。

清河は道中も上洛した後も気ままに行動していたため、姿が見えなくても浪士たちのほとんどはそんな状態に慣れていて、気にも留めなくなっていたのだから。

しかし、佐々木ら取締役並出役は違う。常に浪士組の陰の責任者及びその一派に、眼を光らせている。そしてそれこそが、佐々木ら取締役並出役の唯一の任務であった。

清河八郎たち一派の動向を、徹底して監視すること。

権威が衰えつつありとはいえ、幕府は愚かではない。いかに浪人対策に有用な献策を行ったとしても、政治犯として一度は捕縛しようとまでした者に全幅の信頼を寄せるほど、甘くはない。いわば当然の処置といえる。

清河八郎もまた、愚かではない。自らが幕府にとって重要監視対象であるのを自覚していた。では、その清河は御所のなかに姿を消して、なにをしていたのか——。

建白書上奏で得た誼《ぎ》を通じて、朝廷工作のさらなる進展を謀ろうとしていた。

公家との密会である。

……尊皇と攘夷の魁《さきがけ》となる、この二つの志を抱く清河はある理由から、幕府には内密に、朝廷から信任を得たいと願っていた。

ある理由とは、開国へと傾く幕府とは逆に、朝廷の意を受けて攘夷を決行すること。

そしてそのために朝廷に願い出て、直接、その手に外国勢力排除の許可状、つまり勅許を奉戴《ほうたい》することだ。……これが尊皇の志士、清河八郎の真の狙《ねら》いであり、上洛した目的だった。

標的は、朝廷が幕府に鎖港を求める横浜である。

しかし現在の清河の立場は幕府浪士組の責任者である。どれほど朝廷への忠誠を訴えたところで、公家としては信頼し難く、清河という人物をその眼で見て確かめないわけにはいかなかった。清河にしても公家と膝を突き合わせて、自らの真意と企てを説く必要がある。

とはいえ、清河と公家、双方とも堂々と接触するわけにはいかない。……ではどこで会談を持つべきか。京の都には、京都所司代をはじめ町奉行所、さらに新設の京都守護職である会津藩の密偵たちがばらまかれ、洛中に監視の眼を光らせている。さらに清河は自らに張り付くであろう監視の眼も、当然、予想した。そして、そんな状況下の京の都で、たった一カ所、密会に最適な場所を見つけたのだった。

それが、御所であった。

場所柄、幕府も容易には手を出せない。もちろん、御所内にも禁裏附きという幕府役人たちはいる。しかし公家の手引きで、倉の一隅、あるいは凝華《ぎょうか》洞《どう》や女御《にょうご》御所の女官部屋にでも籠《こ》もって会談すれば、まず幕府関係者に目撃される危険はない。

そこへ、見学の名目で午前の組に紛れて入り、午後の組と共に退出すれば丸一日、御所内に滞在できるうえに、出入りもまた幕府に対して目立たない、という仕掛けであった。

清河はどこまでも周到な男であった。

だが、この希代《きたい》の策士にも予想だにできなかった報せが、江戸からもたらされることになる。

その急報の内容は浪士組を――いや、上洛の途上にあった幕府をも、恐慌させせるにたる大事件だった。

英吉利《イギリス》艦隊が大挙して、横浜港に渡来したのである。

何故、英吉利艦隊九艦は江戸から目と鼻の先の横浜港に、数十門の砲口を並べたのか。

先年の生麦《なまむぎ》事件の余波であった。これは文久二年、東海道を帰国の途についていた薩摩《さつま》藩の大名行列に、イギリス人四人が乗馬もろとも迷い込み、藩士らに制止されたものの言葉が解らず混乱したところを斬りつけられた事件だ。一名が死亡、二人が重傷。女性一名のみが居留地に逃げ帰った。

英吉利政府は激怒した。幕府に謝罪と賠償金十万ポンド、約二十七万両を要求する一方、実行犯である薩摩藩にも賠償金を要求した。後のことだが薩摩藩は要求を拒絶し、それが薩英戦争へと至り、日本史上における大きな転換点となるのだが――。

それはともかく、清河八郎は英吉利艦隊の渡来を大変な好機だ、と欣《きん》喜雀躍《きじゃくやく》したであろう。

早速その夜、清河は新徳寺へ、浪士組二百三十六人全員を緊急に参集させた。

「諸君、御足労です」

夕刻から降り始めた大粒の雨が、横殴りに瓦屋根を叩く音と、遠くから響く雷鳴が、静まった本堂の空気を震わせている。

そんな中、清河八郎は本堂で、須弥壇《しゅみだん》を背に浪士たちの前に立ち、幕府からの、〝可及的、戦争ニ付〟――戦争に及ぶかもしれない、とする急報を、まず周知した。

「……兵端が開かれれば、英吉利と戦うことになろう。――だが攘夷よりさきに戦争となれば、攘夷の趣意は薄らいでしまう」

攻めてきたものを追い払うというのは守勢であり、単純に防衛戦争である。攘夷とは、読んで字のごとく、夷狄をこちらから攘つ攻勢でなければならない。

さらに、戦争となれば浪士組もまた参戦することになるが、それでは、自らの意志というより、幕軍の一部隊としてなし崩しに参加するだけのことになってしまう。

これもまた、我らの目指すものではない――、と清河は説いてから続けた。

「されば、そこで、だ。薩摩と英吉利との事は、攘夷という大事の前の小事であるが」

清河は一座を見渡した。

「それ故に、皇国に危急のときが迫っているとあらば、我ら浪士組一同は、たとえ京を離れてでも援兵にむかい、夷狄を打ち払う所存である。よって——」

稲妻のかぎ爪が轟音《ごうおん》とともに閃《ひらめ》き、締め切った障子を真っ白に染めた。

「——我ら浪士組は、朝廷よりお許しがあり次第、江戸へ戻る！」

地鳴りのような雷鳴とともに、燭台《しょくだい》の蠟燭《ろうそく》の灯が揺れた。

清河は、障子を貫く稲光に、半面を照らし出されながら続けた。

「各々方には、御異存はございますまいな」

清河に普段の気さくさは微塵《みじん》もなく、集まって着座した浪士たちは、ただただ、その異様な迫力のこもった語気に押されて沈黙した。

攘夷はよいとして、しかしこれは、任務放棄ではないのか。

「お聞きしたい儀がござる。大樹公御警固のお役目はいかがなさるおつもりか！」

こうした浪士たちの内心の疑問を投げかけたのは、やはり近藤勇であった。

「山岡殿、清河殿のいま申されたこと、……御承知されていたのでござるか」

山岡は須弥壇を背に、半ば閉じていた眼をひらくと、ぎょろりと近藤に向けて一言、答えた。

「無論、承知でござる」

山岡は、清河の越権行為を、本来ならそれを阻止するべき幕臣という立場にもかかわらず、認めているのだった。

それもその筈だった。清河と山岡の関係は、ただ考えを同じくするというだけではない。より強固で、組織だったものであった。山岡は幕臣でありながら、清河の主宰する尊皇主義を奉ずる政治的秘密結社の一員だった。山岡だけではない、浪士組の幹部のうち、清河の息の掛かった者全員が、その構成員であった。

その結社の名は、〝虎尾《こび》の会〟といった。

「なるほど、近藤殿のご異見はもっともだ」

清河は、にこやかな表情をつくってみせる余裕があった。

それは、御所内で秘密裡に行った朝廷方との交渉により、勅許を奉戴する目途がたっていたからであった。さらに清河は周到にも、自分たちが中山道を二十日かけて江戸へ帰る間に、攘夷決行の先を越されないよう手まで打っている。それは、この英吉利艦隊来航で戦端を開いてしまえば、それはいわばなし崩しであり、攘夷戦争は朝廷から幕府が勅許を賜った後、正々堂々と開戦すべきである——という趣旨の建白書までも上奏していた。それは、この事件で激昂《げっこう》するであろう他の攘夷激派の暴発に、朝廷の権威で足かせをつけるものであった。

「しかし、なるほど我らが参集したのは大樹公を御警固つかまつるにあったが、大儀であり本意は、あくまで攘夷決行にあったはず。そうでありましたな？　近藤殿」

会合は、清河八郎の熱弁に押されたまま終了した。


三月朔日。

雨は一昨日来、降り続いている。文久三年は、京に雨の多い年だった。

「ご、ご苦労様でござりま——！」

琴は玄関から聞こえた声に答えながら、足音を響かせて駆けつけたものの、——挨拶しかけた言葉を切った。

二日前に清河が、当初の将軍警固という任務の変更もあり得る、と告げた集会以降、浪士組全体が落ち着かない。気の早い浪士の中には、東帰に備えて荷物を纏《まと》める者までいる始末だった。琴も鳩翁から用を頼まれて、いそがしく立ち働いていた。だから、来客の気配に気付くのが遅れ、慌ててやってきたのだが、新徳寺の玄関に立つ相手を見て、拍子抜けした。

「——なんだ、兄上さまだ」

「なんだとは、なんだ」

肩を濡らして三和土《たたき》に立つ良之助は、すっかり小姓役が板に付いている琴に、ぶすりと言い返す。

「琴は忙しいのです」琴は踏み台のうえから澄まして言う。「江戸へ戻るための、世話役様方のお支度で」

琴はいつもとかわらぬ様子をしていた。だが良之助は、二日前に清河が本堂で告げた戦争、という言葉を思い起こして、表情を改めた。

「お前は、どうするつもりだ」

「どうする、……とおっしゃいますと?」琴は怪訝そうに聞き返す。

「我らを江戸で待っておるのは……、清河様は〝戦争〟と言われたが、要は夷狄との戦《いくさ》だ」

ああ、という風に、琴は口許の笑みを広げて、案じる兄をまっすぐに見た。

「戦います、私も。――御公儀や、天朝様の御為に」

何の迷いもない、琴の答えだった。

「だが……お前は……」

「兄上さま」琴は微笑んだまま言った。「わたくしはこうして浪士組に加えて戴いたおかげで、世の中の広さを知りました。そこでは多くの人々が懸命に生きていました。穴原の村と同じように」

「…………」良之助は無言のまま、切れ長の眼で琴を見た。

「わたくしは、……磨いてきた技で、その人々をすこしでも守りたいのです。それは、穴原村の皆を守ることにも繋がります」

「しかし、相手は夷狄ぞ？　戦となれば、どのような武器をもって攻め寄せてくるのかもわからんではないか」

「恐ろしゅうは、ございません」琴はきっぱりと言った。「兄上もおられます。それに――」

慌てて言葉をきった琴に、良之助は怪訝そうな顔をした。

「それに、なんだ？」

いえ、なんでもございませんと琴は誤魔化しながら、胸の中で続けた。

――それに、土方歳三様がおられるから……。

琴は実のところ、英国兵士との具体的な戦争の情景を思い描いていたわけではない。戦など遠い過去の、それこそ昔話と変わらないものであった。軍勢同士が戦場で激突する有様より、桃太郎と鬼たちの乱闘や兎と亀の競走の方が、まだしも頭に思い描きやすいくらいだ。なにより異国人など噂を聞いたことがあるくらいで実際に見たこともない。実感の伴いようがない。

けれど確実なのは、共に事に臨む仲間には土方歳三がいるということだ。

たとえ夷狄との戦陣であろうと、あのような本当に強い漢《おとこ》とともに臨める。それだけで、琴の心はときめいている。戦いとは辛いものだろうけど、とにかく一緒にいられるのだ。

そして琴がそういった土方歳三へ抱く思慕を、良之助は朧気《おぼろげ》ながら察していた。

「……そうか」

良之助はだから、そう答えるのに留めた。それに、妹が微笑みながら決意を述べたとき、なにをいっても聞く耳を持たないのを知っていたからでもある。

「ところで」琴は底抜けに明るい表情に戻った。「何の御用でございます？」

「廻し状を〝留め〟に返しに参ったのだ」

「あ、今朝ほどの……？」

琴は良之助の差し出した奉書紙を受け取ると開いて、眼を落とした。

〝今日昼後、為見廻速水又四郎出張致し候間、此段為心得お達し申候〟……本日昼食後、見廻りのため速水又四郎は出張するので、そう心得るよう達する。

「……おかしなお知らせもあったものですねえ」

「なにがだ」

「いいえ、速水様たち出役の方々が見廻りをする、というのは解るのですけど……。二日前の大評定からずっと、皆様はいよいよ攘夷かと大変な騒ぎでしたし……」

琴は、それに、と睫毛の長い眼を上げると、雨滴のしぶく軒先の石畳を見た。

「この雨ですもの。宿所宿所で閉じ込められてるせいで血が鬱《うっ》して、如何《いか》な振る舞いに及ぶ方々もおられるかも知れません。喧嘩《けんか》とか、博打とか」

良之助は手拭いで肩を払いながら答えた。

「それゆえの、速水様の見廻りであろう。不審があるか？」

「ええ」琴はうなずいた。

「ならば取り締まるのに、何故わざわざ前もって知らせるのでしょう？　抜き打ち不意討ちのほうが、非違を見付けやすいはずでございましょ？　見廻りを報せる必要は無いように思うのですけど……？」

「つまりお前は、この廻し状の文言には、なにか裏があるといいたいわけか」

琴は良之助に問い返されると、慌てて顔を上げる。

「裏なんて、そんな……。ただ、速水様たちが浪士組より姿を消す方便ではないかと」

琴が美貌《びぼう》の小姓の風情でうなずくと、良之助は息をつきながらちいさく唸《うな》った。

「お前の考えすぎだろう」良之助はそう答えてから呟く。「……まあ、島原あたりに繰り出したわけではなかろうが……」

「は？　兄上、いま羨《うらや》ましそうに、なんとおっしゃいました？」

琴は、にわかに娘らしい表情に戻って、耳に手を当てて聞き返す。

「な、なんでもない！」良之助はあわてて答えた。

……琴の想像は当たっていた。

速水又四郎、そして佐々木只三郎ら取締役並出役は、清河一派と公家との接点、さらに背後関係を探るべく、浪士組を離れて動き出していた。雨の降りしきる京洛を、傘を雨滴に叩かれ下駄で泥を撥《は》ねさせながら、探索に奔走していたのである。

京の都で、清河八郎の企てを中心にして、思惑の渦が回り始めている。

けれど琴は、それらとは無縁なところで胸を弾ませている。異国との戦争となれば、武技で身を立てることもできるだろう。そしてなにより、土方歳三の側にいることも。

早く江戸に戻りたい、とさえ琴は思う。そこではまた、世界が新たな一面を広げて待っているはず。たとえそれが戦争でも――。無益な戦いは望まないにしても、私は武芸者だ、恐れはしない。

琴の江戸帰還の望みは、程なくして叶うことになる。けれどそれは、琴の願いを大きく裏切るものでもあった。

なぜなら、土方歳三との別離をも意味していたからだった。

三月二日。

「同志の皆には、喜んで戴きたい。……」

清河八郎は須弥壇を背に立ち、整った顔を上気させて告げた。

その両脇には山岡鉄太郎はもちろん、腹心の村上俊五郎、石坂周造、さらに清河の実弟熊三郎をはじめ一派が顔を揃えて居並んでいる。

新徳寺本堂をびっしりと着座して埋めた浪士組一同は、息をひそめて聞き入っていた。私語はなく、しわぶきひとつ漏らすものもいない。本堂には、清河の指示で浪士組のほぼ全員が参集させられていたが、一人だけ例外がいた。

琴だった。正式な構成員とはみなされておらず、なにより女子なのも手伝って、本堂の外をとりまく廊下で控えるよう、鳩翁に指示されていた。

つまんないの……。のけ者にされた子どものように琴も内心、頬を膨らませないではなかったが、命じられた以上は仕方がない。あくびを堪えながら大人しく廊下に座り、障子の向こうで大集会が終わるのを待っている。

「……ついに我ら一統の赤心が、天聴へと達した」

清河の演説は続いていた。

「ちかく関白鷹司様より江戸東帰のお許しがでる運びになった」

百畳敷きの本堂内にひしめく一同を清河は見渡した。

「ちかく皇都を発ち、江戸表において醜夷との戦争に備えることとなるだろう。我らは御公儀の一手として、皇国の御盾となる。左様心得られたい……！」

清河は気を吐くように、そう続けた。

対座した二百数十人の浪士たちは、清河の激情に打たれたように押し黙った。

もっともそれは、清河の語気に押されたからばかりではない。集まった浪士たちにとっても、それは吉報だったから。攘夷は浪士組結成の最終的な目的であり、かつそれが天皇の耳にまで届いたのだから。しかし――。

「御異存は、ありませんな」

「待たれよ、清河殿！」

眼を龕灯《がんどう》のように光らせながら念を押す清河へ、声を上げる者があった。

「……またお手前か」清河が発言者をみて微かに顔をしかめた。「近藤殿」

近藤勇が、浪士たちに注目されるなかで、まっすぐ清河を見返していた。

「我ら浪士組の本義は、大樹公御警固を仕るにあったはず」

近藤は、清河に劣らぬ気迫を込めて言った。

「にもかかわらず、その大将軍家御上洛が迫ったこの時、御役目も果たさず江戸へ戻るとは、納得いかぬ！」

「控えられよ！　近藤殿」村上俊五郎が叱咤《しった》した。「恐れ多くも、叡慮《えいりょ》でござるぞ」

「近藤殿から異見を伺うのは、これで三度目ですな」

清河が顔をしかめたのは一瞬で、目で村上を押さえると、普段の鷹揚《おうよう》な表情に戻ってから言った。

「近藤殿の言い分はごもっともだ」清河は微笑してうなずいた。「なれど私は、過日も申し上げたとおり、大樹公が御上洛あそばされ、攘夷の皇命を奉戴したのちを見ている。思い起こして戴きたい。我らが馳《は》せ参じたのは、将軍家御警固のみならず、攘夷断行の魁《さきがけ》たらんとするがゆえではなかったか」

「将軍家御警固の御役目は、御貴殿が口癖のように申される、大事の前の小事とおっしゃるか」

近藤が眼を険しくし、くぐもった声で問うのを、清河は静かに受けて答えた。

「そのような意味では、無論ない。ただ、大儀を見失うのは如何《いかが》なものか。そう言っているのです」

近藤は袴の膝のうえで拳を握りしめ、その拳がすっぽりおさまるほどに大きな口をへの字に引き結び、うつむいた。

「どうであろう、近藤殿。得心していただけないか」

手を差し伸べるように問うた清河に、近藤は太い眉を寄せた顔を上げて答えた。

「……やはり、得心がいかぬ！」

武州多摩の、幕府の直轄地である御料地——天領の百姓出身の近藤は、将軍尊崇の気持ちが強かった。そんな近藤にとって、将軍上洛を数日後に控えたこのときになって、その警固を放棄して江戸に帰るなどとは、承伏できるものではなかった。

「ならばご勝手にされよ！」

清河は激昂して吼《ほ》えた。

「ただし金穀の世話は、自らでなさるのですな！」

「もとより覚悟の上にござる！」

「まあまあ。御公儀より若干の人数を京へ残せ、との達しもあることであるし……」

上座に立った清河と、居並ぶ浪士たちの中から怒鳴り返す近藤の応酬に、鳩翁が穏やかに割って入ろうとしたが、無駄だった。

「我らはあくまで、大樹公をお守りする！」

近藤勇のこの一言で、すべては決まった。

……琴はその時、外廊下で座り続けるのに飽きていた。そこで行儀悪く高欄《こうらん》、つまり手《て》摺《す》りに腰を載せて胸を反らし、庇ごしに空を見上げていた。いい天気、と数日ぶりの太陽に笑いかけ、草津足袋をはいた足で磨き込まれた床板を、退屈しのぎにぱたぱたと叩く。はやく終わればいいのに、と琴は足を動かしながら思う。そうしたら、土方様をお見かけしたり……もしかすると言葉を交わす機会もあるかも――。

琴がそんな想いに胸を膨らませたときだった。本堂の中で、どっと声があがった。

ついで障子を乱暴に開け放つ音。

……え？　なに……？　怪訝そうに顔をあげた琴の耳に、十数名ほどが廊下をのし歩く軋《きし》みと足音が、近づいて来る。

ただならぬ気配に、琴が腰掛けていた高欄から跳び上がった途端、曲がり角から姿を見せたのは――。

近藤勇だった。傍らには、どういうわけか下諏訪宿以来、不仲なはずの芹沢鴨もいる。

近藤と芹沢の後ろには、それぞれの仲間も続いていた。近藤に従っているのは、天然理心流道場〈試衛〉以来の、一騎当千の男たち――。

そして土方歳三であった。

「土方様！」琴は思わず呼び止めていた。

尋常でない事態を本能的に察し、その名が喉から咄嗟《とっさ》に飛び出したのだった。いま、声を上げなくてはならない、と。

近藤らの一団は、足を止めた。集会での激情醒めやらぬ険しい表情で皆が琴を見やるなかで土方歳三は琴の姿を認めると、仲間を掻き分けて一歩踏み出し、告げた。

「……我らは、京へ残ることにした」

「――え？」

琴は、思考が漂白されたような顔で聞き返した。

いま、なんと……？　土方様は、いまなんとおっしゃった……？

「おい、歳さん」

土方の背中の向こうで、一団の先頭にいる近藤が硬い声で告げた。

「近藤先生、お先に。俺もすぐに行く」

土方は、近藤らの足音が遠ざかってゆくと、二重まぶたの眼を琴に据えた。

「我らは、京へ残る」

「京へ……、残る……？」

琴は、土方が言い聞かせるように再度告げた言葉を、異国の言葉のように繰り返した。

解らない、なにをおっしゃっているのか……。琴は最初、理解を拒絶しようとした。解れば、それを受け入れることになってしまうから。だから琴は言葉もなく、自分よりわずかに背の低い土方の眼を、覗き込むように見詰め続ける。

だが、どれだけ拒もうと、理解している証拠に、琴の右手は無意識に、懐に仕舞ったある物を、着物の上から握りしめていた。

それは、女国重の短刀であった。

これを託されたとき……、そう、母のとしと約束したのだ。

決して兄の良之助とは離れない、と——。もしそうなることになれば、即刻、穴原の村に帰る、と。

母と娘の誓い、というだけではなかった。それは、絆《きずな》であった。母だけでなく父との、そして穴原村のみんなとの。絶対に失ってはならない絆。

——わたくしは、もう土方様とともにはいられない……。

琴の胸で急にぽっかりと穴が開き、空白になった。その空虚さに堪えられなくなった足が、袴のなかで震えた。

「ああ、忘れるところであった」

土方は呟くと、袂からなにかを取り出した。

それは、綺麗《きれい》に洗われて折りたたまれた手拭いだった。

それは……と、琴は息を飲んだ。下諏訪宿でわたくしが土方さまに手渡したもの――。

「いつか返さねばならんと、ずっと気にかかっていた」

土方は小声で言って、目を逸らした。

「だが、道中ではどうしたわけか、そなたに返せなかった……。いや、返したくなかったのかもしれんな。――何故かは、俺にも解らないが」

土方様……! 琴は叫びたくなる。それはすこしでもわたくしのことを……! 琴の胸で開いた穴から感情の奔流が流れだし、渦をなした。その渦は、ほかの感情のなにもかも焼き尽くすほどの熱を持っていた。だから――。

「土方様……! わたくしも――」

京へ残ります。そう続けようとした琴の機先を制して、土方は口を開いた。

「そなたは、兄者とともに江戸へ帰れ」

とりつく島もないほど素っ気なく告げてから、土方はくるりと背を向けた。

「そんな……!」

琴は土方を追って廊下を、二、三歩行きかけた。けれど――。

「ついてくるな」

立ち止まり、肩越しに向けてきた土方の眼は冷たかった。しかしそれは、冷たいのと同時に、強い男の眼だった。琴が心惹《ひ》かれた、伝通院で出会った時の眼だったのだ。

「聞き分けねえなら」土方は眼を据えたまま言った。「今度は手加減しねえぞ」

「あ……」琴は立ち止まった。

そうせざるを得なかった。土方は背中で拒んでいる。それも、自分の身を案じてくれているからこそ……。なにしろ土方たち残留組は、これからなんの保証もない立場になるのだから。若い娘を巻き込みたくないのだろう。だから余計に悲しかった。

「達者でな、お琴」土方の左目が肩の上で微かに笑った。「俺も忘れねえよ」

「土方様……！」琴はよろけるように踏み出しながら腕を伸ばした。

引き留めようとした琴の指先は、土方の羽織へわずかに触れただけだった。

残り香を指先に残して、土方の広い背中は、行ってしまった。

琴は初めて恋した漢の消えたその場で、立ち尽くした。

一人になった途端に喉をせり上がってきた嗚咽《おえつ》は、抑えようとするほど、胸を波打たせながら膨らんでゆく。絞り出された感情は涙になって、掌に握りしめた、愛しい温もりがまだ残る手拭いへと、……落ちた。

浪士組が京を発ったのは、三月十三日のことである。

江戸帰府の許可そのものは、朝廷より関白を通じて、琴が土方歳三に別れを告げられた翌日の三月三日に、早々と下されている。

にもかかわらず許可が下ってからも十日以上、出発の予告こそあったものの、東帰つまり江戸帰還の途へつかなかったのには、清河ら一派しか知らない、ある内密の事情があった。

攘夷の勅許——清河たち一派のいう〝攘夷の御朱印〟が、なかなか朝廷から下らなかったからである。

理由は朝廷が多忙を極めていたからであった。三月四日に将軍家茂が多数の家来を伴って上洛し、その応接に忙殺されていたのであろう。

それはともかく、——琴は出発までに時間があったにもかかわらず、土方歳三のもとを訪ねようとはしなかった。羞恥《しゅうち》が優ったのではない。

——土方様に会いにゆけば、わたくしは駄目になる。

琴はそう思ったのだった。恋への執着は、我が身のうちから技の精妙さや覚悟を、砂塵《さじん》のように吹き散らしてしまうかもしれない。それを恐れた。いわば武芸者としての本能が発した警告だったが、……もちろん、それだけでなかった。

──未練がましい振る舞いに及べば、きっと土方様はわたくしを軽蔑《けいべつ》する……。慕った男の心にそんな印象として残るのは、どうしても厭《いや》だった。なによりも、土方の思いやりを無にする、浅はかな振る舞いだ。だから、訪ねることはできなかった。

──でも……お別れの挨拶くらいは、したい。

琴はそれくらいなら自分に許しても良いような気がした。折良く、絶好の機会もある。鳩翁は浪士たちの退屈しのぎにと、数人ずつ更雀寺の茶室に招いて茶を振る舞っていた。その際の手伝いも琴の仕事であり、三月六日には土方の師である近藤勇が呼ばれている。ならば土方が近藤に従って同道してくれれば、もしかしたらその時に、たとえ二言三言だとしても、言葉を交わせる機会がもてるかもしれない。

──すこしだけでもいい。ほんとうに少しだけで良いから、お目に掛かりたい……。

土方さまのお姿を眼に、声を耳に、大切な思い出として焼き付けたい。琴はそう願い、その日を心待ちにした。だが──、前日の五日に取締役から江戸帰府は明日、という達しが急に発せられた。結局、出立は延期されたのだが、近藤が呼ばれるはずの茶会は、そのまま取りやめとなってしまったのだった。

縁がなかったのかな……、土方様と。落胆した琴は新徳寺の門前に佇み、狭い坊城通りを挟んだだけで眼と鼻の先にある前川邸の門を見詰めて、そう思ったりもした。でも、これではあんまり……。

だが、その十日間というもの、琴と同じくらい落胆しかけている者達がいた。

清河一派である。

「江戸表では英吉利に対していつ兵端が開いてもおかしくはない情勢だ。明日にでも江戸に出立しなければ、我ら浪士組は攘夷の時期を失う……！　そうじゃないか？　鉄さん」

高橋謙三郎が、新徳寺の山岡鉄太郎を訪ね、焦りも露わにいったものだ。

高橋は山岡の義兄で、号である〝泥舟《でいしゅう》〟の方が知られている。清河の主宰する〈虎尾の会〉の構成員ではないものの、志を同じくする攘夷論者であった。幕府の武術研修機関である講武所の師範であり、その槍術の腕と人望を見込まれて、あらたに浪士組取締役を兼任するよう命じられ、江戸帰還直前の三月九日、新任の取締役並出役三名を率いて京に到着したばかりであった。

「にもかかわらず清河殿は、あくまで勅許が下るまで待て、とおっしゃる……。しかし、今月の内に朝廷から〝御朱印〟を奉戴できるかどうかも判らんとは……！」

「ええ、そうですな、兄上。ですから私は、こう――」

山岡は対座した義兄の面前で、ごろりと畳に寝転がってみせた。

「――寝ているしか致し方がないと思うのですよ」

普段は謹厳実直の見本のような山岡も、しびれを切らしかけた。これが三月十一日のことだ。

清河が勅許を待ち続けたのは、それが上洛した最大の目的であり、かつ、命綱だったからに他ならない。

そして、そんな清河一派にとって待望の勅許が朝廷よりもたらされたのは、山岡が高橋泥舟の前で不貞寝してみせた翌日の、三月十二日のことである。

清河八郎らは欣喜雀躍し、早速、浪士組全員に明朝六つ時、京を発する旨が達せられたのだった。

……そして出立の朝を迎えたいま、王城の都には霞がかかっていた。

浪士組は、近藤ら残留組二十四名をのぞき、旅装を整えて壬生寺の境内に集合している。

琴もまた、風呂敷を襷掛けにして手には笠と薙刀を持ち、鳩翁の側に控えていた。

——せめて一目だけでも、お目に掛かりたかった……。土方様に。

琴は鳩翁らに悟られぬよう、そっと周囲を窺った。けれど見送りのなかに、土方歳三の姿は無い。土方だけでなく、近藤及び芹沢派は、そもそもその場に姿を見せてはいなかった。見送りに出てきたのは、直前になって残留を決めた根岸友山と数人だけだ。

最後まで愛想のないお方じゃ……。琴は苦笑して諦《あきら》めようとした。それもまた、土方らしいのかもしれない、そう思いもした。

――でも、ちょっとだけでよいから、お姿を垣間見せて欲しかった……。

「皆、揃っておるの」鳩翁の声が聞こえた。

「二百十八名と……その他一名、揃いましてござる」

山岡が生真面目に答えると、鳩翁はうなずいた。

「では、参るとしようか」

「道中、お気をつけて」

浪士組は、根岸友山らに見送られながら、鳩翁を先頭に、石畳の参道を動き始めた。

そして、琴が先を行く鳩翁に従って壬生寺の門をくぐり、狭い坊城通りに出た――その時。

琴は視界の端に立つ人影に気付いた。夜の名残の薄闇と、微かに漂う霞に隠れるように佇む、背の高い男の姿を。あれは……？　あのお方は……！

「土方様……！」

琴の足が行列の先頭で止まった。眼を見開き、飛び出そうとする言葉を懸命に抑えた。

町屋の庇の下にいたのはまぎれもなく、土方歳三そのひとだった。

「どうした、行くぞ」

山岡が振り返り、立ち尽くす琴へ声を掛けたが、鳩翁が歩調を緩めないまま言った。

「山岡殿、よい。……お琴や、後からついて参れ」

琴の耳には、二人の声は届いていなかった。ただ、前後を取り巻きながら過ぎてゆく浪士の流れ中で、ほんの三丈——十メートルに満たない距離で、土方と見つめ合っていた。

土方様……、と琴は生まれて初めて恋をした男へ、視線で伝えようとした。

私は、貴方を——。

土方は庇の下で琴の思いを確かに受け取ったのかもしれない。端整な顔の口許だけを、微かに綻《ほころ》ばせたように見えた。……ああ、わかってるよ。

それから土方歳三は急に威儀を正した。そしてちいさく、頭を下げた。

琴も土方の会釈になんとか応えようとする。桜色の唇をなんとか吊り上げ、精一杯の笑みを咲かせようとする。けれど、手で丸めた紙のような、くしゃくしゃの笑みしか浮かんでこない。それでもいい、と琴は思う。何故ならそれが、私の正直な気持ちの表れだから。

——おさらばです……、土方様……！

琴は精一杯の笑顔を土方に手向《たむ》けてから、深々と一礼した。そして、上半身をぴょこんと戻すと、くるりと振り返って土方に背を向けた。

琴は、ぞろぞろと脇を進んでゆく浪士たちの行列、その向かう方向へと走り出した。

――土方様は礼をもって接してくれた……ひとりの女子として、私を。

琴は草鞋で通りを蹴《け》りながら、弾む胸のうちで繰り返す。――私が土方様を想ったほどではないかもしれない。でも土方様も私を思ってくれた……いや、気にかけてくれた。そう信じたい。そして、それだけで充分……。

琴は、胸を刺す別離の痛みを別の痛みで塗り込めようとするように、進み続ける浪士組の行列に添って、ひたすら走った。

走り続けながら鼻の奥が、つん、と痛くなり、目頭が熱くなった。

――わたくしはこれからさき、恋をするのだろうか……?

鳩翁ら世話役たちのいる先頭を目指して、琴は息を弾ませつつどうしても止まらない涙を拳で拭いながら、ふとそう思った。

琴の初めての恋は儚《はかな》かったけれど、浪士組の在京もまた、わずか二十日間という短いものであった。

浪士組は、設立当初はその警固が目的であった将軍家茂一行と入れ替わるように、京を発った。

しかし、同志たちを督促して中山道を急ぐ清河八郎にとっては、江戸帰還を命じられた理由である英吉利艦隊来航は、千載一遇《せんざいいちぐう》の好機であった。そして、その懐には朝廷へ周到にはたらきかけて得られた、攘夷の勅許もある。

このとき浪士組二百数十名を陰で率いる清河八郎は、さながら、人々を自らの笛で踊らせた挙げ句に、気がつけば予想もしていなかった場所へと誘ってしまう、ハーメルンの笛吹き男だった。魔笛を吹く者、清河の目指す場所は、自らの〝回天の志〟と、愛妻の面影の先にあった。

けれど、ひとり琴のみは、清河の吹き鳴らす笛の音が、耳に入らない。

——土方様はこれからさき、京の地でどうなさるのだろう……？

琴はとぼとぼと街道を踏む、自らの足もとに眼を落としたまま、繰り返し考えていた。周りに目をやることもしなかった。琴にとって、上洛の時にはなにもかもが珍しく、心を沸きたたせてくれた風景は、全く精彩を失ってしまっていた。

琴が脳裏に見続けているのは、見送ってくれた際の土方の微笑だった。

——鳩翁様の話では、土方様たち残留組は、京都守護職の会津中将様へ、御配下に加えて戴きたい旨、願い出たらしいけれど……。

それもどうなることか。それにもし、配下に加わるのが許されれば、そうなれば……。

——もうお会いするのは、叶わなくなるかもしれない……？

琴はそんな思いに囚われて、本来なら役目柄、傍らにいるべき鳩翁たち世話役らの集団からも、遅れがちになっていた。担いだ薙刀が、やけに重い。そういえば、土方様と知り合ったのも、伝通院の境内で、この薙刀で試合ったときだった。

——あの時は怒りが地獄の釜のように湧いて、あやうく土方様を叩き殺してしまうところだったっけ……。

そんな相手を、いまはこんなに恋い慕っている。

——琴、おまえはおかしな女子じゃぞ。

心のからくりの不可思議さに、くすりと苦笑を漏らした拍子に、顔を上げた。

ぼんやりしているうちに、鳩翁らのいる先頭からは、随分と後れてしまったようだ。いまも、打飼《うちがい》や荷を肩にかけた浪士たちの背が、ぞろぞろと追い越してゆく。ふと、左手の道端に目をやると——。

ひとりの浪人が、小さな石仏の脇に座り込み、草鞋と足袋で固めた足をさすっていた。

「どうかなさいましたか?」琴は考える前に歩み寄っていた。

「ああ、いや。大したことはござらん」

目尻に皺《しわ》を寄せて笑ってみせた浪人は、四十半ばを過ぎていた。

傍らを通り過ぎてゆく浪士たちと同じように、着物はくたびれ、身なりはややみすぼらしくはある。けれど、どことなく品があって、琴は村で読み書きを教えてくれたお師匠様のようだと思った。

「ただ少しばかり……足がいうことをきかなくて、な」

琴はそう答えた浪人のそばで片膝をつき、土に汚れた相手の足袋に触れた。紺足袋の色が濃くなっている。足の皮が擦れて、出血しているらしい。

「あ、すこし待ちください……！　家伝のよく効く薬がございますから」

琴は薙刀を肩から下ろし、背中の風呂敷包みの結び目をほどきながら言った。

「それは、かたじけない」

手習い師匠のような浪人は、年若い琴にも恐縮したように礼を言った。

「それがしは浪士組六番隊、千葉静馬と申す」

「あ……！　浪士組の方でございましたか？」

琴は荷物から、母のとしが穴原村を発つ際に持たせてくれた、〝法神丸〟を取り出しながら顔を上げた。手助けに夢中で、男の素性にまで気が回らなかった。

千葉が足袋を脱ぐのを手伝ってみるとやはり、足裏に白く丸い傷口が開いていて、血が出ている。

痛々しい。琴は白い手で、そっとさするように千葉静馬の傷へ、法神丸を塗り込みながら、思った。

──もしかしてこの方は、上洛の途上にも、難儀な思いをされていたのでは……？

いくらなんでも、京から発足した直後に、こんな生皮を剝《は》がされたような有様になるはずがない。これは、以前の……それも治りかけていた傷が、また口を開けたものだ。

そう思い至ると、琴は胸を何かに突かれた。

──わたくしは、身近で難儀しているひとがいるのに、気付かなかった……。

琴は困っている者があれば、それが誰であろうと考えるより前に、手を差し伸べる娘だった。それが、琴にとって自然な振る舞いだったからだ。それなのに……。

私は気付かなかった。いえ、気付こうともしなかったんだ。世話役一行から離れて、結構、行列の前後を気ままに行き来していたにもかかわらず。それもこれも……。

──よほど土方様の、いえ、恋の虜になっていたようじゃ……。

琴は手当てをしながら、くすりと苦笑を漏らした。袴を捲《まく》って素足を上げていた千葉が、怪訝そうな顔をした。

「なんぞ、おかしいかな？」

「いえ、おかしいのは私です」琴は微笑を残したまま、ちいさく首を振った。

恋に眼が曇って、周りがみえなくなっていたとは……と、琴は手当てを続けながら心の中で呟いた。

――全くもって、……わたくしらしゅうない！

わたくしは恋をするために、穴原の村を出たわけではない。磨いた武芸で、身を立てるためだ。

恋をしてしまうのは……まあ、やむを得ないのであろう、多分。けれど、のぼせて周りが眼に入らなくなってしまうようでは、物情騒然たるいまの世の中、身が覚束《おぼつか》ないではないか。そして、そんな有様で戦いに臨めば、命の危険さえある。そうなれば……。

――土方様とお会いするのも、もう二度と叶わなくなる……。

また会いたい、どうしても。土方様に。琴は強く思った。

ならば眼をしっかりと開いて、生きてゆこう。そして、快活、闊達《かったつ》に。くどくど、うじうじ思い煩うのではなく、笑顔で再会の日が迎えられるようにしよう。そうだ、土方様とは永遠の別れ、というわけではないのだから。

――同じお天道様のしたで、生きているのだもの。

琴は土方歳三への慕情に、小さな節目がつけられそうな気がしてきた。それは、忘れようとつとめることではなかった。

――土方様との想い出は、大切に大切に、いまは胸の内に仕舞っておこう……。

そしてその想い出は、母から娘へと受け継がれる華やかな花嫁衣装のように、心の箪笥《たんす》の引き出しから取り出す時が、きっとくる。

それは、土方歳三と再会する晴れの日になるはずだ。

琴は自分なりに得心したつもりでひとり微笑し、傷に巻く布を懐から取り出して細長く裂こうとして、――それが土方歳三から返してもらった手拭いなのに気づき、慌てて別の手拭いを取り出す。

「まことにかたじけない。すこし、痛みがひいた」

「いいえ」

琴は裂いた布を患部へ丁寧に巻いていた手をとめ、千葉を見上げて微笑んだ。

「私の方こそ、ありがとうござります」

「ん?」千葉は怪訝そうに答える。

「いいえ、こちらのことでございます」

千葉は足袋をはき、草鞋を結び終えると立ち上がろうとして、わずかによろけた。

「あっ、まだ痛みまするか?」琴は咄嗟に身を寄せて支えた。「松岡様に駕籠《かご》の用意をお願いしましょうか?」

浪士組には、病者に備えて駕籠が十丁、陸尺《ろくしゃく》とともに随行しており、幹部の松岡万《よろず》が責任者だった。

「いや、大事ない」千葉は琴の肩を借りつつ顔を少ししかめて答えた。「それがしは以前、中風を患ったものでな」

中風、現代でいう脳卒中である。足を痛めたのは後遺症で歩行に難があり、不自然な歩き方になっていたためだろう。いまも、少し足を引くようにしている。

琴は念のために二、三歩、寄り添って歩きながら、申し訳ないとは思ったものの、何故そのような人が不逞《ふてい》浪人鎮圧を任務とした浪士組に、と思ってしまった。

とにかく浪士を掻き集めたかった清河八郎の思惑が、こんなところにも現れている。

「それがしのような者が何故、と思われたかな」

琴は表情には出さなかったつもりだが、千葉は琴の疑問を読み取ったように言った。

「え？　い、いえ……！　そのようなことは、決して」

琴は慌てて否定し、ぱっと千葉から身を離すと、髻《もとどり》を揺らして首を振る。千葉は、琴の大きな子供のような仕草に温厚な笑みで応えたものの、その表情をふと翳《かげ》らせて言った。

「浪士組への加盟には、――いささか仔細がありましてな」

「あ……！　さ、左様でござりますのですか？」

琴は気まずいのとばつが悪いのとで、おかしな返答をしてしまったのだけれど、千葉は優しい手習い師匠の表情に戻って言った。

「ああ、御同志の方々から随分と遅れたようだ。我らも参ろう」

千葉が歩き出すと、琴もほっと胸をなで下ろして後を追おうとして――、荷物と薙刀を路上に置きっぱなしだったのに気付く。

「あ……！　ちょっ、ちょっとお待ち下さい！」

琴は慌てて取って返し、荷物をまとめて背負い直すと薙刀を担ぎ、笑顔で待ってくれていた千葉へ駆け寄った。

琴はこのときは無論、千葉静馬との出会いが、これから後の一生を決定づける出来事の前触れだとは知る由もなかった。

琴は千葉静馬との出会いによって、新たな運命へと一歩踏み出したけれど、浪士組もまた、江戸帰還によって変転を遂げることになる。

……それも激烈な。

浪士組が江戸に帰り着いたのは文久三年、三月二十八日であった。

留守幕閣の指示で、浪士組一行は幕府が用意していた本所三笠町、元は小笠原加賀守上屋敷へと収容された。本所七不思議で有名な〝足洗屋敷〟、〝おいてけ堀〟の南割下水《みなみわりげすい》もごく近いという、なかなかの立地だ。小笠原屋敷自体も、〝夜鷹《よたか》小笠原〟と、なにやら曰《いわ》くありげな異称があった。

「千葉様とは、別々の宿所でございますね！」

琴は紙の包みを手にして、千葉に言った。……屋敷の中庭は、京から帰り着いた浪士たちでごった返すように混雑しており、声も張り上げなければ聞き取りにくいほどであった。

それもそのはず、元小笠原屋敷、通称〝浪人屋敷〟には琴たちが江戸を発った後に浪士組へ志願した者たち百二十六名が、〝留守御警衛〟として、すでに居着いている。屋敷のもとの主である小笠原加賀守は五千石の旗本で、まず大身《たいしん》といえる身分であり、従って拝領屋敷もそれなりに広大であったものの、新たに琴たち二百十名が加わって、合計三百数十人が起居するには、さすがに手狭すぎた。合壁《がっぺき》……塀を接している隣の旗本西尾主水の屋敷の一部まで借り上げて浪士を詰め込んだが、なお足らない。そこで町の旅籠数軒にも分宿させることになった。

琴と良之助は、そういった分宿組になった。旅籠は馬喰《ばくろ》町一丁目の井筒屋。本所三笠町の浪人屋敷とは大川、いまの墨田川に掛かる両国橋を渡った府内側である。

「そのようだ」

千葉は微笑して肯いた。

「それにしても、帰りの道中ではお世話になりましたな。お陰で随分と楽になった。礼を申す」

琴は、千葉静馬とはすっかり親しくなっている。浪士組は混合玉石、野卑な連中も少なくはなかったが、その中でも千葉静馬は温厚で、組中に限らず宿の者へも声を荒らげることもない。琴は初対面の折、千葉を村の手習い師匠みたいだと思ったものだが、道々、足傷の手当ての合間に話したところでは、実際に江戸市中や川越で、生計を筆道指南で立てていた頃もあるらしかった。

「そ、そのような……！　滅相もございません！　あ……！」

琴は慌てて手を振って打ち消そうとした拍子に、持っていた紙包みを思い出す。

「千葉様、これを。法神丸でございます。なくなったら、おっしゃって下さいましね？」

「重ね重ね、かたじけない」

千葉は口許の皺を深くして微笑み、紙包みを受け取った。だが、ふとその笑みを消して、呟いた。

「このような間に合わせではなく、はよう落ち着き先が決まれば良いが……」

「あの……」

琴は千葉の表情が気になったのだが、何故か理由を聞くのを躊躇《ためら》わせる雰囲気があった。

「……いえ何でもございません」

単に旅の疲れ、という訳でないだろう。千葉の顔には、浪士組加盟の事情に触れた際と同じ翳りがあったからだ。

なにか事情をおもちなんだろうか……？　琴は良之助とともに小笠原屋敷を出て、馬喰町の宿へと向かいながら、小首を傾《かし》げた。


そんな琴の小さな疑問の一方で——。

浪士組の黒幕である清河八郎は、ついに本来の企てを発動しようとしていた。

幕府打倒の工作である。

「我らは、横浜表へ来襲した夷狄どもに斬り込みを断行し、攘夷の実をあげる……！」

清河は江戸帰府してから寄宿している山岡鉄太郎の屋敷の、その奥まった座敷で宣言した。屋敷の主である山岡鉄太郎の他、同志である浪士組幹部達も顔を揃えている。

希代の策士である清河八郎は、獲物を前にした豹狼の牙の如く、倒幕の意志を剝《む》き出しにしていた。

「いよいよなのですね、兄上」

清河の実弟、斎藤熊三郎が膝を進めて、熱を込めて言った。兄に似た秀麗な顔が、興奮を抑えかねて紅潮している。

「そうだ」清河は一座の者全員を見回しながら、うなずいた。

「皆も承知の通り、いま横浜には、先の島津公切り捨ての一件で賠償を求め、英吉利の艦隊が押し寄せている。それを我ら浪士組を挙げて襲撃すれば、ただでさえ同胞を切り捨てられ殺気立っている夷狄どもは、火に油を注がれた如く、さらに怒り狂うであろう。かならずや公儀と英吉利との間で兵端が開かれ、……戦争となる」

幕府と大英帝国との交戦状態を自らの手で惹起《じゃっき》させる。そうして、幕府に莫大な人的財政的損害を強要し、弱体化させること。

それこそが尊王攘夷派、清河八郎の真の目的であった。

清河は賢明な男であった。だから、どこの馬の骨かもわからない浪人を百人や二百人集めて決起したところで、数日騒ぎを起こすのが関の山であり、後は幕府の軍勢にひねり潰《つぶ》されるだけと解っていた。天誅組、水戸天狗勢の争乱の結果が、それを裏書きしている。幕府の力は、国内に限れば未だ強大である。

ならば、幕府に対抗しうる存在をぶつけてやればいい。――それが、清河のかねてからの結論であった。

「いたずらに開国へと傾き遊ばす御公儀に、真の攘夷断行を求める義挙でもありますな」

山岡鉄太郎の発言に、清河は、そのとおり、とばかりにうなずいて続けた。

「断行は四月十五日としたい。――とはいえ、先立つものが要ります。御苦労だが、諸君には市中の富商から軍御用金、との名目で金子《きんす》を集めてもらいたい」

早速、清河一派は村上俊五郎と石坂周造を中心に、手分けして軍資金調達に奔走した。

その結果、浅草御蔵前の札差へ〝当節、幕府において御軍用お手当莫大の儀につき御用途を補うため〟と称して強談《ごうだん》に及ぶなどして、早くも江戸帰着から五日後には、富商から集めた金額は八千五百両、米八百俵、味噌百樽に及んでいる。

大規模な襲撃計画の準備としては、あまりに大っぴら過ぎたであろう。

資金提供を強要された富商たちが奉行所に訴え出ると、当然、幕府は浪士組の動向に不審をもった。

「清河八郎、……どういうつもりか？」

徳川慶篤《よしあつ》、松平忠誠《ただざね》、酒井忠績《ただしげ》ら、将軍上洛中で留守を預かる幕閣は、町奉行から報告を受けると、命じた。

「何故そのような莫大な金子が入り用なのか。浪士組に埋伏させた探索方に、もっと探るように申せ」

その結果、さらに幕府にとって由々しき事態が急報される。

浪士組内に横浜を襲撃するとの風聞あり――。

密告に及んだのは松平忠敏の手付け――使用人たちといわれる。松平忠敏は将軍家とは血縁関係にある、いわゆる〝御家門〟のうちの御親戚という身分だが、講武所剣術教授でもあった。浪士組結成当初、応募してきた浪人のあまりの多さに嫌気が差して浪士取扱役を辞任したが、同じく講武所剣術教授の中條《ちゅうじょう》金之助とともに、江戸帰府後の浪士取扱頭取として再任されていたのである。

横浜襲撃が単に噂だけなら、商人から御用金供出を強要するお題目か、あるいは威勢の良いおだを上げている、その程度に聞き流しておけば良かった。

しかし幕府は、かねてからこのような事態を警戒して、浪士組内へ間諜《かんちょう》を潜り込ませている。そして、その確実な筋からも、同じ内容の急報がもたらされた。

清河八郎は、本気で企てを実行に移す気だ……！　江戸の留守幕閣は動揺した。

江戸から京へ、緊急の報告が飛んだ。

「まさか、そのような暴挙を……」

京で報告を受け取った老中、板倉勝静《かつきよ》は二条城で呟いた。

板倉としては、そう思いたい。しかし――、密告が事実であり実行されれば、どうなるか。外交に与える影響は、いまから二年前の文久元年に発生した、水戸浪士による英国公使館襲撃事件、いわゆる東禅寺事件の比ではない。

激昂した英国艦隊は、まず間違いなく、横浜から江戸の目前まで侵入し、砲火で市中を火の海と化さしめるだろう。弱小の幕府海軍及び未完成の台場では、とても太刀打ちできるものではない。幕府は海外の情勢分析から、武力で西洋諸国に対抗するのは不可能と悟っている。

老中板倉勝静は苦悩したものの、清河八郎らを一網打尽に捕らえるのには、なお躊躇わざるを得ない。

清河の懐には、〝攘夷の御朱印〟――勅許がある。

それは、いわば朝廷から下賜された外国勢力を武力排除することについての許可書である。幕府としては、それを奉戴する清河を罪人として捕らえるわけにはいかない。

何故なら、もし仮に清河一派を捕縛した場合、幕府は朝廷の叡慮を踏みにじったとして、攘夷浪人たちに幕府糾弾の絶好の口実を与え、ますます勢いづかせるばかりか、さらに諸藩にも、〝御公儀は攘夷断行の自信なし〟との印象を与え、権威の失墜に拍車が掛かってしまうだろう。

まかり間違えば、幕府は朝廷への叛意《はんい》さえ疑われ、そうなれば、なんとか進めてきた公武合体の道程が、さらに困難になる。

そして――これらすべてが、清河八郎の付け目であった。

清河は横浜襲撃実行後も、幕府密偵切り捨ての際のように、お尋ね者の身に墜《お》ちたくはなかった。そのために一年半の逃亡生活を余儀なくされたばかりか、実母と愛妻は幕吏に捕らえられて拷問を受け、妻れんは、それが原因で病死するという、過酷な結果をもたらしたのだから。

だからこそ清河八郎は、横浜港襲撃を成し遂げたあと、確実にその罪に問うてくるであろう幕府が、切歯扼腕《せっしやくわん》しつつも受け入れざるを得ないはずの申し開きを用意したのだ。

叡慮に従う我らを裁くということは、恐れ多くも天子を罪に問うのと同義である、と。

希代の怪策士である清河が、京で粘り強く勅許を待ち続けたのは、これが理由であった。

勅許こそが、頼みの綱だったからである。

そんな清河の策謀と、幕府の焦燥と疑念が、危うい均衡を辛うじて保っている情勢下に、清河一派は、幕府に非常手段を選択させる事件を、起こす。

浪士組を騙《かた》った偽浪士を、処刑したのである。

浅草の新吉原の郭内で、無銭飲食したうえに遊女らを連れだした岡田周造――またの名を栃葉《とちば》新吉を、両国で浪士組幹部の松岡万《よろず》ら七人が見咎《みとが》め、これを捕らえた。同じ頃、やはり吉原で遊女に〝強淫同様の始末〟に及ぶなど乱暴を働いた神戸六郎も捕らえた。

偽浪士ふたりは、三笠町の浪士組屋敷に連行されたうえ土蔵に監禁され、清河らの厳しい詮議を受けた。

その結果、岡田周造と神戸六郎の両名は、口を割った。――すべては浪士組の評判を落とすために勝手方勘定奉行、小栗上野介《こうずけのすけ》から依頼されてやった、と。

「あの蘭癖《らんぺき》の洋夷かぶれか。――小賢《こざか》しい真似を」

清河は蠟燭が照らすだけの土蔵の薄闇で、唇を歪《ゆが》めて嗤《わら》った。

「この者らの処置はいかが致します、清河先生」

村上俊五郎は片膝をつき、二人の偽浪士へと向けていた顔を上げ、尋ねた。

数刻に及ぶ厳しい詮議で、荒縄で縛られた岡田と神戸は、襤褸《ぼろ》のように蹲《うずくま》っている。

「斬れ」清河は無味乾燥に告げて背を向ける。「斬ってその首を晒せ。我らの企てのよき血祭りとなろう」

言い置いて土蔵の戸を押し開くと、清河の姿は外から射し込む、眩《まぶ》しい光のなかに溶けた。もう誰も我らを止められぬ……。清河の自信がとらせた行動だった。

四月九日、斬首《ざんしゅ》された岡田と神戸の首は、両国広小路において、罪状を記した捨て札とともに、七尺の高さの台に梟首《きょうしゅ》にされた。翌十日、町奉行所から二百人もの与力同心が検使としてやってきた。現代における警察官の代行検視である。

先月二十八日に京より江戸に戻って、たった十日あまり後の出来事だった。

幕府は、偽浪士斬首の報告に驚嘆し——そして確信した。

清河八郎とその一派は、邪魔者を浪士組の名において私的に制裁した。それは、浪士組を幕府の手勢ではなく、自らの私兵と心得ているからではないのか。しかも殺人という大罪を平然と犯したということは、これより先、さらに大きな事件を目論んでいるからではないのか……。

「上洛の折、御所で公家どもと隠密に談合しておったとの報せと重ねれば、もはや紛れもない」

板倉勝静は江戸からの書状を握りしめ、血の気がひく思いで呟いた。

「清河めは御公儀をたばかり浪士組を募っただけでは飽きたらず、あまつさえ、御公儀に仇なす危難を惹起させるつもりなのだ」

幕府の疑念は確信にかわり、幕府と清河一派の危うい均衡は崩れた。

清河ら浪士組の暴発は断固、阻止しなくてはならない。国の命運が掛かっている以上、いかなる手段を用いても。しかし……、公然と捕縛できないとなれば、幕府にとってとるべき手段はたった一つしかない。

それは、法に拠《よ》らない処刑——。

暗殺である。

その日——四月十三日。

清河八郎は朝から、上山《かみのやま》藩の江戸屋敷内にある、重役であり友人でもある金子与三郎宅へと、たったひとりで出掛けていた。

酒食の持て成しは夕食まで続き、門の潜り戸を出たのは七つ時——午後四時ごろのことだった。この当時、武家の食事を摂る時刻は、現代より四時間ほど早かったのだ。

裏門のくぐりから出た清河は、微醺《びくん》を漂わせながら、右は幅二十間ほどの古川に沿い、左は柳沢侯の屋敷の塀が続く人気のない道を、歩き出した。朝から飲み続けた酒のせいで、足もとがすこし揺れている。

「お侍さん、ごめんなさいよ」

小走りに後ろからやってきた町人風の男が、清河に声をかけ、そのまま追い越していった。清河は酒精に染めた顔で、すこし肯いただけだった。

清河は全く警戒していなかった。平素の用心深いこの男なら、武家地で通りがかった者が町人体《てい》なのを、不審に感じただろうが——。

その町人は、やがて清河の視界から消えたあとも、裾を摘《つま》んで走り続けた。そして、古川を渡る一の橋に差し掛かったところで、ようやく足を緩める。

橋のたもとには、伊勢屋という変哲もない屋号の、葦簀張りの簡素な水茶屋があった。

店の前に置かれた縁台へは背の高い武士が腰掛け、茶を一服している。

「清河めは、――まもなく……！」

町人体の男は、腰掛けた武士へ鋭く囁くと、走り去る。

武士は座ったまま顎を引いて答え、口許で止めていた茶碗をおろした。

「お女中、茶代はこれへ」

武士が縁台に鳥目《ちょうもく》を置いて立ち上がると、店の奥から、襷に前掛け姿の若い娘が盆を抱えてやってきて、愛想良くいった。

「へえ、毎度」

「ああ、それから――」

武士は、茶器を片付けようと身を屈めた娘に、刀を袴の帯に差しながら口を開き、鞘の返り角の引っかかり具合を入念に確かめつつ、続けた。

「――しばらくは見世の奥に入っておれ」

え？　と娘は驚いて、盆を胸の前で構えるようにして尋ね返す。

「あの、お武家様……それはまた……？」

「そなたに怪我をさせとうないからだ。——よいな」

　そう告げた武士から尋常でない気配を感じたのか、娘は身を翻して葦簀張りの奥に消えた。それを確かめてから武士が往来へ顔を戻す。と——。

　清河八郎がやや覚束ない足取りで、川縁《かわべり》をこちらへ歩いてくるところだった。

「これはこれは、清河先生。このようなところで」

　武士は長身に似合わぬ敏捷《びんしょう》さで清河に近づくと、声をかけた。

「ん……？　おお、佐々木殿ではござらんか」清河は夢から覚めたように言った。

　いかにも、清河の前に立つ長身の武士は、佐々木只三郎であった。

　浪士組取締役並出役、幕府から派遣された浪士組担当者のひとりであり、——密かに清河一派の動向を監視していた男であった。

　御所拝観の際には琴にそれを勘づかれそうになり、下世話な冗談で誤魔化したものだった。だが、あの時のような気さくさは微塵もない。いま佐々木の日焼けした顔には、精気の凝り固まったような硬質の冷たさのみがあった。

　清河はその尋常ではない気配を、酒精の靄《もや》のせいで気付かない。そしてそのような状態に陥れることが、つい先ほどまで清川を持て成していた金子の役割であった。

「佐々木殿、御貴殿こそこのようなところで、如何なされた？」

「お待ち申していたのでござるよ。——」

佐々木只三郎は答えながら、さらに清河へと身を寄せる。そして、清河の眼を見詰め、ほとんど互いの刀の柄が触れるほど間を縮めてから、告げた。

「——御貴殿を……！」

「なに……？」

清河がすべてを悟ったのはこの瞬間だった。酔いが霞が眼から消し飛び、驚愕の表情にかわった。

けれど、すでに手遅れだった。何故なら——、佐々木と同じ浪士組取締役並出役、その筆頭である速水又四郎が塀の陰から姿を現し、長刀の抜き身を下げて、背後へ忍び寄っていたからだ。

この時代、武士は不意を突いて相手の後ろから斬りつけるのは卑怯《ひきょう》、として嫌った。が、主君より密命を受けた場合は別だ。

速水は謀殺の作法でもって、剣の鋒《きっさき》で天を突き——、白刃を燦《きら》めかせて振り下ろした。

「上意っ——！」速水の口から殺気がほとばしった。

清河八郎は、背後から襲った肉を食い破り骨を噛んだ衝撃に、身をくの字に仰け反らせ、があっ……！　と苦悶《くもん》のような息を、頭上に吐いた。

「おのれ……佐々木ぃっ……！」

清河は血の滴るような声で呻《うめ》き、手を長刀の柄に奔らせた。幸い、摑むのに邪魔な扇子は持っていない。金子宅へ赴く前に高橋泥舟宅へ立ち寄った際、その妻女に詠んだ歌を書いて与えていたからである。

清河八郎は刀を抜こうとした。その動作は、深傷《ふかで》を負ったとは思えぬほどの迅速さだった。北辰一刀流免許皆伝、千葉門下の逸材として知られた剣客、清河八郎の名に恥じない手並みだった。

が――。

正面の至近に立つ佐々木只三郎の技は、それに優った。

「往生せよ！」

佐々木は、かっ、と眼を見開いた。そして、長刀ではなく脇差しに手を掛けるや、抜き打ちに清河の首へと斬りつけた。

清河が長刀を抜けないほどに間合いを詰めること。……それが、小太刀をとれば日本一と称えられた佐々木只三郎の仕組んだ、罠《わな》のからくりだった。

脇差しは閃きを引きつつ鋭い弧を描いて跳び――、幕閣を魅惑し翻弄《ほんろう》し、ついには戦慄《せんりつ》さえさせた言説を滔々《とうとう》と述べた清河の、その源泉たる白い喉へと吸い込まれた。

清河八郎の抜こうとした自慢の岩捲《がんまく》二尺四寸は、鯉口《こいぐち》を切っただけで、鞘の内でぴたりと止まった。

「れ……、れん……！」

清河は骨を削って止まった脇差しに、半ば首を切り落とされかけたまま、かすれた断末魔の息で囁いた。

れん、とは清河が幕府の密偵を斬って逃亡した際に捕らわれ、その時に受けた拷問がもとで病死した愛しい妻の名であり――、そして同時にそれは清河にとって、浪士組を巡る企ての、秘めたる動機のひとつでもあった。

清河は幕府へ愛妻の復讐《ふくしゅう》を果たそうとした。

自分たちが横浜港を襲撃すれば、間違いなく大英帝国との間の戦争の引き金を引くことになろう。愛妻を捕らえ、責めたてる事を命じた幕閣どもは、それこそ悩乱を起こすほどの懊悩《おうのう》を味わうだろう。

――私は妻を奪われて充分すぎるほどに苦しんだ……！　今度はそれを、お前たち幕府のものどもに味わわせてやる……！　浄土で吉報を待て……！

「……れん……！」

愛しい妻の名がこぼれた清河の口から、ごぼっ……！　と不吉な音を立てて血が溢《あふ》れた。

その様子を見定め、佐々木が無表情に脇差しを首筋から引き抜くと、清河八郎は突きでた舌を震わせてから、ぐらりと身を揺らした。それから、音を立てて路上へと倒れた。

奇妙な偶然だが、清河はこの前日、両親へ遺書めいた手紙を書いている。

〝在世之うちは、とかく論之定まらぬもの、蓋棺之上ハ積年之赤心も天下ニ明良相成可申候〟――生きているうちは、とかく評価の定まらないものです。棺《ひつぎ》に蓋《ふた》をされるときになってから私の長年の気持ちは天下に明瞭《めいりょう》になることでしょう……。

自らの死について、なにがしかの予感があったのかもしれない。

それはともかく、〝怪策士〟、〝魔笛を吹く者〟清河八郎は、死んだ。その〝回天〟の志は、ゆっくりと流れ始めた血とともに、地面へと吸われて……消えてゆく。

「こやつ……、未練、といったのか」

速水が倒れ伏した清河の背中を見下ろして言い、拭った刀を鞘に納めた。

「さあ、よく聞き取れませんでしたな」佐々木は無味乾燥に答えて速水に顔を向けた。

「参りましょう」

二人の暗殺者は首級を落として討ち取るでもなく、死体をそのままに立ち去った。

それは死してなお、幕府が清河を朝廷への使者として利用するためであった。白昼公然と斬り捨てにすれば、清河の企てを認めて後押しした朝廷は、ほどなく暗殺の実行者とその意志を、容易に悟ることになるだろう。

〝公家があまり調子に乗るものではない。権威衰えたりとはいえ、幕府は軍事政権なのだ。それをお忘れにならないように〞

幕府から朝廷へ無言の、しかし峻烈《しゅんれつ》な示威行為となる。

清河八郎遭難の急報は、遠い京へ届くまえに、三笠町浪士屋敷の同志たちのもとへ、まずもたらされた。

駆けつけたのは、石坂周造だった。

武家地で事件があった場合、幕吏が到着するまでの間、往来に面した屋敷の者が対応するのが慣わしである。駆けつけた石坂は、警固に当たっていたそれら近所の有馬や松平家中の足軽を、強引に掻き分けた。

夕闇のなか、揺れる篝火に照らされて、清河は切り裂かれた羽織の背中を見せて、倒れ伏していた。

清河先生……！　石坂は取りすがりたい気持ちを必死に抑えつけ、叫んだ。

「こいつは清河八郎だな？　こやつは我が父の仇だ、首はもらってゆくぞ！　異存はあるまいな？」

石坂が血走った眼で見渡すと、取り巻いていた足軽たちは、気圧《けお》されたように一歩引いた。

　そうして石坂は、奇策を用いて清河の首級と——なにより幕府の眼に触れさせるわけには絶対にいかない、勤皇派五百名の氏名が記された連名帳を死体から回収した。ちなみに、ずっと後に石坂がこの時の状況を語り残したところによると、清河の首は一寸ほど残って繋がったままだったことからみて、討ち手はあまり上手ではない、と結論づけている。

　それは佐々木只三郎が脇差しをつかった故の誤解であったが、そんなことは知る由もなく、石坂は清河の羽織にその首を包むと、その場から逃げ去った。

　石坂が首級を抱えて向かったのは、小石川鷹匠《たかじょう》町、山岡鉄太郎の屋敷だった。もちろん、首級の安全な隠匿場所を求めるのが目的だったのだが——。

　ここで一つ疑問が湧く。清河八郎と攘夷行動を共にするというのは、山岡自身が幕臣でありながら攘夷派であることから、自然なことである。だが、なんとしても幕府が避けたいと願っている諸外国との戦争、それを間違いなく勃発《ぼっぱつ》させる横浜襲撃まで山岡が賛成したのは何故か。

　山岡鉄太郎こそは武士のなかの武士、忠勇無双の徳川家家臣である。それは後のことにはなるけれど、山岡の幕府への身命をなげうった献身が証明している。

　だがそれ故に、山岡は清河の企てに賛成したのであった。

中央政権である幕府と英国との間に戦争が勃発すれば、それは国中を巻き込んだ、いわば日本国と英国との戦争になる。そうなればもう、朝廷だ、幕府だ、などと国内で揉めている余裕など消し飛んでしまう。日本国存亡の危機が目前に迫れば、一つの政体としてまとまらざるを得ないであろう。つまり――。

巨大な大英帝国の外圧で、挙国一致体制を実現しようとしたのだった。

しかし――強烈な攘夷派であり、同時に公武合体を目指していた幕臣、山岡鉄太郎の悲願もまた、清河の死と共に、霧散した。

だが、浪士組をめぐる幕府の対応は、清河暗殺だけに留まらない。

清河一統の捕縛と、さらには浪士組の解体をも決定していたのである。

幕府より、浪士組に先立つ制圧を下命されたのは、〝御府内臨時非常取締〟の任にあった庄内、小田原、中村、高崎、白河、以上五つの藩であった。

この頃は、京だけでなく江戸市中も社会不安を背景にして治安が乱れ、辻斬り、攘夷浪士どもの押し借りが横行していた。御府内臨時非常取締は、それらへ対応するために幕府が諸侯に命じた、京における守護職に相当する役目であった。

そのなかで、浪士組制圧の基幹部隊となったのは、庄内藩酒井家である。

それも当然であった。庄内藩の藩祖は徳川四天王のひとり酒井忠次で、初代藩主の酒井忠勝のころは、石高こそ出羽国十三万八千石にすぎないものの、徳川家康から、東国の藩《はん》屏《べい》たるを特に任されたという逸話を持つ、最北の譜代藩であった。清河八郎の出身でもあるのは、皮肉な偶然といえよう。

厳しい気候にも鍛えられた藩士の気風は、他藩にも聞こえるほどに剛直であり、それに幕府から命じられた役目や信頼の篤さを加えれば、京都守護職である会津藩松平家とよく似ている。

清河暗殺翌日の四月十四日、その庄内藩は幕府より命を受けると、毎朝実施していた府内の見廻りを中止すると、出動準備に取りかかった。

庄内藩上屋敷は、譜代大名に相応《ふさわ》しく江戸城の曲輪《くるわ》内、外濠を神田橋御門で渡ってすぐのところに与えられている。現在の大手町駅の一帯にあたる。そこを出撃準備地点として、留守居役黒川一郎の指揮のもと、藩士らは続々と集結した。

上屋敷は江戸における藩主の生活の場であると同時に藩政の中心だが、参勤で国許から上ってきた勤番藩士たちのほとんどは、神田川が大川（墨田川）と合流する、向柳原《むこうやなぎはら》の中屋敷および下谷《したや》の下屋敷で起居している。現在の錦糸町駅前交差点付近一帯で、二つの江戸屋敷はごく近い位置にあった。まず、その二カ所から組頭二名とその配下の組が上屋敷へと移動し、さらに、六名の物頭《ものがしら》の率いる組も上屋敷へと急行した。

庄内藩の職制では、組頭は藩政に関する合議にも参加する部課長級の幹部であり、物頭は諸藩と同じく、戦闘において先鋒《せんぽう》を務める課長補佐あるいは係長級の役職だった。それらに指揮される各組は、庄内藩の軍制では二十五人で編制される。

従って武装した約二百人が、上屋敷の前庭にひしめくことになった。穂先に鞘を被せた長槍が林立し、練り塀を越えて天を突く有様は、外からみれば針山の如くであった。

物情騒然たる世相とはいえ長く太平であったこの時代のこと、庄内藩上屋敷はかつてない事態に蜂の巣をつついたような——というよりも、雀蜂に襲撃された蜜蜂の巣のような騒ぎになった。まさに戦支度《いくさじたく》であり、実際、砲車をごろごろと鳴らして大砲まで引き出された。

庄内藩は、いまより丁度十日前の四月四日に市中取締を命じられ、九日から任に就いたばかりであったのだが……、突然これほどの動員を要する事態の出来《しゅったい》に、藩士たちは奮い立つ思いだった。

幕府からの急な制圧目標変更の指示など、多少の混乱はあったものの、庄内藩の担当は三笠町の〝御用屋敷〟、およそ三百人からなる浪士組本隊の制圧、と確定している。後は奉行所から幕府の下知が届くのを待つばかりだった。

が――逸る気持ちを鎮めつつ朝から待ち続けても、幕府から何の音沙汰《おとさた》もない。

さらに一刻が過ぎ……二刻が過ぎたのを教える時鐘を庄内藩士たちは聞いたが、なんの命も伝えられず、目立たぬよう羽織の下に具足を着込んだ庄内藩士たちは、緊張で味のしない昼食を摂るしかない。

幕府からようやく新たな命が下ったのは、赤々とした夕日が、燃え尽きるように瓦屋根の埋めた地平へと落ちかけた刻限になってからであった。

臨時非常取締の各藩執行部隊は、評定所より浪士組制圧及び清河一統捕縛の命が達せられ次第、事後、各々の任務を果たすべし――。

評定所とは、辰ノ口にある幕府の最高司法機関である。上屋敷とは同じ曲輪内にあり、道三堀《どうさんぼり》を渡ればほど近い。そこから行動命令が発せられるのを待ち、各藩は一気に手勢を繰り出し、清河一統及び浪士組を各個に分断したうえで制圧及び捕縛を完遂せよ、ということだ。なにしろ相手は横浜襲撃を企てていた連中であり、たとえ少数でも捕らえ損なえば、それらだけでも外国人殺傷を断行する危険がある。一人のこらず、それも一斉に捕縛しなくてはならなかった。

が――着手命令そのものは、まだ出ない。現時点での幕府の指示は、待機せよ、だった。

「一体、御公儀はなにをぐずぐずと迷われておるのだ」

留守居役の黒川一郎が、主立つ指揮官たちの集まった中で、苛立《いらだ》ちを押し殺して言った。黒川は庄内藩執行部隊の責任者だった。

時刻はすでに五つ、午後八時を過ぎている。屋敷の前庭には所々に篝火が立ち、三脚の支える籠《かご》で薪が弾け、火の粉が上っている。揺れる炎が、所在なくうろつく藩士たちを、影法師のように見せている。

「夜陰に紛れて離散などされれば、面倒ですな」

里見弘記もぼそりと言った。向柳原の中屋敷から駆けつけた二名の組頭の一人だった。

「大方、御公儀の御重役方は」物頭の一人が皮肉っぽく言った。「評定所で花魁《おいらん》の淹《い》れた茶など飲みながら、ゆるりと評議されておられるのでは」

奇妙な慣習だが、評定所での給仕は新吉原の花魁が課役《かえき》として務める。それにかこつけての揶揄《やゆ》だった。

一同の胸を、苛立ちが粘っこい感情になって満たしそうになったときだった。

「これはもしや――」

戦陣用の折りたたみ式床几に腰掛けていた、若い男が口を開く。黒川や里見と同じ、鎧《よろい》直垂《ひたたれ》に籠手《こて》と脛当《すねあて》、脇盾《わいだて》といった小具足を着装している。

その場にいた者達は自然と、口をつぐんで若者に注目した。その若者の声には、ひとを惹きつける落ち着きと沈着さがあった。

若者は、冴え冴えとした眼に鼻梁《びりょう》がすらりと通った、端整を越えて秀麗といえる顔立ちをしていた。錦絵の絵師たちなら、争って絵筆で写したがるだろう。

秀麗な若武者は笑みを一同に向け、これはもしや……、と繰り返してから、続けた。

「――大久保加賀守様御家中が、一手に加わっておられるからやも知れませんね」

「ああ、〝小田原評定〟か……」

大久保家は小田原を領地とする。故事にかけた戯《ざ》れ言《ごと》に黒川がちいさく笑うと、他の者達も気の抜けたような笑みを漏らし、それからは不思議と、湿気た雰囲気が消えた。

けれど実際、幕府は事ここに至っても、まだ制圧を躊躇っていた。

「やはり過日にも申したとおり、山岡や高橋らが申し立てておった拝借金を渡すという体にして評定所へ呼び出し、罷《まか》り出たところを召し捕れば、穏便に事が済むのではないか」

三笠には浪人どもが三百人から蝟集《いしゅう》している。それらが幕府方の手勢に素直に従う保証はない。浪人どもが抵抗する恐れもあり、まかり間違えば市街戦となり、多数の死傷者が発生する事態も覚悟しなくてはならない。

「我らはすでに首魁《しゅかい》清河を討っておるのでございますぞ。それは清河めの一統の者とて存じておりましょう。金を遣わすといったところで、罠と見抜くは必定。のこのことやってくる道理がございますまい」

評定所では、こうした愚にもつかない議論が、まさに小田原評定を再演し、朝から延々と続いていた。本来なら浪士組の制圧は、清河暗殺と連動して、それと同時に行うべきであろう。定見を持たず一貫性のない対応という点では、後世の二・二六事件における帝国陸軍上層部によく似ている。

事ここに至っては、必要なのは議論ではなく、決断であった。

「やむを得まい。……酒井をはじめ取締方に、おのおの部署に従い、抜かりなく役儀を果たせと伝えよ」

庄内藩上屋敷に、ようやく出動命令がもたらされたのは、五つ半時、午後九時にいたってからだった。

小頭や徒士らの指示が飛び交い、藩士たちが走り回って前庭が騒然とするなか、……黒川ら重役たちは出動の挨拶と報告のため、黒書院広間にて藩主に謁見した。

「皆の者、大儀じゃ。御公儀より承った役儀を立派に果たすように」

上段の間からそう声をかけたのは十一代目藩主、酒井繁之丞であった。義兄で十代藩主、忠寛の急逝に伴い家督を継いだ、まだ前髪を残す若干十歳の幼君である。

「それと……。そうだ、皆が怪我などせぬよう、気をつけて行ってまいるのじゃぞ」

少年藩主は、素直な性格そのままの言葉を付け加えた。

庄内藩は藩士に釣りを奨励しているのだが、まるで夜釣りにでも出掛ける者たちへの申されようだ、と重役たちは内心で苦笑した。しかしその口調には、少年藩主の藩士たちを思い遣る心情が溢れており、胸に染みた。

そんなまだ幼い藩主が玄関の式台から見送るなか、表門の大扉が八の字に開かれた。

庄内藩兵の隊列が、一匹の長大な黒い龍が躍り出るように、白い塀が左右に延びる路上へと流れ出してゆく。

「殿、お身体に障ります。さ、なかへ」

「わかっている……。でも、もうすこし許せ」

側近が声をかけたが、まだ幼い藩主は藩士たちの列が消えた門を見詰めて、佇み続けた。

一方、上屋敷から出陣した二百名の庄内藩執行部隊は、それぞれの着込んだ武具のたてる音を小さく響かせながら進軍を続ける。しゃん、しゃん……、と春の宵を微かに揺らすそれは、蕭殺《しょうさつ》たる真冬のさざ波か……あるいは闘志を秘めた黒龍の鱗《うろこ》の音のようにも聞こえた。それに使番《つかいばん》が轡《くつわ》をとる二頭の馬の嘶《いなな》きと、数名の押す大砲の鳴らす砲車の音が続いてゆく。

庄内藩兵は神田橋御門から曲輪内を出て神田川沿いにその下流へと進んだ。そして両国橋を渡って〝御用屋敷〟のある三笠町へと達着したのは、四つ時過ぎ、午後十時ごろのことだった。

ひっそり静まった武家町の暗い路上に、庄内藩士らは自分たちと同じ方向へ、少人数ずつに固まって移動してゆく人影を見た。目立たぬよう着物の下に甲冑《かっちゅう》を忍ばせている。分散して先着した陸奥中村藩、相馬家中の手勢であった。

その中には、説得役として差し添えられた松平上総介もいた。

「御用屋敷を隙無く取り巻け！」

庄内藩の指揮官である黒川は、〝御用屋敷〟の固く閉じられた門前で中村藩約百数十名と合流するや、采配《さいはい》代わりの乗馬鞭《むち》を振ってそう命じた。

路上を黒く埋めて溜まった庄内、中村両藩合計三百名の手勢たちは、一斉に持ち場へと雪崩を打って走りだす。

〝御用屋敷〟はたちまち庄内、中村両藩兵に包囲され、その姿を、路上へ等間隔に据えられた篝火が、白い練り塀で揺れる影法師にした。それだけでなく、両家の家紋入り弓張り提灯、植木鉢形をした龕灯も用意され、舐めるように辺りを照らした。

庄内、中村両藩は〝阻止線〟の展開を終え、三笠町〝御用屋敷〟の包囲陣は完成した。

けれど、問題はこれからだった。

「いかなる罪科で、この村上俊五郎はじめ浪士組同志一同を捕らえると申されるのか」

門を開けさせ、黒川とともにそれをくぐった説得役の松平上総介が、幕府からの達しを伝えると、村上は昂然と玄関に立ったまま言い放った。

「そなたらには、横浜表への焼き討ちの企てがあるやに聞き及んでいる」

「ほう。それが我らが罪、とおっしゃるか」村上は顔を逸らして見下ろした。

「お言葉をお返しするが、攘夷は御公儀の御方針ではございませぬか。そうでござろう、違うとおっしゃるのなら何故、先般、大樹公御自身が天子様の御勅許を奉戴すべく上洛遊ばされたのでござるか」

上総介は幕府の二枚舌政策のせいで沈黙せざるを得ない。表面上は、村上の言い分の方に理があった。

「にもかかわらず、その魁《さきがけ》たらんとする我らをこのように賑々《にぎにぎ》しくお咎めになるとは、筋が通らぬうえに、ちと面妖《めんよう》ではございますまいか」

村上は返答に窮した上総介に、ますます居丈高になって言い募る。

それだけではない。塀の外のただならぬ気配を察したのか、屋敷全体が騒然としつつあった。村上の後ろにも、騒ぎを聞きつけた浪人たちがいつのまにか群れをなし、無言のまま敵意の眼差しを向けている。

がつっ、と金属が地面を嚙む音がして、黒川がちらりと視線を走らせると、玄関を取り巻きつつあった浪士のうちの数人が、これ見よがしに長槍を天に向けて並べている。穂先は庇《ひさし》でみえない。

槍は抜き身ではないのか、と黒川は思った。が――。

さらに屋敷内の離れたところ、おそらく浪士どもが起居する長屋辺りからであろう。塀の外に向かって、嘲弄《ちょうろう》する浪人どもの高歌放吟があがり始めている。

屋敷中から、瘴気《しょうき》のような敵意が湧き出してきている。

このままでは埒《らち》があかぬ……！　庄内藩留守居役の黒川は、御家門というだけで実務能力に疑問符のつく浪士組取扱役の説得と、亡き清河の腹心が述べる抗弁を聞きながら焦った。

いまこうして空しく過ぎる時間は、浪士どもの感情の竈《かまど》にくべる薪のようなものだ。熱せられた心はやがて沸騰し、些細《ささい》な弾みで大鍋から吹き出すであろう。

そうして浪士どもが暴発すればこちらも応戦を余儀なくされ、――庄内中村両藩総勢四百名と浪士組数百人が白刃を交えることになる。大砲も使わざるを得ないかもしれない。不在とはいえ、将軍の膝下《ひざもと》である江戸で流血の惨事になるのは間違いなく、周囲への被害もまた甚大なものになろう。なによりそのような事態に至れば、衰えの止まらぬ幕府の威光がますます翳るのは必定だ。譜代であり幕府からの信任篤い庄内藩酒井家としては、それは絶対に避けねばならない。

清河一派の捕縛に向かった他藩の首尾はどうか、と黒川は考えた。……身柄の確保が順調に進捗《しんちょく》していればそれ如何《いかん》で、ここ御用屋敷での膠着《こうちゃく》状況にも活路が見いだせるかも知れないからだ。

まず、鵜殿鳩翁ら責任者のいる黐木坂《もちのきざか》下、浪人屋敷。ここはもとは関宿《せきやど》藩の上屋敷であったものを、浪士組が四月十一日に幕府より新しく賜った地所だ。制圧は小田原藩大久保家の担当である。……だが鳩翁は幕府から面倒な浪士どもを押しつけられただけの好々爺にすぎず、清河とは同志でも何でもない。従って、ここを押さえても、こちらに好影響を与えてくれるとは、あまり期待できない。

では、白河藩が町奉行所同心の案内で向かった、小石川の山岡鉄太郎と高橋謙三郎の屋敷はどうか。山岡高橋両名は、幕臣でありながら横浜襲撃の企てにも同調し、さらに首謀者清河とは古い同志であったらしいので、捕らえれば多少は期待できるかも知れない。

だが、――もっとも期待できるのは、石坂周造ではあるまいか。

目の前で弁じ立てている、この村上俊五郎と石坂とは、清河を軸とするならば左右から支える、いわば両輪のごとき関係であったという。とすれば清河を失ったいま、村上と石坂にとって、互いが最も信頼を置く存在であるはずだ。

ならば、石坂周造を捕らえれば、村上の抵抗の意志を挫くことができるのに違いない。

石坂が宿泊している馬喰町の旅籠、井筒屋へは、高崎藩が向かっている。

不測の事態に対して厳に備えつつ、馬喰町からの報せを待つしかあるまいか……。黒川はそう思った。

けれど、庄内藩留守居役黒川一郎はもちろん、高崎藩兵も知らないことがあった。

井筒屋には石坂周造だけでなく、――とんでもないお転婆娘がいることを。

同時刻、高崎藩兵が大挙して急行つつある馬喰町、井筒屋では――。

琴はその二階の六畳間で、良之助と布団を並べて床に就いている。が、琴は兄に背中を向けていた。

「……まだ得心がいかぬのか」

灯りの消された闇の中で良之助が問うと、琴は頭まで引っ被った布団の中からぴしゃりと答えた。

「知らないっ」

琴は不貞寝をしていたのであった。それには理由がある。

……浪士組が江戸へ帰還してからというもの、琴はまったく手持ちぶさたな日々を送る羽目に陥っていた。上洛中に与えられていた鳩翁の小姓役は、浪士組に幕府の役人が新たに増員されたために、琴の仕事そのものがなくなってしまった。それになにより、男装しているとはいっても、女が役所に出入りするのを、山岡鉄太郎が良い顔をしない。

ならばと、琴は江戸見物に繰り出すことにした。

そうして——琴は、生まれて初めて、海というものを目の当たりにすることになった。

「……海じゃ！」

琴の熟れた桜桃のような唇から、感嘆の声が弾けた。

そこは永代橋だった。長さ百十間あまり、市中で有数の大橋であった。虹のように反りつつ宙に掛かかる橋桁《はしげた》は、水面から一丈ほどの高さがある。そして琴は欄干から身を乗り出し、そこからの眺望に心を奪われていた。

初めて見る海は蒼《あお》かった。瑠璃《るり》とはこんな色を指すのかな……、と琴は海面からの強烈な照り返しに大きな瞳を細めながら思った。

海面には、燦然《さんぜん》とした陽の光のもと、川魚の群れのようにちらちらと輝く帯が、まっすぐこちらに延びている。白銀の光がきらきらと踊り、さざめいていた。そんな洋上を、帆を膨らませた三十石舟が通り過ぎてゆく。なにを積んでどこから来たのだろう……？

視界の真ん中には島が浮いていた。石川島であった。それを挟む両岸、右に霊巌島の護岸と、左には漁師たちが小舟を繋いでおく深川の波止場が見えた。

河口から広がってゆく海は、うっすらとした春の霞の彼方へきえてゆく。まるで明日への期待のような、止めどない広さだ——。

それに、なんだろう、この鼻をくすぐる初めての匂い……。穴原の村では嗅《か》いだことのなかった、生臭いような……塩辛いような、この香りは。

そうなんだ、と琴は思った。この燦めきも奇妙な芳《かぐわ》しさも、ひっくるめたものが——。

「……海じゃ」琴は白い歯を覗かせて、得心した子どものように、もう一度、呟く。

江戸の海。そしてこれからは、江戸で暮らす私の海でもあるんだ。

そう思うと琴は我知らず、うふふっ、と笑みをこぼし、町人武家を問わずひとの行き交う橋の上を、前のめり気味の姿勢で歩き出したのだった。橋番所で、通行料である橋銭二文を払って良かった……、と思いながら。

長身の若い侍が、その美貌を笑み崩しながら歩き去るのを、風呂敷を背負った前掛け姿の小僧が不思議そうに見送ったけれど、琴は気付かなかった。

海を見ただけではなく、初めて湯屋を体験したのも、この頃だった。

……琴は良之助に教えられたとおり、弓に矢をつがえた判じ物の看板を見付けて、女湯の暖簾《のれん》をくぐった。

「ちょいと、お武家様、こっちは――」

入るとすぐに、番台に座る番頭が慌てて制止し、脱衣場の女たちが男装の琴に気付いて騒ぎ出した。が、琴がにこりと笑顔で告げると、すぐにおさまった。

それでも怪訝《けげん》そうな顔をする番頭に八文を払い、土間から板間にあがり、脱いだ草鞋は下足棚に置いた。

ほかの女の客に交じり、さて、私も……と裁付袴の腰紐を鼻歌交じりに解きかけて、琴は急に、男の眼が気になった。ちらりと肩越しに振り返ると、番台から番頭が横目で窺っているような気もする。まだ男だと疑われているのかも知れない。それに、番台は男湯と隔てる壁を抜いて設けられている。つまり、男湯のほうからこちらの女湯が覗けてしまうのだ。もっとも、そういう不届き者は勤番侍と相場は決まっていて、江戸庶民の軽侮の対象になっているのだが。

琴は、ふんっ、と鼻息をつくと覚悟を決め、腰紐を解いて、引き締まった白い裸身を晒した。脱いだ着物をくるくると纏めて籠に押し込み、手拭いを持った手で、感情ほどには豊かではない胸を抱くようにして隠しつつ、隅の小さな浴槽に向かう。

それは岡湯あるいは上がり湯、つまり身体を洗うために使う湯だった。小判型の、屋号らしい一文字が記された小さな桶に、お湯が汲み置かれている。

さすが公方様のお膝元、念の入った気のつきよう……。琴はいたく感心し、桶のお湯をたっぷり使って、身体に磨きをかけた。と――。

「おい湯汲《ゆくみ》、おれの上がり湯はどこにあるんだい」

横柄な女の声がした。……琴は、どこの土地でも女が偉そうに喋《しゃべ》るときは〝おれ〟というんだなあ、と詰まらないことに感心したものの、手拭いで身体を丹念に擦り続けるのに忙しい。次に来るときは、周りの女たちがしているように、私もぬか袋を持ってこよう、と思いながら。

「そこに汲んどきましたがね。あれ、どこへいきやがったかな」

琴は、近くで男の声が急に答えたのに驚き、その拍子に足の間に置いた桶をまじまじと見直した。それからそっと横目で、同じく身体を洗う女たちの足もとを観察してみる。

自分の持ってきた桶には屋号が入っているが、大方の客の桶にはなにも印がない。

――ええっと、これはもしや、わたくしが……？

琴の察した通りだった。上がり湯は湯汲という役目の者に頼むのが習わしだった。そして、琴がいま誤って使っている桶は留桶《とめおけ》といい、客が自分専用として湯屋に預けているものであり、記されているのは屋号ではなく、客の名であった。

琴は腰掛けていた台から飛び上がって、なおも湯汲に文句をつけていた女のもとへ桶を手に向かった。

「も、申し訳ございません！　知らぬこととはいえ、勝手に――」

琴は、湯汲の男の眼に裸をさらしているのも忘れ、子どものような懸命さで詫びると、難詰していた女も毒気を抜かれたのだろう、拍子抜けしたように笑った。

「ああ、あんた、遠くから来たんだね。いいさ、もっとお使い」

「も、もう充分にいただきました……！」

琴はぺこりと頭を下げ、気恥ずかしさから逃げるように柘榴口《ざくろぐち》をくぐった。柘榴口は天井から欄間《らんま》のように下がった蒸気を留める仕組みであり、鳥居に似た唐破風《からはふ》造りで、表には彩色彫りが施されていたのだが、琴にそれを楽しむ余裕はなかった。

一段高い床に設《しつら》えられた浴槽に滑り込み、湯に鼻まで浸かってようやく、ほっと安堵《あんど》の息がつけた。江戸に居着いてまもないのに、もうこの町の者になった気で喜んだ自分が恥ずかしい。柘榴口から中は、奥に葉書ほどの大きさをした狐窓があるきりで薄暗かったけれど、琴は、それさえもありがたい気がした。

そうした些細な粗忽《そこつ》はあったものの――、琴は徳川三百年の都市を散策しながら、江戸はなんて豊かなのだろう、とただ感心していた。板橋宿に着いたときにも人の多さに驚いたが、そのおりに兄が言ったとおり、市中の繁華さは段違いだ。

琴はもちろん、自分たち浪士組が京から急遽《きゅうきょ》呼び戻された理由——英国艦隊が生麦事件の賠償を求めて横浜に集結し、砲門を開いている事実を、忘れたわけではない。けれど、この町の賑わいはどうだろう。まるで毎日、沼田の市場か村での祭りが催されているようだ。外国の強力な蒸気船が押し寄せているいまも、これほどの賑わいがある。

路面がみえないほど町人、武士が行き交う大通り。漆喰《しっくい》で仕上げられた蔵造りの大店《おおだな》が繁盛を競う。その軒先には渋い色の暖簾が、より大きな風除け暖簾とともに揺れている。川の音のように混然となった喧噪の中から、時折、明瞭に耳に届くのは、天秤棒《てんびんぼう》をになった出商人たちのかけ声だ。魚の入った盤台の棒手振《ぼてふ》り、籠一杯の野菜の八百屋、飴《あめ》売り……。

そして琴が驚いたのは、飲食店の数の多さだった。もともと男性の独り者の比率が際立って高いのもあって、江戸の町を歩けば〝五歩に一軒は小さな店が、十歩あるけば大きな店があり、これらはすべて飲食の店である〟とまでいわれた。

こうした生活から漏れでて混じり合ったものが漂い、山里にはない江戸の匂いをつくっている。

琴のこうした感想は、初めて大都市へやってきた現代の若者の感慨と大差はない。そして現代の若者と同じく、琴もただでさえ大きな眼を好奇心に輝かせながら見開き、ひたすら感激していたのである。

ところが――。

「明日より市中へ出掛けるのは許さん。この宿で控えておれ」

浪士組の務めから井筒屋へ帰ってきた良之助から、唐突にそう宣告されたのが、いまより一時ほど前、夕食後のことだった。

「な……！　な、何故でござりまするか？」

琴が小さく叫ぶように問い返すと、良之助はこの活発すぎる妹を見詰めた。

「なにをそのように慌てる」

「あ……あ、慌てるなど……！　わ、わたくしは、別に……」

動揺を隠しきれず眼を泳がせる琴に、良之助は切れ長の眼を据える。

「存じておるぞ。昼間、お前がなにをして飯にありついておるかは」

琴は喉の奥で、げっ……、と呻く。兄上はお見通しであったか……。

二人が浪士組から割り当てられた井筒屋は、公事宿《くじやど》である。これは名の通り、田舎から幕府の役所へ訴え出た者が泊まる簡易宿泊施設で、食事は朝と昼は提供されるが、昼にはでない。そしてこの娘が、夜まで空腹を抱えてしのげる筈もなかった。かといって、自由に使える金子を持っているわけでもない。

では琴はどうしたか。……江戸の見物がてら、町々の道場を見付けては、手合わせを申し込んで回っていたのである。申し込まれた道場は、来訪者にすくなくとも茶菓の接待くらいはするものだし、時分どきなら湯漬けくらいは食べさせるものだからだ。〈養武館〉でもそうしていた。浪士組が江戸に帰還した直後、琴は近場の道場を巡り、せっせと相手を薙《な》ぎ倒しては昼飯にありついていたという訳である。

だが、ここ数日というものは、同じ道場で昼食を摂っている。

それは深川の、ある小さな町道場だった。主に町人や武家の奉公人が通ってくる細々とした規模で、先代は看板を譲って隠居し、門人に若先生と呼ばれている息子が継いでいた。けれどこの若先生、琴のみるところ剣術の才が全くない。それだけならまだしも、もっと強くなろうという気概も感じられない。出入りするようになったのも、このような腑抜《ふぬ》けた男が大嫌いな琴が、遠慮無く竹刀でぶちのめしたのが切っ掛けであった。

が、この頃は他流試合が盛んになっていて、こんな場末の道場にも、講武所あたりから腕試しに立ち寄る若い御家人もいた。けれど若先生は弱い。いつも負けては嘲笑を浴びせられる若先生がみていられず、そういう来訪者とは琴が立ち合うことにしたのだった。いわば琴は用心棒を買って出たわけだが、大概の相手は返り討ちにして追い返した。

そんな折、椿事《ちんじ》が起きた。起きた、というのは今日の昼間のことである。

道場で一汗かいた後、いつものように奥の住まいへと先代の妻女に招かれた琴は、膳部をみて思わず声を上げた。

「――鯛じゃ……！」

赤銅《しゃくどう》色にこんがり焼けた魚が、皿に載っていた。いくら山育ちでも鯛は知っている。どれだけ美味なのかも。

「ささ、遠慮無く」

若先生と並んで座った先代が勧めると、妻女も飯櫃《めしびつ》のわきで愛想良くいった。

「ほほほ……、御飯もたくさん召し上がれ」

戴きます！　と琴は手をあわせるや、箸《はし》をとって猛然と食べ始めた。掌くらいの大きさしかないとはいえ、鯛は鯛である。

「ところで、お琴さん。ちと尋ねたいのだが」先代の御隠居が箸もとらずに口を開いた。「国許に、誰ぞ決まった方などおいでなのかな」

「え……？　わ、わたくしは未だ修行中の身ゆえ、……そのようなお方は、ご、ございません」

琴は甘辛い江戸前の味を堪能する合間に答えた。――ああ、なんて美味しいんだろう。

「左様か……。ならば——当家の連一郎は如何であろうか」

ああ、こんな硬いの鱗の下に、こんな白いまろやかな身が隠れていようとは——と、

ん？　先代さまは、いまなんと……？

「……え？」琴はさすがに、茶碗から飯をかきこんでいた箸を止めた。

琴は、惰性で進む舟のようにゆっくりと口を動かしながら、道場一家を見回した。期待を込めて身を乗り出す先代夫妻。そして、気恥ずかし気な当の若先生が、平家蟹《へいけがに》に似た顔で、にやり、と笑った。

琴には、そう見えた。口の中にあったものが、こくん、と喉をすべり、胃に落ちた。

思えば、自分の膳にだけ鯛があるのを見た時点で、琴は何事かを察するべきだった。いつもは精々、汁に香の物、それも自家製のぬか漬けくらいのものだったのだから。

「も、ももも、勿体《もったい》ないお話でありまするが、さ、先ほども申し上げたとおり——」

琴は慌てて、猛烈な勢いで鯛をお腹に詰めつつ早口に言った。

「わ、私は修行中の身ゆえ、いまだそのようなことは考えてはおりません！……では、ご馳走《ちそう》になりました！」

膳のうえをきれいに空にして箸を置き、畳に手を着いて礼を述べると、琴は道場から逃げ出したのだった。ここはもう鬼門だ、と思いつつ。

明日からの中食を振る舞ってくれる場所を開拓しなくては――。

そう決心した矢先に、琴は良之助は宿から出掛けること自体を禁じられ、謹慎しているよう告げられたのである。

「よいな」良之助は念を押した。

納得できるわけがない。

「で、でも！　いきなり他行を許さぬとは、藪《やぶ》から棒ではありませんか。わけを――」

「清河殿が、亡くなったのだ」

ささやかに抵抗を試みる妹に、良之助は短く答えた。

「清河様が……？」琴もさすがに驚き、呆然《ぼうぜん》と聞き返した。「なぜ、また……」

琴は、幕府と浪士組との間で、緊迫の度が深まりつつあるのを知らずにいた。偽浪士を清河が私的に処刑したことも、良之助は琴に教えていなかった。女子には無用なこと、と考えたのはもちろん、――心配させたくなかったのである。琴は琴で、鳩翁のいる鰯木坂の役所へ顔を出すのは遠慮していたので知りようがなく、偽浪士の首が両国で晒された丁度その日は、海を眺めに出掛けていて、騒ぎを知らなかった。

「俺も仔細はわからん。ただ清河殿が切支丹《きりしたん》であったので何者かが斬った、との風聞があるようだな……」

実は浪士組内には、以前から浪士組を挙げて横浜を襲撃するという噂が、うっすらと流れてはいたのである。良之助もそれは耳にし、清河の死との関連をほぼ確信していた。が、それを話せば琴が不安になるのは目に見えているので、そう告げたのだった。

「そういう次第だ」良之助は言った。「わかったら大人しく身を慎んでおれ」

よいな、と良之助は再度、念を押した。だが、自分を案じて据えられた良之助の目を見詰め返す、琴の胸に湧いていたのは――。

不条理な反発だった。良之助が、清河八郎はただ横死したとだけ告げたのであれば、琴は自ら進んで宿の一室で喪に服したであろう。江戸出立以来ほとんど関わりがなかったとはいえ、清河は浪士組参加を許してくれた恩人であったのだから。

しかし、それが無期限であれば、話は別だ。しかも清河の死にまだ実感がないいま、頭ごなしに命じられても、納得がいかない。どんなときでも、腹は空くのだ。

このような事情で、琴は着替えもせず着物のまま兄の隣で床に就いたのちも、感情をくすぶらせているのであった。

そして、琴が夜半の異変に気付いたのは、そうやって寝付けなかったおかげであった。

……締め切った雨戸のそとで、静寂が揺れる気配があった。それは馬喰町の表通りを、こちらへ近づいているようであった。

「この夜中に……？」琴は埋めていた頭を布団から突き出して呟いた。

「何事だ」良之助も身を起こす。

微かだった気配が、どうやら路上を踏む大勢の足音だと察した時には、それは井筒屋の前へと達していた。間を置かず、どんどん、と大戸を叩く音と、何かを命じているらしい、くぐもった声が階下から聞こえる。

「様子を窺《うかが》って参ります！」

「お、おい！」

琴は布団をはね除け、良之助の制止を背中で聞きつつ、闇の中で障子を開けた。それから廊下を忍び足に進むと、ほんのり明かりが漏れる、廊下の昇り口へ屈み込む。

天井から階下を覗くと、帳場には行灯に火が灯されていた。その明かりに照らされた土間では、陣笠を被った武士が、揃いの武装に身を固めた数人を随《したが》え、起き出してきた井筒屋の主人である嘉七に、何事か申しつけている。

その間にも、開け放たれた潜り戸から黒い人影が続々と流れ込み続けている。

幕府から浪士組制圧、とりわけ清河八郎の息のかかった石坂周造以下を捕らえるよう命じられた、高崎藩藩兵であった。

琴はそのような事情など知る由もない。けれど身なりや秩序だった動きから、琴も夜盗などではない、というのはすぐにわかった。しかし、なんであるにせよ――。

大変じゃ……！　琴は息を飲んだ。

と、その拍子に、土間を埋めた高崎藩兵の一人が、天井に開いた昇り梯子《ばしご》の口から伺う白い顔に気付いた。

「おのれ、浪士組の者か！」

琴は高崎藩兵が叫ぶと同時に跳び上がり、身を翻す。階下から、待たぬか！　という大声と、大勢が土足で踏み込んでくる足音があがった。それに追い立てられ、転がるように廊下を走り出した琴の脳裏へ閃いたのは――。

鳩翁様が危ない！　ただ、そのことだった。

「兄上、御免！」

だから琴は、廊下に顔を出した良之助の前を、短く叫んだだけで駆け抜けた。

「琴、なにをそのように慌てて……あっ、なんだお主らは！」

琴を追って二階へ侵入してきた高崎藩兵らの黒い姿は、廊下をたちまちのうちに満たした。それに飲み込まれて上がった良之助の怒声を置き去りにして、琴は力任せに雨戸を繰って、窓辺を飛び出す。夜露に濡れた瓦を踏んで、庇へと逃れる。

すると――。

「な、なんじゃ……？」琴はただでさえ円らな眼を見開いた。驚いた梟《ふくろう》のような表情で、足もとに広がる光景を見た。

　琴が羽目板の壁に張り付きながら、目の当たりにしたのは――。

　井筒屋の店先を埋めてひしめく、高崎藩兵の姿だった。

　いや、ここだけではない。町を左右に分ける、幅が四丈およそ十二メートルある表通りには、灯りがいたるところに揺れ、動き回っている。田舎育ちの琴の眼には、それはまるで、刈り入れの終わった田に放たれた野焼きの炎ように映った。馬喰町一丁目には井筒屋の他にも羽生屋という旅籠に浪士組は分宿しているのだが、琴がそちらを見ると、羽生屋の店先にも大戸が隠れるほどの人だかりがあって、塞《ふさ》がれている。

　琴は震えながら目を転じた。すると、大通りの闇の先に、ちいさな光が、黄色い蛍火のように窺えた。隣町の二丁目にある浪士組宿、山形屋にも手が回ったのだ。

　ということはやはり、鵜殿鳩翁の詰める、黐木坂の役所にも――。

「おい、どこへ行く！　神妙にせよ！」

「戻ってこい！」

　呆然と庇から辺りを眺めて立ち尽くす琴へ、高崎藩兵が窓から上半身を突き出し、伸ばした腕を振り回しながら叫ぶ。すると、井筒屋の前に蝟集した者達も、庇の上の長身の浪士の姿に気付き、どよめいた。

「何者か！」

「浪士組の者か！」

琴は、口々に警戒の叫びをあげながら向けられた、いくつもの龕灯《がんどう》の灯りに捕らえられて身をすくませながら、唇を嚙んだ。

……御公儀は浪士組を潰してしまうつもりなんだ、と思った。

江戸府内で、しかもこれほど大規模な動員は、そうとしか考えられない。浪士組の者を、ひとり残らず捕らえて牢へ入れるつもりなのだ――。

ならば私は行かねばならない、と琴は思った。鞠木坂へ……鳩翁様のもとへ。なんのお役に立てるかはわからないけど、このような危急のときだからこそ、お側に控えていてあげたい。兄上は心配ない、……だろう。頑丈で、文字通りの大丈夫なのだから。百敲《たた》きに遭っても堪えてくれる、……多分。山岡鉄太郎や三笠町の千葉静馬も気にはかかるけれど……でも、鳩翁様は矍鑠《かくしゃく》としているとはいえご高齢なのだ。

幸い、不貞寝していたおかげで、着ているのは寝間着ではなく昼間のままだ。

――鳩翁様、琴は必ずお側へ参ります……！

奇妙ではあるけれど、琴はそう決心してからふと、中山道を上洛中、須原宿での出来事を思い出す。その地で、気配りのひとである鵜殿鳩翁は自腹を切り、旅の疲れが出はじめた浪士組の皆に、当地の名物であった蕎麦《そば》を夕食に馳走してくれたのだ。もちろん、琴にも。〝そば〟は〝そば〟でもとんだそば違いというべき連想だったが……琴の脳裏に呼び戻されたのは、信州蕎麦の味ではない。

どうじゃ、お琴や。うまいか。——そう尋ねてくれた、鳩翁の優しい笑顔だ。

琴はいつの間にか閉じていた眼を開き、素足の踏む庇の下で喚き続ける高崎藩兵の群れを見据えた。それから、白い歯を覗かせて笑った。……行こう！

そして、跳んだ。

琴が八尺、およそ二メートル半の高さから宙を舞う間に、高崎藩兵の群れは、おお！と先ほどまでの警戒や威嚇とは違うどよめきを上げ、波紋のように広がって路上を開けた。高崎藩兵の群れが形を変えて分厚い輪になった、その真ん中で、琴は足の裏が地面に着いた途端、空中で伸びていた身体を縮めるように丸め、全身で衝撃を吸収する。そして路上を身体を丸めたまま転がって、高崎藩兵らの林立する足へと突進した。木々を薙ぎ倒す落石の如き勢いに、囲みの輪が驚きの叫びとともに千切れる——。

琴は高崎藩兵の輪を転がり抜けた瞬間、バネのように地面から飛び上がった。

やった！　琴は襟を摑もうとする腕をかわして、素足で地面を蹴った。

「待て！　待たぬか！」

琴は、怒声も罵声《ばせい》も、さらに兄への憂慮も振り切って駆けた。明かりのない真っ暗な路地に逃げ込んで追手を捲《ま》きつつ、馬喰町の、その名の由来となった幕府の広大な馬場の脇を行き過ぎて郡代屋敷辺りまでに差し掛かっても、足の裏を刺す痛みには気にも留めなかった。

――鳩翁様……！　鳩翁様……！

琴は一身に念じながら荒い息をつき、神田川を目指した。黐木坂は神田川を上ったところにある。川伝いに行けばこの夜中、さらに江戸の地理にまだ不案内な自分でも、道に迷うことはないはず、と琴は考えたのだった。

琴は一途に、明かりのない町を駆けた。

琴はそうして、月を水面に映す神田川をたよりに一里ほども走り、黐木坂御用屋敷へと辿りつくと、ようやく土にまみれて血が滲《にじ》む足を止めた。現在の千代田区目白通りである。

琴の予想した通りだった。お役所――浪士屋敷の門前には篝火が焚かれたうえ、多人数で封鎖されている。

やはりここにも、幕府の手は及んでいた。包囲していたのは小田原藩であった。琴は荒い息を整えつつ小田原藩兵の封鎖した表門を眺めていたが、やがて、息を飲み込んでから走り出す。

考えたところで、仕様がなかった。浪士屋敷の塀は二階建ての高さの長屋塀で、しかも、その要所要所には番兵が配されている。乗り越えるのは無理だ。

頭に、門を固める小田原藩兵を丸め込む策があるわけではなかった。ただ、ここで捕らえられたとしても、鳩翁と会って安否を確かめることくらいは叶うはず。……琴の心はそれだけに向けられていた。

小田原藩兵らは駆け寄ってくる琴に気付くと、一斉に眼を向けた。

「鳩翁様に……、鵜殿鳩翁様に会わせて下さい！　浪士組取扱役の……！」

門へ走り寄った琴の眼前で六尺棒が交叉し、琴はそれに取りすがりながら叫んだ。

「なんだと、おのれは浪士組か！」

足軽の指揮官である物頭が詰問すると、門を塞いでいた人垣の両端が伸びた。それはするすると琴の背後まで延びて繋がり、輪になった。

「捕らえて評定所へ引き立てよ！」

「一目、……一目でよいのですから！」

琴は取り囲まれ、棒に押し戻されながらも必死に訴える。

「ならん！　胡乱《うろん》な奴、清河の一統かも知れぬ」

「いいえ！　わたくしは、そのような……！　ただ、鳩翁様にひとめだけ――」

「ならんと言うておろう！　引っ捕らえろ！」

「分からず屋ども……！」

琴のなかで、かき鳴らされ続けた三味線の弦が切れるように、理性がはじけ飛んだ。

「――罷り通ってやる！」琴は歯を剝きだして吼えた。

門前で琴を取りまく小田原藩兵は、その闘気に打たれたように、手にした六尺棒を取り直そうとした。

琴はその隙を逃さなかった。手近な者に飛びつくや六尺棒を左手で押さえ、さらに右手を伸ばしてその者の脇差しの柄を摑んだ。はっ、と驚いた相手が脇差しを奪われまいと片手を棒から放した刹那《せつな》、琴は渾身《こんしん》の力で六尺棒をもぎ取り、跳びすさった。

琴は奪った棒を風を鳴らして振り回し、独楽《こま》のように回転した。小田原藩兵はその勢いに慌てて飛び退き、さらに路上の輪を広げる。

まるで、旋風が落ち葉を吹き払ったようだった。

「手向かうと容赦はせぬぞ！」物頭が怒鳴った。

琴は頭上で棒を旋回させる変蝶の構えで威嚇していたが、物頭への返答代わりにすばやく下段に構え直すと、宣言した。

「ならばこちらも、手加減は致しません！」

かかれ！　の怒号とともに、乱戦が始まった。

琴は正面から突進してきた六尺棒の先を躱《かわ》し、相手の懐へ屈めた身を潜りこませると、袴を穿いた相手の両脚の間に棒を突っ込み、折っていた上半身を力任せに跳ね上げる。棒に押し上げられて、相手は真っ逆さまに琴の背中を滑り落ちてゆく。

頭から地面に叩きつけられた小田原藩兵が苦痛の声を上げる前に、次の相手が打ち掛かってくる。琴は杖取《じょうど》りの要領で相手の伸ばしてきた腕を棒ごと小脇で押さえつけ、相手の鉢巻きをした額に、歯を食いしばって頭突きを見舞う。相手は白目を剝き、板が倒れるようによろめいて、尻餅《しりもち》をついた。

と、へたり込んだ仲間を踏み越えるように、今度は三人が纏まって迫ってきた。琴が棒を正眼に構えた途端、対峙《たいじ》した三人の目に、ほんの一刹那、躊躇《ちゅうちょ》が瞬く。

――！　琴は、はっ、と気付いて眼を見開き、額を地に打ちつけるほどの勢いで、上半身を伏せる。と、同時に右足を奔馬のように背後へ蹴り出してもいた。

琴の頭を狙って後ろから振り下ろされた六尺棒が空を裂くのと、琴が大きく傾いた天秤のような姿勢で繰り出した踵《かかと》に顎を蹴り上げられ、相手が天を仰いでのけ反ったのは、ほぼ同時だった。

顔面を痛撃された男が背中から倒れ込んだ小田原藩兵の囲みは、たじろいだように退いた。琴の鬼神のような神速さに、手をつかねたように動きを止める。

その琴はしかし、鬼神ではなかった。取り巻かれた中で構える棒に隙こそ無かったが、肩を揺らして激しく息を継いでいた。干上がった喉が、呼吸するたびにひりひりと痛んだ。唾を飲んでわずかでも湿らせたかったけれど、――一滴もわいてこない。

相手の数が多すぎる……！　琴は、ともすれば力が抜けて震えそうになる足を励ましながら踏みしめて、唇を噛んだ。でも、諦めるわけにはいかない……！

「なにを手間取っておる！　こやつは手練《てだれ》だ、くるまに掛かれ！」

下知に叱咤され、一旦は退いた小田原藩兵は、じりじりと輪を締め上げ始めた。

次は全員でかかってくる気だ。琴は凛々《りり》しい眉をしかめた。――どうする……？

「掛かれ！」物頭が叫んだ。

小田原藩兵らは棒を揃えて、輪を縮めつつ踏み込んだ。周りから一斉に、棒の先端が中心にいる琴へ突き出される。――

だが、多人数が隙無く繰り出したはずの六尺棒は、大八車の車輪の輻《や》のようになりながらも、車軸に当たる位置にいたはずの琴を、捕らえられなかった。

琴は姿を消していた。……ただ、その手にあった棒が、小田原藩兵の棒が放射線状に交叉する、一瞬前までいた地面にまっすぐ立っているだけだった。

消えた……？　小田原藩兵らは棒を突きだした姿勢のまま、目を疑った。

「う、上だ！　上におるぞ！」

物頭の、驚きのあまり裏返りそうになった声に、小田原藩兵は顔を上げた。

琴は、地面に突っ立ったままの六尺棒の、その先端に、いた。片膝をつくような格好で、まるで枝に止まる梟のように目を爛々《らんらん》と光らせて。……琴は、棒の槍衾《やりぶすま》が迫ったその瞬間に、強靱《きょうじん》な足腰と、手にした棒で地を突く力も利用して、目にも止まらぬ疾《はや》さで飛び上がり、宙に逃れたのである。

驚嘆すべき敏捷《びんしょう》さと、法神流の修練のなさしめた技であった。だが――。

でももう、これより先に逃げ場はない……！　琴はそう覚りながら、傷ついた足の裏へ食い込む棒の痛みに、円らな目許をしかめた。

そして小田原藩の物頭もそれを見て取り、舌なめずりでもしそうな声で、叫んだ。

「突き上げよ！」

すべての小田原藩兵の六尺棒の先が跳ね上がった。琴は、ちっ……！　と舌打ちすると同時に、止まり木から飛び立つ猛禽《もうきん》のように音もなく、再び宙を一丈ほども跳んだ。けれどそれは、結末までの、ほんの数瞬の猶予だった。宙にあるとき、あらゆる技は封じられる。地に足をつける、とは武芸の為の言葉だ。

琴は為す術もなく、待ち受ける棒の針山へと……落ちた。全体重がたくさんの棒の先で、胸といわず腹といわず、骨を砕くような衝撃とともに受け止められた。とりわけ鳩尾《すいげつ》へ食い込んだ痛みは、臓腑をえぐられた如き激痛だった。琴の口から、ぐはっ……！　と魂ごと抜けるような息が、唾液《だえき》の糸を引きながら吐き出された。

「下ろせ……！　わたくしを……下ろせ！」

琴は〝へ〟の字になった身をたくさんの六尺棒に押し上げられ、息も継げぬまま呻いた。

「下ろしてやれ」それを眺めていた物頭が、ふん、と鼻を鳴らして言った。

狩りの獲物のように高々と差し上げられていた琴の身体は、唐突に支えを失った。俯せ《うつぶ》に地面に叩きつけられた琴に、小田原藩兵が群がるように殺到した。

琴は襟をつかまれて手荒に引き起こされ、両腕を押さえられて跪《ひざまず》かされた。なにか不審な書状など所持していないかと、たくさんの手が、着物の上から身体をまさぐった。

「この者、女子にございますぞ！」兵の一人が驚きの声を上げた。

「触るな……！」琴は俯いたまま、荒い息の中から叫んだ。「わたくしの身に……触るな

「……！」

「女子だと？」

物頭が押さえ込まれた琴を見下ろしていった。

「ふん……。この者の先ほどの言い条からして、鶍殿様の色小姓代わり、といったところだろう。御公儀のお役人中では、鶍殿様は清廉篤実な方とお聞きしていたが、存外、そうでもなかったらしいな。お歳もお歳であろうに、お盛んなことだ」

琴は土に隈取《くまど》られた顔を、嘲る物頭へ上げた。

「お黙り！」琴は両膝を着いたまま男を睨み据えた。「鳩翁様を悪く言うな！　あの方はご立派な方じゃ！　げすの勘ぐりをするな！」

「小娘、いまなんと申した？」物頭の顔から薄ら笑いが消えた。

「げすと言ったのじゃ！」琴は唾の滴を飛ばして答えた。

「卑しき女の分際で……！」物頭は夜目にもわかるほど顔を紅潮させ長刀に手を掛けた。

「さあ、いま一度申してみよ、小娘！」

「げす！」琴は昂然と物頭を睨みつけたまま即答した。「げす、げす、げす！」

物頭は、おのれ……と呻きながら刀を抜こうとした。取り押さえている小田原藩兵たちも、さすがに息を飲んだ。

と——、その場にいる者の耳に、馬の嘶《いなな》きが小さく聞こえたのはその時だった。

ふと聞き耳を立てる間に、蹄《ひづめ》の音が静まったこちらに近づいて来る。そしてその足音の主は、塀の曲がり角から不意に姿を現した。

「何事でござる」

前足を掻いて嘶く馬を、手綱を取って宥《なだ》めつつ、鞍上《あんじょう》の若い武士が、声をかけてきた。

腰に差した馬提灯が揺れ、そこには、片喰紋《かたばみもん》が染め抜かれている。

「あ、これは酒井家御家中の……」

物頭は琴を捨て置き、慌てたように若い武士を迎えた。その態度には、他家への礼儀以上の遠慮があった。

琴には知る由もなかったけれど、馬を預け、小田原藩の物頭に事情を聞きながらやってくる若い武士は、出動命令の遅延は小田原藩のせいではないかと戯れ言を口にした、庄内藩の組頭であった。

「拙者は、弊藩にあっては馬喰町井筒屋にて石坂周造を召し捕り、これを同道の上、三笠町屋敷の説得にあたらしめたところ、村上俊五郎が観念した旨を貴藩へとお知らせし、合わせて、こちらの御様子を窺うべく参上した次第なのですが——」

庄内藩からの伝令将校である若い端麗な顔立ちの組頭は、物頭と話しながら琴の前までやってきて、つづけた。

「——井筒屋では、ただひとり取り逃がしがあったやに聞いております。……もっとも、それが女子とまでは存じませんでしたが。そうか、この者がそうでしたか」

庄内藩の若い組頭は、整った目鼻立ちを少し崩して、意外に愛嬌《あいきょう》ある微笑をみせた。

それから不意にしゃがみ込むと片膝をつき、取り押さえられた琴と、目の高さを同じにした。

袴が汚れますぞ、と小田原藩の物頭が注意するのに構わず、若い武士はじっと、土と反抗心にまみれた琴の眼を見詰めた。

琴もまた、陣笠の下にある端麗な顔をじっと見詰め返した。

杏《あんず》のような男の目には、理知的な光があった。このひとはただ見栄えのよいだけの男ではない、と琴は直感した。父上や兄上……、いえ、土方様とも違う強さを秘めた目だ、と。例えるなら、智恵の利剣を携えた不動明王様のような——。

「差し出がましきことを、申し上げるつもりは毛頭ございませんが」

庄内藩の組頭は袴を払って立ち上がると、傍らの小田原藩の物頭に言った。

「この者、放してやっては如何でございますか」

「何をおっしゃる！　こやつは旅籠より逐電し、あまつさえ乱暴狼藉《ろうぜき》を——」

「ええ。なれどこの者、宿から逃げおおせたにもかかわらず、自ら鵜殿殿のもとへ馳せ参じた……。ならばご懸念は無用かと存じますが」

「なんの騒ぎか！」

門前で声がして、全員がそちらへ顔を向けた。

鵜殿鳩翁が元目付の威厳を発散し、石畳を踏みしめて立っていた。

「その娘から離れよ！　お主ら、無礼は許さぬぞ！」

一目で状況を看破した鳩翁が、琴にはみせたこともない憤怒の形相で怒鳴りつけると、小田原藩兵たちは渋々指示にしたがって、琴を摑んでいた手を放した。

「その者は浪士組中沢良之助が妹、琴という娘で、我ら浪士組世話役の身辺の用を務めておるだけじゃ。疚《やま》しき者ではなく、まして清河殿の一統でもない！　わしが請け人じゃ。それともその方ら、この徳川家家臣、鵜殿甚左衛門が請け人では不足と申すか！」

公儀直参の旗本にこう詰め寄られれば、大名の陪臣である小田原藩兵らは、従わざるを得ない。

「そのお言葉、お忘れ召されるな」

物頭は忌々しげに答えると、徒士や足軽に告げた。「もうよいぞ、散れ」

小田原藩兵たちが門前から配置へと戻りはじめるなか――。

「くっ……！　あ、痛っ！」琴は身体中の骨という骨が発する痛みに、両腕で自らを抱くようにして堪え、よろめきながら立ち上がる。

庄内藩の若い美貌の組頭は、事態の推移を見極めるように佇んでいたが、小田原藩兵が散り、琴が酷い怪我を負っていないのを見定めてから、口を開いた。

「そなたの目、まるで破軍星《はぐんせい》のようだな」

「えっ……？」

琴は痛みに背を丸めていたが、北斗七星にたとえられた瞳を見張って、庄内藩の組頭へ向けた。そして、この譜代藩の歴とした藩士が自分を見守ってくれていた、ということに今更ながら気付いたときには、美男の組頭当人は、小田原藩兵が手綱を引いてきた馬に、すでに跨《また》がってしまっていた。

馬に跨った組頭が、篝火の照らす路上を駆け去ってゆくのを琴は見送った。

――庇ってくれた御礼も言えなかったけれど……妙なお武家様だ……。

「お琴や！」

琴は蹄の音が遠ざかってゆくのを聞きながら、そんなことを思っていたが、呼びかけられて、振り返った。

「……鳩翁様！」

庄内藩士のことは頭から消し飛んで、琴は一声叫ぶや、足を縺《もつ》れさせながら駆け寄り、自分より背の低い鳩翁の白髪頭にすがりついた。

「鳩翁様……、鳩翁様……！　鳩翁様ぁっ！」

「おお、よしよし。わしの葬式ではないのだから、そう何度も呼ばずともよい」

琴は鳩翁が背中に回した手に優しく撫でられると、その感触で、安堵と恐怖がいちどきに、どっ、と胸の中へ溢れ出した。口を弓なりに下げる、子供の泣きべそのような顔になって、目から大粒の涙が、ぼたぼたと落ちた。

――恐ろしかった……！　でも、でも……！

「案じました……！」琴は泣きじゃくった。「大事がなくて、ほんとうに……ほんとうに！」

「そうかそうか、心配をかけて済まなかったのう。……おや、お前のほうこそ傷だらけではないか！　大事があったのはお前の方じゃ、ささ、よく効く薬もある。こっちへおいで」

琴は鳩翁に抱えられて門をくぐって、玄関へと歩く間も、とめどない涙を何度も袂で拭っては、幼子のように嗚咽《おえつ》をあげ続けた。

庄内藩士との出会いで、またひとつ運命の階段を昇ったことには、琴はもちろん気がつ

くはずもなかった。──

文久三年四月十四日。尊攘派の怪策士、清河八郎の献策によって結成された幕府浪士組は、この夜の騒乱を最後に、……消滅した。

第四章　新徴組、誕生

「ああ……、清河殿亡きいま、我らはどうなってしまうのか……」

良之助は箸《はし》を止めて、ため息をついた。

馬喰町、井筒屋。台所脇の板間で、兄妹は夕食を摂っている。浪士組を巡る騒乱の夜からは三日が経過していた。だが一連の騒ぎの尾がまだ引いているせいか、周りで膳《ぜん》を前にする同宿の浪士たちも、通夜の如くただ黙々と飯を口に運んでいる。

が――、ひとりだけ例外がいた。言うまでもなく、琴だった。良之助と向かい合って膳につき、飯櫃《めしびつ》を脇に旺盛《おうせい》な食欲をみせていたが、兄が思い煩うのを聞くと顔を上げた。

「む……？」

琴の、飯を山盛りにした茶碗のうえに覗《のぞ》いた円らな瞳は、驚くほど明るい。――身体はまだ痛むものの、活力に恵まれすぎたこの娘は、精神的には回復していた。

三日前の騒乱の夜、琴はいま自分の生きるのが闘争の時代だという事実を、身を以て感じた。穴原の村から旅立つ際にも、緊張を呑んだ時流に身を投じる覚悟がなかったわけではないものの、より確固とした、もう一段上の覚悟を琴に求める経験ではあった。

そして琴は――そういった時流の中に生きる覚悟を、あらためて決めていた。

いわば心が定まったが故の明朗さではあったが、それだけでなく、見知った人たちが無事だったのも大きい。……道中、厳しくも親切にしてくれた山岡鉄太郎は、義兄の高橋泥舟とともに清河の同志として幕府に捕らえられたものの、浪士組世話役を御役御免のうえ小普請《こぶしん》入り差し控え、つまり罷免され無役になった上で自宅謹慎に処されただけで済んだと聞き、琴は安堵《あんど》した。もっとも、鷹匠町の屋敷には幕府の監視があるとかで、山岡に迷惑が掛かるのを考えて会いにゆくのは諦《あきら》めた。

三笠町の御用屋敷の千葉静馬も無事だった。こちらには、浪士組解体の翌々日、法神丸の包みを手渡すことができた。

――そういえばあの折、千葉様のそばに商家の小僧のような格好《なり》の男児がいたけれど、あれは誰なんだろう……？

そんな小さな引っかかりはあったものの、琴はひとまず安心して旺盛な食欲を見せていたのだ。

だが、兄が屈強な体付きでありながら、気弱にぼやくのを聞くと、その顔をまじまじと見詰めたのである。

「もしや兄上様は、――」

琴は不審そうに眉《まゆ》を寄せると、桜桃のような口もとに箸の先を止めて、身を乗り出す。

「――ご謀反にお加わりに?」

「ば、馬鹿を申すな……!」良之助は慌てていった。「何を言い出すのだ!」

三日前の夜、良之助も井筒屋に同宿していた浪士組十三名とともに、高崎藩兵に辰ノ口の評定所まで連行されていた。とんだとばっちりであった。その証拠に、井筒屋で捕らえられた、清河の同志である石坂周造、藤本昇は、取り調べの後、大名預かりの処分がくだされたが、良之助ら十一人は、一通り尋問されただけで、翌日には宿に帰されている。

ちなみに――、巷間《こうかん》、良之助が清河と同志であったように語る者がある。だが、幕府側は、拘束時に良之助の名を〝中神良之助〟、釈放時には〝中島良之助〟と記録している。重要な被疑者とはみなされていないのは明白であった。

そしてだからこそ、こうして琴は兄を揶揄《やゆ》できるのであった。

「ならば」琴は言った。「胸を張って、どん、と構えておれば宜《よろ》しいではありませんか。御公儀より新たな名も戴《いただ》きましたことですし」

幕府は浪士組を解体した翌日、その名を唱え替える、つまり組織名を変更するように通達した。浪士組あらため、新しく下された名は——。

新徴組《しんちょう》、であった。

おそらく日本史上初の、治安維持活動に特化した特殊部隊の誕生であった。

付け加えると、この名は新選組にちなんでのものではない。京に残留した土方歳三ら壬生浪士組が〝新選組〟を名乗り始めるのはこの年、文久三年の八月十八日の政変以後であり、新徴組の命名の方が五カ月も早い。そして新選組の名は、京都守護職を務める会津藩の軍制から採用されたものだからである。

「しかし……お前はそのように気楽にいうが」良之助は膝《ひざ》の上に茶碗と箸を持った手を置いた。「庄内藩酒井様のお預かりとなったとはいえ、この先、我らはどうなるのか……」

幕府は名称を変えるのと同時に、新徴組を庄内藩に委任することを決定した。

庄内藩としては当然、素性も定かでなく、しかも悪評ばかりが目立つ浪士の群れを幕府から任せられるのを、極力、辞退しようとした。

しかし、新徴組の責任者は、鵜殿鳩翁《うどのきゅうおう》はじめ再任された松平上総介《かずさのすけ》、中條金之助で、いずれも御家門あるいは旗本であった。松平と中條は講武所剣術教授方で浪人どもに押しが効くとはいえ、大名に比べれば小家であり、従って家来が少なく、組中に威光が行き届かない。また、市中の治安維持活動を実施するに際しても武威が張れない。……との理由で、要するに庄内藩は、幕府から新徴組を押しつけられたのであった。

さらに、御譜代酒井家は格別の家柄である、とまで老中より達せられれば、庄内藩としても、市中を取り締まるのも新徴組の浪士どもを取り締まるのも、どちらも似たようなものだと諦め、承諾せざるを得なかったのである。——

……そんな事情を良之助は知る由もない。けれど、このまま幕府に召し抱えられて幕臣となるか、それとも庄内藩に組み込まれて藩士となるのか。いまだ定まらない自分たち新徴組士の身分に、一抹どころではない不安を覚えるのは無理もなかった。

だが、そんな悲観的に沈みがちな良之助が、琴には焦れったくて仕方がない。

「ああもう……！　そのようにくよくよするのは——」

琴は手にした箸をびしり、と兄に突きつけて言い放つ。

「——およしのすけ！」

「な、なんじゃと？」良之助は琴の剣幕に身を引いた。

「先ほども申し上げたではありませんか。殿御はこのようなとき、どん！　と構えておればよいのです！　ささっ、もう一杯、御飯をよそって差し上げましょう」

琴が行儀悪く箸を咥《くわ》えて飯櫃の蓋《ふた》を取りあげると、良之助はまた息をついた。

「なにを言う。最後のひと椀は、さきほどお前が喰ったではないか」

「……おや？」

琴は惚《とぼ》けて、目を見張ってみせた。

琴は相変わらず意気軒昂《けんこう》だったけれど、この時期、新徴組はその人員を激減させている。清河八郎暗殺とその一党三十人が、幕府に捕縛されたことに、命の危険を感じた浪士たちが潮が引くように、三笠町の屋敷から姿を消したからである。

京から戻った時点では三百三十人ほどもいた浪士たちは、半数以下の百三十人ほどにまで落ち込んだ。数日のうちに、実に、二百人が屋敷から逃亡したのである。

やむなく新徴組は追加募集を行った。するとそれに応じて、江戸市中に住居《すまい》する浪士三十数名と、水戸脱藩者十数名の一団が集まった。水戸脱藩者はもともと、浪士組が江戸を発った後に参集した留守警衛浪士、これを束ねていた取扱役窪田鎮勝《しげかつ》の元に集まっていた者達だった。幕府の清河一党の一斉摘発が行われた十四日、彼らもまた幕府に捕らえられ詮議《せんぎ》を受けたのだが、窪田は御役御免となったものの、水戸脱藩浪士たちは身許怪しき者ではない、ということでお構いなしになっていたのだ。

江戸市中に住居のある者達は、そのまま営外居住者の〝外宅組〟として役所への通勤を認められ、水戸脱藩浪士たちは〝水府組〟と称して、三笠町屋敷に収容された。

そして後にこの水府組は、獅子《しし》身中の虫として大きな動揺を組中に与えることになる。

それはともかく、組士はこの時点で百七十人にまで回復したが、さらに、故郷を発って参加を希望する浪士たちも、徐々に集まり始めた。最終的には七十人を越えたその者たちを収容するために、新徴組は三笠屋敷に残留していた一から七番組までの組士百三十二名のうち六十人を、もう一つの拠点である飯木坂屋敷へと移動させた。それらは〝東組〟と呼称された。

組士の合計は、最終的には二百四十人ほどになった。一応、人数と体裁は整えたものの、これは部隊編成というよりも、単に人員管理上の都合で仕分けただけで、秩序だった部隊行動はまだ望むべくもない。事実この時期、内部へ〝規則〟が乱発されたが、役所当番や庄内藩士が管理する門の刻限など、風紀に関わるものばかりで、土方ら京の浪士組――のちの新選組においてこの時期に制定された隊規、〝死さざれば脱退するを得ず〟、のような苛烈《かれつ》さには遠く及ばない。新徴組はいまだ神代《かみよ》の時代で、鉾《ほこ》にかき回された海のように混沌《こんとん》としている。

とはいえ、それら組織上のことは、組士でもない琴にとっては、直接関わりのある話ではなかった。影響があるとすれば、良之助が東組分離時に井筒屋を出て、飯木坂役所の長屋塀に詰め込まれたために、ひとり公事宿《くじやど》に居続けする羽目になったことくらいだ。

そんな役所事情よりも、この頃……江戸の内海の彼方で英吉利艦隊が砲口で睨《にら》みを利かすなか、江戸が春の盛りを迎えつつある文久三年三月下旬、琴にとってもっと重要な出来事があった。

鵜殿鳩翁との別れだった。

「お琴や、もうここまででよいぞ」

鳩翁が供の者を連れた先頭でそう告げたのは、一服のために立ち寄った品川宿の建場茶屋《たてばちゃや》、釜屋から往来へと出たときであった。

「はい、鳩翁様……」琴は足を止めていった。「でも」

三月二十一日、江戸城奥右筆《おくゆうひつ》部屋において、鳩翁こと鵜殿甚左衛門長鋭《ながとし》は、新徴組取扱役の任を解く旨、達せられていた。

品川宿は東海道最初の宿場であり、この老旗本は隠居先の駿府《すんぷ》へ帰るところだった。

「此度《こたび》の御役目は、老骨にはちと堪えるものであったが……、そなたは公辺《こうへん》から手当もないものを、よう尽くしてくれた」

鳩翁が微笑むと、琴は子どものように胸元で手を振った。

「い、いえ！　そのような……。わたくしは、ただ……鳩翁様を実のお祖父さまのように思って……。あっ、ご無礼を――」

「よい。そのようなお主のおかげで、わしの最後の御役目も、すこしは愉快で華やかなものになった。礼を申すぞ」

いえ、そんな……と琴は恐縮してから、ふと気付いた。

「あの……、愉快はともかく、華やかさは少しだけ、でございますか？」

琴の頰を膨らましかねない表情に、鳩翁は皺《しわ》を深くさせて笑った。

「いや、これは失言じゃ。大いに華やかであったといおう。そうじゃ、礼と言えば――」

鳩翁が目配せして、小者が差し出したのは脇差しだった。

「先々、必要になるやもしれん。わしからの手当じゃ、受け取っておくれ」

琴は躊躇《ためら》ったが、やがて手を伸ばした。袖にくるんで受け取ろうとして、やめた。これは女子《おなご》が刀を預けられたのではない。女武者として生きることを望む自分に与えられたのだ。ならば、これは武器だ。相応《ふさわ》しい受け取り方をすべきだ。

琴はこの日も、裁付袴《たつつけばかま》の帯に木刀を差した、武家奉公人じみた格好をしていたのだが、受け取った脇差しを、しっかりと帯に手挟《たばさ》んだ。

「有り難く、頂戴《ちょうだい》いたします」琴は武芸者の顔になって礼を言った。

「無銘ながら、そなたの好きな備前物《びぜん》といわれておる。わしの形見だと思うてくれ」

「厭《いや》なことを申されます。でも……大切に致します」

琴は脇差しの柄頭《つかがしら》を、そっと撫《な》でた。

「……では、さらばじゃ」

「はい。鳩翁様も、お達者で……！」琴は目頭が熱を帯びてくるのを意識しつつ言った。

鳩翁一行が東海道を駿府へと歩き出すのを、琴は涙を堪えて見送った。鳩翁の心の中では、いつまでも明るくはしゃいでいるお琴として、覚えていて欲しかったから。

その鳩翁の後ろ姿が、ふと列の先頭で止まり、振り返った。

「ああ、お琴や。最後に、これだけは注意するんじゃぞ。――」

「――火の用心、でございますね？」琴は泣きながら微笑んだ。

伝通院で最初に紹介されたとき、気をつけるよう申しつけられたことだ。

そうじゃ、とばかりに鳩翁は微笑むと、歩き出した。その姿が小さくなるまで、琴は見送り続けたけれど、老人の小さな背中は、もう振り返ることはなかった。琴はこの後の生涯で、鳩翁と再会することは、ついになかった。

こうして、最初に浪士組を任された老幕臣は、去った。

そして鳩翁が罷免された同日、江戸城は芙蓉《ふよう》の間において、これまで新徴組取扱役だった松平上総介は昇任、外国奉行組頭、河津三郎太郎《かわづさぶろうたろう》は新任として新徴組支配、つまり責任者となるよう達せられた。五月になって、同取扱役だった中條金之助も昇任して支配に加わると、彼らは組士から支配方三人衆、と呼ばれることになる。

だが、この旗本三人による管理は、うまく運ばなかった。

まず、松平上総介には人望がない。当初、幕府から浪士組を任せられたのを我《わ》が儘《まま》で放り出したうえに、この男の家来の密告で清河八郎が暗殺されたという経緯もあって、どこか信頼できず、それどころか裏切り者を横目で見るような空気が、古参の組士たちの間にはある。たしかに上総介は、幕府の手勢が浪士組に押しかけた夜には、三笠町屋敷で抵抗する村上俊五郎を説得するため一計を案じ、石坂周造を捕らえた高崎藩へ石坂を三笠町へ連行するよう要請し、それが断られるや自ら馬を飛ばして評定所へ出向いて掛け合うなど、行動力はみせた。が、それだけの人物であった。

将軍家御親戚で講武所剣術師範とはいえ、所詮は一介の剣客に過ぎず、それをいうなら中條金之助も似たようなものだった。組織運営者としての経験などほとんどない。

河津三郎太郎となると、もっと杜撰《ずさん》であった。河津は外国奉行配下として、横浜表に来航した英吉利艦隊への対応に多忙を極めている。それを理由あるいは口実として、新徴組の役所にはほとんど顔を見せなかった。河津といえば当時、幕府の俊才のひとりとされていたが、碌《ろく》でもない浪士どもの群れとは関わりたくない、という態度が露骨であった。

この頃、新徴組の拠点である二つの屋敷は、飯木坂は松平上総介、三笠町を河津と、それぞれ管理を分担していたのだが、河津のそういった不熱心な態度が、のちのち三笠町屋敷で大きな問題を引き起こす。

けれどそれは、まだ先の話であった。それに、このような評価は、当時、外国との外交に苦慮していた河津三郎太郎に対して、酷すぎるかもしれない。

このとき、危機は江戸の目前に迫っていたのだから。

英吉利艦隊が生麦事件の賠償を求めて、当時の言葉で兵端――戦端を開く覚悟で横浜表に集結している一方、京ではより事態が深刻化、あるいは悪化していたからだ。

琴たち浪士組と入れ替わりに上洛《じょうらく》した徳川家茂《いえもち》が、朝廷と長州藩を中心とする攘夷《じょうい》強硬派に押されて追い詰められ、攘夷実行の具体的期日を決定せざるを得なかったのである。

それは、五月十日。あと幾日もない。

その日を迎えれば、金切り声で攘夷を主張する長州藩は、必ずや外国船への攻撃を決行するだろう。昭和の帝国陸軍の始祖に相応しい狂気じみた果断さで。そうなれば横浜の英吉利艦隊が、攻撃を受けた各国と連動し開戦に踏み切り、江戸を火の海にする可能性を、幕府は恐れた。

その証拠に、まだ烏合《うごう》の衆程度だった新徴組にも、武家地を除く芝新銭座《しばしんせんざ》を〝本陣と心得て死守〟するよう命令を下している。芝新銭座は大川（墨田川）河口にある浜御殿、現在の浜離宮公園の陸側付近で、いまは地名として残ってはいないが、福沢諭吉が私塾を開いた慶應義塾大学発祥の地の一つで、当時の浜御殿は将軍の遊覧所、船乗り場というだけでなく、沿岸砲台である台場としての一面も持っていた。

——来るなら来てみろ。私も戦う。

琴は良之助から新徴組の陣割を聞かされて、そう決意していた。江戸が砲火に焼かれ、罪もない町人たちが戦火に巻き込まれるのを黙って見ていることなど出来ない。琴の中の若い血気が、戦う理由を欲していた。

琴は、待っているのかそれとも恐れているのか自分でも解らない、戦慄《せんりつ》するような気持ちで、日を数えた。

そして攘夷決行期日、五月十日の前日を迎えた。

「御免。——中沢良之助様の妹御、お琴という方に取り次ぎを願いたい」

琴は階下から自分の名が聞こえると、呼ばれるまえに、畳へ寝転んでいた身を起こした。

攘夷決行期日である五月十日が過ぎて、二十日経っている。——江戸は戦火に見舞われず、日常を取り戻していた。決行期日の前日である九日、幕府は電撃的に、二十六万九千両という莫大な賠償金を英国に支払ったのだった。神道的禁忌観から攘夷を求める朝廷と、開戦すれば勝ち目のないのが解りきっている外国勢力との板挟みで、身動きのとれなかった幕府が下した、いわば緊急避難の措置ではあったものの、……外国に屈した幕府の権威は更に凋落《ちょうらく》することになる。

そして、江戸での戦闘が回避された翌日、長州藩は下関において攘夷戦争を開始した。帝国陸軍の始祖の面目躍如といえよう。

けれどそれは、西の彼方の藩が躍起になってやっていること。琴にとって、江戸で英吉利艦隊との戦いがはじまれば新徴組へ紛れ込んで戦闘に加わる、という目論みが外れた以上、目下の心配事はより現実的で切実だった。それは、組から良之助へ支給される手当金が不規則なせいで与えられる小遣いが無く、もう六月、季節は夏の盛りだというのに、宿の黄ばんだ古畳のうえで、空きっ腹を抱えて寝転がっているしか仕様がないことであった。障子を開いた窓の外から西日が差し、蟬《せみ》の声が聞こえた。部屋の中では腹の虫が鳴いていた。

井筒屋へ来客が訪ねてきたのは、そんな時だったのである。

琴が一階の帳場まで降りてゆくと、土間には肩の広い若い侍と、それとは対照的に小作りな娘が風呂敷包みを抱えて立っていた。

「あなたが、お琴さん……、ですか」

若い侍は言葉を途切らせた。琴が男装しているとは静馬から聞いていたとしても、やはり目の当たりにすると戸惑うらしい。凜々《りり》しい眉の下にある澄んだ目を瞬かせて、裁付袴に脇差しを帯びた琴を、土間から見上げている。

「拙者は千葉静馬が倅《せがれ》、雄太郎と申す。これは――」

「同じく娘の、ふで、と申します」

雄太郎が傍らを目顔で示すと、こぢんまりと人形のように清楚《せいそ》な娘が、頭を下げた。

「あ……、千葉様の。どうぞ、むさいところではありますけれど！」

琴は帳場格子から吝嗇《りんしょく》な宿の主、嘉七がしかめた顔を向けてくるのに構わず、兄妹に上がるよう促したが、雄太郎はまだぼんやりと琴の顔を見上げている。

「雄太郎……様？」琴は声をかけた。

「あ……、いや。本当に、男の格好をしているのですね」

「ええ」琴はにこりとした。「京へ出立しますときから、ずっと。もしかして、お父上の静馬様からはお聞き及びではなかったのでしょうか。男のなりをしたおかしな女がいると」

「聞いてはいたのですが……」雄太郎は言いかけて慌てて付け足した。「ああ、いや、父から聞いたのはおかしな女性《にょしょう》がいる、というのではありません」

琴は笑って、律儀そうな雄太郎とふでを、泊まっている二階の四畳半へ案内した。

「父が、お琴さまには上洛中より大変御世話になり、御礼と御挨拶《ごあいさつ》に伺いました。いまも、卓効あるお薬を戴いているとか。あの……、お返しと言ってはなんですが、これは故郷の甘藷《かんしょ》です。少ないのですが、よろしければ」

静馬の故郷は川越で、そこの甘藷といえば江戸市中でも名高い。なにしろ江戸から川越までの距離にかけた十三里、つまり九里《くり》四里《より》うまい、と呼びならわされるほどだ。

「よ、よ、宜しいのですかあ？」

琴は口では遠慮しながら、手は無意識に、ふでの差し出す風呂敷包みへと伸びている。

そうしてから、並んで座る兄妹を改めて見て、琴はまるで不釣り合いな雛《ひな》人形のようだ、と思う。ふでは、間近でみても小作りなうえに色が白く、十七の自分よりいくらか年上らしいのだが、なんだか可愛らしい。

だが兄の雄太郎は対照的に肩が広く、厚い。背丈こそ琴より頭半分ほど低かったが、一目で剣客と解る体格だった。そして、まっすぐな眼差しと精悍《せいかん》に絞られた頰もまた、剣の道に励む者の面構えに相応しかった。

けれど、姿形は対照的だとしても、兄妹の着物が質素な太物《ふともの》（木綿）だが清潔なのは共通していて、それがどこか、育ちの良さとともに千葉家の家風を思わせた。

「それと……」ふでが言った。「これは父からお聞き及びとは思いますが、此の度わたくしは、新徴組小頭、庄野伊左衛門さまとご縁があり、夫婦となることになりました」

「あ、それは静馬様からお聞きしています。お目出度く存じます！」

はにかんで礼を述べるふでに、琴は祝言の予定を尋ねた。

「はい、祝言はお役所の修復が相成り、お上から組屋敷のお長屋をお貸し下されて、夫婦二人の落ち着きどころが出来てからでも構わぬだろうと、父は申しております。いまは、庄野様とともに暮らすのは、まだかないませんから」

新徴組にはこの時期、組士の家族まで屋敷に収容する余裕はなかった。組士に伴われて江戸に上ってきた家族たちは町屋住まいを強いられている。それに、もとからの外宅組は別にして、新規に屋敷の外へ居宅を構える許しは、六月に入ってから認められなくなった。

「はあ……、左様ですかあ。でも、なんにしても目出度いことです」

琴は畳に手を着いて頭を下げ、ついで雄太郎にも同じようにした。

「お兄様にも、お目出度く――」

「いえ」雄太郎が斬《き》って捨てるように言った。「目出度くなどはありません」

琴はその語気の激しさに、思わず手を着いたまま顔を上げ、きょとん、とした表情で雄太郎を窺ってしまう。

ふでが兄上様、と小声で窘《たしな》めると、雄太郎はずっと鬱積《うっせき》していたらしく、声を上げた。

「それが俺の正直な心持ちだからだ……！　ふで、お前は此の度のことをほんとうによいと思っているのか、どうなのだ？　父上は庄野というひとが小頭だから、お前にすすめたのではないのか？　まるで、上役に取り入らんがために娘を差し出すような真似を……！　新徴組小頭がどれほどのものかは知らないが、これではまるで人身御供《ひとみごくう》では――」

「――兄上」

ふでが美しい睫毛《まつげ》をあげて、前を向いたまま凜《りん》とした声で告げると、雄太郎もさすがに口をつぐんだ。が、その顔は言葉を飲み込みかねて歪《ゆが》んでいる。

琴は少し呆気《あっけ》にとられていたのだが、ふでの静かな気迫に感心した。真剣どころか竹刀さえ、そのちいさな手が握ったことがあるとは思えなかったが、剣術修行を積んでいれば相当な遣い手になったのではないか、と感じさせるほどの気迫だった。

「わたくしは庄野さまとお会いしてみて、とても良いお方と思い、納得してお嫁に行くのです。兄上がそれ以上におっしゃれば、それはわたくしの将来の夫をも誹《そし》るのと同じです」

庄野伊左衛門は、確かに面倒見のよい男だった。ただこの後のことではあるけれど、酒の席で騒ぎを起こして、小頭から平組士に降格されている。……が、後に小頭に復帰しているところをみると、夫婦になったふでが、よほど手綱を締め上げたのであろう。

もっとも、組中で問題を起こしていたのは、庄野だけではない。記録に残っているだけで、月に五、六人が慎み（謹慎）、屹度《きっと》慎み（厳重謹慎）、土蔵入りあるいは押し込め（禁固）、退身（依願退職）、組除けあるいは召し放ち（懲戒免職）の処罰を受けている。この頃、新徴組は組士二百四十人を抱えていたが、いまなら中規模警察署程度である。もし現代で同じ頻度で不祥事が発生すれば、署長は軽くて依願退職、それどころか署自体が廃止されて、更地にされるであろう。

当時、新徴組の不祥事の数は最高潮であり、河津三郎太郎が関わりたがらなかったのも、あるいは無理はないのかもしれない。

不祥事に絡んでいえば、中沢造酒丞という組士がいる。現代において、琴の変名ではないかとよく取りざたされる人物だ。たしかに、後になって酒を嗜《たしな》むようになった琴に相応しい変名といえなくもないが、残念ながら別人である。何故なら文久三年六月のこの時期に、門限違反を繰り返した廉《かど》で他二名の者とともに、退身させられているからだ。

それはともかくとして、――今夜は親戚の家に泊まって明日川越に戻るというふでと、寄宿先の道場がある水戸江戸屋敷へ帰る雄太郎を、琴は送って行くことにした。

雄太郎と少し話してみたい、という気持ちがあったからだ。

「雄太郎様は父上がなされたことに、得心なさっていないのですね？」

琴は、親戚宅へふでを送り届けると、歩きながら言った。

陽の長くなった季節だが、軒先や辻の行灯《あんどん》が灯される黄昏《たそがれ》どきだった。

「出来る道理がありません」

そう吐き捨てた雄太郎の頬に、夕映えの影ができた。

「拙者はこれ以上、父の自儘《じまま》に家の者が振り回されるのが、我慢ならないのです」

「でも……」琴はちょっと口ごもって言った。「おふでさまは此の度のこと、納得されているようにお見受けしたのですけど？」

「拙者が言っているのは、妹のことばかりではない……！」

雄太郎は足を止め、宿を出てから初めて、琴と正対した。

「あなたは何も存じていないだけだ！　父は昔からそうだった。奥右筆の御役目にあった父が、どんな仔細があったかは知らないが藩を抜けたおかげで、我ら家の者がどれほどの辛酸をなめたか」

雄太郎は睨《にら》むような、訴えるような目をして、言葉を押し出してゆく。

「そして、母は困窮のなかで病に倒れ、拙者も——仕えるべき主家をいまだ見付けられずにいる……」

最後は顔を逸らし、歩き出しながらだった。人の忙しい往来で、小娘に不満をぶちまけたのを、雄太郎もさすがに恥じたのだろう。

「そのこと、なんでございますけど」琴は雄太郎の背を小走りに追いかけながら言った。

「お父上が——静馬様が新徴組、いえ浪士組に加わったのはあなた様……、雄太郎様の仕官先を御用意する心積もりから、ではないのでしょうか？」

身体に不自由があり剣術も達者とは思えない静馬が、旧浪士組に応募し、いまも新徴組にいるのは、琴にはそうとしか考えられなかった。なにより最初に出逢った京からの帰り、静馬はこう琴に告げたのだ。

——浪士組への加盟には、いささか仔細がありましてな。

そして、この雄太郎こそが、静馬のいう〝仔細〟、つまり事情ではないのか。

「御公儀か庄内酒井家御家中、いずれに召し抱えられるかも未だ定まらない新徴組の席を、それがしのために、ですか」

雄太郎は足も止めずに、鼻先で嗤《わら》った。

「それに、いずれへ召し抱えられたとしても、与えられるのは町方の〝不浄役人〟程度の御役目だ。拙者の望みは、もうすこし大きいのです」

不浄役人とは、南北町奉行所で治安を預かる与力同心を指している。彼らは軍役が無く、いわば純粋な警察官であった。また、犯罪者に接する役目柄もあって、現代ではまず考えられないが、武家社会では蔑《さげす》まれた。

だが、兄や静馬が勤める組織を軽んじられては、琴も面白くはない。

「あの……雄太郎様?」

琴は、直情径行のこの娘にしては最大限の自制を発揮して口を開く。雄太郎には雄太郎で、胸にわだかまり続けた鬱憤があるのを、理解したからだった。しかし、静馬の思いもまた、琴は知っていた。

「もうすこし、こう……物事を素直にお受け取りになってはいかがでしょう?」

「父についてならば」雄太郎はにべもなく宣告した。「無理です」

琴は雄太郎の横顔を窺っていた目を戻すと、ため息をついた。

「……静馬さまは、荒くれ者の多い新徴組の中でも穏やかで、おふで様も芯の通った方のようにお見受けして、わたくしはお二人が、とても好きになりました。……でも、そのようなことをおっしゃり続ける雄太郎様のことは――」

琴はちらりと、硬い表情のままの雄太郎に横顔を窺って、言った。

「嫌いになりまするぞ?」

「頼んでいないでしょう。あなたに好きになってくれなどと」

では御免、と雄太郎は形ばかり頭を下げて、夕闇の濃くなり始めた人混みへ歩き去る。

置いてけぼりにされた琴は、背中全体で拒絶する雄太郎の後ろ姿を見送っていたが、ふんっ、と思い切り鼻から息をつくと、夕餉《ゆうげ》の待つ井筒屋へと踵《きびす》を返した。


雄太郎と出会った翌日の六月三日の払暁、江戸城西の丸が炎上した。

芝永井町から出火した炎が、燃え移ったのだった。

後の世では、新徴組も防火活動に出動し、天璋院《てんしょういん》や和宮の見守る中で大いに活躍したといわれている。だが現実には曲輪《くるわ》内の庄内藩上屋敷に集結、待機しただけで終わった。

琴に至っては、半鐘の打ち鳴らされる音に叩き起こされた挙げ句、朝焼けの空へと上る黒煙を窓から見詰めるしかなかった。火の用心をくどいほど繰り返していた鳩翁の笑顔は、不思議と思い出さなかった。それは眼下の往来を、大勢の町火消しの一団が纏《まとい》を先頭に、火の手が上がる方向へと、駆け去ってゆくのを見たからだった。

彼らは進んで危険のただ中へ——自らの戦場へと向かっていったのだ。

琴はその時、なにもできない己の立場を見せつけられたように感じて、手摺《てす》りを握りしめ、唇を嚙んだ。

だが、琴にとって嬉《うれ》しい出来事がなかったわけではない。

鞆木坂屋敷内に、五月の半ばから普請の始まっていた新徴組の稽古場《けいこ》が、六月半ばのこのほど完成した。合わせて剣術教授方九名が専任され、支配方三人衆を招いての稽古披露も行われたのだが――。

琴はその真新しい稽古場へと、通うのを許されたのである。

口添えしてくれたのは、根岸友山だったらしい。らしい、というのは、浪士組と別れて京に残留した友山は、四月の末に京から江戸へ帰還しており、幹部である世話役に就任していたのだが、それ以来多忙で、直接、琴が礼を述べるのは難しかったからだ。

――土方様はどうしておられるんだろう……。お達者かな、わたくしを覚えていてくださってるかな……。

琴としては、友山から京で別れた土方歳三の消息をそれとなく聞き出したくはあったが、それも無理なようだった。

ともあれ、剣と薙刀《なぎなた》の腕が鈍《なま》るのではないかと心配していた琴は、喜んだ。

しかも、賄い付きである。当時、組士には武家への給食を請け負う炊き出し屋から三食供されていたのだが、琴はさも当然、という顔をして、鞆木坂屋敷の長屋にいる良之助と共に昼食を摂った。もちろん組士の皆も気付いてはいたものの、琴が幸せそうに食事を頬張っている姿をみると、ただ笑うしかないようであった。

こうして琴は、自らの燃費の悪い身体を恨まずにすむようになって、七月を迎えた。

けれどこの月に、新徴組史上、特筆すべき事件が起こる。水戸藩脱藩浪人たちの起こした騒動である。

「なんとまあ……」

八月初めのある日、三笠町まで足を運んだ琴は、呆《あき》れたように呟《つぶや》いていた。

屋敷を囲む塀と一体になった長屋のその一角だけが、櫛《くし》の歯が欠けたように無人になっていた。入り口の腰高障子は開いたままで、そこから覗いた屋内はがらんとしている。

水戸脱藩者たち十数人が起居していた場所だった。

琴も、水府組として纏まっていた彼らが他の組士たちと折り合いが悪かったのは、良之助から聞いて知ってはいた。

水戸脱藩者たちは筋目の良い家柄の次三男で、なにより激しい尊皇攘夷主義者であった。だから、素性も定かでないうえ、天下の役に立ちたいという、素朴な尽忠報国の志をもつだけの大多数の組士たちとは、最初から主義の濃度と温度において、決定的な差があった。

反目が顕在化したのはいまより少し前、七月の末である。水府者の石井鉄之丞、これは世話役で剣術教授方という幹部だったのだが、この石井以下五人が手当金の不満を口実に役職を辞する旨を申し出、のみならず無断外泊に及んだのである。

唆《そそのか》したのは、山田一郎という、これまた水府者である。そしてこの山田は、名前が平凡すぎる割に、とんでもない食わせ者であった。

石井たち五人は数日で組に戻ったものの、庄内藩上屋敷へ押し込めのうえ詮議を受ける身となり、事態に危機感を抱いた新徴組上層部は八月、組織改編に着手した。

これまでの編制である、一番から七番組までの〝本組〟に加え、新たに八番組を増設する。八番組の人員は、水府組と東組を廃止して、これに充《あ》てる。水府組の本組への吸収、離脱の未然防止策である。

だが——この措置は水戸脱藩者達の、さらなる反発を呼んだ。

まず、例の山田一郎とこれに教唆《きょうさ》された三人が、三笠屋敷から逃亡した。さらに、庄内藩上屋敷へ拘禁中だった石井ら五人もそこから脱走し、行方知れずとなってしまったのだ。

実に一度に九名、元水府組のほとんどが姿を消すという、新徴組史上に残る事件となった。三笠屋敷を任された河津三郎太郎の監督不行届も影響している。

「水戸の方々は頭のからくりが、少し、むつかし過ぎるのではありませんか?」

琴は、事件の顚末《てんまつ》を良之助が声をひそめて話すのを聞くと、そう答えたものだった。

「御役目があって、こうして三度三度、御飯をいただければ充分でしょうに」

「この世には、お前のように大飯を喰らっておけば幸せ、という者ばかりおらん」

 良之助にはそう窘められたのだが、琴にはその程度の感慨しかなかった。

……だが、こうして抜け殻になった長屋を目の当たりにすると、琴もさすがに、問題の大きさというか事態の深刻さを実感せざるを得ない。

琴は、それにしても、と思った。

「……なんとまあ、腰の据わらない殿方たちか」

「お、珍しいのがいるな」

呆然と長屋で佇《たたず》み続ける琴に、傍らから男の声がかかった。

「お琴ちゃんじゃないか」

「羽賀様」

琴が吹き出しながら振り向くと、二十歳をいくつか超えたばかりの中背の組士が、笑いながら立っていた。羽賀忠次という館林《たてばやし》藩士の次男坊で、小さな藩ではろくな養子先もない、それならば、と藩を飛び出した若者であった。琴と良之助とは、江戸帰府以来、井筒屋に同宿していた縁で親しくなった。この陽気な男と、どちらかといえば口数が少なく、大柄な割に目立たない良之助は、不思議と馬があった。

「何度も申し上げておりますけど、その、お琴ちゃん、はおやめ下さいません？　琴は、町の娘ではありません」

「おお、そうだったな。だがまあ、呼び方がどうだろうと、お主を呼んでいるのには違いない。だろう？」

もう……、と琴は呆れて、愛嬌《あいきょう》のある目で睨《にら》んでから言った。

「ところで、羽賀様はどうしてここへ」

「なに、お主と同じで、後学のためだ。……〝天狗〟の住処の家移りなんざ、そうそう見られるものでもないだろうからな」

羽賀は水戸藩激派の異称をさして、わはは、と笑った。開けっぴろげな性格の男だったが、決して粗暴ではない。一度、慎みの処分を申しつけられたことはあるが、それは外出した際に、屋台の年寄りに難癖をつけていた本所名物の悪旗本を注意し、往来で口論に及んだ科《とが》だった。本人はそれを大いに恥じて、軍太郎と名乗りを改めている。根は至って真《しん》摯《し》な男なのであった。

「……そのように感心しているだけで宜しいのでございますか？」

琴が自らを棚に上げて指摘すると、羽賀は白い歯をみせた。

「俺のような下っ端が頭を痛めてどうなる。難しいことは、世話役や小頭といった役料を戴いているお歴々が考えればいいのよ。俺の目下の心配は、有り余る力を活かす道が見当たらんことで——」

「ご歓談中、失礼します」

別の声が背中にかかって、琴と羽賀は振り返った。

「お琴さん」

千葉雄太郎が立っていた。

「あ……、雄太郎様。このようなところで……どうなさいました?」

「父に用事があったので」

琴がすこし驚いて尋ねると、雄太郎は短く答えた。

「お琴さん、こちらの御仁は」

羽賀が先程とは打って変わった、折り目正しい武士の口調で尋ねた。

「申し遅れました。拙者は千葉静馬が嫡男、雄太郎と申します。お見知りおきを」

雄太郎は丁寧な言葉遣いとは裏腹に、忘れてもらっても一向に構わない、と言わんばかりの口調で名乗った。

それが癇《かん》に障ったのかも知れない。羽賀は名乗ってから、唐突に言った。

「――足下《そっか》は、相当に出来そうだな」

「は？」雄太郎はふでによく似た睫毛を瞬かせた。

「剣術がよ」

羽賀が軽妙さの欠片《かけら》もない剣客の表情で続けると、雄太郎も口許だけに薄い微笑を浮かべて答えた。

「いえ、未熟ですよ」

「どうかな？」

琴は、剣術使いの闘気を発散させはじめた二人の男に挟まれて、どうしたものかと頭を悩ませ始めたのだが――。

「おい、羽賀、そこにおったのか！　お役所当番の小頭がお呼びだ。お主、またなにかやらかしたか！」

折良く羽賀を呼ぶ声がかかって、その場の硬化した空気が、溶けた。

「滅相もない！……おっと、上役殿がお呼びだ。雄太郎殿、名残は尽きんが失礼する。ではお琴さん、近いうちにまた会おう」

「私は、遠くても構いませんけれど？」

琴の憎まれ口に送られながら、羽賀は行ってしまった。

「悪い方ではないんですよ、あの羽賀というお方は。あれは……」

琴は雄太郎とともに、屋敷の門に歩きながら言った。

「あれはそう、お腹の……虫の居所か、それとも空いていたからかもしれません」

「あの方は、悪い方ではないでしょう。しかし……」雄太郎は言った。「町で乱妨を働き、罰せられる組士が後を絶たぬと、父が申しておりましたが」

それは、と琴が言い返そうとしたとき丁度、門に行き当たった。二人は口を閉じ、六尺棒を手に警固する庄内藩士に目礼して、通り過ぎた。

言い返す機を逃した琴に、雄太郎は続けた。

「それに、あなたも見たはずでしょう。あの元水戸様御家中の方々だけでなく、組から逃げ出す者は、大勢いる」

琴は形の良い眉を、きゅっと寄せただけで黙っていた。いちいち、本当の話だからだ。

「新徴組など、箍《たが》の緩んだ桶《おけ》だ。濁った水でも水は水だが、それさえも貯めておけずに漏れ出してゆく。いつか、桶そのものがばらばらになる」

だからそんな組織の席など、父の思惑はどうであろうと、自分は欲しくはない——。

琴の耳には、そう胸の内で続ける雄太郎の頑なな声が、聞こえるようであった。

もうこうなれば、仕方がない。私は武芸者なのだから。琴はそう思いながら雄太郎の前に回り、にこっ、と笑いかけた。

「雄太郎様、少しお付き合い戴けません？」

「付き合うとは」雄太郎は整った顔立ちに怪訝《けげん》な表情を浮かべた。「それに、どこへ」

「まあまあ、着いてきて下されば」

琴はにこにこしながら雄太郎の袖を引いて、歩き出した。


琴が雄太郎を連れ、やってきたのは黐木坂屋敷、それも真新しい稽古場であった。

組士には月二十日の稽古が義務づけられているが、うまい具合に長さ十間、幅六間半もあるそこには、人っ子ひとりいない。

「こんなところで、拙者とどうしようというのです？」

雄太郎は、御覧所も設えられた、なかなか立派な道場内を見回して言った。

「私は、女の身ながら武芸者です。だから――」

琴は壁に掛かっている木刀を取りながら言った。「あまり口ではうまく話せません」

「そうは思えませんが」雄太郎は、このお喋《しゃべ》り娘が、という目をして言った。

琴は一刹那《いっせつな》、口をへの字に曲げはしたものの、気を取り直して続ける。

「……とにかく、互いを知るには剣を交えるのが一番、と思いましたので……。どうでしよう、雄太郎様？　一手、ご教授を願えます？」

琴は木刀を差し出して、口許だけで微笑んだ。

「構いませんよ、拙者は。むしろ、望むところです」

雄太郎はこの、お喋りな上にお節介な、自分より背が高いだけの小娘を力尽くで粉砕し、二度と勝手な口を叩けないようにしてやる、……そう決意したようだった。

刀の提げ緒を解いて襷《たすき》がけにし、袴の股立《ももだ》ちをとった雄太郎と、裁付袴姿のために襷をしただけの琴は、互いに木刀を構えて、板間の真ん中に蹲踞《そんきょ》した。

琴は正眼に構えた木刀ごしに、こちらを見据える雄太郎に視線を返しながら、そっと息を吸った。静寂の中へ、打付格子《うちつけごうし》の窓から陽光が差している。木刀を使う試合となると、真剣勝負と変わらない。けれど琴は、勝負を始めようとするこの一瞬、この静謐《せいひつ》を、愛している。

「神道一心流、千葉雄太郎！　参る！」

「法神流、中沢孫右衛門が娘、琴！　参る！」

静けさを裂いた雄太郎の気迫に琴は応じ、互いの木刀の先を打ち鳴らすと、左右に散った。

身体ごと迫ってきた雄太郎の一撃を、琴は躱《かわ》しもせず木刀で受けた。充分に鋭さの込められた、巧緻《こうち》さにはまだ延びしろがあるものの、衒《てら》いのない着実な打ち、だった。

──これが、このひとの性分そのものなんだ……。

琴は鍔《つば》もとで雄太郎の木刀を擦りあげてそらしつつ、そう思った。そして、交叉した木太刀ごしの、口を引き結んだ雄太郎に、囁《ささや》きかけた。

「……このようにまっすぐな剣筋のお方が、なぜわからないのです？」

「なんだと」

剣を退いて、二人は再び間合いをとった。

「それともわからない振りを？」

「何の話だ」雄太郎は歪めた顔の横に木太刀の柄をあげ、八相に構えた。

「お身体の自由の利かないお父上──、静馬様のような方が組へはいるということは、一命を賭《と》す覚悟が必要であったと」

琴は、静馬が中山道を下る間、行列から遅れまいと足を引きながら懸命に歩いていたのを思い出している。静馬の心情を、朧気《おぼろげ》ながらも察していた。

「わからん！」雄太郎は吐き捨てた。「わかりたくもない！……すべて父が勝手に決めたことだ！　そしてそのために、母は死んだ！」

黙れ、とばかりに雄太郎は突きを見舞った。琴はそれを物打ちで止めて横へ逸らし、踏み込んで、再び袂《たもと》が触れるほど身体を寄せた。

「ではその母上は、父上を憎んで亡くなられましたか……？　父を恨めとおっしゃいましたか……？」

「うるさい！」

喚いた雄太郎の脳裏に、幼き日の思い出が蘇《よみがえ》る。

……静馬は藩を抜けた後、江戸の日本橋檜物《ひもの》町で学問指南所を開いているときも、病を得て身体の自由が利かなくなり、川越の福岡村で療養しつつやはり筆道指南しているときも、貧しい家の子供からは決して束脩《そくしゅう》、つまり授業料は受け取らなかった。

――学問を身につければ、よりよき道が開けるかもしれん。だから私は、それを多くの者に分けたいのだ。

静馬はいつもそう言っていた。けれどそのせいで、千葉家は貧窮した。その日の米さえ、求めかねた。

――母上、もう御飯はないのですか。

――そう、だったらこれもお食べ。私はもう戴いたから。……でも雄太郎、ご飯が少ないからと言って、父上を恨んではなりませんよ。父上は立派な方なんですから……。

「うるさい！　うるさい！」

雄太郎は頭に浮かんだ光景と、母の言葉を打ち消そうとして、滅茶苦茶に木太刀を振り下ろした。それはもう、剣術ではなかった。ただ感情にまかせた棒手振り芸だった。そして琴は、雄太郎が叩きつけるたびに腕が痺《しび》れてゆくのを、顔をしかめながらも堪え続けた。この若者を苛《さいな》んだ積年の心の痛み、すべてを受け止めるために。

「わかったような事を……！　お前如きに、なにがわかる！」

「馬鹿べえいうな！」

その瞬間、琴は、かっと眼を見開き、雷光の速さで足払いをかけた。

雄太郎は宙でひっくり返り、背中から板間へ叩きつけられた。

くっ、と呻《うめ》いて起き上がろうとした雄太郎の眼前に、琴の白い顔が突き出された。

「雄太郎様のお気持ちは、わかりません。でも……」

琴は床に両膝を着き、起き上がろうとしたまま動きを止めた雄太郎に語りかけていた。

「でも……静馬様の、あなた様を案じる気持ちくらいは、わたくしにもわかるのです」

雄太郎は荒い息をつきながら身をもたげ、琴をじっと睨み据えていた。

「それから……、新徴組が汚れた水の入った壊れかけの桶なら、あなた様――雄太郎様こそ、清い一滴となって加わればよいではありませんか」

琴は言うだけいってしまうと、木刀を拾い上げて中央に戻った。雄太郎ものろのろと身を起こすと、それに続いた。礼を欠かす者は剣の道を行くものではない。

「あなたの存念は承った」雄太郎が言った。「だが拙者には拙者の、考えがある」

「はい」琴はいつもの屈託のなさで答えた。「私もすこし、事情もよく知らぬのに立ち入ったことと……差し出がましい物言いを、反省しています」

そうして、二人は礼を交わし、稽古場を後に中庭に出たのだったが――。

「――あれ？」

琴は中庭に出た途端、稽古場に人気がなかった理由を理解した。どこにいたのかという数の組士たちが溢《あふ》れ、右往左往しているからである。

槍をとって走り出す者、なにやら大声で下知する者。気付かなかったのが不思議なくらいの喧噪《けんそう》が、屋敷内にうねっている。

「兄上！　何の騒ぎにござりますか？」

琴は走り回る組士の中に良之助を見付けて、尋ねた。

「なんだ、琴、おったのか！」

良之助は血相を変えている。

「両国で、歩兵どもが大勢で騒いでおるらしい！　たったいま、御公儀から取り鎮めるよう沙汰《さた》があり、我ら新徴組も出張ることになったのだ！　では、俺は行くぞ！」

良之助は門の外へと流れ出してゆく組士の列を追いかけていった。

「あっ、待って兄上！　わたくしも行く！」

こんな機会を見逃すはずもなく、琴も、雄太郎を置いて走り出した。


幕府歩兵組。

これはいわゆる文久の軍政改革の一環として、幕府軍の洋式化の中核をなす部隊として設置されたものだ。だが、幕府の兵賦令《へいぶれい》により旗本の知行地、つまり農村から募られた兵士たちは、一般に粗暴かつ乱妨《らんぼう》であった。それ故、江戸の町人たちは、兵士どもの穿《は》いた股引袴にちなんで〝茶袋〟と呼んで忌み嫌い、兵士に月六日与えられる遊歩《ゆうほ》、つまり休日を厄日のように恐れた。

その厄日に、〝茶袋〟どもが押し寄せているのは、両国広小路であった。

ここは本来なら、火災の際の避難所、延焼を食い止める防火帯として、ひろく空けられておくべき場所なのだが現実には、筵《むしろ》や葦簀《よしず》張りの簡素な見せ物小屋や出店、屋台のひしめく、市中でも一大遊行地と化してしまっている。

そして、歩兵どもは、その筵張りの見せ物小屋を取り巻いて気勢を上げている。

その見せ物小屋の目玉は、なんとインド象であった。

当時、大変な人気であった。そしてこれが、騒動の発端でもあった。

「なんでえなんでえ、ちっとも拝めねえじゃねえかよ！」

「そうだそうだ、こっちゃ木戸銭払ってんだぜ！」

大勢の観客が象の巨体にみとれ、なかなか場所を譲らないのに苛立ち、小屋の後ろで首を伸ばしていた歩兵が喚いた。木戸番が宥《なだ》めたが暴れだしたため、小屋を追い出された。憤慨した歩兵は、近くで遊んでいた仲間を呼び集めた。歩兵たちには、故郷を離れて集団生活を営む者同士の、強烈な連帯意識があった。それが騒ぎを拡大させた。屯所《とんしょ》へも報せが走った。

その結果、両国へ群れた歩兵どもは、百人ちかくに膨れあがった。

振り返ってみれば、歩兵どもがこの後も引き起こす騒動の雛形のような事件であり、琴たち新徴組との、長い因縁の始まりでもあった。

新徴組黐木坂勢の列は、両国へと駆けつけた。

両国広小路の手前までくると、暴状が見て取れた。のぼり旗や看板は路上に投げ出され、恐慌をきたした大勢の町人がそれらを踏みつけ、新徴組の列の脇を逃げ出してゆく。見世物小屋の多くは外壁代わりの筵や葦簀が引きむしられ、骨組みだけが晒《さら》されている。

「新徴組の者ども、聞け！」

引きも切らない、避難する町人たちの流れの中、列の先頭を騎乗して率いていた武士は馬を止め、馬首を巡らせて振り返った。通りに砂埃《すなぼこり》を舞い上げ、それを追いかけていた琴たち五十数人の組士たちは、足を止める。

陣笠を被り、馬上で指揮を執る武士の名は、田辺儀兵衛。歳は四十前、庄内藩から出向している藩士だった。取扱頭取で、いわば組士の非違を監視する職務の責任者だったが、いまは臨時の指揮官を務めている。

「これより取り鎮めにかかるが、決して歩兵どもを追い込むな。――」

琴は、馬上で手綱を引きつつ命令する田辺を、最前列に近い位置で、薙刀を肩に見上げていた。……寝泊まりしている井筒屋のある馬喰町が両国とすぐ近くなのを幸い、一旦、列から離れて宿から薙刀を持ち出し、俊足を活かして追いついたのである。

ほかに支度といえば、汗止めの鉢巻き代わりに額に手拭《てぬぐ》いを巻いていた。……土方歳三が、手ずから洗って返してくれた、あの手拭いだった。薙刀を掴《つか》んで部屋を飛び出す際に、ふと思いついたのだ。手拭いには刃を通さぬよう銅銭を包んであり、ささやかな防具のかわりではあったが、本当は土方を肌身に感じたかっただけなのかも知れない。いや、むしろ自分のほうこそ、遠く離れた土方に感じて貰いたかったのか。琴にも判然としない。

「――歩兵どもは追い散らすだけでよい」田辺の指示は続いた。「もうすぐ三笠屋敷からも一手、両国橋を渡って出張って来る。そうなれば歩兵どもは、西から進む我らと東からの三笠勢に挟まれ、自らが袋の鼠《ねずみ》となったと悟るであろう。しからば、そのうえで退き口まで閉じれば、歩兵どもは遮二無二、我らに手向かい致すのは目に見えている。窮鼠《きゅうそ》猫を噛むという、四散させるだけでよいぞ」

琴は、田辺の下したいわば警備要領に、頰が火照るほど高揚した。これは戦《いくさ》だ、と思った。いま馬上に仰ぎ見ている庄内藩士は、大した軍師なのかも知れない。

「あの……！　田辺様！」琴は薙刀を肩に弾んだ声を上げた。「そうであれば、少々手荒な真似も許されましょうか？」

琴にとって、久しぶりに力が奮えるという期待も大きい。田辺は琴を見下ろし、質問してきた見慣れない美貌《びぼう》の組士に、少し怪訝な顔になったが、答えた。

「これは戦のようで戦ではない。難儀を被った町人たちになり代わり、懲らしめるのは良いが、斬り捨てるには及ばず！」

「つかまつり！」琴は笑顔を輝かせて、妙な答えかたをした。

「皆もよいな？　まずは拙者が説得に当たる。それでも歩兵どもが聞き入れなければ、者ども、合図とともに抜刀し、声を揃えて叫べ。――ではゆくぞ！」

新徴組麹木坂勢は、前進を再開した。進むごとに、琴は町の被害が悪化してゆくのをみた。まるで、話に聞いたことがあるだけの、一揆《いっき》か打ち毀《こわ》しのようだ。なんの不満があってこんな事を……。琴は顔をしかめつつ進む。

田辺が馬を止めた。そこは破壊の焦点だった。骨組みだけの見世物小屋と、かつてはそれを構成していた木片や筵、その他の建材、家財道具が路上に散乱している。

そして、真新しい廃墟《はいきょ》には、歩兵が骸《むくろ》にびっしりとたかる蟻のように群れ、気勢を上げていた。

歩兵たちは琴たち新徴組が迫るのに気付くと狼藉《ろうぜき》の手を止め、険悪な目で睨みつけてきた。百人近くの人数で、どれもこれも、善良そうな面相の者は一人もいない。

「歩兵ども！」田辺は馬上から呼びかけた。「事情は存ぜぬが、もう気は晴れたであろう！　そろそろ屯所へ戻る刻限だ。夕飯の支度も出来ていよう、退散せよ」

田辺のもの柔らかい呼びかけに、歩兵たちは濁った罵声《ばせい》で答えた。

「うるせえ、浅黄裏の田舎侍どもが！」

「おうよ、人斬り包丁が怖くて戦へ行けるかってんだ！」

「そうだそうだ、帰れ、けえれ！」

日本の歴史上初めてランドセルを背負った連中だが、児童のように素直ではない。

田辺は吹きつける歩兵どもの悪罵にも、顔色ひとつ変えなかった。

「そうか、ならばやむを得まい。――」

けれどそう言って顔を上げた田辺の、陣笠の下の表情は一変していた。

「抜刀せよ!」田辺は闘犬のような顔で吼えた。

おう! と即座に大音声で応えるや、数十名の組士たちは一斉に長刀を燦《きら》めかせて、鞘《さや》から抜き放つ。白刃の林が出現した。

琴も大声で答えながら、薙刀の中身――刀身の覆いを剝《は》ぎ取る。――はじまるぞ!

「者ども、かかれ!」

うおおっ! 田辺の、戦国の世から現代の機動隊に至るまで変わらない号令と共に、琴も含めた数十人の新徴組組士たちは、両国の大路を喊声《かんせい》で震わせた。

そして――糸の切れた数珠《じゅず》の玉が弾けたように、歩兵たちの黒い群れへと、土煙を蹴立てて吶喊《とっかん》してゆく。

乱闘が、始まった。

往来で、新徴組と洋服を模した着物の歩兵、二つの集団が激突し、互いに得物《えもの》を手に手に、入り乱れた。

叫びに悲鳴、罵声となにかを打ち壊す音が混然として、辺りに満ちた。

琴はそんな騒乱のなかで、歩兵数人を引き受けていた。

「この野郎……！　女みてえな生っちろい面《つら》ぁ、しゃあがってる癖に……！」

歩兵たちは琴を半円に囲んで歯噛みした。彼らが構えるのは一尺二寸ほどの脇差しに似た、真鍮《しんちゅう》製の歩兵刀と呼ばれる貸与品であった。白兵戦闘において強力な威力を発揮する薙刀に対抗するには、まったく役立たずな代物《しろもの》であった。

そのうえ、琴の技量が加わっている。

「お黙り！　さっさと家へ帰って御飯をいただけ！」

琴は間違いなく年上であろう歩兵たちを叱りつけた。彼らは身分を幕府から士分以下、と規定されている。琴は郷士とはいえ武家の血を引く娘である。

と――、その時、横から人影が飛び込んできた。琴が、はっ、と身構えたときには、人影は琴の脇で向き直り、正面の歩兵を一人、鉄刀で殴り倒していた。

「いよう、お琴！　盛況だな！」

羽賀軍太郎こと忠次が、背中越しに声をかけてきた。明らかに浮かれている。

「羽賀……様？　わたくしはいま、大変多忙……です！」

琴は薙刀を逆さにし、石突きで肋骨《ろっこつ》が撓《たわ》むほどの一撃を歩兵に見舞いながら答え――、ふと気付いた。

「羽賀様がおられるということは、三笠の皆様もここへ？」

「おうよ、新徴組本組、総勢百数十人はいる！　まあ百人力の羽賀軍太郎さま一人でも充分だったんだがな！……おっと！」

羽賀は言うそばから、飛びかかってこようとした歩兵のひとりを、鉄刀で殴り倒す。

「それでは、あの……！」

琴が羽賀に質問しかけた途端、めきめき……！　と木材が折れてゆく鋭い音がした。琴だけでなく羽賀も、さらに迫っていた歩兵たちも思わず手を止め、そちらを見る。

二階建てほどもある見世物小屋の骨組みが、ゆっくりと往来へと傾いてゆく。その前で歩兵刀を振り回していた歩兵と、長刀で威嚇していた組士の双方が、慌てて逃げ出した。倒れ込んだ骨組みは路上で盛大な音を響かせて自重で潰《つぶ》れ、ばらばらに崩れた。

「では……千葉様は？　千葉静馬様はどちらに！」

琴は、吹きつけた土煙で辺りが霞《かす》む中、叫ぶようにして羽賀に訊《き》いた。

「ああ？　千葉さんか？　ここに着いてからはお見かけしておらん！　千葉さんがどうかしたのか？」

「いけない……！」琴は眼を見開いて、思わず呟く。

千葉静馬は中風の後遺症で、足の自由が利かない。しかしあのひとのご性分だ、必ず役目を全うしようとし、町人たちを守り抜こうとするに違いない。

助けたい、と琴は思った。千葉静馬も、あの手習い師匠のような穏やかなひとが守ろうとしているであろう町人たちも。……行かなくては！

「羽賀様、ここはお願い致しまする！」

「あ、おい！　お琴！」

琴は薙刀を振って歩兵たちを退かせると、その隙《すき》を突き、静馬を救援すべく駆けだした。

その後方で、……崩れて折り重なった丸太や板のしたから、灰褐色の大きな影が、稜《りょう》線《せん》から湧く黒雲のように破片を押し上げ、むくむくと起き上がった。


琴の予感は、当たっていた。

「そなた達、もう止めよ！　屯所へ戻るがよい！」

千葉静馬は刀を構えて、目を欲望にぎらつかせ、歩兵刀を手に迫る歩兵たちへ告げた。

静馬は葦簀張りの茶屋の奥で、追い詰められていた。そしてその背後に、震える身を寄せ合う三人の娘を庇《かば》っている。近所の店の、逃げ遅れた奉公人の娘達だった。

歩兵どもは、帰りがけの駄賃とばかりに、娘たちを襲うつもりだった。

「邪魔すんじゃねえ、このへっぴり腰侍！」

「そうだそうだ、てめえこそ消えやがれ！」

「いまならまだ見逃してやる！　退散するのだ！」静馬は鋒《きっさき》を揺らしながら叱咤した。

うるせえ、と怒鳴りながら歩兵の一人が突っ込んでくる。娘たちの悲鳴が上がる中、静馬はその歩兵刀を辛くも叩き落とした。大きく体勢が崩れたが、思うようには動かなくなって久しい足をなんとか踏ん張り、刀を構え直した。

「屯所へ戻るのだ！　この娘たちには指一本も触れさせせん！」

ならば数人がかりで一気に飛びかかってやろう。歩兵どもが目顔でそう示し合わせ、身構えたとき――端の一人が、ぎゃあ！　と喚いて倒れた。

助けが来た……！　静馬は驚くと同時に、わずかに安堵した。来てくれたのは……。

「お琴さんか……？」

そこに立っていたのは、薙刀を構えた琴――ではなかった。端然とした佇まいの、若い侍の姿があった。

それは、息子の雄太郎であった。

「……狼藉者ども！」

雄太郎は曇りのない目に怒りを湛《たた》えて歩兵を睨み、そして剣を抜いた。

「新徴組士、千葉静馬が倅、雄太郎！――」

雄太郎は全身から静謐な闘気を発散させている。歩兵たちは後じさった。

「――新徴組に助勢する！　俺が相手だ、手足を欠いても惜しくない者は、かかってこい！」

琴は歩兵どもを追い払いつつ、静馬を探し回り続けていた。

歩兵のほとんどは形勢不利とみて、すでに逃走している。だが、しつこく暴れている者達もいて、思うに任せない。引き際の解らない、碌《ろく》でもない歩兵どものなかでも、さらに質の悪い連中である。

「どけ、邪魔じゃ！　お前たち、いい加減にして家へ帰れというに！　千葉様、静馬様！」

琴は野犬のように群がってくる歩兵に薙刀を振りつつ、呼び続ける。

それを、隙が出来たと勘違いした歩兵二人が踏み込んできた――次の瞬間、琴は中身の峰で歩兵の手首を下から叩いてひしぎ、柄を回してもう一人の顎《あご》へ、これも下から石突きを喰らわせた。

歩兵たちはさすがに、息一つつく間に二人の仲間を叩き伏せ、悲鳴を上げさせる相手が、尋常な技量の持ち主ではないと気付いた。

畜生が……！　歩兵たちは呻いて躊躇った。

「もうおやめ！　怪我するだけ損じゃ、お腹も空くぞ！」

琴はそう呼びかけたが、それでも歩兵どもは荒い息をしつつ睨み返してくる。だが……、急に憎しみの籠《こ》もっていた眼を見開くと、叫びながら踵を返し、逃げ出した。

「ば、化け物だ！」

琴は、ふうっ、と肩で息をついた。それから大路の真ん中で仁王立ちになり、立てた薙刀の石突きで地面を、とん、と突くと、呵々《かか》大笑した。

「あははは、わかればよい！　早う帰れ。——それにしても、言うに事欠いて化け物とは失礼な。まあよいか、あはは……！」

バアオォン！——この世のものとも思えない鳴き声が、背後で上がったのは、その時だった。

「……は？」琴は驚いて笑いを飲みこんだ。

気がつくと周囲から喧噪が無くなっている。妙な気配だった。背筋の汗が急に冷水に変わり、琴は恐る恐る肩越しに後を窺いつつ、ゆっくりと振り返った。そして——。

ひっ、と息を飲んだきり、立ち尽くした。

インド象が、往来に立っていた。

この騒ぎの発端となった見世物小屋で、繋《つな》いでいた縄がほどけたのか、それとも馬鹿な歩兵が意図的に逃がしたのか。

とにかく、象は、いた。

離れてはいても、その大きさは圧倒的だった。高さは優に二間――四メートルはある。身体の前に垂れた、自在にくねくねと動く、長い管。身体の左右で大きな襞《ひだ》を廻り戸、つまりドアのように、広げたり畳んだりしている。灰褐色の皮に押し込んだような、小さな目。そして、なにかをすくい上げるような形をした、白く大きな牙……。

琴は、象なる生き物がこの世に存在し、どんな姿をしているかは知っていた。琴に限らず、当時の日本人のほとんども知っていたであろう。何故なら釈迦《しゃか》の脇侍《きょうじ》である普賢菩薩《ふげんぼさつ》の乗るのが、象だからだ。寺院の本堂に行けば、誰でも拝める。

しかし、生きていて、さらには百貫や二百貫ではきかない巨体を白昼に晒しているとなると、話が違った。

さらに、象はその丸太のような足で、地面をしきりと搔《か》いている。初対面とはいえ上機嫌ではないのが一目で解る仕草だ。それどころか外《と》つ国《くに》から連れてこられた、この神経質な生き物は、騒ぎに苛立ち、怒っている。それは間違いなかった。何故なら――。

象は怒りの咆哮《ほうこう》をあげ、地響きをあげて琴に突進してきたからである。

「……！」

呆然と立ち尽くしていた琴は、今度は言葉にならない悲鳴を上げ、地崩れのように迫る象へ、咄嗟《とっさ》に薙刀を向けて身構えてしまう。この娘の不幸は、迫ってくる相手が何であれ、逃げるという習慣を持っていないことであった。

地鳴りに似た振動が、巨体と共に迫ってくる。くねる管は振り上げられ、牙に挟まれた口らしいものが、くわっ！と開かれて、狂った喇叭手《らっぱしゅ》の演奏のような鳴き声が吹き出す。そして、その見上げるような体軀《たいく》に比べて極端に小さなその目、そこに浮かんだ怒りが見て取れるほどの距離、皮膚に刻まれた皺が一つ一つ見分けがつくほど間近に象が迫った、その瞬間――。

琴は、横から飛び出してきた人影に吹き飛ばされた。そして琴は、象が濛々《もうもう》と土煙を上げて通過した往来の端で、その人影とひとつになって転がった。

「お琴さん！　おい、お琴さん！」

琴は、自分に覆い被さった人影に呼びかけられて、眼をあける。

「――雄太郎様……」

雄太郎が気遣わしげに、覗き込んでいた。

「大事ないか！　怪我はないか！」

「……はい。あっ、痛い」琴は後頭部をさすりながら答えた。「静馬様は……？」

「父は、――無事だ」

琴は、安堵の息をついて微笑んだ瞬間、なぜか、火照って汗ばんだ身体に若い男が重なっているのを唐突に意識した。先程とは違う理由で動悸《どうき》が跳ね上がり、ふにゃりと柔らかく相手の重みを受け止めた乳房のしたで、甘い痛みが奔《はし》った。

「あ、あの！　雄太郎様、ありがとうございます！　でも、そろそろ……」

「あ、ああ。……すまん」

雄太郎は慌てて、琴の身体からどいた。琴も、頭を振って得体の知れない心地よさを追い払いながら、立ち上がった。

「頭が痛みますか」雄太郎が心配そうに言った。

くすっ、と思わず笑って顔を上げると、いつもの琴に戻っていた。

命の危機を脱した興奮の余韻なのかもしれないけど、わたくしはどうかしてる……。

「雄太郎様、あの生き物を市中に行かせてはなりません！」琴は口許だけで微笑んだ。

「止めるのです、わたくしたちで」

新徴組も、インド象の市中への進行を、なんとか止めようとしていた。

捕り物の要領と同じく、横に寝かせた梯子《はしご》を障害物にして阻止しようとしたのである。

「中沢、そちらもしっかり支えよ！……来るぞ！」

「お、おう！」

往来の反対側で梯子を支える組士が怒鳴ると、大柄なのを見込まれ、同じように梯子の反対側を支えることになった良之助が答えた。

インド象が、四本の頑丈な樫《かし》の木のような足がたてる地響きとともに、梯子に差し掛かる。が、小さな納屋ほどもある褐色の巨体は、良之助と組士の支える梯子を裂き箸、いまでいう割り箸でも折るように易々《やすやす》と砕き、その衝撃で、良之助は路上にひっくり返った。

「……くそ！」

良之助は呻いて上半身を起こしたのだが、――インド象が通りすぎた土の霞のなかを、若い侍が前後を逆にした大八車を押して象を追いかけてゆくのを見て、目を見張った。

驚いたのは侍と大八車にだけではない。その大八車にはあろうことか、妹の琴が身を屈めて乗っていたからだ。

「あいつ……！」

今度はどんな突拍子もないことをやらかす気だ……？

「お琴さん！」雄太郎が大八車を押しながら叫んだ。「ほんとうに良いのか！」

「ええ！」

琴は、車輪の回るがらがらという騒音の中、肩越しに振り返って雄太郎に答えてから、前に向き直る。琴の目にインド象の、尻尾《しっぽ》の揺れる巨岩のような後ろ姿が近づいて来る。

雄太郎が息を喘《あえ》がせながら押す、琴を載せた大八車は徐々に象へと近づき……、ついに併走した。琴は腰を浮かせて、間合いを計った。そして——。

「……参ります！」

琴は機を捕らえ、大八車から跳躍した。

宙を跳んだのは、ほんの数瞬。琴は象の背中へと、俯《うつぶ》せに落下することに成功した。

なんじゃ、この臭いは……？　琴は、抱きつくような姿勢で象の背にすがりつきながら、牛や馬とも違う、嗅《か》いだことのない獣臭さに顔をしかめる。それに、遠目では滑らかにみえた皮もごわごわしているうえに剛毛が生えており、伏せた頬がちくちくする。が、琴は気を取り直して起き上がり、象の説得を開始した。

「これ！　静まれ、静まらぬか！　町の者が迷惑する！　もうお前に怖い思いをさせる者はいない！　だから静まれ！　解らぬか、これ！　あ……！　もしやお前は、異国の生まれゆえ日の本の言の葉が通じないの？」

「お琴さん！」

インド象の背を平手で叩きながら宥めていた琴に、雄太郎の声が聞こえた。ごく間近だった。

それもその筈《はず》、雄太郎は袴の裾を翻しながら、インド象のすぐ横を走っていた。

荒くれ者の多い新徴組士たちもさすがに恐れをなし、遠巻きに追ってくるなか、雄太郎だけは、下手をすればインド象の巨体に弾き飛ばされそうなほど近くを、たったひとり駆けながら、琴を見上げている。

「雄太郎様、危ない！」琴は象の上から叫ぶ。「離れて！　お早く！」

「……いやだ！」

なんと依怙地《いこじ》な。剣術はわたくしより弱い癖に……。そのとき琴の胸の奥底に湧いた感情は、そういう意地悪な思いでしか、蓋ができないものだった。

それはともかく——、自らの背へと知らない人間に飛び乗られて、インド象は前に進むのを止めた。その場で、耳をばたばたと扇《あお》がせ、長い鼻を鞭《むち》のようにしならせて背中の琴に伸ばしつつ、前足と後ろ足を交互に上げて身体を揺らしはじめた。琴を振り落とそうとしているのだった。

「おっとっと……！　止めよというのに！　落ちる……！」

「……くそっ！　どうすれば……！」

琴が暴れる象へ必死にしがみつくのを見上げながら、雄太郎は唇を噛み、巨体を避けて右往左往するしかない。

しかしこれが、結果的に貴重な猶予を稼いだ。

「あ、あそこにおる！」

喚きながら駆けつけたのは、象小屋の者達だった。新徴組が疫病のような歩兵を追い払ったと聞いて、戻ってきたのである。

いつも世話を焼いてくれる人間たちに宥められて、インド象は徐々に興奮から冷めていった。

……琴は、暴れている間は大嵐の海の北前船《きたまえぶね》のようだったのに、いまは川をゆく猪牙舟《ちょきぶね》程度の揺れにおさまった象の背中から、ようやく上半身を起こすことができた。

琴が普賢菩薩にでもなったような心持ちで辺りを見回すと、歩兵の掃討を終えた新徴組士たちや町人たちが、そこかしこから、続々と集まってくるのが見えた。そして自分がいまいる場所が、広小路に並んだ小屋や屋台といった遊興の為の諸々が途切れるすぐ手前だということに、初めて気がついたのだった。

広小路の広場は、ここから先、神田川を渡る浅草御門と馬喰町の家屋に、左右から絞られるようにして狭くなる。そしてそこからは——町人たちが暮らしを営む町であった。

「良かった……。間に合った」

呟いた琴の周りから、集まった者達の歓声があがり、その中から、自分を呼ぶ声が聞こえる。

「お琴さん！」

やはり雄太郎だった。雄太郎は象の脇で、飛び降りるであろう琴を受け止めようとしてか、両手を高々と差し上げている。さあここへ、と目が促している。

琴は、にっ、と雄太郎に笑って見せた。そして、雄太郎の手を借りることなく、自らの足で、すたり、と地面に降り立った。

「雄太郎様、ありがとうございました」琴はぺこりと頭を下げてから続けた。

「でも、おわかりになりましたでしょう？」

「なにが……です？」

雄太郎は、受け止めようと差し上げた腕を琴にやり過ごされて、すこしばつが悪い顔で手を眺めてたりしていたが、言われて、琴を見た。

琴が笑顔で、ほら、と目で示す先には、父の静馬と、彼の助けた町娘たちがいる。

「お武家さまぁ、助けて戴いてありがとうございました……！」

「あたし、〝茶袋〟が迫ってきたときはもう、生きた心地もしなくて……！」

泣き顔で繰り返す娘たちに、静馬は普段から温厚な顔を、さらに破顔して答えている。

「そうか、お前たち無事であったか！　何よりだ、良かったよかった！」

……琴と雄太郎は、再び向き直った。

「それで、拙者になにがわかったと」

雄太郎は、さっきまであった屈託のなさがどこかへ消え、酢でも含んだような表情に戻って、言った。

「はい。壊れかけた桶でも、いくらかは世の役の立つ、ということが」

「今日は一日、説教ばかりうけている」雄太郎は無味乾燥な声で言った。「それも、年下の女子からとは」

「そ、それは……。確かにわたくしは雄太郎様より年若で、女子の身ではありますけれど……」

そういわれて、琴もさすがに自分の押しつけがましさに口ごもったが、続けた。

「でもその女子であるがゆえに、女子は殿御よりも大人なのです。大人の言うことはきくものでございますよ？」

雄太郎は気の抜けた笑みを漏らしただけだった。それから、礼を述べつづける娘たちと笑顔でそれに答える父を眺めてから、琴に告げた。

「ここで失礼する。――御免」

雄太郎は人垣を掻き分け、すれ違った町人たちの労《ねぎら》う声にも答えず、立ち去っていった。

けれどその背中には、琴にとっては好ましい迷いがあるのが見て取れた。

それがなんだか、とても嬉《うれ》しかった。


そして新徴組にも、この騒動の翌月、朗報が届けられた。

幕府が新徴組を、庄内藩預かりのまま幕臣として登用することを決定したのだ。

身分は伊賀者次席。――幕臣とはいえ、その下には本来は戦場の雑用係である黒鍬者《くろくわもの》しかいないような、文字通りの最末端への採用であった。しかもその次席、である。

しかし徳川家御家人、直参には違いない。

京都守護職会津藩預かり新選組より、四年早い士分――武士身分の獲得であった。

第五章　新徴組士、中沢琴

「どうやら、なんとか形にはなりそうだな」

若い男が茶托《ちゃたく》から茶碗を取りあげながら言った。すると、茶器にのばした手に、高鳴きしつつ飛び去る百舌鳥《もず》の影が、障子越しによぎった。

文久三年、十月。新徴組、黐木坂《もちのきざか》屋敷二階の取扱役休息所。

そこに、幕府から新徴組を預かる庄内藩の重役数人が、顔を揃えていた。

茶碗を取りあげた上座の男は、目許口許のくっきりした美男であった。

男の名は松平権十郎《ごんじゅうろう》。端麗な容姿だけでなく、姓からもわかるように将軍家とも血縁をもっているが、血筋のみならず判断の果断さから、〝庄内酒井家中に権十郎あり〟と他藩にも聞こえた利け者《きもの》である。

半年前の、清河暗殺と同時に実行された浪士組制圧の際には組頭を務め、ここ黐木坂屋敷へ連絡将校として馬を飛ばした。その後、新徴組が庄内藩へ委任されると、家老見習いともいうべき中老へと昇格していた権十郎は、庄内藩における新徴組の責任者を務めている。幕府はその組織管理の手腕を高く評価していた。

「御公儀より新徴組の者どもを預かるよう達せられた際は」

権十郎は茶碗を戻すと、整った顔を崩して苦笑した。

「頭を抱える思いであったが」

先月の九月十二日。新徴組一同は曲輪《くるわ》内の庄内藩上屋敷において、田沼意次《おきつぐ》の曾孫である田沼意尊《おきたか》より、新徴組が伊賀者次席として召し抱えられる、と達せられた。……ちなみに、田沼は申し渡しを行っただけでなく、新徴組とは多生の縁があり、新徴組麴木坂役所となったこの拝領屋敷に住んでいた時期がある。さらに田沼意尊は後に、新徴組を脱走した組士も多数参加した水戸天狗党の挙兵を鎮圧した人物でもある。もっとも、――新徴組に明け渡した際に住んでいたのは、関宿藩主久世《くぜ》謙吉であったが。幕府は久世の短期間での屋敷換えに配慮し、千両の手当を出している。

新徴組士たちの給与は、年二十五両。一般的な武士の給与である知行（領地）ではなく、切り米でもない。現金である。現代の警察官の先駆けといえよう。

そうして、とりあえず組士たちに身分を保障したうえで、庄内藩は新徴組の扱いを次の段階へと進めた。

それは、現行の新徴組上層部の解体である。

組士二百二十人程度のうち、新徴組には旧浪士時代に選ばれた世話役という幹部が、十一人いた。それらには祐天仙之助などいかがわしい者も混じっていたのだが、そのほぼ全員を、下士官程度の階級である小頭へと、まず降格させた。編制が大幅に変わり、小頭の数は一気に倍増したものの、その下に組み合う組士は小頭ひとりに四人と、従来の編制である十人からすると半減した。

庄内藩はいわば、旧浪士組生え抜きの幹部将校を一掃し、組士の階級の上限を下士官までとすることで、新徴組独自の意志決定能力を取り去ったのである。

「ええ、手を焼かされました。ですが大夫《たいふ》――」

菅秀三郎《すげひでさぶろう》が答えた。こちらは切れ長の眼に細面の、いかにも秀才然とした顔立ちをしている。権十郎よりも十歳ほど年嵩《としかさ》であった。

権十郎のもとで新徴組の実務責任者である〝御用取扱役〟を務めている。

「――組士の数が減りつつあるのが、やや懸念されますが」

大方の組士たちは庄内藩側の措置を受け入れた。が、根岸友山など反発する者や病気などを理由に退身を申し出る者も十数人いて、この頃、組士の人数は減少傾向にあった。

「秀三郎殿、大夫はよして下さい。これまで通り、権十郎でかまいません」

「ならば御免仕《つかまつ》りまして……、権十郎殿」

菅は膝《ひざ》を乗り出した。「これから後、御公儀から命ぜられた御役目を考えますれば、近在の町道場にも檄《げき》を飛ばし、腕の立つ者を募るのは無論のこと、御家中でお役目のない次男三男を新徴組に充てるのも一案か、と存じますが……」

「藩の厄介たちを、か」

「ええ。それに、ゆくゆくは組士の倅《せがれ》たちも見習いとして勤めに召し出してはいかがでしょう？　やがて跡目を継げるとなれば、組士一同も張り合いがでましょう」

「なるほど、組の者の身内を」権十郎はうなずいた。「新規に召し抱えるより、安く済む」

幕府から役目を命じられた大名は、莫大な出費を覚悟しなければならない。……多少の手当は出るものの、基本的には、領地は幕府からの役目を果たすために大名へ預けられている、というのが建前だからである。だから、殿様が老中や若年寄といった幕閣に就くのを家臣たちは喜ばないし、極力、反対する。

庄内藩も諸藩の例に漏れず、裕福とは言い難く、これまでも財政的危機に見舞われ、その度に改革し、なんとか小康を得て、やれやれと安堵《あんど》した途端に、幕府から新たな役を命じられて元の木阿弥、という繰り返しであった。いまのところ新徴組士の手当金は幕府の負担だが、庄内藩へ完全に委任される可能性が高く、藩の重役としては経費の心配もしなくてはならなかった。

「だが菅殿」権十郎は微笑んだ。「それは長屋の普請が成り、組士が妻子を引き取った後、になるでしょうな。すこし先走りすぎてはいませんか」

「ああ……、左様ですね」菅も照れくさそうにうなずいた。「それがしとしたことが」

「いや、頭の回りの速い菅殿らしい」権十郎は笑った。

「組の者の身内、というお話でございますが――」

田辺儀兵衛がおもむろに口を開くと、権十郎と菅は虚を突かれた思いで顔を向けた。田辺は先日の両国歩兵事件では臨時指揮官を務めた新徴組取扱頭取だったが、事に臨んでの冷静さを家中で知られた男であった。普段は昼行灯《ひるあんどん》風で、表情も含めていささか韜晦《とうかい》しすぎる気味もあるこの男が、自ら口を開いたので、権十郎と菅はすこし驚いて注目したのである。

「――それならば、それがしにも、いささか心当たりがございますが」

「組士の身内に、ですか」

「その者の腕は？　如何《いかが》です？」権十郎が聞いた。

「左様」田辺は表情を変えずに答える。

「その者の兄は萩谷弥太郎の組合を務め、近々、小頭に上げようかと考えておる腕達者でござる。その者も兄に劣らず、それがしの見るところ、あれほどの遣い手は組中でも少ないかと。それとなく組士どもの間を聞いてみたところ、稽古場《けいこ》にはその者に打ち据えられた腕自慢が幾人もいるとか。そういえば、今日辺りも一暴れしておるやもしれませんな」

「それは好都合といえるかもしれませんね」

菅が権十郎へ顔を向けると、権十郎もうなずいた。

悪くはない。権十郎と菅がそう思ったのを見定めたように、田辺は言った。

「……ただしその者、まだうら若い女子《おなご》にございますが」

田辺の、固く結んだ握り飯のような顔で、眼だけが笑っていた。

「女子？」

権十郎と菅は、声を揃えて問い返した。それから、菅は、この男にしては珍しく驚いた表情のまま、権十郎を窺《うかが》う。

権十郎も女子と聞いて驚いてはいたが――、彼には心当たりがあった。大きな瞳に破軍《はぐん》星《せい》を、勝利の象徴である北極星の光を宿す娘が。

権十郎は茶托から茶碗を取りあげて言った。

「――会ってみたいものだな、その女子に」

役所庁舎である御殿から稽古場へ繋《つな》がる〝渡り〟（廊下）は修復中ということで、権十郎と萱、田辺は雪駄《せった》を履いて稽古場の出入り口へと向かった。

と、三人の先に立っていた権十郎が土間に足を踏み入れた途端、どん！　と厚い床板を踏み鳴らす音が響き――。

権十郎の足下に、稽古着の男が転がり落ちてきた。

土間に伸びて呻《うめ》く男を、萱が、おい大事ないか、と声をかけつつ助け起こす。

権十郎はそれを見ながら呟《つぶや》いた。「……乱暴だな」

「どちら様でござります？」

権十郎が土間からその整った顔を上げると、背の高い娘が稽古用の薙刀《なぎなた》を立てて框《かまち》から見下ろし、白い歯を見せて笑っている。

「乱暴だな」権十郎はもう一度、今度は娘に言った。

「この御役所の外には、もっと乱暴な者がうろついております」

娘――琴は、ふふん、と得意気に微笑み、胸を反らして答える。なにか文句でもあるのか、という口調だった。

「ぬるい稽古では、なんの足しにもなりませんゆえ」

「しかし、乱暴だ」権十郎はまた繰り返した。

「いきなりやってきてそのおっしゃりよう。一体、どこのどちら様でござりますか？」

琴は、むっ、と唇を尖《とが》らせて反問した。表情の豊かすぎる娘である。

「これ、控えぬか」

菅は、呻いて腕を押さえる男を小者《こもの》に渡してから、琴を見あげた。

「こちらは我が庄内藩、酒井御家中御中老、松平権十郎様だ」

琴もさすがに、あっ、と薙刀を背中に回して両膝を着くと、頭《こうべ》を垂れた。

「乱暴だな」

権十郎は、吹き出しかけるのをどうにか押さえた笑顔で、また繰り返した。

「た、大変失礼致しました……！　知らぬとは申せ、とんだご無礼を……！　どうかお許しを！　で、ですが……！」

琴は頭を下げたまま重役一行の足もとを見詰め、唾《つば》を飲み込んだ。……千載一遇《せんざいいちぐう》の好機だった。庄内藩重役と直接話せる機会など、そう滅多にあるものではない。

琴は額や頬を濡《ぬ》らす汗が、急に冷水になったように感じながらも、意志を奮い立たせて続けた。

「ですが、さ、先程も申し上げましたけれど、ぬるい稽古は何の足しにもなりません。……ですから、あ、あの……！」

正念場なのだ。いや、首を下げた姿勢からすると、土壇場だったのかもしれない。それはともかく、琴は意を決すると頭を上げた。

「……わたくしが乱暴な稽古をつけるより……、その……、わ、わたくし自身を、お勤めに加えて戴《いただ》きとうございます……！」

そうして琴は、権十郎の顔を初めてまじまじと見あげて初めて、……え？　と気付いたのであった。

――このお方はもしや、鳩翁《きゅうおう》様のもとへ駆け付けた夜、わたくしを見守って下さった、あのお方では……？

「ようやく気付いたらしい」権十郎は笑った。「そなたはいつも威勢がよすぎる」

「あ、あ、あの夜は庇《かば》いだて下さり、ありがとうございました！　失礼つかまつりにござりまする！」

琴は狼狽《ろうばい》のあまりおかしな言い方になった。権十郎はとうとう吹き出し、菅もこの沈毅《ちんき》な男には珍しく声を出して笑い、田辺も笑った。

が、それも束の間のことで、権十郎はすぐに表情を改めて言った。

「そなた、新徴組に入りたい、と申すのだな」

琴は顔を上げた。その表情にはもう、狼狽はない。凜々《りり》しくも美しい、武芸者の顔に立ち戻っている。そして、権十郎に視線を据えて、答えた。

「――はい!」

権十郎は琴の眼に確固とした決意を見定めると、菅と田辺を振り返った。

菅は、いいでしょう、という風に微笑んで、田辺は感情を出さぬままで、それぞれうなずいた。

「わかった」権十郎は琴に向き直って答えた。「取締役詰め所まで来るように」

琴は夢心地、というより、身体の中身が雲にでもなったような覚束《おぼつか》ない心持ちのまま、屋敷内の湯屋で汗を流してから、役所御殿に向かった。

琴はふと、稽古場にはほぼ毎日通ってはいたものの、役所の御殿に入るのは初めてなのに気付いた。立派な式台のある玄関から少し離れた、〝定口〟あるいは〝中の口〟と呼ばれる内玄関へ、板戸を開けて入る。そこは大名の拝領屋敷当時は居間として使われていた、炉の切られた八畳ほどの板間で、組士の詰め所、〝溜まり〟であった。琴は、足を洗う水場も設けられた土間で、履き物を脱いだ。

「ああ、お琴か。お主、お歴々に呼ばれたらしいな。なにをした?」

「あ、いえ……。わたくしは庄内の御家中の方に呼ばれただけで……」

声をかけてきた顔見知りの組士が、曖昧《あいまい》に笑って答えた琴の先に立ち、案内してくれた。

琴と組士は、武家屋敷は応接と生活を分ける構造になっている関係上、御殿裏手まで一旦抜けてから、建物に沿って続く、縁通りと呼ばれる外廊下を奥へと歩いて行った。

さして広い御殿ではなく、建坪は二千五百坪程度だろう。一万から二万石級の大名に下賜されたものとしては、平均的である。だが、いま廊下を行く琴にとっては広大無辺にも、一間の掘っ立て小屋にも感じられた。

なにしろ行き着いた部屋で、何を告げられるか判らない身だ。その何かを早く聞きたい反面、聞きたくない気持ちが相半ばし、距離感を狂わせているのだった。

――わたくしはもどかしいのか、……それとも恐れているのかな……。

「失礼致します。中沢良之助が妹、琴。お申し付け通り参りました」

琴は、案内の組士が縁通りから部屋の中へ声をかけて立ち去ると、言った。

入れ、と声がかかり、琴は座ったまま障子を開けて一礼し、部屋に入ると、八畳間には権十郎をはじめとした三人の重役たちが顔を揃えていた。

「来たな」権十郎は言った。「先程の話だが」

はい、と琴は控えめな声を出した。実際、不安だった。けれど――まっすぐに権十郎の秀麗な顔へむけたその瞳には、期待が雲母《うんも》の破片のように、きらきらと光っている。

「まず、道理から告げねばならないだろう。──女子は、祖法により武士にはなれぬ。御公儀、我が家中に限らず、女子が仕官する道はない」

琴は権十郎を見詰めたまま、はい、と答えた。目を逸らしもしない。この無鉄砲な娘に処世術なるものがあるとしたら、ただ一つ。それは、信じる、というただ一事だけであった。

「だが」権十郎は続けた。「そなたの武芸をもって、新徴組に雇うことはできる。御雇人、だな」

琴は眼を見開いた。

「あ、あ……ありがとうございます!」

琴は叫ぶように礼を述べた。

武芸をもって身を立てられる! 念願が叶った瞬間だった。

わたくしは、とうとう……! 琴は畳に手を着いたまま全身が震えだすのを感じる。

「しかしそなたを〝本席〟、姓名帳に載る組士とするわけには参らん。次席の者となるが、それでもよいか」

琴の感激しつつも、ちょっと失望しないでもない。──なんだ、中間《ちゅうげん》か、あるいはもう少しはましな手代《てだい》のようなものか、と思ったのだ。

そういう立場の者達は、沼田の代官所にもいた。町人や百姓を代官が個人的に雇っている、という建前の役人だ。一代限りであり、勤めている間は準士分扱いされるものの、辞めてしまえば元の身分である。

これが、中沢琴の名が新徴組の記録に一切、記されていない理由であった。……これから後、組士の子弟は見習い勤め、御雇勤めとして新徴組の貴重な戦力として採用されてゆくが、御雇者で姓名が記録されているのは鉄砲掛の佐野三郎兵衛以外には、数人しかいない。

さらに、女性の名前が残りにくいという時代性もある。将軍の生母さえ名が伝わらない場合もあるくらいだ。新徴組の公式記録には三人の女性が記載されているが、それも誰々の妻あるいは娘、であり、名は伝えられていない。

だが今の琴にとって、身分上のわずかな失望など江戸の内海にたらされた墨一滴ほどの翳《かげ》りでしかなかったし、後世に名が残るかどうかなど、もともと念頭にはない。

「ありがとうございます……！　慎んで、御世話になりとうございます」

琴が満面の笑みに艶々《つやつや》した顔を権十郎に向けると、権十郎は襖《ふすま》の向こうへと声をかけた。

琴は、小姓が目の前に乱れ籠《かご》を置いて立ち去ると、中を覗《のぞ》いて言った。

「これは……？」

四角い籠に、きちんと畳まれていたのは、幅三寸、長さ七寸ほどの臙脂《えんじ》色の布地に、刀の下げ緒のような細い赤色の襷《たすき》であった。

そして、小判型の紙包みも。

「いまのところ、我が庄内藩は御公儀より新徴組を預けられている関わりから――」

菅が、実務責任者である御用取扱役として口を開いた。

「江戸市中取締の任は免ぜられているが、組方の儀が整い次第、再び御府内の鎮静の任に就く。そうなれば家中の者とともに新徴組にも働いてもらうこととなるが、その節、そなたたちと不逞《ふてい》の悪徒どもが紛らわしくないように、また組中でも同志互いの情を育《はぐく》めるようにと工夫したのだ」

制服による敵味方識別、連帯感の醸成が有効なのは、古今東西、変わらない。菅自身、市中の見廻りに出たこともあって、その経験からでた智恵であった。

「それに、支度金が五両」

「綺麗《きれい》な赤い色……」

琴は魅入られたように、籠を覗き込んだまま呟いた。その鮮烈な色は、赤城山を明々と染める朝陽のように、琴には眩《まぶ》しい。

「赤は藩祖忠次公爾来《じらい》、旗印、合い印が朱の丸であるのに因《ちな》んでいる」

田辺が言った。

「臙脂色の布は羽織の袖口を取り巻いて縫い付けるようにな」

現代の高級船員や海上自衛官の制服にある袖章に似ているが、この時代でいう敵味方識別章、〝合い印〟であった。

これは奇《く》しくも、赤と白、色の相違があるとはいえ、元禄の赤穂浪士事件において四十七士が羽織に施した工夫と同じであった。

実戦を意識すれば、自然と似た形になる。

それはともかく——、琴は新徴組組士となった。

権十郎たちのまえでなければ、琴は籠ごと抱き上げて頬ずりしたいほどだった。

「十月中には神田上屋敷の御役所も整い、新徴組も市中廻りの列に加えられる。まあ、もとは浪士で勤めに不慣れな者がほとんどであるゆえ、調練から始めることとなろうが、そなたも組士として認められた以上、勤めに励むようにな」

「はい！　精進致します！」

琴は元気に答えて、天にも昇るような気持ちで退出した。

数日後——。琴は井筒屋の部屋で針仕事に没頭していたが、どすどすと床を踏み鳴らす音が、昇り梯子《ばしご》から二階の廊下へと近づいて来るのに気付いた。

「おい、お琴！　お前！」

良之助が障子を開け放った途端、廊下から叱りつけるように言った。

「まあ、何でございます？　女子の部屋に断りもなく闖入《ちんにゅう》されるとは。いくら兄上様でも、失礼じゃございませんことかしら」

琴は手元から顔を上げて、つんと澄ました奥女中風の声で答える。

自分はもう、お上からお扶持《ふち》を戴ける身分なのだ、と琴は思っている。それに、手にしているのが新徴組の勤めに用いるための、支度金を使って日本橋越後屋であつらえたばかりの割羽織だったからでもある。琴はうきうきしながら、中沢家の家紋〝丸に紐《ひも》無しの軍配〟をあしらった真新しい羽織に、臙脂色の合い印を縫い付ける最中を邪魔されたのだ。

琴ならずとも、不機嫌になろうというものだった。

「お、お前……！　お琴。先程、庄内御家中の田辺様に呼ばれて喜んだのも束の間――」

良之助は墜落するように腰を落とし、畳に音を立てて刀を置いた。

「お前まで御雇になったと申されるではないか……！　どういうことだ！」

「田辺様からお聞きになった通りでございますよ？」琴は針を動かしながら言った。

「我ら新徴組にも、間もなく市中取締方の命が下る。そのような勤めに女子であるお前が

「……！」

「兄上様？　琴は剣術、薙刀、どちらも腕を磨いてございます。あ、そうそう、鎖鎌も得《え》手《て》でございますが？」

「なにを言う！　あれはお前が幼い頃、庭の柿の実ほしさに振り回していただけであろうが！……馬鹿め、俺が言いたいのは左様なことではない！　俺が問うているのは、役儀とあれば真剣をもって悪徒どもと立ち合うのも充分にあり得る、……いや、避けられぬということだ！」

「村でもやったことがあるではありませんか」

それは現代でも、穴原村に口伝として残っている事件だった。……近在の村に浪人体《てい》の賊が押し入って金品を盗み、さらに下女に悪さをしようとしたが家人に見付かって逃げた、と沼田の代官所から至急のお触れが回った。穴原村の組頭であった孫右衛門とともに、良之助は村人を組織して追捕《ついぶ》に当たったのだが――、賊を発見したのは、強引に捕り手に加わった琴だった。薙刀で滅多打ちにされたうえ、琴にさんざん足蹴《あしげ》にされていた賊は、駆けつけた孫右衛門と良之助によって捕らえられた、というより琴から保護された。

「ここは穴原ではない！　世情というものを考えろ。口では天朝様の御名を唱えながら悪行を働く者どもが、どれだけこの御府内に流れ込み、跋扈《ばっこ》しているか」

「覚悟の上にございます」琴は針仕事から眼も上げずに言った。

「いいや、お前の生半可な覚悟など――」

「……兄上様！」

琴は針と羽織をおいて良之助に向き直った。

「わたくしは何故、いまここにいるのでございますか？」

「なに？」良之助は琴の語気に思わず身を引いた。

「覚悟がなければ、琴はずっと先に穴原《せん》の村に帰っております。いえ、そもそも村を出ることさえなく、京へ上ることもここお江戸で待ち続けることもなかった筈《はず》です。そういう覚悟をもっていたからこそ、お与え戴けたお話だと、琴は思っております。ですから――」

琴は堰《せき》をきったように話してから、少し言葉を切った。

「信じる心で歩んだ道は新徴組に繋がっていた、と」

兄妹の間に、沈黙が落ちた。そしてそれを静かに破ったのはやはり、良之助の諦《あきら》めたような吐息だった。

「お前がそこまで言い張るのなら、それでいい」良之助は言った。「だが、後悔はするな」

「わたくしは」琴は顔を上げてきっぱりと言った。「後悔しないことに決めております」

お前らしい、と良之助が力なく笑いを漏らすと、琴もいつもの屈託の欠片《かけら》もない笑顔に戻った。

「……ところで兄上」琴が言った。「田辺様にお呼ばれになったのは、わたくしのことばかりではないのでしょう？　なにを喜ばれたのでございます？」

「あ、ああ。そうであった。俺はこの度」

良之助はこの場で初めて笑顔になった。すこし照れくさそうだった。

「小頭役を仰せつけられることとなった」

「まあ、それはおめでとうございます！」琴も、ぱっと笑顔を輝かせた。

この中沢良之助という実直で篤実な若者が、庄内藩が新徴組の管理を進めるなかで初めて評価されたのは、当然であっただろう。これまでの旧浪士組幹部は、雑多な浪士の集まりらしく、どちらかというと声高に攘夷《じょうい》論をぶち、大言壮語する輩が重用される傾向にあったからだ。加えて幕臣登用の際、それに反発した根岸友山のように自ら、あるいは暇《いとま》を申しつけられて組を去った幹部達も多い。人事が刷新されるなか、庄内藩が求めたのは国士気取りの法螺《ほら》吹きではなく、実力ある戦士だった。

根岸友山様か――。良之助が庄内藩の眼鏡に適ったのは、琴にとって嬉《うれ》しかったけれど、友山のことに思いが及ぶと、手元の羽織に眼を戻した琴の表情が、ふと曇った。

……琴は半月ほど前、幕臣への登用を謝絶して武州熊谷へ帰郷する友山を、板橋宿まで見送った。上洛時《じょうらく》はもちろん、友山が江戸に帰還してからも何くれとなく便宜《べんぎ》を図ってくれたことへの、ささやかな謝意のためだった。

寂しい道行きだった。つい数日前までは新徴組の幹部だったというのに、いま従うのは遠藤丈庵《じょうあん》という上洛時から付き従ってきた門人がひとり、それに琴だけであった。

「丈庵よ、すこし先で待っていてくれぬか」

友山は宿の外れで、門人に言った。遠藤は怪訝《けげん》な表情になったが、一礼して立ち去った。

「お琴よ」

道端の柳の木の下で二人きりになると、友山は言った。その声は疲れ切っていた。

もともと高齢であり、かつ病気がちなのを口実に新徴組を辞した友山だが、新徴組を去る理由は別にあった。

友山は夢に破れたのであった。

新徴組を三百人からなる攘夷決行の尖兵《せんぺい》へと育て上げ、自らもその魁《さきがけ》となること。

──それが友山の夢であった。そして、それを目指して清河一派とともに、浪士組結成以前から粉骨砕身した。

しかしその悲願も、ひたすら夷狄《いてき》どもと妥協するしか能が無く、攘夷など行いようもない幕府に新徴組が取り込まれるのが決定的になった時、潰《つい》えた。

それだけではなく、遠藤丈庵と同じく門人で浪士組に伴った鈴木長蔵は、博徒上がりの小頭祐天仙之助から悪しき薫陶をうけて素行不良者となりはて、門限破りを繰り返すまでに堕落してしまった。

多くのものを失いすぎた老人は、琴に続けた。

「そなたは、……まだ土方《ひじかた》を想っておるのか」

「えっ？　あ、いえ、そのような……わたくしは……」

鳩翁から聞いていたのか。琴は、枯れたような頬骨ばかり目立つ友山から唐突に問われて、戸惑う。笑って誤魔化そうとした琴に、友山は言った。

「あやつは……土方歳三は、そなたのような娘が想って良い男ではない」

断罪するかの如き友山の口調に、琴は更に戸惑いつつ反問した。

「それは……、何故でございます？　なぜ土方様をそのように」

「奴は――冷酷だからじゃ」

翻訳された西洋兵術に通じていた友山は、京へ残留した後もその知識を活かして、近藤勇ら壬生浪士組の編制に携わった。そしてそれを最も間近で吸収したのが、土方歳三であったのである。友山もそんな土方に、惜しみなく教えを授けた。そういう意味では、土方は京における最良の生徒といえたかも知れない。しかし――。

「で、でもあの土方様が」

琴は土方が句集を覗《のぞ》き見された際に浮かべた、はにかんだ笑顔を思い出しながら言った。

あんな表情をなさる方が、冷酷だなんて……。

「お琴よ。わしはこの眼で見たのだ」

土方は友山から熱心に学ぶ一方、自らが構想する組織の妨げとなる者達を、近藤に進言して容赦なく誅殺《ちゅうさつ》した。害虫でも叩き潰すように。……それに恐怖したからこそ、友山らは伊勢参宮を口実にして、京を脱出したのである。

「恋に染まった女子の心を、この年寄りがいくら諫《いさ》めたところで変えられるものでもないかもしれんが、そなたのためを思って言っておる。それは――」

「わかっております、友山様」琴は微笑んだ。「ありがとう存じます」

土方様は、変わってしまわれたのだろうか。わからない。わからないけれど――。

――きっとなにか、事情がおありのはず……。

そんなことを思いながら、琴は街道を去ってゆく根岸友山の後ろ姿を見送った。浪士組と新選組の組織を陰で組み立てた老人の、上洛時に着ていたのと同じ陣羽織へ刺繍《ししゅう》された錦糸の昇り龍が、不思議と琴の眼に残った。――

けれど琴には、思い煩う暇はない。勤めが始まろうとしている。

琴が羽織に合い印を縫い付け、良之助が小頭役に昇任した日より数日経った、十月二十三日。新徴組預かりの庄内藩は、新徴組御用取扱役を廃止。代わって庄内藩中老、松平権十郎を統括責任者である新徴組御用掛に任じ、その配下に、実際の部隊運営に当たる取扱頭取役と会計処理を担当する勘定方を設置した。これは庄内藩による隊本部開設であり、新徴組は名目上ではいまだ幕府支配の一部隊であるものの、事実上、庄内藩は自らの指揮系統のもとにおいたことを意味する。

そして、十月二十六日。幕府は懸念される府内の治安情勢に鑑《かんが》み、庄内藩ほか十二藩に、改めて市中見廻りの命を下した。

新徴組は、定府及び本国から派遣されてきた庄内藩士で編成された御家中組とともに、調練——部隊行動訓練と実習を兼ね、市中見廻りの任に就くことになる。

そして府内を巡察する新徴組士の列のなかには、琴の姿もあった。

「兄上様、兄上様。あの看板は？　十三屋、と描いてある。お芋かな」

琴は新徴組の列のなかを歩きながら、臙脂に縁取られた羽織の腕を上げると指さした。

「しっ、大きな声を出すな……！」

良之助は自らの組下に付いた四人の先頭で、答える。

「あれは判じ物だ。十三は九と四に分けられるだろう。櫛《くし》屋のことだ」

鞠木坂屋敷を庄内藩士の組頭に率いられて出発した新徴組士たちは、一列十五人が二列に並んで行進しつつ、市中取締に当たっていた。

といって、武士の役儀に〝往来物〟のような職業解説本があるわけでもない。ほとんどの組士たちには仕官の経験が無く、まずは組士各々が任務、それ以前に主家持ちの武士の生活に慣れる必要があり、その訓練の一環だった。今日の警察学校における、巡査拝命後の職場実習のようなものだ。

琴は通りを列に混じって回りながら、上洛のときもそう感じたけれど、と思う。

──身なりだけでなく、御役目があるかないかで、こうも世の中は変わって見えるんじゃなあ……

巡査拝命後とただの学生だった頃とでは町の見え方が全く違ってみえるのは、現代でも警察官なら等しく経験するところだ。それに加えて琴の場合は、自分の希望が適った喜びが大きい。身のうちが沸きたって、ついはしゃいでしまっているのだが。

町の見え方ともうひとつ違うのは、逆に、今度は自分たちが制服を着ることによって町から見られる立場になる、ということであった。

事実、商家の立ち並ぶ表通りの町人たちのなかには、一様に臙脂に縁取られた羽織を着込み、その袖を鮮やかな襷で、きりりと絞った琴たち組士の出現に、眼を丸くする者もいる。立ち止まって見送る者までいた。

そうなると人目を意識して、自然に組士たちも背筋をしゃっきりと伸ばさざるを得ない。合い印と襷を採用した菅秀三郎は、こういう効果も見越していたのだろう。

本日の見廻りの目的地は浅草浅草寺。市中で最大の色町である新吉原にもほど近い、江戸有数の歓楽街であった。現代の警察用語でいえば、重点警邏《けいら》にあたる。

「物見遊山で巡っておるのではないぞ。町の様子をよく見るのだ」

「はい兄上。……あら？　あの〝自身番〟、というのは？　どなた御自身が番をされているのでございます？」

琴は、町ごとに設けられた大木戸に通りかかると、四つ辻に突きだす、三間四方の小屋を見て尋ねる。

低い格子に囲まれ、軒下には、猫の額ほどながら玉砂利を敷き詰めた白州と、式台がある。指叉《さすまた》、突棒《つくぼう》、袖搦《そでがらみ》といった長柄の捕り物道具が眼を引いた。

「あれか」良之助はうなずいた。「あれは家主、書き役といった町役人《ちょうやくにん》が詰めているところだ。御公儀のお達しを知らせたり、揉《も》め事を仲裁したりする。その昔には地主自身が詰めていたので、その名がある」

自身番は町ごとにある町内自治の拠点であり、地域の防犯をになう存在で、この点では現代の交番の直接の祖先といえよう。それだけでなく消火活動の拠点でもある。すべての町ごとに設けられていたわけではなかったが、それでも江戸市中に三百カ所はあった。

そして家主は、落語の〝店子《たなこ》といえば子も同然、家主といえば親も同然〟という台詞《せりふ》にあるように、地主から長屋の店子を含めた町内全体の世話を委託された者だ。戸籍に当たる人別帳への記載、幕府からのお触れの周知、その役割は多忙である。

「ははあ……」琴は説明を聞いて感心した。「御府内には町ごとに庄屋さまがおられるようじゃ」

「まあ、そうだ。よいか、もし町人体の乱暴者を捕らえた際は、自身番へ連れてゆくようにな。後は月当番の定廻《じょうまわ》り同心方《かし》が、〝御番所〟へ引き継ぐ」

御番所？　と首を傾げる琴に、良之助は御奉行所のことだ、と教えた。

ちなみに、現代で地域警察にあたる定廻り同心は、南北奉行所を合わせて十二人しかいなかった。臨時廻りを合わせても二十八人という、驚異的に少ない警察官で人口百万人都市の治安を維持してきたのである。

もっとも――この時より四年前の安政六年には、市中の治安状況の悪化を受けて南北奉行所は同心を増員させている。だが、それも南北各百二十人から百四十人という、まさに雀の涙ていどのものでしかない。

つまり、江戸の八百八町は高い民度によって治安が保たれてきたといえるが、黒船の騒動からこの方、世の動揺は続いている。これまでの、安寧の上に成り立ってきた仕組みでは吸収しきれない時代の揺れが、江戸まで近づきつつある。

「では兄上、あれも自身番でございますか？」琴が尋ねた。

新徴組の二列縦隊は、町人地の表通りを抜けて、武家地に差し掛かっていた。

人通りがめっきり減り、あるのは通りを挟んで延びる白い塀ばかりだったが、――その塀にぴったりくっつくように、自身番より小ぶりな小屋が、障子を開け放って建っている。番人らしき二人が、狭い畳敷きに並んで座っていた。

「あれは辻番だ」良之助は答えた。「御公儀が開闢《かいびゃく》したばかりの頃は、辻斬りが後を絶たなかったらしいな。それを見張るため、往来に面した各家に命じて設けたそうだ」

辻番も交番の始祖のひとつといえるが、詰めているのは武士ではない。雇われた町人である。給金は設けた旗本御家人や大名から支払われる。複数の家で費用を負担したのは組合辻番という。市中にはそういったものを含めて、八百九十八カ所もの辻番があった。

とはいっても、戦国の蛮風が薄れ天下泰平が定着にするにつれ、辻斬りも減った。

そうなると、それなりの給金を出さねばならない若者ではなく、安く雇える老人の番人が増え、〝辻番は生きた親爺の捨てどころ〟などと揶揄《やゆ》されるまでになった。幕府は、緊急時に体力的な不安のある老人の番人を何度も禁止したものの、幕府自身、当初は八十七カ所も設けた公儀辻番を、後に十カ所にまで削減している。それだけ平和だったのである。

このように江戸市中は、町人地は町人自身の自治と最小限の警察力によって保たれ、武家地は民間の警備員によって守られてきた、と言って良い。そしてそうやって、二百六十年間、安寧が保たれてきた。

これまでは――。

「良いか、お琴」良之助は言った。「武家町で侍体の者を取り押さえた際には、近くの辻番衆に届けるのだぞ。身柄は御目付方が取りはからって下さる」

「はい、わかりました。兄上」と琴はうなずいた。と――。

「講義は終わったか」

組頭の庄内藩士が振り返って言った。

「あ、申し訳ございません！」

良之助は慌てて頭を下げた。「妹は、御府内にまだ慣れておらぬもので」

「いや、構わん。なかなかわかりやすかった」組頭の陣笠の下の片頬が微かに笑った。

「それに、皆も聞いている」

琴と良之助が、はっ、として前後を見ると、組士たちも辺りに目を配りながら聞き耳を立てていたのが知れた。江戸以外の土地からやってきた組士たちだった。

「そ、粗忽《そこつ》でございました！」

琴も慌てて頭を下げると、組士たちから笑いが漏れた。

そうするうちに新徴組の列は武家町の、白い塀の単調な景色と静寂を抜けて、再び人通りと喧噪《けんそう》の行き交う通りへと差し掛かった。

湯島天神の門前町であった。衆目を浴びつつしばらく行くと、ごみごみした風景の中に、ぽっかり開いた不忍池《しのばずのいけ》のほとりへと至った。

池の中には、島が浮いている。晴れやかで清々する眺めだった。

「兄上、あの池の周りに並ぶ建物は？」

琴の興味は尽きない。池の畔《ほとり》を指さす。

「あれは……忍び茶屋だ」良之助は小声で答えた。

どういう意味でしょう？　と更に聞いた琴に、良之助は小声でこっそり教えた。……要するに男女が逢《あ》い引《び》き、それも密会するための場所だ、と。

「へえ、そのようなところが……！」琴は眼を丸くする。「けれど兄上、ならば不忍池などに建てるより、もっと忍べるところにしたほうがよろしいのではありませんか？」

「俺が知るか！」

良之助が小声で叱ると、今度は全員が声を立てて笑った。――京とは違い、江戸には未だ太平の世の温もりが残っていた。


このようにして、新徴組士の市中巡察の調練は進んでいった。

そして、翌十一月十日。新徴組士たちは一同、江戸城曲輪内にある庄内藩上屋敷の、神田橋役所に呼び出された。庄内藩の市中取締司令部であるそこで、本席にある組士全員が、藩への忠義を誓う血判を押すことになる。

いわば編成完結式であった。

同時に庄内藩から通達された〝新徴法令〟に基づき、新たな伍隊組合――部隊再編が示達された。

新編成は、二隊八組。庄内藩士が組頭を務める一個隊百名は、四個番組で編制されている。一個番組は組士二十五名、小頭一名に四人ずつの〝組合〟が五個で構成された。

現代の警察組織で任務と編制が似通っているのは警備部機動隊であろう。いや、創設の経緯もまた、後の警視庁機動隊と似ている。警視庁機動隊は、日本が第二次世界大戦に敗戦した直後の混乱期、当初は警視庁予備隊の名で、集団警邏部隊として発隊したのだから。

それになぞらえれば、藩士の組頭は中隊長たる警部、良之助も含めた各小頭は分隊長である巡査部長、ということになる。とはいえ指揮系統上、小隊に相当する各番組の指揮者、つまり小隊長たる警部補が欠けているが、これはこれからの働きで選抜されるのである。

「兄上、わたくしも血判を押したかったのに」

「……女子に許されるはずがないだろう」

琴は悔しがったが、良之助は呆《あき》れていったものだ。

翌十一日、庄内藩の幼君、酒井繁之丞が正式に家督を継ぎ、官位を従五位に叙せられて左衛門尉《さえもんのじょう》の名を継いだその日に、新徴組は三笠町屋敷を引き払い、鞘木坂屋敷に組士全員が移動した。

普請中だった、官舎にあたる長屋が完成し、組士だけならば収容できる目途が立ったからだが、じつのところ、新徴組を管理する庄内藩が、二カ所の分駐体制では、眼の届かないところで組士が問題を起こすのを警戒したのだった。

「これで組中が鎮まればよいのだが」

「左様ですね」

御用掛の権十郎がいうと、それを補佐する、江戸留守居役に進んだ菅が、ため息まじりに答える。新徴組はいまはまだ、二人の庄内藩重役にとって頭痛の種であった。

この頃にも組で脱走、不祥事が絶えず、出向している庄内藩士たちは振り回されていた。

そんな庄内藩側の苦労をよそに、十一月二十日、幕府は新徴組を庄内藩に全面委任し、幕府側の管理責任者である、新徴組支配が廃止された。

『このたび新徴組を繁之丞（庄内藩）へ御委任仰せ付けの趣意は、（新徴組を）市中見廻り取締り人数のうちへ差し加え、悪徒ども取り鎮めるためである。それを専務と心得て、（庄内藩及び新徴組は）一際勉励せよ。功（手柄）を上げた者には御賞誉もあるであろうから、心得違いなく、格別に精励するように申し渡す』

老中、牧野備前守は新徴組について庄内藩へこのように指示し、また別の文書では――。

『……酒井繁之丞は（譜代という）格別の家柄、且つ新徴組御委任されている。……御府内を厳重に昼夜見廻り、乱妨または如何の所行に及ぶ者がいれば見掛け次第、御旗本、御家人、諸藩士、諸浪人、町人、百姓の差別無く召し捕らえ、直ちに町奉行に引き渡すこと』

新徴組は名実ともに庄内藩の配下として、江戸警備の任務に従事する、その時が迫っている。

この年、あと残すところわずかとなった文久三年は、新徴組にとって、そして琴にとっても変転と波乱とに満ちたものとなったが、この年の新徴組年表へ、付け加えるべき出来事が、まだふたつある。

一つは、小頭であった祐天こと山本仙之助が仇討ちされたこと。この元博徒は子分を引き連れ上洛前の浪士組時代に参加したが、十月十五日、千住宿の往来において、祐天を親の敵として狙《ねら》っていた喜連川《きつれがわ》氏家来、木村達尾と、それに助勢した元米沢藩士藤林鬼一郎によって討たれた。木村は仇を討つべく諸国を放浪していたのだが、それに疲れて浪士組加盟を思い立ったものの、浪士組は京へ発ったあとだった。やむなく留守警衛浪士となったが、何という偶然か、東帰した浪士組幹部の中に父親を殺した祐天を発見することになった。そこで木村は、助太刀を買って出た藤林にそれとなく祐天に父殺害を質《ただ》すのを依頼したところ、祐天は木村の父桑原来助を殺した、と〝認めた〟ので、路上にて二人掛かりで討ち取ったのである。――が、結局は人違いだったらしい。博徒らしい死に様といえばそういえなくもない。親分がいなくなったことで、浪士組に入っていた子分たちの大部分は逃亡したが、庄内藩はそれを咎《とが》めなかった。むしろ厄介払いができた、と胸をなで下ろしたくらいである。新徴組の悪評の幾割かは、連中の仕業だったからだ。ちなみに、父の仇を討った木村達尾は庄内藩預かりとなって組士の姓名帳から除名されたが、助太刀した藤林鬼一郎は、新徴組への帰参を許されている。が、後に退身している。

もう一つは、十一月十五日、江戸城西の丸が、再び火事に見舞われたことである。六月に続いて二度目の出火ではあったが、これも前回と同じように、新徴組は庄内藩上屋敷に集結、待機したにすぎない。

重要なのは、その火事の最中、不吉な影が踊っていたことに誰も気付かなかったことだった。

江戸城の夜空を、火炎が焦がしていた。

屋根瓦を突き破って西の丸御殿から火炎が吹きあがり、本丸の石垣を黒煙で霞《かす》ませていた。その本丸の御殿からも、火の粉が飛び火したのか、煙が上がっている。

天に伸びる炎は、暮れることのない黄昏《たそがれ》色に城内を染めていた。そんななか、走り回る警備の番士たち、それに急遽《きゅうきょ》駆けつけた幕臣たちの影が交叉し、入り乱れる光景は、まるで影絵で演じられる修羅場だった。

西の丸大手門も同様に混乱していた。開かれた巨大な門扉に、火事装束に身を固めた大名火消しの列が吸い込まれてゆく。と——、門の脇で見張っていた御門番、宇都宮藩の藩士は、その大名火消しの最後尾についた、二つの不審な影に気付いた。

「待たれよ、いずこへ御用でござるか！」

御門番は門柱から離れ、六尺棒を手に追った。すると、大名火消しの一団は枡《ます》形をした虎口を直角に通り抜けるところであったが——、その列の最後へ確かにいたはずの不審な人影は、いない。

見間違いか……？　御門番は立ち止まり眉を寄せ、ふとなにかの気配を感じて、そちらに……門扉の、火事の明かりが一層濃くした陰へ顔を向けた。

——鬼面？

眼にした瞬間、御門番が連想したのは、それだった。

そしてそれが、御門番がこの世で思考した最後だった。鬼面の形相をした男は、門扉に隠れて頭上に高々と構えた長刀を、きゃぁっ……！　と奇妙な気迫とともに振り下ろした。

刃は御門番の結った髷《まげ》ごと頭蓋《ずがい》を断ち割り、不審げに寄せたままの眉間《みけん》まで斬れ込んだ。血と脳漿《のうしょう》が散って鈍く光り、御門番は糸が切れた操り人形のように石畳へ崩れ落ち——ようとした寸前に、骸《むくろ》となった御門番の襟首が摑《つか》まれ、門扉の陰へと引きずり込まれる。

斬った男は、御門番の死体を門の基部の石垣へ、無造作に投げ出した。

男はそうしてから、足を投げ出してもたれ掛かった死体を反りの浅い刀で突き刺し始めた。何度も何度も、執拗《しつよう》に。

刃が肉を貫き骨を割る度に、遠くから漂ってくる怒号と悲鳴に重なって、肉食獣が獲物を咀嚼《そしゃく》するような音がした。死が明瞭《めいりょう》であるにもかかわらず、男は死体を嬲《なぶ》るのに没頭していた。まるで職人が自らの技に淫するように。

「おい、もうよせ」

男のそういう作業を嫌悪の表情で窺《うかが》いつつ、周囲を警戒する男が叱った。

呼びかけられた男はそれでも、夢中になって虫を叩き潰す童子の執拗さで死体損壊を続けた。見開かれた眼には、汚泥の照り返しのような、粘っこい執着の光があったものの、顔に鬼面の如き表情はなく、というより、まったく感情の窺えない顔をしていた。

その左頬には、特徴的な傷跡があった。

それは三寸、約十センチはある縫合の痕《あと》で、よほど下手な医師が手当てしたのかよく目立ち、不気味な節足動物が頬を這《は》っているように見えた。

そのムカデじみた気味の悪い傷跡は、男が剣を振るう度に、天を焦がす炎に映えて、てらてらと肉色に浮かび上がり、それ自体に命があるかのように蠢《うごめ》く。

「もういいだろう、……弓張！」

見張っていた男、三枝喜八郎が、嫌悪と苛立ちの混じった声で呼んだ。

するとようやく百足《むかで》傷の男、――弓張重兵衛は我に返ったように手を止めた。上の空とも恍惚《こうこつ》ともとれる表情で、三枝を見る。そして、惜しむように死体へ一突きくれてから、ようやく刀をひいた。

「ああ、行くぞ」

弓張と三枝は、滅多刺しにした御門番の死体を捨て置くと、門扉と太い門柱から滑り出し、火炎が橙色に辺りを仄明《ほのあか》るくするなかを喧噪に紛れた。……

「なぜ、あげんこつしじゃったど？」

三枝が、大手門を抜けて堀端まで逃れてくると、肩を並べた弓張に詰問した。

そこには火事を見守る町人が鈴なりであったが、二人は薩摩《さつま》藩士であり、お国言葉を使えば、話す内容は江戸者には理解できない。

「知れたことだ」弓張は無表情に答えた。「火事の夜に門番が斬り倒されれば、ただの火事でも、何者かの付け火ではないか、と公儀は疑心暗鬼になる。揺さぶる手だ」

「だが、息絶えた後もやるのは如何なものかな」

「あのように沢山の傷を残しておけば、公儀は多数で押し包んで斬ったのかと思うだろう。人数を多く見せられる」

嘘《うそ》をつけ、と三枝は胸の中で吐き捨てた。あれは弓張、お主の愉しみだからであろうが……。だからお前は、京の屋敷を追われたのだ。

三枝と弓張は薩摩藩江戸詰め、公用方を勤めている。以前は京都詰めだったのだが、一月前、江戸屋敷詰めを命じられたのだった。

弓張重兵衛が、藩命で京を追われ江戸へやって来た理由は、ある種の政治的配慮と、この弓張という人間そのものにあった。

……弓張が京都詰めしていた頃、京の町には天誅と称する攘夷派の凶行が横行していた。薩摩藩尊王攘夷派もまた、土佐勤王党、京へ潜入した長州攘夷激派と競うように、暗殺行為に手を染めていた。弓張重兵衛もまた、その一員だったのである。

しかし、薩摩藩尊攘派の同志は、やがて気付くことになる。――弓張には、一片の尊皇攘夷の志も無いことを。

あいつはただ、人を殺すのを愉しんでいるだけだ、と。

さらに、京都屋敷の同役の者たちは、朝方、弓張の着衣にわずかな血痕《けっこん》を見付けることがあった。そして、そんな日の前の晩には必ず、洛中のどこかに死体が転がった。

犠牲者はいずれも、政治とは無縁の町人たちだった。辻斬りに近い。

弓張は天誅だけでは飽きたらず、屋敷を抜け、夜な夜な京洛を跳梁《ちょうりょう》している。

そんな屋敷内の噂《うわさ》について、上役が質しても、弓張は無表情に否定した。平素は目立たない男だったが、逆にそれが、行為の残忍さとの落差をかえって強調した。

〝木強漢《ぼっきょうかん》〟を好む磊落《らいらく》な士風の薩摩藩にあって、弓張の陰湿さと粘着質な気味悪さは、他の藩士から忌み嫌われた。

弓張重兵衛は、京においていては危ない。そのように京都屋敷留守居役の藤井良節は判断したのだった。その憂慮には、根拠がある。

朔平門外《さくへいもんがい》の変である。

これは五月二十日、攘夷派公卿《くぎょう》、姉小路公知《あねがこうじきんとも》の暗殺事件だが、それは姉小路が、幕臣勝麟太郎の開国は不可避、との説得を受け入れ、開国論に転じようとしたために発生した。が――薩摩を驚倒させたのは、暗殺された理由ではない。

実行者は薩摩藩士、田中新兵衛だったからである。この一件で、薩摩は朝廷からの信任を一挙に損なう結果となった。放っておけば、弓張重兵衛は第二の田中新兵衛となって、京における薩摩の政治的立場さえ危うくしかねない。

それだけではない。その後、朝廷の信任は何とか回復したものの、薩摩は、朝廷を介して幕政への発言力を拡大させたいという望みをもっていた。そこで薩摩は公家に影響力のある長州への対抗策として、孝明天皇から篤い信頼をよせられる京都守護職会津藩との連携を模索した。――その連携の結果が、三カ月前の〝八月十八日の政変〟、禁裏を封鎖し岩倉具視《ともみ》ら長州の息のかかった攘夷派公家を追放するクーデターであった。いわゆる〝七卿落ち〟である。

そのようなわけで、薩摩は皇都の守護者である会津藩と手を携えている手前、弓張重兵衛のような治安の紊乱《びんらん》者を京に置いておけなかったのである。藩としては、七月に勃発《ぼっぱつ》した薩英戦争で弓張が戦死してくれればよかった、とまで願ったが、あいにく弓張はその頃、京都にいた。

だが――別にもう一つ、薩摩藩指導部に、思惑がなかったわけではない。いつか、弓張の冷血じみた加虐嗜好が役に立つ、そう踏んだ者がいた。才覚と誠意、なにより人格で家中において圧倒的な衆望を集める薩摩の巨頭、西郷吉之助であった。

弓張重兵衛を京に留まらせるのは危険すぎる。しかし江戸へならば、今後、幕府を揺さぶる何らかの不安定化工作への使い道があるのではないか……。

そう考えた西郷の意向によって薩摩郷士《ごうし》、弓張重兵衛は京から江戸詰めへと配転したのだが、野放しにするわけにもいかない。そこで目付がわりにつけられたのが、弓張と同じく郷士の三枝喜八郎なのであった。

とんだ貧乏くじだ、と三枝は思っている。しかし、まあ……京で島原の妓に入れあげ、身を持ち崩しかけた自分には相応しいかも知れぬ、と自嘲《じちょう》的に納得してもいた。

だが、ひと一人意味もなく殺害しておいて、隣を平然と歩いている弓張という男への不気味さには、まるで胃液のような苦さを、舌先に感じざるを得ない。

「おはん、命あるもんば潰すっとは、好きか」弓張が唐突に聞いた。

「……いや」三枝は目を逸らしたまま答えた。

「ほうか」弓張が言った。「おいは、好きじゃ」

三枝は無言だった。おまえは病気だ、と思いながら。

「じゃどん、……まだ女子は試したこつがなか」

「――そうか」

三枝は嫌悪が口調に現れないように慎重に答える。

「いつか、試しもそ」

弓張は三枝へ向いて言った。その顔には、唇の両端を無理に吊り上げた、笑みらしき表情を浮かべはしていたが、眼だけは異常な情動でぎらぎらしていた。

弓張の引き攣《っ》った頬で、百足そっくりの傷跡が、ひくひくと蠢いた。――

第六章　鎮静

文久四年になった。

もっとも、この年は数カ月で終わり、新しい年号で呼ばれることになるのだが。

それはさておき——琴は生まれて初めて親元から離れ、江戸という異郷で年を越し、この時代の習慣上、正月を迎えてすぐに十八歳になった。数え年だからだ。といって、ああ、女の盛りが過ぎてしまう……などと可憐《かれん》な感慨にふけるような娘ではない。

その琴は、一つ歳を重ねた自分自身だけでなく、町で奇妙な子供とも出会った。

一月の半ばのその日、勤めは非番であった。——新徴組は、一般的な番方の武士と同じく、三日をひとつとして勤務に当たる。二隊あるうち、一から四番組が属する壱番隊を例にとれば、勤務第一日目に〝朝番〟を一番組、〝夜番〟を二番組が勤めれば、三番四番組は鞘木坂役所で〝詰め番〟という待機任務に入る。第二日目は、今度は三番組と四番組が朝番と夜番に当たり、交代した一番組と二番組が詰め番に当たる。三日目には壱番隊は弐番隊と交代して下番となり、今度は弐番隊の五から八番まである組が壱番隊と同様の勤務態勢をとる。もっとも、この輪番制だと、一隊は二日間勤務すれば二日休めることになるが、休日の〝非番〟は一日のみで、もう一日は稽古《けいこ》場での鍛錬が義務づけられている。

琴は、そんな鍛錬もない本当の休みに、両国の〝四文屋《しもんや》〟と呼ばれる屋台で中食《ちゅうじき》を済ませた。その帰り、近道をしようと路地の角を曲がった途端、喚声とともに走ってきた子供たちの群れと、出会い頭にぶつかった。

「驚いた、怪我はないか？」

琴は袴《はかま》にぶつかったまま動かない子供に声をかけた。背丈はまだ琴の腰くらいしかなく、髪をタボに結んで急須の蓋《ふた》のような頭をした、七、八歳の幼児だった。ふと、穴原村の幼い弟子達を思い出しながら、そっと優しく押しやって、身から離したのだが――。

琴の裁付袴《たつつけばかま》と子供との間に、青っ洟《ぱな》の橋が垂れ下がりながら架かった。

あちゃ……。一刹那《いっせつな》だけ、琴は情けない顔になる。けれど男の子の、いまにも泣き出しそうな面持ちで見あげている顔を見ると、咄嗟《とっさ》に笑顔をみせた。

子供は自分を浪人と勘違いし、脅えているのかも知れない。

「安心おし、坊。……わたくしは新徴組の者だから」

琴は背を屈めて安心させるように囁《ささや》きかけた。

男の子の表情から、怯《おび》えが消えた。そして何故か、ぽかんと驚いた顔で琴を見上げる。

「ね？　だから安心おし。それに、こんな汚れなど手拭《てぬぐ》いで擦れば──」

琴が笑顔のまま袂《たもと》を探ろうとしたとき、男の子の口もとが動いた。

「おいら、新徴組はきらいじゃ！」

甲高い叫びに琴は眼を瞬かせて、男の子を見詰めた。期待、あるいは予想した感謝の言葉などではなく、幼い口から吹き出したのは、怨嗟《えんさ》そのものの叫びだったからだ。

男の子が、わっ、と声を上げて踵《きびす》を返し、小さな背中を見せて駆けだしてゆく。周りで事の成り行きを見守っていた数人の子供たちも、一斉にその後を追って逃げ出す。

「……なんじゃ？　あれは」

琴は裁付袴に鼻水の染みをつくったまま、子供たちの残した土埃《つちぼこり》が北風に舞う往来にただ一人とり残されて、呆然《ぼうぜん》と呟《つぶや》いた。

まあよいか、と満腹だったたせいか琴は鷹揚《おうよう》に思った。広いお江戸だもの、あの子らにもう会うこともないだろうから、と。だから、手拭いで袴を良く拭《ふ》いてから、歩き出したのだった。

ところが、そうはいかなかったのである。

二度目は、市中取締に回っていたときだった。

琴は次席の御雇、しかも女子でもあったので、泊まり込みの勤務はなく、専《もっぱ》ら〝朝廻り〟の勤めに就いていた。

青っ洟の男児と再会したのは――その〝朝廻り〟の際であった。縄暖簾《なわのれん》、いわゆる居酒屋で難癖をつけた上に乱暴狼藉《ろうぜき》を働いてる浪人者がいる、と注進を受けて駆けつけ、それを捕らえて自身番へと連行する途中だった。

町人が道端から怖々と見守る中、先頭を騎馬で行く組頭に、二十五人ずつ二列の組士が召し捕った浪人を引き立てて続いてゆく。

琴は薙刀《なぎなた》を担いで列の中ほどを歩いていたのだが、――その胸に、飛んできた小石が当たり、ぽとりと地面に落ちた。

ん？　と琴が驚いて飛んできた方向に向き直ると、人垣になった町人達の足もとで、両手を握りしめた男児が、こちらを睨《にら》みつけている。

「こら、小童《こわっぱ》！　なにをする！」

投石に気付いた組士が怒鳴ると、列が止まった。組頭も馬首を巡らして振り返った。

「どうした！……市中取締の我らへの侮辱は、たとえ子供でも許さぬぞ！」

「お待ちを！」

琴は組頭に答えてから、男児を見直して驚いた。

「あっ、お前は、先日の――」

気付いた琴は二、三歩、踏み出したが、男児は、さっ、と身を翻して人垣の隙間《すきま》へ割り込み、栗鼠《りす》のように姿を消す。琴は人垣を掻《か》き分けて追ったが、男児は路地にでも隠れたらしい。影も形もなかった。

もうよい、行くぞ、と告げた組頭が馬を進めると、列は再び進み始めた。

「……なんだ、あの餓鬼は」

「ああ。子供の悪戯《いたずら》にしても可愛げがない」

琴は列に戻って、組士達が言い交わす忌々しげな囁きを聞きつつ、思った。

あの子には、なにか仔細があるのかも知れない。……そう、自分たち新徴組士に、なにか訴えたいことでもあるとか。ただ嫌いなだけならば、避ければ良いだけなのだから。

その仔細が判明したのは、三回目に再会したときだった。

琴はその日、非番だった。

三日間の勤務を終え、屋敷から井筒屋へ帰ろうと、門へ続く石畳を歩いていたのだが、その足がぴたりと止まった。

小さな男の子が開かれた長屋門の外に、ぽつん、と立っていた。

――あれは、この間の……？

タボ頭の幼児が身じろぎもせず、こちらを凝視している。門柱が巨大な額縁となって景色を四角く切りとった中、静物画に描かれた人物さながらに。

新徴組の本拠、麴木坂屋敷は、江戸城北西の武家地にある。子供が遊び場にするような場所ではない。近くには田安稲荷、通称〝世継ぎ稲荷〟という名所はあるが、これも通称どおり、子供がお参りするような場所でもない。

ということは――この自分に用があるのだ。

「そこの子、お待ち！　ちょっと！」

琴が呼びかけるなり草鞋《わらじ》で石畳を蹴《け》ると、男の子も、くるりと横を向いて駆けだし、門柱の陰に見えなくなった。

「あっ、待てと言うのに！……ご無礼致します！」

琴は庄内藩士の門番に詫《わ》びて、門を飛び出す。ぱたぱたと可愛い足音をたてて走る子供の背中が、白い土塀の脇を小さくなって行く。

武家地は塀が長く続いて逃げ込める路地もなく、追う妨げとなる人通りもすくない。ならば、いかに子供がすばしこいとはいっても、法神流術者の脚力にはかなわない。

琴はたちまち追いつくと、跳び箱の要領で男の子の頭上を、ぽんっ、と飛び越え、振り返った。

「これ、坊！　この間からなぜわたくしたちに付きまとうのか」

琴は、立ちすくんだ男の子へ、にっ、と笑いかけた。

「わけをいってごらん」

琴はにこにこしながらしゃがみ込み、泣きべそをかいた男の子の顔を覗《のぞ》き込む。

と、いきなり男の子は盛大な泣き声を上げながら、泥だらけの小さな両手を伸ばすと琴の白い両頬をつかみ、つねった。

「痛い！　これ、女子の顔に手を掛けるとは！　こうなれば詮議《せんぎ》じゃ！」

琴も怒ってみせながら同じように両手を伸ばし、子供の柔らかい頬を、優しく摘んだ。

「これでどうじゃ！　仔細をすべて、このお琴さまに申し上げるのじゃ……！」

往来にしゃがんで子供と取っ組み合う琴を、門番の庄内藩士が棒を片手に、呆《あき》れたように見ていた。

「本当に、お前ひとりで良いのか」良之助が言った。

「ええ」琴はうなずく。「わたくしが受けた仕事です」

神田相生町《あいおいちょう》の、表店《おもてだな》が軒を連ねる路上だった。薙刀を背負う琴と良之助を、二十数人の新徴組士達が半円に囲んで集まっている。その中には羽賀軍太郎の、すこし心配げな顔もあった。

琴は兄だけでなく皆に口許だけの笑みで応えると、その場からひとり歩き出し、すこし離れた店の前で足を止めた。

八百屋だった。縁台や半切り桶《おけ》に色とりどりの野菜が並べられている。間取りは二間、小さな店だったが、品揃えや鮮度は悪くない。店主は実直な商売を心掛けているようだ。

そんな戸口に立つと、店内からしきりと話す声が聞こえる。

話し声の主は、腰をひねって框《かまち》に座り込んだ、浪人体の男だった。板間に膝をついた店の主人らしき者に、しきりと談じ込んでいる様子だ。その浪人の相方らしい、これまた浪人体の男が立ったまま、相方と主人のやり取りを見下ろしている。その他にも、不安そうに浪人と亭主のやり取りを窺《うかが》う、おかみさんらしい女性と手伝いの娘がいた。

琴は店に踏み込むと、自分に気付いたおかみと娘へ、唇に人差し指を当ててみせ、声を出さないように、と合図した。

「……だから国事多難の折であり、御用金を申し受けたいと、そう申しておるのだ」

框の男は琴に気付かず、主人に押しつけがましい口調で言い募り続けている。

「前にも我らは酒井家御委任の新徴組のものだと申したはずだ。怪しい者ではない」

「しかしお武家さま、手前どもはつい十日ばかりに前も……」

琴はこのような場面ではいつもそうするように、腹から太い声をかけようとして、——やめた。

「あの……新徴組の方でございますか」

琴はかわりに、おずおずした、娘らしい声色でそう告げた。

「ああ、そうだよ」框の男は振り返りもせずに答え、店主に続ける。

「だから、先日の金子《きんす》は——」

「では……何番組のお方でございます？」

琴は声色を変えずに長刀の柄《つか》と鞘《さや》に手を掛けて、そろそろと店の奥へ——土間へと近づいてゆく。

「うるさいぞ、小娘！　黙って——」

框の男が苛《いら》立《だ》ち、初めて振り返って怒鳴りつけようとして……絶句した。相方の浪人も気付いて棒立ちになる。

琴が新徴組士の象徴である、袖を臙脂《えんじ》色に縁取られた羽織に、赤い襷《たすき》をかけた姿で、間近に立っていたからだ。

「お見かけしないお顔ですが」

琴は口もとだけで笑いかける。「お二方は九番組、それとも十番組？」

もちろん皮肉だった。この当時の新徴組には、壱番から八番組までしかない。

あっ、と慌てて框から立ち上がろうとした男の額へ、琴は柄頭を突きだす。がつっ！　と額を一撃された男がひっくり返る。

「おのれ！」

立ったままだった浪人の抜き打ちが、叫びとともに頭上から殺到したとき、琴も身を反転させつつ剣を抜き放つ。二つの白刃の燦《きら》めきが、縦と横の鋭い弧を描いて宙で交叉し――。

次の瞬間、きいぃん！　と金属が割れる音が店内に響いた。

叩き折れたのは、琴の刀だった。だが、折れた鋒《きっさき》がどこかへ刺さる、どすっ、という音がしたときには、琴はもう土間にはいない。物打ちから上が消えた、芝愛宕《あたご》下日陰町《ひかげちょう》で仕入れた安物の刀を放り出し、ひらりと框に飛び上がっていた。

「新徴組の名を騙《かた》るとは不届きな！」

琴は板間で主人を後ろに庇《かば》いつつ、背中から薙刀を回しながら言った。

「表へにげて！　はやく！」

琴は薙刀を下段に構えながら警告した。おかみが下女らしき娘を抱えて店から走り出るのを、浪人者たちと対峙《たいじ》しつつ確かめた。

「畜生！」強談男が喚きながら刀を突き出し、框に足をかけた。薙刀を瞬応させ、中身の先で強談男の足の甲を突き、強談男の足を畳に縫い付ける。柄から伝わった肉を貫く不快な感触に、琴が整った眉《まゆ》をしかめながら薙刀を引くと、その途端、強談男は半切り桶のなかの野菜をぶちまけながら、土間に倒れこんだ。

「まだおやりになります？」琴は薙刀を構え直して板間のうえから問うた。

無事な抜刀男は、歯嚙みした。目の前の薙刀使いを斬《き》るには板間に上がるしかなく、そうなれば框に足をかけざるを得ないが、そんな真似をすればどうなるかは、すでに結果が出ている。では一気に板間に飛び上がればいいかといえば、跳んだ瞬間に串刺しにされるのは目に見えている。琴は戦術的に有利を占めていた。

なにより、目の前の薙刀使いの身のこなしは尋常ではないと、抜刀男は悟った。

「……おい！」抜刀男は琴に眼を向けたまま、ようやく立ち上がった強談男に言った。

「ずらかろう！」

抜刀男は身を翻した。強談男も足を引きずって、土間の野菜を蹴飛ばしながら慌てて後を追う。

偽新徴組士二人が店内から往来へ、転げるように飛び出して目にしたのは――。

良之助を中心に白刃の衝立《ついたて》を築いて店の前を固めた、本物の新徴組士たちの姿だった。

「刀を納めよ」良之助が告げた。「我らは御府内取締、庄内藩新徴組の者だ。神田橋役所まで同道ありたい」

「確かにお琴のいうとおり、組中では見掛けない御仁だな」

羽賀軍太郎が鋒を突きつけたまま、可笑しそうに言った。


「あの者達は御番所へ連れて行かれた。もうここへは来ない」琴は言った。

偽組士の一件から数日たったある日、琴は現場となった神田相生町の八百屋、近江屋を訪ねていた。

「安心してよいからね、長次」

框に腰をかけた琴の傍らで、うん、と素直にうなずいたタボ頭の男の子――長次の笑顔は、喜びに輝いている。

しかめ面で睨んだりしなければ、長次は年相応に可愛らしい。

長次の他に二人いる兄弟らしき子供たちも、それぞれ笑顔を見合わせている。

「良かったね」

長次とあまり年の違わない亀吉が言うと、一番幼い次郎も笑った。

「怖かったもの」

板間に並んだ店主夫婦も頭を下げた。

「中沢様には、お礼の言葉もございません」

「ほんとうに、ありがとうございます」

主の四郎太は三十をいくつか越えていて、陽に焼けた実直そのものの顔つきをしていた。おかみのかつも躾《しつけ》には厳しそうだが、情が深く優しそうな女性だった。

「い、いえ！　御役目ですから」琴はちょっと気恥ずかしくなって片手を上げた。

お前たちは表で遊んでおいで、と四郎太に促されると、長次たちは、喚声を上げて店から走り出して行く。

「威勢の良いお子達ですね。……あ、ありがとう」

琴はお茶を運んできた下女のお梅に礼を言い、茶碗を板間から取りあげた。

「ええ、手を焼かされっぱなしで」四郎太が言った。「ですが、長次はあっしらの餓鬼じゃねえんで」

茶器を持つ手を止めた琴に、四郎太は事情を話し始めた。

四郎太は江戸近郊にある砂川村の、百姓の四男だという。継ぐ田畑もない四郎太は早くから江戸へ働きに出ることに決めていて、十五の時、声をかけてともに江戸に出てきたのが長次の父、勘兵衛だった。二人は励まし助け合いながら、青物の振り売りから、商いを始めた。

四郎太は十八歳になった頃におかつと出会って所帯を持ち、そうして生まれたのが、先程までここにいた、長次と同い年の長男亀吉、次男で五歳の次郎だった。

「あっしらはなんとか運に恵まれて、狭いながらもこうして店が張れるようになりやしたが、勘兵衛の野郎は、もう一息でってときに……」

勘兵衛も同じ頃に所帯を持ち、長次を授かったのだが……妻りんはその五年後、流行《はやり》病《やまい》に倒れ、そのまま亡くなってしまったのだという。

「ええ、それで勘兵衛の奴、自棄になって、身を持ち崩しちまいましてね」

「酒浸りになって、長屋で寝くたばってばかり……。でも、おりんさんが亡くなっちまって、辛かったんだねえ。……可哀想だったよ」

おかつも思い出したのか、痛ましげに言葉を添えた。

四郎太夫婦は、長次がひもじさのあまり店に泣きながらやってきた夜、裏長屋で酔いつぶれている勘兵衛のもとへ怒鳴り込んだ。そして、働く気がないなら長次を養子にして引き取る、と宣告したのだった。

「それで、勘兵衛さんはなんと……?」

琴は茶碗を置いて、じっと四郎太を見た。

「あっしらの剣幕に、あの野郎はあの野郎で考えたんでしょう。……いまじゃあ昔取った杵柄《きねづか》で、振り売りをして店を手伝ってくれてます。ああ、丁度戻る頃合いですが」

そのとき、店の外でなにかを地面に下ろす音がして、男が入って来た。

「いまけえったよ」

頬被りの手拭いをはずしながら店に入ってきた男は、琴に気付いて足を止めた。尻を端折った股引《ももひき》姿の勘兵衛は、なるほど四郎太とは同世代にみえたけれど、四郎太とは対照的に青ざめていて、琴はなんとなく、病み上がりを連想してしまった。病にちかい悲嘆からようやく立ち直ったからだろうか……。

「ご苦労様」おかつが言った。「勘兵衛さん、新徴組の中沢様だよ。ちゃんとお詫びとお礼を言うんだよ」

「あなた様が……」勘兵衛は深々と頭を下げた。

「うちの長次が皆様にご無礼を働いちまったそうで……! 申し訳ねえです。どうか許しておくんなさい」

「いえ、もうよいのです。……それに、悪徒を捕らえられましたから」

そう笑顔で答える琴を、四郎太夫婦はじっと見ていたが、やがて顔を見合わせると、四郎太が口を開いた。

「あの、中沢様。図々しいんですが、手前ども、すこしばかりお願いがありますんで。……お休みの日に、ときどきここへ寄っていただくわけにはいきませんですか」

え？　と小首を傾げる琴に、四郎太は続ける。

「いえね、ここらじゃほかにも剣呑《けんのん》なご浪人様方をお見かけしますもんで。中沢様が時々でもお姿をみせて下さりゃ、町内の者も安心して商いができます。如何《いかが》でしょう？」

どうしよう？　琴は躊躇《ためら》う。公務で関わった店に出入りなどすれば、組の秩序維持が任務の取調役から誤解を受けないとも限らない、と考えたのだった。

そしてそんな事を考える自分が、なんだか可笑しい。

——私は、務めを与えて戴《いただ》いたおかげで、そんなことまで慮《おもんぱか》る様になった……。

思い起こせば、穴原の村を兄と旅立つ前は、狭い村を出て広い世界へ行きたい、なにより武芸で身を立てたい、とただただ熱望していただけだった。それがどういうものかも解らないまま。

けれど今は、武芸をもって給金を戴けるだけでなく……、こうして感謝され、さらには頼られる立場になった。役目を果たすことで、すこしは世の中の為になっているのだ。うれしい……。琴は心の底から、そう思えた。

――父上や母上、それに穴原のみんなと別れてやってきた甲斐《かい》があったんだな……

「まあまあ、中沢様、そう難しくお考えにならずに」

おかつが、ふと感慨に耽《ふけ》った琴の表情を誤解して、笑顔でいった。

「お出掛けになったついでに、ここでお茶でも気安く召し上がって下さるだけで……。お茶だけではなんでしたら、お菓子も」

「あっ、いえ、そのようなわけではないのです」

琴は慌てて胸の前で両手を振る。食いしん坊という自覚はあるが、まさかそこまで意地汚くはない。道場破りは仕方なくやったことだし。だがまあ……、それくらいは構わないのでは、とも思った。どうやらこの八百屋の夫婦は、自分を心やすく感じてくれているらしいから。

「わかりました。では、ときどき」琴は借り物の長刀を手に、腰を上げながらいった。

「ええ、ときどき」おかつは心からの笑顔を浮かべて言った。

琴は四郎太おかつ夫婦と勘兵衛に見送られて、近江屋を出た。歩き出すうちに、ふと、近江屋の一家が、自分を快く迎え入れてくれた最初の人々だということに、いまさらながら気付いた。なんだか自分がほんとうの意味で江戸へ溶け込めたような気がした。すると、奇妙な感覚だが、往来をゆく江戸の人々に感じていたよそよそしさが消えて、なんだか急に親しみが湧いた。自分でも不思議だったけれど、いまは他人同士だとしても、あの中の誰かとは縁があって、いつか知り合うかもしれないかも、などと琴は思うのだ。

琴は、初めて海を目《ま》の当たりにしたときの高揚感とは違う、なんだか心の芯からじんわりする温かさを感じながら、表通りへと歩いた。

冬の骨を嚙むような寒さが過ぎ、やがて春の墨堤《ぼくてい》を彩った桜も咲いては散った。文久四年はわずか二カ月で改元され、一八六四年三月から元治《げんじ》元年となった。その五月、琴たち新徴組士の立場と、その後の運命を決定づける出来事があった。新徴組一同は、庄内藩士となったのである。

「よいか、皆の者」

取扱役筆頭の田辺儀兵衛が、神田橋御役所の庭に揃った組士を前にして声を上げる。御用掛の権十郎と留守居役の菅も臨席していた。

田辺が縁側から見下ろす眼前には、総勢百七十五名の組士が整列している。それぞれ小頭を先頭に五人ずつに纏《まと》まり、その列がびっしりと隙間もなく並び、羽織の黒色で庭を満たしている。それは壮観といえる眺めで、小頭の中にはもちろん良之助もいたが、琴の方はいろいろと憚《はばか》りがあり、列から外れた離れたところで聞き入っている。

「いま皆がここにいるのは御時勢に感発し、その憤激のあまり父母を離れて妻子を打ち捨て、身命を顧みず報国のために馳《は》せ参じたからあろう。そうして召し募られ手厚き取り扱いを受けた上は、銘々いよいよ志を励まして身を慎み、御奉公第一と心得、武士道を磨かねばならん」

さりながら、と田辺は言葉を続けた。

「組については近頃、如何の風聞もある。組は新創の御場所ゆえ若者も多いせいか、まるで独身の勤番侍の有様だ。だが、此の度は変革も合わせて仰せられたことでもあり、いま取調中の者は別にして、これより後、組の者がいずこから訴え出られようと、今日より以前の儀は一切容赦するものとする。よいか。――今日より後は、それぞれ己を一新せよ。そして報国の実があげられるよう、厚く心懸けよ」

田辺は、しわぶき一つ無く見詰め返してくる組士達を見渡した。

「なお、純忠正義が顕《あらわ》れた者はおとり立て戴けよう。しかし、もしこの後も改心が見られない輩は、御上を欺き禄を貪《むさぼ》ったものとして、すこしの容赦なく厳重に沙汰《さた》する。よいか、銘々、それを覚悟せよ。我らの役儀は御府内の鎮静にある。肝に銘じよ」

鎮静――。庄内藩、さらに新徴組にとってそれは至上命題をあらわす語であり、新徴組関係文書でもっとも頻出する言葉でもある。

さらに、庄内藩の軍制に則《のっと》った新たな職制が申し渡された。

新徴組の責任者としての取扱頭取。複数の隊が出動する際の現場指揮官であり、組士が兼任する各掛を担当する、田辺儀兵衛ほか三人が勤める取扱役。以上の、庄内藩士が就く幹部の役職には変更はなかったが、新たに〝肝煎役《きもいり》〟、〝肝煎締役〟、という役職が置かれた。

肝煎役は、小頭のなかから選抜された、いわば上級下士官待遇の組士だった。一個番組二十五名の指揮者、小隊長格にあたる。

それよりさらに上位の肝煎締役は、一隊百名の長である庄内藩士の指図役を補佐しつつ、二名の肝煎役を監督し、組士の生活指導も含めた隊の元締め、という役職だった。組士の最高位であり、現代の警察の階級でいえば肝煎が警部補なら、肝煎締役は統括警部補、といったところだろうか。壱番隊の肝煎締役は山口三郎、弐番隊は山田官司である。

合わせて、先日、幕府より飯木坂屋敷だけでは手狭であろうから、塀を隔てた戸塚厚之進の屋敷も添地として与える、との達しがあったと組士一同に示達された。さらに、庄内藩としては取り急ぎ長屋の建設に着手し、順次、組士ひとりにつき一軒ずつを与え、妻子父母を引き取るのを許すつもりである、と。

琴はそれを聞いて、ようやく公事宿《くじやど》暮らしから解放される、と胸をなで下ろしたのだが、――。

それだけでなく、もっと安堵《あんど》できる嬉《うれ》しい報せがあった。

「……お琴さん」

琴は、田辺儀兵衛の訓示が終わり、組士たちがぞろぞろと中庭から門へと流れてゆく喧《けん》噪《そう》の中、呼び止められた。

「――雄太郎さま」

立ち止まった琴の脇を、組士たちが、身分がようやく確定した安心からか、一様に明るい表情で同僚と話しながら、通り過ぎてゆく。

「……心をお決めになったのですね」

「ええ。見習勤めとなりました」

琴は、流れを妨げない内塀の脇に寄って雄太郎と向かい合った。

「良かった」琴は微笑んだ。「雄太郎さまの望みとは、新徴組のお勤めはすこし違ったかもしれません。ですけどわたくしは、自分の勤めを立派なものと誇りを持っています」

「それは、それがしにも解りました」雄太郎は言った。「……まだ少しだけだが」

「ありがとうございます」

琴が笑顔でいうと、雄太郎は慌てたように言った。

「い、いや！　礼を申すのはむしろ、それがし……いや、俺の方で」雄太郎は言った。

「それに、父の病のこともあったので……」

静馬はこの頃、身体の自由がさらに効きにくくなっていた。疲れやすく、月に七日ほども寝込むこともあった。そんなときは琴も静馬を見舞い、身の回りの世話をしていた。

「ご心配ですね」琴は睫毛《まつげ》を伏せるようにうなずいた。「でも、雄太郎さまがお側にいればご安心なさるしょう？」

「……そうですね、そうかも知れない。しかし――」

そういったきり澄んだ眼を伏せる雄太郎の顔を、琴は小首を傾げて覗き込む。

「いま申したことは、俺の本心です」

雄太郎は顔を上げて続けた。

「しかし、俺が新徴組に入ったのは、お琴さん――」

「中沢様！　お琴さまはいらっしゃいませぬか！」

別の声が割って入り、琴はそちらへ振り向いた。半纏《はんてん》をきた組の小者が、人混みの中で口に手を当てて呼ばわっている。

「あっ、申し訳ございません。お呼びのようなので」

「あ、ああ。そうですね。……では」

琴は一礼して行きかけてから、ふと気付いて振り返る。「あのお、雄太郎さま。先程はなにを言いかけられたのでございます？」

「いや、別に」雄太郎は気が抜けたように笑った。「ただ、俺が新徴組に入ったのは、お琴さんのおかげです、とそう言いたかっただけです」

琴は笑って首を振った。そして一礼し、案内する小者について行った。

「ああ、待っておったぞ」

屋敷の一室には、家老の松平権十郎と留守居役の菅秀三郎、取扱頭取の田辺儀兵衛が、顔を揃えていた。

「過日の神田相生町でのそなたの働き、見事であった」

琴が下げていた頭を畳から上げると、権十郎は言った。

「そこで褒美をとらせようと思ってな。——菅殿？」

声をかけられた菅が目配せすると、小姓が琴の前に一振りの刀を置いた。

「こ、これは……？」琴は目を見張った。

その刀は長さ二尺一寸ほどと、一般的な打刀《うちがたな》の寸法よりおよそ二寸、六センチほど短かったが、下弦の月のように優美な深い反りをしていた。そして、新徴組の襷に似た、鮮烈な朱の漆で仕上げられ鞘は、名高い庄内金工の金具で装われている。

「こ、このような見事なものを戴いて、……よ、よ、よろしいのでございますか？」

「遠慮しなくてもよい。拵《こしら》えこそ新しいが……それゆえ時がかかったのだが、刀身は国許の刀箪笥《だんす》に眠っていたものだ。手にとってみるがよい。――抜いてもよいぞ」

では、と琴が震える手で刀を取り、一礼してから、刀身に相応《ふさわ》しくやや短い柄を握ると、鞘を払った。

その瞬間、眩《まぶ》しいほどの輝きが鞘から流れ出て、琴の眼を射た。思わず細めた琴の瞳に映ったのは、板目《いため》肌のほっそりした刀身に互《ぐ》の目《め》乱れだった。匂い立つように美しい――。

「産は備前長船《びぜんおさぶね》、銘は与三左《よそうさ》衛門尉《えもんのじょう》祐定《すけさだ》だ」

「備前の……！　そ、それも……え、〝永正祐定〟でございますか？」

世に五つある名刀の産地をして、五箇伝という。その中でも備前長船こそは、鎌倉時代の末に河川の氾濫《はんらん》で壊滅するまで、それらの筆頭に君臨していた土地である。それは現在、国宝に指定された刀剣のうち、もっとも多いのが長船産という事実が証明している。

そして、壊滅する直前――のちに〝末備前〟と呼ばれるその絶頂期に活躍したのが、初代与三左衛門尉祐定であった。ちなみに琴の手にあるその作刀が、やや短く反りが強いのは、祐定が活躍した時代に依《よ》る。騎馬武者が用いるのを前提とし、携帯性と取り回しが重視されたからだ。祐定は姿形が華美なだけでなく切れ味鋭く実戦的なことで知られ、幕末のこの時期には、値段が高騰したほどであった。

ちなみに、暗殺された清河八郎は江戸で志士活動を行っていた頃、活動資金を稼ぐため、刀剣の売買にも手を染めていた。そのとき、清河が最も高く評価し、現代の価値で数百万円の値がついていても売る先に困らないとしていたのが、この初代与三左衛門尉祐定である。

「あ、ありがとうございます！」琴は祐定を鞘に戻すと、深く頭を下げた。

「少々短く細身だが、そこがそなたに似合うと思ったのだ」

権十郎は微笑んだ。男装をした、この活発な娘が気に入っていた。もしかすると、褒美にかこつけて、琴の笑顔が見たかっただけなのかも知れない。が——。

「しかし、喜んでばかりもいられないのだ、琴」

え？　と琴が権十郎をみると、その秀麗な顔に、もう笑みはなかった。

「大夫の仰る通りだ」菅が口を開いた。「昨年の御柳営西の丸の火災は、覚えておろう」

はい、とうなずく琴に、菅は続ける。

「あの折、西の丸御門を警護していた御門番、宇都宮藩の藩士がひとり、何者かに斬られた。公辺のご判断で表向きは病死、ということにして世間には伏されたが、火事との関わりは分明ではないものの、御公儀に仇なそうとする輩が江戸にも潜んでいるのは確かなのだ。身を入れて、勤めに励むようにな」

「心得ました」琴はもう一度深く頭を下げて、退出した。

新徴組が治安維持に任じる剣客集団として、歴史の表舞台に姿をみせるのは、この頃からである。

〝公辺より仰せつけられ趣意に基づき、乱妨・狼藉そのほか悪行の者、まずは斬り捨て、時宜により召し捕るべし〟――。

執行に当たっては、旗本御家人を始め、一切の身分の差別なく行うこととされた。いわば誰であろうと明らかな犯罪者ならば斬り捨て御免という、加害許可である。

もっとも、庄内藩士で編成され市中見廻りについていた家中組には、同様の許可は昨文久三年末には、すでに幕府から出されていた。いまこの時点で新徴組にも許可を与えたのは、それだけ組中の整備と組士の精鋭化が進捗《しんちょく》しているという手応えを、権十郎ら上層部が感じていたからであろう。

御家中組では早速、数日経った五月二十七日、永富町《ながとみちょう》二丁目七兵衛方へそれまで何度も金子強談に及んでいた浪人者二名がまたやってきた、と注進を受けるや、駆けつけて討ち果たした。

そして、新徴組も――。

「雄太郎さま、羽賀さま！　お早く！」

琴は走りながら、左の肩越しに言った。右肩では薙刀の柄が跳ねている。

「お、おい……！　ま、待ってくれ……！」

羽賀と雄太郎は、並んで琴の後を追っていた。二人とも股立《ももだ》ちとってはいるものの、袴が汗を吸って足に絡み、走りにくい。その点、琴の裁付袴は太股の部分が膨らんでいて肌に触れず、脛《すね》は脚絆《きゃはん》なので有利だった。

「お早く！」

琴は繰り返し、汗の滴を細いおとがいから散らして顔を前に戻す。すると――、二十間ほど離れた往来の先を、町人を突き飛ばしながら逃げてゆく浪人の後ろ姿が、再び視界に現れる。

五月、夏の白昼だった。路上に陽炎《かげろう》が揺れるほどの暑さのなか、琴たち三人は、注進をうけて飛んでいった現場から、ただひとりだけ逃走した浪人を追っていた。

「お二方はこのまま追って！」

琴は一旦立ち止まり、浪人の背中を指さして言った。「わたくしは先回りします！」

答えを待たずに琴は路地へ消えた。

「うちの……姫様は……人使いが……荒いんじゃねえか……？」

羽賀が走りながら、犬のように喘《あえ》ぎながら言うと、雄太郎は追い抜きながら言った。

「……急ごう！」

「あっ、おい待て！　俺に下知するな」羽賀も慌てて速度を増しながら言った。「お主は見習だろ、俺は本席だぞ、敬え！」

初対面の印象は互いに最悪だったとしても、千葉雄太郎と羽賀軍太郎は、同じ組士として勤める内に、自然と打ち解けた仲になっていた。

一方、琴たち三人に追われる浪人は、表通りまで行き着いて人の流れへ紛れ込んだ。そうして息をつきながら、追っ手は振り切ったか、と辺りを見回した途端――。

「庄内藩新徴組！　大人しくしなさい」

あっ、と驚いて声の方へ身体ごと向き直る。すると、行き会わせた町人達が斬り合いを見越し、路上で幕が開けるように左右へ逃げだすと、そこに琴が薙刀を手に立っている。

「皆、下がって！　怪我をする！」琴は薙刀を構えながら叫んだ。

浪人者が刀を抜くと、町人達の悲鳴があがった。千葉と羽賀はまだやってこない。途中で見失ったのか。自分ひとりで召し捕るしかない……！　琴は思った。

下段のままじりじりと爪先を進めて相手との間合いを詰めると、琴はいきなり相手の不意を突いて薙刀の中身を薙《な》ぐ。——と、中段に構えていた浪人は、咄嗟に身体の左寄りでそれを受けた。だがそれは、正面をガラ空きにさせるための、琴の誘いの一手だった。

次の瞬間、琴は柄を鋭く大きく反転させると、浪人の頬骨に石突きを叩き込んだ。誰かに呼ばれて振り返ったかのように、浪人の顔がもっていかれる程の一撃だった。琴は宙に留まった薙刀の柄を、衝撃で白目を剝《む》いた浪人の、辛うじて刀を支えている腕にかけた。そしてさらに、渾身《こんしん》の力と体重を薙刀の柄にかけ、押さえつけた。

「お琴さん！」

「無事か！」

両腕を柄で押さえつけられた浪人が、のめり込むように、どっと地に倒れ伏すのと同時に、ようやく雄太郎と羽賀が草鞋を鳴らして到着した。二人はそのまま浪人の背中にのし掛かって、取り押さえる。

「暴れるな！　縄打ってふん縛るぞ！」

急に抵抗の意志を示して足掻《あが》き始めた浪人に、羽賀が怒鳴った。

「神妙にするなら、武士の情けはある！」雄太郎も言った。

琴は浪人を引き立てるのは男二人に任せて、大きく息をつくと手の甲で汗を拭った。槍術の技である〝菊水〟を、自分なりに薙刀に取り入れてみた技だったが、上手くいった。琴は同じようにして、すでに三人の狼藉者を取り押さえていた。

それらの者どもと同様、雄太郎と羽賀に両脇から引っ立てられた浪人も、攘夷《じょうい》のためと称して商家に強談しながら思想的背景を持たない、ただの素浪人のようだった。この点、江戸は攘夷思想を旗印にした攘夷浪人が跋扈《ばっこ》する京とは違っていた。しかし、どちらの都の自称攘夷浪士にも共通するのは、無知であること、風聞を信じ込みやすいこと、なによりも——信念というものがない、ということだった。

「お琴って……それじゃ、あのお武家さま、女子なのかい？」

「ちょっとなに言ってんだい、そんなのあるわけないじゃないか」

怖々近づいてきた人垣の中からそんな囁きが聞こえて、琴がそちらに顔を向けると、噂《うわさ》をしていた当のおかみさん連と、目が合った。

琴が汗と埃にまみれた顔をほころばせて、にこっ、と笑ってみせると、他の町人達も注目し聞き耳を立てていたらしい。わっ、と表通りに喚声が上がった。——

……おそらく、琴が江戸市中で噂になったのは、この頃であったろう。

〝吾妻橋向こう本庄（本所）辺、婦人にて割羽織り、小袴、両刀を帯びし壮世（総勢）二十人ばかりの長となり、浅草、下谷辺市中あい廻り候よし。しかりながら別段乱妨は致さぬよし。いずれも水府ものにてもこれあるべきや、文武に達し候婦人のよし。噂には拙(筆者)はいまだ見当たり申さず候えども、年齢四十ばかりにて、浜之介と名乗り、長刀の達人□□《ママ》風評いたし、一節にはこれは水戸郷士関口□□《ママ》郎と申す者の妹にてこれあるべくと申し候。奇妙なる世の中に御座候〃

『甲子雑録』

特段乱妨致さぬよし、とあるのはこれまでの新徴組士の行状がいかに問題が多かったかを示しているが、ただの風聞とはいえ、著しく不正確ではある。

この頃には三笠町屋敷は幕府に返上されて久しく、新徴組の拠点は黐木坂に集約されていたし、琴は御雇に過ぎず、二十人もの組士を指揮するのは肝煎役である。水府者は大量脱退してこの頃には数人しか残っていないうえ、いずれも関口姓ではない。浜之助と名乗ったとあるのは、この当時は、近所の知人と連絡するにも手紙を用いていたからかも知れない。琴は〃中沢良之助の妹〃と名乗ったものの、〃浪之助の妹〃と書き間違えられた挙げ句、浪といえば浜、浜之助へと転訛《てんか》していった可能性はある。それにしても年齢四十ばかり、とはひどい。琴が聞けば、誰が四十じゃ！　と憤慨するだろう。

朝廷を巡り、幕府と西国の雄藩、それぞれの思惑と主導権争いの熱が空気を沸騰させている京に比べれば、江戸にはまだ、奇妙な噂を楽しむ余裕があった。

そして翌月、その京で重大事件が発生した。

池田屋事件である。


元治元年六月五日。

長州藩は、前年の文久三年、いわゆる〝八月十八日の政変〟で京を追われた。

しかし、その後も政局の巻き返しを目論み、政変以降に制限された数以上の藩士を、多数、京都藩邸に潜り込ませていた。そんな長州の不穏な動きを察知した京都守護職会津藩配下、新選組が内偵を行った結果、長州攘夷派の恐るべき計画の存在が明らかになった。

京の各所に放火し、火の海となった混乱に乗じて、天皇を長州領に動座する――。

計画の存在が幕府方に探知されたのを察知した、京へ潜入中の長州攘夷派は、急遽《きゅうきょ》、善後策を話し合う会合を持った。

そしてその会合を襲撃したのも、よく知られるように新選組だった。

五日の夜、新選組は局長近藤勇と副長土方歳三がそれぞれ率いる二隊に別れ、洛中《らくちゅう》の旅籠《はたご》を虱潰《しらみつぶ》しに当たった。御用改め、現代の警察でいう〝旅舎検〟、ローラー作戦である。

そして近藤勇が七人の手練《てだれ》を連れて四つ時、午後十時頃に三条池田屋の大戸の前に立ったとき、池田屋事件の死闘は、幕を上げる。

率いていたのが沖田総司などいかに一騎当千の隊士とはいえ、三十数人の決死の浪士が集まった狭い旅籠へと先頭で踏み込んだ近藤勇は、恐るべき胆力と度胸の持ち主というより他なかろう。その近藤も、斬撃《ざんげき》と悲鳴、怒号の満ちた屋内で、味方の圧倒的な少なさゆえに苦闘したものの、……報せを受けた土方ら主力三十数人が合流するや、形勢は逆転した。

二時間にわたる激闘で、尊攘浪士らの多くは斬られ、捕らえられ、……その数は死者が七名、捕縛二十三名に及んだ。そして新選組も無事では済まなかった。

「そ、それで……し、新選組の皆様の手傷は……？」

琴は良之助に平静を装って尋ねたが、脳裏には、髪を振り乱して戦う土方の姿が、ありありと浮かんでいた。

──「逃げるんじゃねえ！　新選組で借り切った舞台だ、死ぬ気で闘え！」

その土方さまが、まさか……。琴は跳ね上がった鼓動が、胸を突き破りそうなのを意識する。

「討ち死がひとり、手負いがふたり、だそうだ」良之助は言った。「当夜は混乱し、近藤殿や土方殿も討ち死にしたとの虚報まで出たらしいが」

実際、土方と近藤の故郷である日野の親戚にも、そのような報せが飛んだ。琴もこのとき、後に訂正を受け取った二人の親戚達と同様に、安堵のため息をそっとついた。

「でも、なぜ新選組だけで……。会津藩御家中の御加勢は……？」

琴の疑問は当然だった。——会津藩には兵の動員を逡巡《しゅんじゅん》する理由があったのである。

禁裏を襲い京に大きな災いをもたらす陰謀を探知した以上、京都守護職に任じる会津藩としては、それを制圧検挙しなければ職掌が成り立たない。だが……、会津藩はいま以上に、長州藩から憎悪を買うのを恐れた。だから直接、池田屋への斬り込みはせず、新選組の後方支援に留まったのである。

なぜなら、会津藩は朝廷からは京の治安の番人として篤い信任を寄せられているものの、幕府、とりわけ将軍後見職の一橋慶喜からは、会津は朝廷の味方なのか、と疎まれていた。さらに諸藩からも浮き上がり、孤立しつつあったからだ。

一方、多数の藩士を捕殺された長州は、激怒した。

そしてその怨嗟の熱情に浮かされたように、京での復権を目指して出兵を決意する。もっとも、この出兵計画自体は池田屋事件以前から立てられていたものであり、厳密には引き金とはいえないが、少なくとも火に油を投じたのは間違いない。

こうした流れで始まったのが——。

七月十九日、上洛した三千名の長州藩兵と、会津藩を主力とした、桑名、薩摩藩連合軍が御所を巡って戦った〈禁門の変〉であり、その結果としての長州征討である。

そして、京の戦雲の余波は、江戸の琴たち新徴組にも及んだ。


「あ、長次……！　こっち、こっち……！」

琴は、身を潜めた本堂の床下から、抑えた声をかけた。

長次は風呂敷を首にかけたまま、境内をきょろきょろと見回していたが、琴の声を聞くと、ぱっと笑顔になって走り寄ってくる。

「琴ねえちゃん……！」

「しっ……！　もっと声をちいさく……！――よく来てくれたね、長次」

琴は抱きついてきた長次を窘《たしな》めると、笑顔で頭を撫《な》でた。

「うん」長次は嬉しさと得意さに笑顔を輝かせた。

「おねえちゃんの頼みだもの。ええと……、朝飯前ってもんよ」

「ふふっ、生意気な。朝飯どころか、もう昼前だけれど」

琴は長次の頰をつついた。「さあ、持ってきたものをみせておくれ」

長次は真顔になってうなずき、首から風呂敷包みを下ろす。それを広げると、小さく畳まれた紙、竹の皮の包みが入っている。紙は、取扱頭取の田辺儀兵衛からの内密の差し紙、つまり指示書だった。

「なんて書いてあるの？」長次が琴の手元を覗き込む。

「子供は知らなくてもよいこと」琴は差し紙を開きながら言う。

文面には、なお厳重に探索に当たれ、特異動向があればすぐに報せよ、とある。

――江戸でも、何事か起こるのだろうか……。

赤坂今井町、妙福寺。琴は田辺儀兵衛に命じられ、麻布の長州藩下屋敷、通称〝檜屋敷〟の動静を探る役に就いていた。この浄土真宗の寺は、そのための拠点であり、組との繋《つな》ぎをつける連絡場所でもあった。目立たない子供は、伝令として最適である。

……長州は〈禁門の変〉で二百六十五人という戦死者と、京に応仁《おうにん》の乱以来という大損害を与えて敗退した。のみならず、禁裏へ発砲した重罪により朝廷の敵――〝朝敵〟となり、討伐すべしとの勅許が下されるに至る。それを受けて、幕府は諸藩に戦備を整えるようにとの大号令を発したのだった。

新徴組を擁する庄内藩もまた、市中取締の主力を担う立場から、江戸における長州藩の暴発を阻止するよう厳命されている。

そのような理由で、琴は本尊の阿弥陀如来に許しを得つつ妙福寺を拠点に、海鼠壁《なまこかべ》で囲われた、三万六千八十坪という広大な長州藩江戸屋敷の監視にあたっている。現在の檜町公園と巨大複合施設が広がる一帯である。

「長次、中食にしようか」

琴は読み終えた手紙を細かくちぎり、長次とふたりして本堂の床下に埋めて、言った。琴が膝で竹の包みをあけると、大きな握り飯に沢庵《たくあん》漬けが添えられている。

「ほら、お食べ」

琴が差し出した握り飯に、長次はかぶりついた。ものも言わず、なにかと競うように無我夢中で口を動かしている。

「こらこら、そんなに急がなくてもいい。喉《のど》に詰まってしまうぞ」

笑った琴が、一口嚼《かじ》ってからふと見ると、瞬く間に握り飯を食べ尽くした長次が、こちらをじっと見上げている。

「お腹が空いているの？」

琴は自分でも驚くような柔らかい声で尋ねた。長次が口を開く前に、その小さな痩《や》せた腹が、くうっ……と可愛らしい音で答えた。長次は恥ずかしそうにうなずく。

「……うん」

「そう……」琴は小さく息だけで苦笑した。

開国以来、諸式あるいは物価は、幕府の経済政策の無策から、外国へ大量の金《きん》が流出したために高騰している。万民の生活が困窮しているにもかかわらず、幕府はなんの対応もとれずにいる。世界に門戸を開いたものの、各国の趨勢《すうせい》を睨んで自らを改革しなければという問題意識が幕府に、なにより徳川家家臣の大半にはなかった。

「ほら、半分こじゃ」

琴は握り飯を割って片方の、梅干しの残った大きい方を長次に差し出した。おかつが無情な女でないのは琴にも解っていたが、近江屋で亀吉や次郎に混じって食べさせてもらうのに、長次には長次なりの遠慮があるのだろう、と思った。

琴と長次は、弁当を食べ終えてもしばらく、膝を抱えて並んで座っていた。長次はなんだか立ち去りたくない素振りで琴に身をぴったり寄せたまま、時折ちらちらと琴の横顔を窺う。琴が気付いて、ん……？　と目をやると、慌てて前を向いてしまうのだった。

甘えたい盛りに母を失った長次は、母の面影にわたくしを重ねているのだろうか……。

それを素直に言葉で表すのを、恥ずかしがる年頃だ。

琴は膝のまえで組んでいだ右腕を広げると、長次を抱き寄せ、囁いた。

「おいで。遠慮せずに……もっとこっちへおいで」

長次は、琴の胸におずおずと小さな頭をもたせかけた。

琴は、安心した子犬のように眼を閉じた長次の、その温もりを着物を通して肌に感じながら、本堂の床下でしばらく座りつづけた。――

そして、七月二十六日の早朝。幕府は長州藩が江戸、京都、大坂にもっていた藩邸を没収することを決定。江戸檜町の下屋敷にも、松平権十郎指揮の庄内藩兵三百名と、良之助を含む新徴組七十名が出動、接収に当たった。

権十郎は古武士の風を残す庄内藩士として、武士の情をもって屋敷に残っていた長州藩士に接したものの、綿貫次郎助という二十九歳の長州藩士が悔しさのあまり、抗議の自害をして果てた。それ以外は平和裏に、庄内藩は捕らえた長州藩士を神田橋の上屋敷まで連行し、役目を終えた。

後世では庄内藩及び新徴組が長州藩士を虐待したと語る向きもあるが、事実とは異なる。確かにこの時に捕らえられた長州藩士達の多くが獄死したが、それは藩士の身柄を掛川、大垣新田、沼津、牛久保といった大名が預かって以後のことだ。それら大名家での長州藩士の扱いは、長州憎しの感情から、過酷を極めたからである。

幕府の長州憎悪はより徹底していて、長州藩邸を完全に破壊するよう命じた。奥殿を取り壊す際に、大きな蝙蝠《こうもり》が飛び出して人足達を驚かせたものの、広壮さを誇った檜屋敷はほんの数日で姿を消して、更地になった。

護国寺の門前町を過ぎてしばらく行くと、町屋が途切れて、視界が広がった。眼の中一杯に広がる田畑から吹く、朝露の香りを残したひんやりした風が、火照った頬に爽快《そうかい》だった。清々した風景のなかを、ゆったりと手前を横切る江戸川の流れが、神田川へと分かれてゆく。景勝地として名高い、音羽の〝大洗《おおあらい》の堰《せき》〟である。

「なるほど、絶景だな……」

松平権十郎は手綱を引いて馬を止め、歌川広重が江戸名所百景にも取りあげた美しい景色へと、眼を細めた。

「ええ。聞きしに勝る、とはこのことかと。……ところで、大夫――」

追いついた菅秀三郎が馬上で答え、手綱を捌《さば》いて権十郎と轡《くつわ》を並べつつ続けた。

「――いよいよですね」

菅のいう、いよいよとは、長州征討をさしている。すでに幕府は朝廷から勅許を得ていた。譜代藩として庄内藩もまた、戦役へ従軍するよう下知がくるのは間違いない。

諸藩にとって、幕府から命じられる役目は、藩財政を圧迫するものでしかない。三方領地替え事件の報復で、印旛沼《いんばぬま》開拓という難事業を押しつけられた経験のある庄内藩にとっては、その思いがひとしお強い。しかも今回は軍役である。だが――。

それでも同時に、やはり武士たる者の本能で、武者震いもまた禁じ得ない。

「ああ、いよいよだ」

この日、――八月六日。早朝、権十郎と菅は初めて新徴組の稽古を視察し、その帰路であった。それは本席、次席にかかわらず総勢百八十人が乱取りするという、勇壮なものであった。

そういえば、と権十郎思い出して、微笑んだ。あの娘は一層張り切っていたな……。

……組中の行事でもあり、琴も組士として稽古に参加していた。

「――お次は？　どなたでございます！」

琴は相手の竹刀を叩き落とすと、稽古場を満たした騒音に負けじと叫んだ。

「じゃあ、お嬢！　そんなら、あっしが……！」

若い組士が、竹刀を振り回しながら進み出る。それは剣術というより、まるで長脇差しを得物にした博徒の出入りのような構え方だった。それもそのはず、この男は暗殺された元博徒の小頭、山本仙之助の子分で石原新作といい、山本暗殺後も新徴組に留まった数人の子分のうちの一人だった。

琴は、組み討ち狙《ねら》いなのが透けてわかる石原へ、顔も向けず竹刀を振り下ろす。石原は脳天が痺《しび》れるほどの一撃をうけて板間にひっくり返ったが、琴は一顧だにせず言った。

「お次は？」

これが、つい先刻のことである。稽古の視察を終えると、権十郎と菅は裃《かみしも》から羽織に着替え、気晴らしに馬の遠乗りへ出たのであった。

新徴組は酒井家にとっても貴重な戦力になりつつある、と権十郎は思った。

また、江戸市中の町人達から半ば恐れられつつも、その迅速な対応力を評価されはじめてもいる。それは、江戸勤番の庄内藩士が国許に送った手紙の内容からもわかる。

『新徴組は町人ども如何《いか》ほど恐れ候にや。先頃私より五、六間先先に立ちゆき〈此節は御家にて御酒・お吸物御下被候節、一同上下にて参り候節〉町人とも寄りふしふし、立見まし体、元アラケ之事思い知ラン之儀御座候。其新徴組も御家に対しては猫の子に相成候』

〈新徴組を町人たちはどれほど恐れているか。先頃、私より五六間先を新徴組が歩いていたのですが、――この時は御家で酒と吸い物を戴いたときなので一同裃だったのですが――町人たちがたくさん集まって立ち見までしている様子、以前の荒々しい事を知らないからでしょう。その新徴組も荘内藩酒井家に対しては猫の子のように大人しくなりました〉……

「此度の征討の件、新徴組も我が家中の一手に加えるのもよいかも知れぬな」

「ええ、じつはそれがしも、大夫と同じ考えにございます。それにしても」

菅は細い眼を笑わせた。「初めは荷物でしかなかった、あの荒くれ者どもを、こう頼もしく思う日が来ようとは」

「ゆえに御公儀は、我ら庄内藩酒井家をますます頼みとされよう。誉れとすべきかそうでないのか……。頭の痛いところだな」

権十郎は菅を促すと、馬に鞭《むち》を当て走り出した。

権十郎の予想は的を射ていた。庄内藩が市中取締の任にと加え、委任された新徴組を適確に運営しているとの報告を受けた将軍徳川家茂は、大変喜んだ。

その手当として出羽国の天領から、大山領、丸岡領、余目《あまるめ》領、由利ヶ郡二村を庄内藩に与え、新徴組士を末々まで家臣同様に扱うように、と幕閣を通じて指示したのである。

庄内藩は二万七千石の加増となり、十七万石格になった。

これまでも屋敷や長屋の造営のために、幕府は何度か千両単位の金を下しおいたことはあったが、これは破格の恩賞であり、手当といえた。幕府の庄内藩を頼む気持ちの表れでもある。

そして、幕府からの出費で建てられた麴木坂屋敷内の長屋が整い始め、組士が家族と同居を始めたのが、この頃からである。

「わあっ……！」

琴は、長屋の腰高障子を開けた途端、喚声をあげて、土間に走り込んだ。そして、子供のように土間へ草履を脱ぎ散らすと、持っていた風呂敷包みを放り出し、まだ青々とした畳に寝転がる。

「藺草《いぐさ》のよい匂いがする……！」

良之助に割り当てられた、黐木坂屋敷の割長屋だった。間口二間ほどで下板張りの二階建て、屋根は瓦葺《かわらぶ》きではなく、いわゆるトントン屋根――簡易なこけら葺きである。町屋と同じく易いつくりだが、真新しい清々しさは、それを補って余りあった。

「まあ、御厩《おうまや》が近いゆえ馬糞臭くもあるが」

あとから入って来た良之助が言った。

「わたくしは構いませんが？」と琴。「それに、挟まれたお家ではないから日当たりもよいし、気兼ねしなくて済むではありませんか」

「お前……」良之助は驚いた顔をした。「気兼ねなどしたことがあるのか」

失礼な、と琴は頰を膨らませる。――

新徴組組屋敷は、およそ四千坪の敷地があった。最初はひとつの屋敷だけが与えられたのだが、それでは手狭だろう、という幕府の配慮で、隣の屋敷も添地として与えられ、隔てていた塀を取り払ってひとつの敷地になった。その結果、空から見下ろせば、アラビア数字の「1」に似た形になった。

琴と良之助の住まいは、その屈曲した部分。そこに建てられた三棟の割長屋のうち、一番西よりの角であった。近くには、小大名の屋敷だった頃の御殿を改築した二階建ての役所と、馬の厩舎《きゅうしゃ》、そして湯屋があった。

縦長の部分には、長さ六十間、約百十メートルの馬場が設けられており、それと並行して三棟の棟割り長屋が普請中だった。馬場の脇には小さな稲荷社、さらには場違いなほど立派な井楼《せいろう》つきの井戸がある。その井戸には、三代将軍家光の母、崇源院《すうげんいん》がそこで汲んだ水で茶をたてたという大層な由来があり、江戸の名井二十二カ所のひとつにも上げられているのだが、使用は禁止されている。もっとも、敷地内には掘り抜き井戸が十一カ所もあり、生活に影響はない。

そして、縦棒の底に当たるところにも三棟の割長屋が建ち並ぶ。そこに千葉静馬と雄太郎親子、棟は違うが、姉のふでが夫の庄野伊左衛門とともに住んでいる。組士とその家族の住まいとして最も多いのは一棟一棟が独立した割長屋ではなく、敷地を取り囲む長屋塀であり、ここには表札つきの二間の戸口がずらりと並ぶ。

ついでにいえば、大勢が生活すると大量に排泄されるものの始末は、葛飾郡小松村の豪農、伝左衛門が年間六十両で請け負っている。この六十両は、新徴組側が地盤金と呼ばれる部隊運営費から処理費用として支払うのではない。他の諸藩江戸屋敷に対するのと同様、伝左衛門側の方が、肥料の原料代として新徴組に納めるのである。

とにもかくにも――、と琴は手を枕に寝転んで、天井を見上げて思う。ここが自分の帰るべき家なのだ。そんな場所が出来ただけで、満足だった。

「琴、ここへ来い」

良之助の声が聞こえた。頭を転がして見ると、良之助が厳しい顔で畳に座っている。

「何でございましょう、兄上」琴は兄の正面に座った。

「……此度の長州征討には」良之助は言った。「俺も庄内藩士、新徴組小頭として出陣することになるだろう」

「――はい」琴も表情を改めて答えた。

「まだ正式な沙汰はないが、お前たち次席の者は行軍からは外される目算がつよい。……それはつまり、残って江戸を守れ、ということだ。いいか、我らの留守中、油断はするな。このご時世だ、なにが起こるか誰にもわからんのだからな」

「――承知」

そう静かに答えて畳へ手を着いた琴に、先程まではしゃいでいた気配は、微塵《みじん》もない。主命に従って死地に赴く武家の、その娘らしい厳しささえ声にあった。

琴自身も、時に命を賭《か》けて役目を果たすという意味を理解し始めていた。

「つかまつりました。そのときが来れば、わたくしも身を挺《てい》して御役目を果たします。どうか、後顧に憂いがありませんように」

うん、とうなずいた良之助は、琴の挙措にすこし感心していた。明朗活発なのは相変わらずだが、無鉄砲なだけではない、芯のようなものが妹にできたのだろうか、とも思った。

こうして兄妹は、それぞれの覚悟を確認したのだった。

八月二十一日。幕府から庄内藩へ、長州征伐に際しては御旗本御先手、つまり幕府軍全軍の先鋒《せんぽう》、前衛部隊を務めるようにとの下知があった。この名誉ある役目に備え、庄内藩は武器兵糧、藩士の動員計画などの戦支度を整えつつ、配下の新徴組も、市中取締の為の治安維持編制から、より戦闘力の発揮を重視する野戦編制へと改編した。

庄内藩も新徴組も、およそ二百数十年ぶりに行われようとしている戦役に向けて、動員される西国諸藩とともに、動き出していた。

「……おい、なんだよ。ありゃあ？」

古傘を両端にくくりつけた棒を担ぎ、辺りを流していた古傘買いが呆然と呟いた。

その目は、何の前触れもなく、往来を向こうから迫ってくるものを見ている。

浅草、蔵前。浅草寺へと続く通りで、他の行商人達も気付いて足を止め、怯えた草むらの虫のように、張り上げていた掛け声をやめた。

皆が同じ方向へ、目を釘付けている。

「どうしたっていうんだい？」

「さあ、なにかが来るらしいが……」

町行く人々も怪訝《けげん》そうに言い合いながら道を避《よ》け始める。両脇にできた人垣からは、ある者は伸び上がって見透かそうとし、立ち並ぶ店からも、異変に気付いた前掛け姿のお店《たな》者《もの》たちが、暖簾から顔を覗かせる。

そんな中を、まるで沢山の小石がかき回されるような、ざっ、ざっ、ざっ……という音が近づいて来る。

道端で息を潜めていた町の者たちから、どよめきがあがった。

町人たちのまえに姿を現したのは、大名行列だった。……だが、ただの大名行列ではない。それなら江戸っ子なら慣れている。手軽な娯楽代わりになっている位だ。

町人たちの度肝を抜いたのは、路上に現れたその数百人の行列が、甲冑《かっちゅう》具足に身を固め、武者絵の如く完全武装していたからだった。

先頭には、吹き流しをたなびかせる幟《のぼり》に似た旗印《はたじるし》と、餌《え》ふご——鷹匠《たかじょう》が捕った獲物を入れる籠《かご》を象《かたど》った馬印《うまじるし》。

兜《かぶと》の鍬形《くわがた》を金色に輝かせる騎馬武者たちを乗せた馬が、嘶《いなな》き、蹄《ひづめ》を鳴らして進んでゆく。

それに続くのは、具足に後ろ鉢巻き姿で槍や鉄砲を担った御徒《おかち》や足軽の列——。

一体、何事が始まったのか。

人々は、白昼に突如現れた戦国絵巻のような光景に言葉を失い、ただ不安げに行列が目前を通過するのを見送る。

「白地に朱の丸……」

人垣で、腰の曲がった老人が首を伸ばし、馬印を見上げて呟くと、隣の職人風の若い男が尋ねた。

「じいさん、知ってるのかい」

「あれは、庄内藩さまじゃ。酒井様御家中の御列じゃ……！」

それを耳にした見守る人々の間に、あれが……、という呟きが広がってゆく。隣のものと交わすその囁きには、安堵のため息が混じっている。

あれが市中取締で名高い、庄内様か……。沿道で無言の行軍を見送る人々の目は、初めの不審から安堵へ、そして賛嘆の眼差しへとかわっていた。

いかにも、目の前を威風堂々と行くのは、庄内藩の軍勢であった。

この突然の軍事パレードに先立つ九月十四日。庄内藩は、先に命じていた長州征伐における御旗本御先手の役目を免除する、という内意を幕府から示された。

市中取締に専念せよ、ということらしい。だが、庄内士魂を顕すのはこの時ぞ、とばかりに逸《はや》りたち、戦備を整えるのに余念がなかった庄内藩は、この決定に驚き――かつ落胆し、悔しがった。

そこで松平権十郎は、長州征伐進発からは外されたかわりに、急遽、この〝大廻り〟の敢行を決定したのであった。もっとも、これが初めてではなく、一度目はこれより一年前の文久三年四月、また二度目は今年、元治元年の五月にも行っている。だが、今回は市中の狼藉者達への示威行為、というより、討伐に参加できない腹いせか、幕府への抗議に近いものだった。もちろん、藩士達の士気の維持、という理由も大きい。

庄内藩は〝大廻り〟でせめてもの武威を世に見せつけようとしたが、その配下の新徴組にもまた、長州征討は変化をもたらした。

「しかしこりゃあ、派手だな、おい」

羽賀軍太郎が歩きながらぼやくと、その隣を歩く千葉雄太郎が答えた。

「お仕着せだ、仕方ないでしょう」

琴は側で聞きながら、ふふっ、と笑う。胸に、畳んだ茜色《あかね》の布を抱えてるが、それはぼやいた羽賀と千葉も同様で、三人だけでなく、周りをぞろぞろと歩いている組士たちも、同じ物を持っている。役所御殿の裏に集合を命じられた壱番隊の組士五十三名が、その場で手渡されたばかりのものだった。

それは——茜色の布は、袖無しの陣羽織であった。

……庄内藩の長州征伐への出陣にともない、新徴組へもたらされた変化は、二つある。

一つは、新徴組の編制である。従来の二個隊から、より野戦を指向した三個隊に変更し、一個隊につき二個番組編成、一隊につき組士五十三名としたのである。そして、征討中止後も、編制はこのままとなった。新編成の方が、二個隊体制よりもより濃密な巡察が可能であった。さらに突発的に有事が発生した場合に、庄内藩兵を支援する即応部隊としての役割も期待されたからであった。

そしてもう一つ、琴たち組士に支給された赤い陣羽織もまた、討伐中止の名残であった。

陣羽織はもともと、討伐の際、敵味方識別を意図して用意されたものだったのだが、琴たちは〝廻り〟のときに着用するよう、申し渡されたのである。

だが――年齢も様々な組士たちは正直、この鮮やかすぎる陣羽織を着て江戸市中を廻るのは、少々、気後れがする思いだった。渋めの色が好まれた時代でもある。

羽賀がぼやくのも無理はない。

「しかしなあ……、もっとこう、強そうな色はなかったのか」

「目立った方がよいこともあります。困っている町の者が、我らを見つけやすくなる」

千葉が、こぼし続ける羽賀に言った。

「そりゃ、お主の言うとおりではあるんだが。しかし……御伽草子《おとぎぞうし》にでてくる桃太郎のようではないか」

「さらに好都合では。……我らも市中で鬼退治をしている」

羽賀と雄太郎の掛け合いに、琴は笑いを抑えながら思う。

――でも、そんなに歌舞伎めいているかしら。

「わたくし、御免遊ばして、袖を通してみます」

「おい、こんなところで……。晴れ着をあつらえた子供でもあるまいし」

良之助が言ったのだが、琴は構わず立ち止まり、畳んだ陣羽織を掲げるようにして広げると、そのまま左右の袖を入れた。そして——。

「如何でしょう？」

臙脂色に縁取られた両袖を引っ張り、奴凧《やっこだこ》のような格好をしてみせ、それから、くるりとその場で一回りして見せる。

「似合っておりましょうか？」

琴の長身も相まって、赤い陣羽織は黒い羽織によく映えた。袖に巻いた臙脂の合い印とも不思議と馴染《なじ》んでいる。

そして琴が腰に差した祐定の朱鞘が、赤と黒の装束を一層、際立たせた。

ほお……、という声が、眺めていた組士達の口から漏れた。

「馬子にも衣装だな。な、千葉？」

「……そんなことはない」

羽賀が雄太郎の耳元に顔を寄せ、冗談めかして言ったが、雄太郎は戯れる琴を見たまま、ぽつりと答えた。

「聞こえましたよ、羽賀様」

苦笑混じりに琴は頬を膨らませてから、もう一度その場で回ってみせた。

琴がくるりくるりと回ってみせる度に、赤い陣羽織の艶《あで》やかさが宙に染みて、緋色の華が一輪、また一輪と、そこに咲いてゆくようだった——。

新徴組はこの頃から、江戸市中において治安の番人としての存在感を、いや増してゆくことになる。

第七章　恋華

琴は、瞼《まぶた》を透かす光に網膜をじんわりと灼《や》かれて、目を覚ました。

掛けていた掻《か》い巻きのしたで、寝間着姿の上半身を起こす。雨戸の合わせ目から、夜の残滓《ざんし》の薄闇を貫いた朝陽が眩《まぶ》しい。馬の嘶《いななき》が、小さく聞こえる。

さて、また新しい一日が始まる……！　大欠伸《おおあくび》ひとつすると、この活発すぎる娘は身の内から湧き出した元気に急《せ》かされて、朝の冷気をものともせず、掻い巻きをはね除ける。

夜具を手早く畳み、小さな鏡台を覗《のぞ》いて大髻《おおたぶさ》の元結《もとゆい》を結い直しながら、琴は男装してよかった、としみじみ思う。髪を直すのも楽だし、なにより面倒な化粧をしなくて済む。

元治二年、正月。琴は数えで十九歳になった。

化粧どころか、当時としては、そろそろ既婚者の証であるお歯黒をしていなければ恥ずかしい年頃ではあったけれど、琴にとってはどうでもよい。

着物と裁付袴《たっつけばかま》のいつもの格好に着替えを済ませると、新しい割に立て付けの悪い雨戸を開け放つ。割長屋の二階、琴の居室兼物置へ、冬の控えめな陽差しと、冷たいが新鮮な空気が、さあっと流れ込んでくる。

琴は一日のうちで、この瞬間が一番好きだ。

「――今日も、よい日和じゃ」

琴は隣の割長屋とに挟まれた、高い空を見上げて、ひとり微笑む。

と、切ない音がした。お腹が空いた……。琴はまだ寝ている良之助に遠慮して音をさせずに昇り梯子《ばしご》を下り、〝後架《こうか》〟――雪隠《せっちん》で小用を足し、朝飯の準備に取りかかる。

土間の台所で、屋敷内の米搗《こめつき》所から給与として支給された白米を四合ほど、米櫃《こめびつ》から釜に移し、水瓶《みずがめ》の水でしゃかしゃかと研ぐ。朝から四合とは多過ぎるように思われるが、これは琴が健啖《けんたん》家だからだけではなく、この時代の習慣として、米飯は朝に纏《まと》めて炊いておくためだ。

琴は、とぎ汁を流しに捨てて釜を竈《かまど》に置き、ふう、と息をつく。それから屈んで石を打ち、火を入れた。火が焚《た》きつけから薪に燃え移ると、琴は口へ当てた火吹き竹で、胸一杯分の空気を、何度も送り込む。

「まったくもう……。兄上はこの健気な妹の働きを、もうすこし有り難いと思わねば……罰が当たりますぞ」

琴は煙にむせながら、ぶつぶつと文句を言う。九尺二間に過ぎたるものは紅のついたる火吹き竹、というではないか。

もっとも、恩着せがましくいえるほど、家事が上手なわけでもない。もともと好きでもなく、穴原村の頃は母と義理の姉がすべてやってくれるのを幸い、稽古三昧《けいこざんまい》の日々を送っていたのだから。だから、最初に米を炊いたときには、力任せに研いだせいで、米粒をぼろぼろに砕いてしまったものだ。

――こうして曲がりなりにも煮炊きが出来るようになったのは、お光さんが親切に教えてくださったから……。

胸の内で感謝しつつ、これも最初は辛くて飲めたものではなかった味噌汁の支度もして、琴は手拭《てぬぐ》いを下げて長屋を出る。

「あら、お琴さん。おはよう、早いのね」

琴が長屋近くの井戸端で顔を洗い、粗塩と房楊子《ふさようじ》で歯を磨いていると、胸の内で感謝したばかりの、当のお光に声を掛けられた。手桶《ておけ》を下げている。

「あ、お光さん」琴は慌てて口から房楊子を引っこ抜いた。「おはようございます」

お光は近所に住む組士の妻女だった。夫は沖田林太郎という小頭で、長男の芳次郎、長女いし、そして生まれたばかりの次女くまと長屋塀の一画で暮らしている。いうまでもなくお光は、新選組の不世出の天才剣士である沖田総司の実の姉である。

温和で誰にでも優しく、さらに同じ女の眼でみても凛《りん》とした佇《たたず》まいの美しい人で、困っているのを見かねて声をかけてくれたときには、琴にはなんだか武家の妻の理想像にみえたものだ。

いまも、お光の島田に結った髪に毛筋ひとつの乱れは無く、前掛け姿も端然としている。

「あ、お水ですね？　お汲みします」

「どうもありがとう。……家は子供が多くて、水汲みがたいへんなの」

「家にも大きい子どもがおりますので、なんとなく、解る気がします」

琴が澄まし顔でいうと、お光は、まあ、と柔和に眼を細め、くすりと笑った。

井戸水で満たした手桶を、琴は沖田家の長屋まで運ぶのを手伝った。

この時刻になると棟割り長屋や、長屋塀からも、朝餉《あさげ》の煙と匂いが立ち昇りはじめる。

それは一日の始まりと、黐木坂《もちのきざか》屋敷——というより、組士とその家族、二百数十名が暮らすささやかな町の目覚めを告げる、息吹のようだった。

ここは江戸のわたくしの村……いえ、大きな家なんだ、と琴は思う。

「兄上、おはようございます」

琴がお光と別れて長屋へ戻ると、奥の間の、まだ寝ている良之助に声をかけた。そして返事も待たずに襖《ふすま》をあける。寝ぼけ眼で唸《うな》りながら起き上がる良之助を尻目に、琴は縁側の雨戸を容赦なく開け放つ。

「さあさあ、今朝もこの妹が、美味しい朝ご飯を調えてございますよ？」

兄妹そろって、居間で湯気をたてる飯と味噌汁の並ぶ箱膳《はこぜん》のまえに座ると、良之助が言った。

「そうだ、お前に伝えるのを忘れていた。俺は明日、当番で役所に詰める」

良之助の所属する壱番隊は今日の当番隊で、市中取締の〈廻り番〉だった。通常なら、当番隊は宿直の〝廻り〟勤務を終えると、翌日は次の当番隊と交代し、今度は〈詰め番〉として屋敷内の長屋で自宅待機にはいる。けれど一隊に十人いる小頭だけは、〈廻り番〉の翌日、三人ずつ輪番で役所御殿に詰め、来客の応接や肝煎締役の事務処理を補佐するという、役目があるのだった。

「弁当を届けてくれ」良之助が箸《はし》をとりながら言った。

「わかりました」

琴は、ぱりぱりと口の中でぬか漬けを囓《かじ》る音をさせながら、うなずく。

「では、行って参る」

良之助が長屋の出入り口で、琴から風呂敷包みを受け取りながら言った。その風呂敷には肌着の替えと、割籠《わりこ》に詰められた役所で摂る飯が包まれている。

「お気をつけて行ってらっしゃいませ！」

琴は、火打ち石を派手に打ち鳴らしながら答えた。

「あちっ……！　いつも言っておるだろう、俺は薪ではないぞ！　もういい」

良之助がいつも通りに仏頂面を下げて勤めにでかけると、琴も普段の日課にとりかかる。掃除洗濯はほどほどに済ませ、稽古場で非番の組士たちに混じっての稽古のほうは、熱心にこなした。半刻、約一時間もすると、道着を濡《ぬ》らす汗が冬の寒気に触れ、湯気がたった。琴は稽古を終えると、長屋へ帰る前に屋敷内の湯屋へ寄り、湯を絞った手拭《てぬぐ》いで身体を拭《ふ》いた。本当は浴槽に飛び込みたいくらいだったが、諦《あきら》めた。湯冷めすると、急に勤めを命じられたときに支障がでる。

それに、昼から出掛けるつもりでもある。琴は、藁《わら》包みをかけた飯櫃の、まだほんのり温い飯と朝の残りの味噌汁で昼食を済ませると、戸締まりもいい加減に長屋をでた。

「ああ、これはお琴さま……。おはようございます」

厩《うまや》の脇に差し掛かったところで、三十半ばの、股引《ももひき》姿に背負子《しょいこ》を背にした男が挨拶《あいさつ》した。

「おはようございます、ご精がでますね」

男は〝廻り〟の際に本藩、つまり庄内藩士の指図役が騎乗する三頭の馬の世話を任されている町人で清七といい、別当部屋頭——つまり厩の責任者だった。妻に加え、琴と変わらない年頃の新吉、定吉という若い衆とともに、住み込みで働いている。

「いやいや、これが仕事ですんで。お琴さまこそ熱心にお働きのご様子ですな」

「に、臭います？」

琴は慌てて、自分の袂《たもと》や襟の匂いを嗅《か》いでみる。身体も拭いて下着も替えたが、稽古の汗の臭気が残っているのかと思ったのだ。

「いやいや、そういうんじゃねえんで」今度は清七が慌てていった。「いろいろとその……皆様からのお噂《うわさ》が耳にはいってくるもんで、へえ」

琴は羽織のあちこちを嗅ぐのをぴたりとやめ、実直そうな別当部屋頭に顔を向けた。

「どのような噂です？」琴は、にこっと笑って言った。

ああ、いえ……、と口を濁す清七に、琴は笑顔をつきだして話すのを強要する。

「それはその……怒らないでおくんなさいましよ」清七は困った顔をして目を逸らす。「あのお琴ってのは、女が男の格好をしてるんじゃない。もともと男なんじゃあ、あるまいか……と」

「嘘《うそ》ですそんなの！」琴は驚きのあまり胸元で両手を握りしめ、悲鳴に近い叫びを上げた。

「い、いいえ！　あっしが言ってるんじゃねえんで！　ですから、噂でございます！」

「わたくしは立派な乙女です！」

清七がほうほうの体《てい》で逃げ出すと、琴は膨れっ面で、それこそ男のような大股《おおまた》で歩き出す。すると、こういう時に最も顔を見たくない類の人間が、進行方向にいた。

井戸端で娘がしゃがんで大根を洗っていて、そのそばに若い男が二人、立っていた。琴が顔を見たくないのは、脇目もふらずに野菜を洗う娘ではなく、娘から頑なに無視されているのに、しつこく前屈みになって話しかけている男ふたりの、片割れであった。

「これ、新作！　昼日中からなにをしている！」

琴が挨拶抜きでやや権柄《けんぺい》尽くに叱りつけると、男は平板な顔をこちらに向けた。その隙《すき》に、娘は洗っていた大根を笊《ざる》に纏めて、琴に小さく目礼して走り去る。

「お、こりゃ中沢のお嬢。こんにちは良いお日和で……。困らせるなんてとんでもねえ。おらぁ、挨拶ついでに、ちょっと話そうとしただけなんだ。ほんとだぜ」

二年前に暗殺された博徒の親分、祐天仙之助の元手下である石原新作だった。二十も半ばという歳のくせに、軽薄を絵に描いたような男で、これまでに何度も謹慎処分を受けた〝札付き〟でもある。いまも、いなせを気取ってか、手拭いを肩に引っかけ、この寒いのに着物の襟をだらしなくはだけさせている。庄内藩士に取り立てられたにもかかわらず、まだ博徒気質が抜けないとは情けない。

「娘御は困っていたぞ。それに、武家の娘へ不躾《ぶしつけ》に声を掛けるとは、無礼でありましょう」

琴が腰に両手を当てて決めつけると、もうひとりの、やや年嵩《としかさ》の男が言った。

「お琴さんの言うとおりだ。……済まねえな、俺も止めてたんだが。このとおりだ」

「いえ、若林様に申したわけでは――」

若林宗兵衛もまた、元は祐天の手下だった。だが、出自が博徒とはいえ新作と違って崩れたところがなく、規則も守る。普段はごく無口で物静かな男だが、稽古では我流と謙遜《けんそん》するものの鋭い撃ちを放ってくる。そういう人となりなので、若林は祐天亡き後に新徴組へ残った手下数人の中で、ただひとり小頭に抜き出されている。同僚とはいえ、元博徒たちへはつい斜《しゃ》に構えてしまう琴も、若林のみには、単に小頭だからというだけでない敬意を払っている。

「なんだよお、ふたりして説教かよ」新作は不満げに口を尖《とが》らせた。「おらぁ、ほんとにちょっと話したかっただけなんだぜ？　じゃあお嬢、あんた相手してくれよ」

「稽古場にくれば」琴は、にっ、と笑った。「いくらでも相手になってやるとも」

そいつは勘弁、とばかりに首をすくめる新作と若林を置いて、琴は歩き出した。

琴は、顔見知りから声が掛かる度に快活な挨拶を返しながら、役所御殿の表までやってきたが――、左手、並んだ塀長屋から姿をみせた人物にぎくりとして、足を止める。

「おや、お琴ではないか」

「げ……、玄達先生。おはようございます」

桑原玄達、甲州出身の儒者だった。働き盛りの多い新徴組のなかでは珍しく年寄りで、文学教授方を務めており、玄達が出てきた長屋の一間は、組士の子弟の手習所であった。

とはいえ、玄達はただの文人組士ではない。……この時より一年後の慶応のことになるが、組士の乱心事件が起こった。某組士が巡察中に突然錯乱し、抜刀して往来を駆けだした。追いかけた組士が某組士の剣を叩き落とした瞬間、別の組士と共に素早く取り押さえたのがこの桑原玄達で、その件では報奨も受けることになる。

「久しく手習所に来ないようだが」玄達が言った。

「そ、そうでございました。申し訳ありません。勤めと稽古が重なりまして……」

「ふむ、多忙なのは存じておるが、学問は自ら暇をつくってでもするものだ」

「はあ……」琴は男がするように頭を掻いた。

「女大学くらいなら講じてやれるぞ」

玄達が指したのはこの時代における、女性の基礎教養のような書物で、貞淑で家庭的な女性のあり方を説いたものだ。だが、あいにく、江戸市中で不逞《ふてい》浪士どもとやり合うのが仕事の琴には、まったくお呼びではない。学べば確実にお光のようになれる、という保証でもあるのなら別だが。

「はい。ありがとうございます。その……いずれ、ち、近いうちに」

ぺこりと頭を下げた琴に、玄達は皺《しわ》のよった顔に疑わしげな表情を浮かべると、ふん、と息をついた。

「ほう、近いうちに……のう。では愉しみに待つとしようか」

琴は議論好きの老文学教授方から解放されると、ほっと胸をなで下ろした。それから、役所の御殿内の小頭詰め所に外出の許しを求め、当番の小頭から鑑札を受け取った。

やれやれ、と琴は石畳を踏んで表門へと歩きながら思う。こうも人が文字通り肩を寄せ合って暮らしていると、出掛ける前の挨拶だけでも、ちょっとだけだが、気疲れする。

でも、と琴は思う。わたくしは、ここで暮らす人たちみんなが好きなのだ。

……まあ、おおむねは。琴はそんなことを思いながら、門の面番所にいた庄内藩士に受け取ったばかりの鑑札を渡すと、門を出た。

「まあまあ、中沢様。ようお越しに――」

琴が近江屋の暖簾《のれん》をくぐると、奥の板間にいたおかつが、帳場格子の向こうで立ち上がった。

「こんにちは。あ、それからここでは、琴、で構いません。……ところで、この犬は？」

琴は、店先からついてきて、土間でこちらを見上げている白い犬をさして言った。

「ええ、長次になついちまってね。店の隅で番をさせてます」

そう、それは御苦労な、と琴は素直そうな眼をした犬の頭を撫でてやり、ふと気付く。

「そういえば、長次たちの姿がありませんね」

「ああもう、あの子ったら間の悪い。いつも、つぎにお琴姉ちゃんはいつ来るのかって、うるさいくらいに聞いてくるのにねえ。どこへ遊びに行っちまったんだか」

「いえ、良いのです。お土産があったものだから」

「まあまあ、そんなお気遣いを。お梅ちゃん、お茶を差し上げて」

琴は、途中で買った煎餅《せんべい》の包みを手渡すと佩刀《はいとう》を抜き、框《かまち》に腰掛けた。

「あの……、お琴さま。お聞きしてもいいですか」

お梅が尋ねた。三人は世間話をしながら、煎餅を囓っている。もちろん、長次たち子供の分は別にしてある。

「……あの絵巻みたいな行列は、もうないのですか？」

「あ、それは〝大廻り〟のこと？」

琴が聞き返すと、お梅は可愛い顔で、こくりとうなずく。去年、中止された長州征討出陣にかわり敢行された、庄内藩御家中組による軍事的パレードのことだった。

「ああ、庄内様の。あれは見事だったねえ」おかつがうなずく。「でもお梅ちゃん、どうしてそんなの気にするんだい？」

「え、……それは」お梅は赤らめた顔を盆で隠しながら言った。「その……、行列の中の、馬に乗ったお侍さまのなかに、役者みたいなお方がおられたから……」

庄内家中で、馬に乗った役者と見紛う美男、といえば、心当たりはひとりである。

「あ、それは権十郎様のことかな」琴は言った。

御存知なんですか、とお梅だけでなく、おかつまで年甲斐もなく身を乗り出す。その勢いに気圧《けお》され、ええ、まあ……、と琴は身を引きつつ曖昧《あいまい》に答えた。

「〝大廻り〟をまた行うかは、本藩御家中の御都合ゆえ、わたくしには判らないけれど」琴は言った。「でも、お梅ちゃん。権十郎様はしばらくは国許へはお帰りにならないから、お見かけできるかもしれない」

松平権十郎は、将軍の秘書役である公用人から書き付けをもって、〝新徴組の取り締まりよろしきにつき〟、在府を命じられているのだった。権十郎は姓からわかる通り御家門、つまり徳川家の血縁に連なる家柄の出自とはいえ、直参でもない大名の陪臣の人事について幕府が命じるのは、異例であった。

先年の長州屋敷接収のときにも、その手際の良さに、将軍家茂から直に労いの言葉を賜ったことでもあり、庄内藩の若き家老、松平権十郎の名は、幕閣にも聞こえている。

「そうそう、行列といえば」おかつがふと思い出したように言った。「新徴組の〝お廻りさん〟方も、すこしお変わりになりましたね」

〝おまわりさん〟――現在でも使われる、この警察官の俗称は、新徴組の〝廻り〟を町人たちがそう呼び習わしたのが語源とされている。

「ええ」琴はおかつの言葉に、うなずく。

新徴組は去年末の新編成に伴った変化として、組士個々人には赤い陣羽織をお仕着せとしたが、それだけでなく、組全体の隊旗も制定した。

それは、庄内藩酒井家の陣旗や袖印と同じく、白地に朱の丸をあしらい、縦横の竿《さお》を生地で包んで固定する形式の、縫いくるみ旗であった。この新徴組隊旗で特徴的なのは、下辺に紺で染め抜いた、五つ並んだ鋸《のこぎり》の刃のような模様である。

いわゆる〝だんだら模様〟で、これは、京都守護職である会津藩配下の――、琴にとっては、あの土方歳三が副長を務める新選組の羽織や隊旗の意匠と共通している。

これは偶然ではなく、半ば必然であった。何故なら、庄内藩主、酒井左衛門尉は家督を継いだばかりの幼君であったものの、幕府に江戸市中鎮静の功績を認められ、江戸城へ登城した際の控えの間が、これまでの〝帝鑑の間〟から親藩待遇である〝溜まりの間〟詰めへと昇格していたのだった。これにより、京都守護職会津藩とは対等な待遇になった関係上、これまで以上に密接に、治安情勢について情報交換を行うようになったからだ。その席で、互いの抱える元浪士集団の装束も話題にのぼったのであろう。

もとは忠臣蔵という、主君への忠義を主題にした芝居の衣装にあしらわれていたに過ぎなかった〝だんだら模様〟は、いつしか現実の幕府への忠誠——いわゆる佐幕派の象徴になりつつあった。のちには新徴組だけでなく、この後、庄内藩とも因縁浅からぬ上山《かみのやま》藩もまた、合い印に採用している。

それはともかく——、新徴組の〝廻り〟は、このだんだら模様の新徴組隊旗と、壱から三番隊ごとの隊印を先頭に立てて、市中取締に当たるようになった。

「庄内の御家中の皆様や、新徴組様のあの御旗をみるとね」おかつは微笑んだ。「町のみんなは、安心して暮らせるんですよ」

江戸市中において新徴組、ひいては庄内藩の声望は上がっている。

『当節江戸にてハ、酒井と申し候へハ、誰も知らぬ無之様ニ御座候。新徴組抔も至て静ニ相成、此の節市中廻り致し居候事ニて昨年頃とハ大違ひニ相成り候』

……江戸では庄内藩酒井家と申せば知らぬ者がないほどです。新徴組なども至って静かになり、このごろは市中を廻り、昨年とは大違いです。——ある江戸勤番の庄内藩士が国許に送った手紙に、そう記されるほどになってきている。

「そういって戴《いただ》けると、——」

琴は、柔和なおかつの笑顔をすこし驚いて見詰め、それから赤らめた顔を隠すように、慌てて背を向けた。

「——わたくしも微力ですけど、働き甲斐があります」

「まあ、そのように照れなくとも」

「そんな……照れてなど、いません」琴は煎餅を音を立てて囓った。

私は仕事を通じて人と、江戸の町と繋《つな》がっている……。そう思えて、おかつの言葉やそれに同意するお梅の笑顔が、嬉《うれ》しかった。

そんな出来事があったので、琴はますます気を張って、役所からの呼び出しを待ち望んだのだが、——折悪しく、声がかかるまで間が開いた。

琴は次席の御雇、つまり本席である正規の組士の補欠のような立場だった。つまり、なんらかの理由で欠勤がでるか人数が必要とされない限り、いつも勤めがあるわけではない。同じ次席でもこれが見習い勤めなら、ある程度には編成に組み込まれているのだが。

だから琴は、近江屋へ遊びにでてから二日が経った夜も、長屋の一階の畳のうえに寝転んで、役所から声がかかるのを待ちわびていた。

良之助は明日の当番に備えて、すでに床に就いている。それも当然で、時刻は二更、午後十時頃を回っている。けれど琴の方は着替えもせず、脇へ並べた薙刀《なぎなた》と与三左衛門尉祐定へ添い寝するように、手枕をして暗い天井を見上げ続けている。

今夜も、お勤めはないのかな……。琴はしんしんと冷えこむ中で、上がり框からおろした膝から下を、所在なく揺らしながら思う。

もう遅いし、そろそろ……。いえ、もうちょっとだけ……。

そうやって諦《あきら》めきれずにいた琴の耳に、地面を蹴《け》る草鞋《わらじ》の音が、長屋の外から聞こえてきた。近づいて来る。

「おい、おとこ！　起きてるか！」

羽賀軍太郎の声と共に、長屋の腰高障子を乱暴に叩く音がした。

来たあ……！　琴は身体を跳ね上げて土間におり、入り口まで飛んでいった。

「はい！　琴、にございますが？」

琴が訂正を込めた返事をしつつ、満面の笑顔で障子を開けると、羽賀が赤い陣羽織姿で立っていた。

「おっと、そうであった。これは痛いしくじり……！」

羽賀は芝居かかった調子で額を叩いた。

「すまんすまん。……ところで、おとこ」

「何でございますか」

この人、わざとからかってる。それに気付いて、琴はぶすりとした目つきと顔で答えた。

「ちと面倒な御役目が舞い込んだ」羽賀はにんまりと笑った。「いまから出られるか？」


翌日、早朝――。

影絵のように輪郭だけだった町が、昇り始めた朝陽に照らされて、ようやく本来の色彩をとり戻しはじめる。どんなに実直な奉公人でも、まだ夜具にくるまっているであろう時刻であった。と――。

突如、漂う薄い靄《もや》と静寂を追い散らす大勢の足音が、屋敷町に満ちた。

潜んでいた屋敷、それぞれの門から続々と路上に流れ出てたのは、新徴組組士たちであった。

朝靄の中にあっても際立つ赤い陣羽織の集団は、往来で一つの流れに合わさって、ある屋敷へと殺到してゆく――。

……端緒は、町奉行所からの応援要請だった。

四谷の、ある御家人屋敷の様子がおかしい。その屋敷の出入り商人から、奉行所へそんな注進がもたらされたのは、前日の昼間のことだった。

勝手伺いの小僧がいつも通り、当該の御家人屋敷、海江田勘助方を訪ねたところ、台所脇の水口へ現れたのは顔馴染《なじ》みの内儀ではなく、何故か浪人体の、少々垢《あか》じみた見知らぬ男であった。奉公人さえ雇う余裕もなく、門も〝徳利門番〟で済ませる海江田家とはいえ、客人にはみえなかった。それに客ならばなぜ、応対に姿を見せるのか。怪訝《けげん》に感じた小僧は機転を利かせ、咄嗟《とっさ》に前回注文分の代金を請求した。浪人は不機嫌な顔で、しばし待て、と言い置いて引っ込み、内儀が現れて支払ってくれたものの、内儀は尋常でなくおどおどした、なにかに怯《おび》えたような態度だった。しかも最前の浪人は、内儀をずっと監視するように後ろに立っていた、という。

届け出を受けた町奉行所は、御家人屋敷で変事があったのは確実、と断定した。そこで御用聞き、いわゆる岡っ引きとその手下を動員して、海江田方の、二百坪ほどの屋敷を内偵させた。

その結果――、複数の浪人者がその屋敷に押し入り、そのまま居座っているのが判明した。家人は土蔵に押し込められているらしい、とも。

相手は人数不明の武装した不逞浪士であり、町奉行所としては手に負いかねた。そこで庄内藩神田橋役所へ依頼し、新徴組へ出動命令がでた、という経緯だった。

そして琴もまた、白い息を吐きながら、新徴組士の朱い流れの中にあった。

はやくはやく……！　琴は焦れるように思いながら、地面を蹴る。それは昨夜、長屋を出て役所への道すがら、羽賀と交わした問答が念頭から離れないからだった。

「娘御はおられるのですか、その御家人の御家族には」

「ひとり、いるそうだ」

琴の問いに、羽賀もさすがに緊張した口調で短く答えたものだった。

――その息女が浪人どもから辱めを受ける前に、なんとか助けてあげたい……。

そんな琴の胸の内を察したのか、傍らを走る雄太郎が声をかけてきた。

「お琴さん、……ご息女ならきっと大事ない。無事に救いだそう」

ええ、と琴は雄太郎の思いやりに救われた気がして、駆けながらうなずく。

目標の屋敷に到着した。二百坪ほどの、小身の御家人らしい住まいで、周囲は簡素な板塀で囲まれている。

指図役の指揮で、門前に集結した三番隊のうち、六番組二十五人が裏手を固めるため塀の角を曲がって消え、残った五番組はその間に、小さな門の脇に梯子を立てかける。

「よし」指図役の神保小右衛門は言った。「まずは少人数の一番手が塀を乗り越え、海江田様ほか御家族が捕らわれている土蔵を押さえる」

新徴組も含めた庄内藩士たちは、警察活動に慣れている。神保は堅実な戦術をとった。

「わたくしが参ります」

斬り込みの先頭に立つのはおおむね小頭の仕事ではあったが、琴は即座に志願した。

「では、それがしも」千葉雄太郎が顔を上げて言った。

「だったら、俺も」羽賀軍太郎も口許だけで微笑んでいった。

「ではそなたらに任せる。ただし、くれぐれも静かにな。万一見張りがいれば、一味の者に報せる前に斬り捨てよ。……二番手は表と裏の門の閂《かんぬき》を外せ。ほかの者はそこから入り、母屋を取り囲め。しかる後、合図で一斉に母屋に討ち入る。六番組にもそう伝えよ」

短い打ち合わせのあと、新徴組三番隊は迅速に屋敷の制圧を開始した。

琴は梯子を登って板塀の屋根に上った。続いた雄太郎と羽賀が塀の上で梯子を引っ張りあげて、反対の敷地側へと下ろす。琴はそれを待たず、半丈より高い程度の板塀を飛び降りた。琴は雄太郎と羽賀が敷地に降り立つ間、薙刀を構え、雨戸を閉め切った母屋を警戒する。

琴は雄太郎と羽賀が地を踏んだのを背中で察すると、駆けだした。足音を忍ばせて台所の脇を抜け裏手へ、生活空間である奥向きへと進む。

琴は、母屋の角から眼だけを覗かせて、葉を落とした木々ばかりの庭を窺《うかが》った。漆喰壁《しっくい》の土蔵はあったが——、幸い、見張りはいないようだ。

琴が母屋の陰から走り出して、土蔵の入り口に達すると、羽賀と雄太郎も追いついた。

「馬鹿か、お主は……！　ひとりで先走るんじゃねえ」

羽賀が息をつきながら剣を抜き、押し殺した声で叱責《しっせき》する。

「お琴さん……！　案じるのは解るが、ひとりでは危ない」

雄太郎も刀を構えながら囁《ささや》いたが、琴は冷え切った漆喰壁に耳を押しつけ、土蔵の中の物音を聞き取るのに集中していた。だが、分厚い壁に遮られなにも聞こえない。扉を見ると、錠前は外されている。

「……開けます」琴は小声で告げた。

「中に見張りがいるとは思えないが」雄太郎が言った。「気をつけられよ」

琴は取っ手を握り、観音開きの重い扉をゆっくりと引いた。扉の厚みが判る程度に開くと、細い隙間に、内扉の金網が外光に浮かんだ。

「……海江田様、海江田様……？　ご無事ですか……？」

突然、金網の向こうに、顔を縦一文字に照らされた男の顔が覗く。

「こ、ここにいるぞ……！　わしが海江田だ。お手前方は、誰だ……？」

「庄内藩新徴組の者です……！」琴は小声で名乗った。「町奉行所から報せを受け、助けに参りました……！　御家族方は、大事ございませんか」

「い、家の者は皆ここにいる……！　さ、はようここから出してくれ」

声を震わせる海江田の周りの薄闇に、内儀や息女らしい白い顔が浮かんだ。無事だ、と琴は胸をなで下ろしたが、続けた。

「これより悪徒どもを取り押さえにかかります。いましばらくのご辛抱を」

琴は隙間を覗き込んでいた眼を、雄太郎に向けた。雄太郎はうなずいて剣の峰を肩に載せて、走り去る。待つまでもなく、開かれた門から六番組十数人が流れ込んできて、その先頭を、雄太郎が指図役の神保とともに走って戻ってきた。同時に、反対側の母屋の角からも、五番組の組士たちが走り込んでくる。

「抜かりはないな、本陣はここに据える……！」

包囲完了をうけ、神保は土蔵の前で言った。

「では――三番隊！　かかれ！」

組士の手で用意の掛矢《かけや》が振り下ろされ、雨戸にめり込み、砕く音が響きはじめる。同様の音が母屋の表側からもあがり、まるで母屋の解体でも始まったように、早朝の空気を震わせる。度重なる衝撃で、雨戸が音を立てて敷居からはずれてゆく。

組士たちは刀を抜き、ぽっかりと開いた縁側へ駆け上がり、障子を蹴倒して屋内へと突入していった。

「ここはもうよいぞ！　斬り込め！」

「承知！」

琴は神保に勢いよく答え、雄太郎と羽賀とともに母屋へと走り、早くも剣戟《けんげき》の騒音の満ちた屋内へと躍り込んだ。

泥草鞋で踏みこんだ室内は、武家屋敷特有の低い天井のせいで薄暗い。壁や襖の向こうから怒号や叫び、刃が咬《か》み合う音がひっきりなしに聞こえる。

緊張に肌を酸に刺激されたかの如く、三人の若い組士は、自然と薙刀の琴を中心に肩を合わせ、左右を雄太郎と羽賀が固める格好になった。

先に突入した組士によって、奥向きで一人、廊下で二人、浪人がすでに取り押さえられている。琴たち三人は相手を求めて、さらに母屋の奥へと進んでゆく。

「……俺の食い扶持《ぶち》はどこへ逃げやがった？」

「油断は禁物だ、羽賀さん……！」

新徴組では手柄を挙げれば、褒美として一人扶持を加増されるのが慣例である。羽賀がそれをさして小声で軽口を叩くと、雄太郎が小声で諫《いさ》める。が、軽薄な口とは裏腹に、心《しん》形刀流《ぎょうとうりゅう》を修めた羽賀の身のこなしには、全く隙がない。

頼りになる殿御たちじゃ、と琴は挟まれて思う。安心して脇を――と、琴がそんな事をちらりと脳裏に思い浮かべた、その途端だった。

突然、木の裂ける音とともに、襖が人間もろとも目の前に倒れ込んだ。

悪徒の一味？　琴は反射的に薙刀を取り直す。……いえ、違う。障子の上で仰向《あおむ》けに転がっているのは、赤い陣羽織の組士だった。お味方だ！　琴がそう見て取った瞬間、隣の間から人影が飛び出す。そいつは、枝を飛び移る猿のように鴨居《かもい》に手を掛け、宙で歩兵どものいうぶらりんこのように身体を揺らして勢いをつけると、倒れた組士の上を飛び越えて、あっという間に廊下を奥へと消える。

「馬場さん！」雄太郎が叫んで、倒れた組士に屈み込んだ。

「お怪我は……！」琴も石突きを畳に突きたてて、膝をつく。

「ちくしょう……！　素早い野郎だ！」

馬場兵助は顔を歪《ゆが》め、手首を押さえながら呻《うめ》いた。馬場は武州日野の出で、天然理心流の近藤勇の門下だったが、京に残留せず東帰した一人だった。ちなみに、馬場の子孫は後に、日野市長になった。

「俺は大事ない！」馬場は喚いた。「それより、あの野郎を逃がすな！」

「つかまつり！」琴は、ほっと安堵《あんど》の笑みを漏らして答えた。

　琴たち三人は六畳間から廊下へと、逃げた賊を追う。周到な包囲さえしておけば、時間は必ず制圧者側に味方する。焦る必要はない。しかし、反撃を喰らう危険はある。そう考えて慎重に進んだのが幸いした。琴は廊下から戸口に差し掛かった途端に、そこから突き出された切っ先を、間一髪で跳ね上げた薙刀の中身で弾き返した。

　戸口の向こうには、狭い額に吊り眼をした若い男が、その、みるからに凶悪な面相を持つ顔の横で刀を水平にして、身構えている。若い男は奇声を発すると、執拗《しつよう》に突いてきた。琴はその都度、男の繰り出す鋒《きっさき》を薙刀で払いながら、前へ前へと踏みだした。

　男を押し込むようにして戸口を抜けると、そこは台所の板間だった。天井板がなくなり、頭上が一気に高くなる。

　琴が正面で男の相手をする間に、雄太郎と羽賀は図ったように左右に散り、男を囲んで剣を構えた。軽業師なみに身軽な男もさすがにたじろいだ。

「大人しくお縄につけ！」琴が薙刀を突きつけ、六方《ろっぽう》言葉で宣告した。

「うるせえ！」若い男が怒鳴った。「誰が〝酒井のどろぼう廻り〟なんぞに捕まるかよ

「……！　小天狗の二つ名が泣かぁ！」

「そんな虚仮《こけ》な呼び名など、赤城の天狗には通じぬぞ？」

うるせえ、と男はまた喚いたものの、目の前にいる、女のような美貌をした長身の男には勝ち目はないと悟り、血路をひらくつもりか、咄嗟に雄太郎に斬りかかる。

太刀風を捲《ま》いて迫る刃に、雄太郎は長い睫毛《まつげ》のしたで眼を上げ、表情も変えずに刀を一閃《いっせん》させた。男の直刀に近い刀は、見えない壁にぶつかったように、跳ね返される。

自棄になった男は振り返ると怒声をあげて、今度は羽賀に斬りかかった。羽賀は口もとを歪めて剣の物打ちで刃を受け、鍔迫《つばぜ》り合いながら身体全体で男を押し返す。

男は突き飛ばされたようによろめいたが、琴がその鼻先に薙刀の鋒を突きつけると、慌ててのけ反り、棒立ちになった。

「もうおよし」琴は言った。「我らは、強いぞ？」

「しかり、だ」雄太郎も刀を構えながら同意した。

「怪我するだけ損だろうぜ」羽賀も刀を中段にして付け足す。

男の肩から、力が抜けた。腕がだらりと垂れ、手から刀が落ちた。

新徴組は監禁されていた御家人一家を無事に救出し、居座っていた浪人ら六人を捕縛、町奉行所へ引き渡した。そうして昼前には麴木坂組屋敷へと引き上げた。

だが――、一件はこれで終わりではなかった。奉行所で取り調べた結果、御家人屋敷に押し入った浪人たちは賊の一統の半数に過ぎず、もう半数が根城に残っていると判明したからだ。

浪人の一人が、根城は芝の小さな剣術道場だ、とその所在を吐いた。なるほど、剣術道場を装っているのなら浪人体の者達が出入りしても目立たず、露見しにくい。

新徴組は町奉行所から、芝の町道場の強襲と鎮圧を引き続き要請された。仲間が捕縛されたのを察知したとしても、賊の一統が逃亡前に隠れ家へと集まる可能性は高い。離散に際しての頭目からの指示と、これまでの分け前――つまり逃亡資金を受け取らなければならないのだから。

出張りは取扱頭取である田辺儀兵衛の指示で、詰め番の弐番隊が受け持つ。御家人屋敷を制圧したのは三番隊だが、勤めの順からいえば、今日は本来なら非番だったからだ。

「わたくしも、弐番隊に加えて戴けませんか？」

だから琴は、弐番隊組士たちが武具の点検に余念がない中、同隊の肝煎締役である山田官司に掛け合った。

「しかしお琴。そなたは今朝方、充分に働いたと聞いている。我らに任せて、休んでおれ」

「ここ数日、お休みを頂戴《ちょうだい》していました。――働きたいのです」

琴は山田の眼を、じっと見詰めた。山田官司は、腕自慢の多い新徴組のなかでも剣術教授方を兼任するほどの遣い手ではあったが、その山田が少し気圧されるほど、琴の眼差しは熱っぽかった。

「そうは言うても、疲れが残っておれば、いざという時に身を危うくする」

「そういうことなら――」

そう答える声がして、琴と山田は振り返ると、雄太郎が立っていた。

「それがしが介添えとして、お琴さんと参ります。山田様、お許し願えませんか」

山田は琴と雄太郎の顔を見比べてから、小さく息をついた。

「いいだろう」山田は言った。「本音を申せば、お主らに加わってもらうのは心強くもある。頼んだぞ」

出動は夕刻に決まった。夜陰に乗じて集まるはずの賊の一統を、一網打尽にするためである。弐番隊は日没を待ちかねたように、薄暮の中、黐木坂屋敷を出発した。

「こりゃ驚いた、お嬢じゃねえですか」

二列縦隊で進む中、石原新作が目敏く琴を見付けて声をかけてきた。

「朝からご活躍だってのに、まだ稼ぎ足りねえってこってすかい？」

「お黙り、新作」

琴が怖い顔をしてみせると、新作は首をすくめて前を向く。隣で足を急がせていた雄太郎が、小さく笑った。

「あ、……あの、雄太郎さま」琴はいつもの表情に戻っていった。「なにか、私の自儘《じまま》に巻き込んでしまったようで……、申し訳ございません」

「いや」雄太郎は微笑んで首を振る。「俺もお琴さんと同じ次席の者、見習い勤めです。場数を踏んで、学びたいのです」

冬の日暮れは早い。途中、一隊に八人付属する浅黄色の半纏《はんてん》を着た小者たちが、提灯《ちょうちん》に火を入れた。

闇の帳《とばり》がすっかり降りた頃、琴たち弐番隊は芝へと着いた。組士たちは往来で、提灯の火を検索に使いやすい龕灯《がんどう》に移す。

賊の根城は、聞かされていたとおりの小さな町道場だった。こぢんまりした門の扉は開かれたままで、道場からは物音一つせず、明かりも灯っていない。賊が集まるとすれば奥の住まいに違いなかった。琴たち組士たちは、道場の入り口で二手に分かれて、前と裏の庭へと、足音を忍ばせて回る。

前庭へ回った琴を含めた組士たちは、案の定、座敷に灯る行灯《あんどん》の明かりを見て、警戒した。ほの白く浮かび上がった障子に、立っている者と座り込んでいるらしい二つの人影が、黒々と浮いている。

「かかれ！」

琴は指図役の号令がかかるや、庭から母屋に他の組士たちとともに殺到し、草鞋の底で障子を踏み倒す。そこまでは、今朝の御家人屋敷と同じだった。だが――。

踏み込んだ組士たちは、眼前の光景に一瞬、動きを止めた。

「……！」琴は薙刀を構えたまま言葉を飲み、室内の有様に眼を疑う。

「どういうことだ」雄太郎も傍らで呟《つぶや》いた。

狭い座敷の中には、賊の一味であろう浪人体の者、四人がいた。

そして全員、斬られていたのである。

座っているかに窺わせていたふたつの影は、粗末な酒肴《しゅこう》の膳へ突っ伏していた。凄《すさ》まじい刀傷が頭頂から後頭部、襟ちかくまで裂いていた。その二人とは別に、外からは窺えなかった一人が、血だまりの中で泳ぐようにうつ伏せている。逃げようとして躓《つまず》いたのか、小鉢が飛び散り、膳がひっくり返っていた。

そして庭からは立っているように見えた影の主は、最も酷かった。――その浪人は立ったまま柱もろとも串刺しにされ、胸に突きたてられた刀へうな垂れていたのである。

賊が別れの酒宴をはるとみせかけ、油断したところを手下を皆殺しにした。……状況は容易に推測できたものの、凄惨《せいさん》な血の池と化した座敷には、殺戮《さつりく》者の陰湿で不気味な揶揄《やゆ》と、血と体液、それに酒精の臭いが入り交じった異臭が充満している。

そして琴は、その異臭が鼻を突き刺した途端、胃袋をかぎ爪の生えた手で、ぎゅっ、と摑《つか》まれた。それも、容赦のない力で。琴は絞り上げられた胃から喉《のど》へ、どろどろした熱いものがせり上がってくるのを感じ、咄嗟に口へ手を強く押し当てて塞《ふさ》ぎ、後じさった。

「……お琴さん？　どうした？」雄太郎が琴の様子に気付いた。

無理もなかった。このような流血の修羅場に臨んだ経験が、琴にはまだなかった。幕府からは狼藉《ろうぜき》者は斬り捨て御免、命じられていたとはいえ、琴の薙刀の技量をもってすれば、相手を殺さずに取り押さえることはできたからだ。しかし、いまは——。

琴は堪らず、口から溢《あふ》れ出ようとするものを手で押さえつけながら、赤い陣羽織の裾を翻し、庭へ飛び降りた。そのまま庭の隅、粗末な板塀へと走った。

右手を板塀につき、左手は薙刀を杖のようにしてすがりながら、琴は口から胃の中身を溢れさせた。嘔吐《えず》く度に、腹を蹴られるような痛みが奔った。

そのとき、波打つ背中を、誰かがつよくさすってくれた。

「……雄太郎さま」

琴が嘔吐きの合間に、吐瀉物《としゃ》で汚れた口から声を押し出すと、雄太郎は厳粛な表情で背中をさすりながら、言った。

「我慢は無用だ。すっかり吐き出してしまえば、楽になる」

琴は素直にうなずいて咳《せ》き込み、胃を絞り上げ続けた。そして、ようやく口から透明な糸を引くばかりになったとき、背後で組士の声が上がった。

「こやつ、微かですが息があります！」

「血も乾いておらんな」指図役が答えるのが聞こえた。「ならば下手人はまだ近くにおるやも知れん！　皆で手分けして探せ！」

現場はにわかに騒然となった。弐番隊は編制の最小単位である、小頭とその組合五人ずつに分かれ、道場の庭から走り出て行く。

「千葉、お主も来い！」小頭のひとりから声がかかった。

「はい！　参ります！」

雄太郎は肩越しに答えてから、琴に向き直った。

「お琴さん。ここにいるんだ、いいね」

そうして雄太郎が走り去ってからも、琴は身の内から臓腑《ぞうふ》をすっかり抜かれたような心細さと悪寒に、背中を震わせ続けていたが、――やがて思った。

ここにいるんだ、と雄太郎は言った。……では、私は何故、ここにいる？

琴が胸の内で自分に問うた〝ここ〟とは、今いるこの町道場ではなかった。自ら望み、紆余《うよ》曲折の末に得られた居場所――新徴組をさしている。

お琴、しっかりしろ……！　琴は自分を叱咤《しった》した。

――お前は御雇とはいえ新徴組士として、ここにいるのであろうが……！

琴は、袂から手拭いを摑みだし、荒っぽく口を拭うと、顔を上げた。すこし青ざめていたが、円らな眼には意志の光が戻っている。……行かなくては。違う、行くんだ！

「おい、お琴、どこへ行く！　無理はするな！」

庭先から駆けだすと、残留し検分に当たっていた肝煎締役、山田官司の声が背中を追ってきたが、琴はそのまま門の外へ、夜のなかへと走ってゆく。

そうして、辻々の明かりを頼りに半里、約二キロほどを走り回って、芝から浜松町へ至ったとき、琴は、道の先で複数の明かりが揺れているのを見つけた。楕円《だえん》形の提灯とは違う、龕灯の明かりだ。下手人を検索する弐番隊の組士たちに違いない。

追いついて声をかけると、小頭は琴が加わるのを許してくれた。だが――。

「なんだ、お嬢。もういいんですかい」

琴にとっては腹立たしいことに、石原新作のいる組だった。

「いやあ、新仏を拝んだくれぇで、げろげろと胃の腑のなかみを上げちまうたあ、存外、お嬢にも可愛いところがあるって、皆で噂してたところですぜ」

変に気を遣うより冗談に紛らわせたほうが、本人も恥ずかしくないだろう。石原の揶揄《やゆ》は、そんな元博徒らしい粗雑な思いやりの表れらしかった。それが解ったから、琴も芝居がかった口調で囁き返した。

「……新作、次の稽古を楽しみにしておれ。同じ目に遭わせてやるから」

「へへっ、それだけ舌がまわりゃあ、大丈夫だ」

「待て！」先頭を歩いていた小頭が足を止めた。「あそこに、誰かいる」

琴も無駄口をやめて闇を見透かす。と、確かに、半町、約五十メートルほど先の辻行灯の明かりに、羽織らしい背中が、淡く浮かび上がっている。武士らしい。

「検《あらた》めてみよう、参るぞ」

琴たちは走り出した。距離が縮まるにつれ、男が身なりから確かに武士だということ、また頭を宗十郎頭巾ですっぽり覆っているのが判った。

だが、追いつけなかった。なぜなら、その武士は琴たちの足音に気付いて、ちらりと振り返るや、だっ、と駆けだしたからだ。

「待たれよ！　当方は新徴組でござる！」

小頭が追いながら呼びかけたが、怪しい頭巾の武士は振り返りもしない。足を緩めず、わずかながら灯りのある往来から、闇の濃い路地へと逃げ込んだ。

琴たち組士も、龕灯の光を右に左に照らしつつ追ったものの、路地を抜けた横町には、武士の影も形もなかった。

「くそ！　見失ったか」

小頭は忌々しげに言った。しかし、市中取締の新徴組と知った上で逃亡した者を、捨て置くわけにはいかない。なにより、賊殺しの第一級の被疑者でもある。

「ここで二人ずつの三手に分かれる！　見付け次第、呼子《よぶこ》を吹け！　行け！」

琴たち六人は、はぜた油のように、その場から別々の方向へと散った。

「お嬢と一緒たあ心強え」新作が後ろから龕灯で照らしながら言った。

「しっかりついて――」

琴が言いながら角を曲がろうとした、瞬間――。

何かが頭上で、きらりと白銀色に光った。その刹那《せつな》、考える前に琴の武芸者としての本能が瞬応する。右肩を引いて半身をいれるように、身体を反転させたのである。

――！　間髪《かんはつ》容れずに振り下ろされた刃が、雷光の速さで、琴の鼻先と胸元をかすめる。

太刀風に頰を叩かれて、琴は驚愕《きょうがく》に眼を見開いた。

待ち伏せられた……！　琴が薙刀を構えながら跳びずさるのと、ぐがぁっ！　と悲鳴が上がるのとは、ほぼ同時だった。すぐ後ろを走っていた石原新作が、琴の躱《かわ》した刃に右の太股《ふともも》を斬られ、路上にひっくり返ったのだった。

「新作！」琴は薙刀を下段にとり、目を逸らさずに叫んだ。

琴の視線の先には、頭巾姿の男が剣で頭上を刺すように立っている。けれどその構えは、通常の切っ先を振り上げた大上段とは違っていた。鍔《つば》を口の高さまで上げる、いわゆる八相に似ていたものの、頭巾の男の剣の位置はさらに高い。

じげんりゅう……？　と琴は思い至って微かに眉を寄せる。上級藩士向けの東郷《とうごう》示現流、下級藩士向けの薬丸《やくまる》示顕流、そのどちらにせよ、薩摩藩御家流剣術の特徴的な持掛《もちがかり》、いわゆる〝蜻蛉《とんぼ》〟と呼ばれる構えにそっくりだったからだ。

「新作……！　新作！」

だとしたら、瞬きほどの間でも油断すれば、斬られる……！　琴は戦慄《せんりつ》の氷柱《つらら》を背に押し当てられていたが、それでも、呼びかけずにはいられなかった。

新作は路上に倒れたまま、呻くだけだった。転がった龕灯の灯りが、普段は威勢の良いこの男の苦悶《くもん》に歪んだ顔を浮かび上がらせる。両手で摑んだ義経袴《よしつねばかま》の色が、傷口から流れる血でどんどん濃くなってゆく。

琴は新作の苦痛、なにより刻々と命が流れ出す気配を背中で感じつつも、下唇を噛みしめて頭巾の男と対峙し続けた。

気味が悪い……。背筋をつたう汗が、まるで死神の指先のように感じられる。それは、目だけ覗いた男の全身から発せられる気配が、追っ手への、いわば自衛のための殺意だけではなかったからだ。

男の全身から灰汁《あく》のように滲《にじ》みだしているもの。——それは、他者を嗜虐《しぎゃく》することへの、純粋な悦びだった。

だから琴は、一歩も引くつもりはなかった。引けば間違いなく新作は殺される。斬るか、斬られるかだ……！　琴は意を決して、じりっ、と草鞋の先を進めた。不思議と、背を強張らせていた恐怖は消えていた。というより頭から消し飛んでいる。

そんな琴の決意、さらに技量を察し、手強いと判断したのか。頭巾の男から発散されていた気配が、ふと弱まった。刀で天を突いたまま、男は、すっ、と後ずさりし始める。

男の姿は、一歩下がる度に闇へと溶けた。まず輪郭が曖昧になり暗がりへと呑まれてゆき、最後まで漆黒で微かな光を放ち、凶月のように浮いていた刃も、やがて……消えた。

男が無明の奥へ立ち去ると、琴は息をずっと詰めていたように、大きく息をついた。肩から力が抜け、どっ、と汗が身体中から噴きだす。だが安堵している暇はない。

「新作、しっかり！」琴は振り返ると路上の新作へ屈み込んだ。

下肢、とりわけ太股の傷は、大量に出血する恐れがある。低く呻き続ける新作の袴をまくり上げると、太股は縦に三寸は切り裂かれ、脂肪がのぞくほどの深傷《ふかで》だった。琴は新作の手拭いで傷を縛り、さらに腰の袷定からほどいた提げ緒も使って二重に縛った。応急の止血を施しおえると、琴は血に塗れた手で、紐《ひも》で首から下げた呼子を袂から引っ張り出す。

唇に当てた呼子を思い切り吹くと、星ひとつ無い夜空に笛の音が鋭く響いた。

「しっかりせよ、新作！　新作！」

傷口を押さえつけながら呻く新作を励まし、手を握りしめる琴のもとへ、数人の駆けつけてくる足音が聞こえてきた。

薩摩藩江戸屋敷は、三田に広大な敷地を占めている。

その宵闇に黒々とそびえる重厚な門の潜り戸を、一人の武士が叩いた。

門前の武士は、宗十郎頭巾を被っていた。石原新作を斬った男であった。琴たちとの遭遇から、小半刻が経った後である。

やがて門番が内から戸を開けると、男は追っ手や人目を警戒する風もなく、身を屈めて門のうちへと潜り込む。藩邸内は幕府も手が及ばない、治外法権である。

「……どうだった、首尾は」

門の内側に立っていた男が声をかけた。待ち受けていたのは、三枝喜八郎だった。

「ああ、上手くいった」

そう答えて頭巾を外した男の右頬で、引き攣《つ》ったムカデのような傷跡が、灯りの加減で濃い陰影をつくった。——弓張重兵衛だった。

「それにしても」

三枝は歩き出した弓張を追いながら、言った。

三田屋敷は上屋敷とはいえ、御殿はない。勤番の藩士が起居する長屋が並ぶだけだが、そこから漏れた明かりの中を、二人は奥へと歩いてゆく。

「そもそも、こげな真似をする理由が、おいにはわからん。金で集めた連中を使い、市中を騒がせるのに、なんの必要があったのか」

「理由ならあるでごわんど。新徴組ちゅう、江戸ば守っと連中がどげほど使えるか、そいを探ったとじゃ」

「おいは、この企てがそもそも、おはんが愉しみのためにやっておるのではないのか、というとっどじゃ。……もし公儀に察知されればどうする」

「おいが直に指図しとったもんは、始末しもした。今朝方に捕まったちゅう者どもとは、おいは顔を合わせたこともなか。心配はいりもはん。ほいに、成果はあったでごわんど」

「成果？　なんだ、それは」

「新徴組ばいう連中、いざんなったらなかなか手強いかもしれん。そいと、――」

「それと？　なんじゃ」

「――新徴組には、女子がおった。そいも良い匂いのする、美味そうなのがな」

「馬鹿な。この闇夜だ、見間違いであろう」

三枝は嫌悪を堪えきれずに吐き捨て、弓張を横目で窺った。

弓張は、目つきこそ、いつもの感情の窺えない頬白鮫《ほおじろざめ》じみたものだった。けれど厚い唇は、顔の中で軟体動物のように伸びて、吊り上がっている。

三枝は、蛭《ひる》にでもたかられたような嫌悪感に襲われて、弓張の好色漢じみた笑みから目を逸らしながら思った。こいつはいい女をみても、抱きたいとおもうより、切り刻むのを夢想するんじゃないか……。この生得からの残虐者の場合、胸の内に涌きあがるのは征服欲でも性欲でもない。それらと同じくらい激しい、加虐欲なのをよく知っていたからだった。

「……ほうじゃな」

弓張は、首尾を報告する上司の役宅の前までくると言った。

「ならば斬りもそ。斬れば女かどうかわかる。さて、どんな泣き声を上げるっちか、いまから愉しみじゃど」

こいつは、乱世にだけ生き場所が与えられる男だ……。三枝は時代と人との生まれ合わせを思いながら、弓張に続いた。

この夜が、琴と弓張重兵衛との初めての邂逅《かいこう》であり、そして、不吉な縁の始まりでもあった。


「やはり……薩摩藩、でしょうか」留守居役の菅秀三郎が言った。

琴と石原新作が待ち伏せられた夜から数日後。神田橋の庄内藩上屋敷に、家老の松平権十郎、新徴組取扱頭取の田辺儀兵衛が顔を揃えていた。

「左様でございますな」田辺が言った。「お琴の話ばかりではなく、芝の浪人どもの遺骸《いがい》を検めたところ、いずれも一太刀で絶命しております。まず間違いはないかと」

菅と田辺は、若い家老の整いすぎた顔に注目した。

「とは申せ、それは太刀筋から目算が高いだけで、決め手にはならぬだろう」

「しかし大夫……！」

権十郎に、菅が厳しい顔で反駁《はんばく》しかける。

「まあ、菅殿。もうすこし聞いてくれ」権十郎は微笑した。「いま申したのは、あくまで表向きの口上だ。……現今の情勢下、薩摩と事を構えるのは避けねばならん。だが、動向には充分、意を配らねばなるまいな」

菅が、御意、とうなずくと、権十郎は田辺に続けた。

「昨夜の一件のうち、〝示現流〟についての事柄は、組士が復仇に駆られ薩摩藩士と無用な諍《いさか》いを起こさぬよう、組中では伏せるように。三隊の指図役と肝煎締役にのみ、内密に知らせるだけでよいでしょう。とくに、あの娘には口止めしておいてもらいたい」

「承知仕りました」田辺が軽く頭を下げた。

「それから、斬られた組士の石原新作。命に別状はないそうだが、容態は」

「は、おかげをもちまして」田辺は答えた。「長屋にて療養しております」

田辺が報告したとおり、新作は組屋敷の長屋で寝込んでいる。が、なにぶん独り者なので、仕方なく世話を焼いたのは琴であった。

「いやあ、お嬢に世話して貰えるたぁ極楽だあ」

「わたくしが好きでしているとでも思ってるのか。……それに、おかしな気を起こしたら、仏様のおられる本当の極楽へ送ってやりますからね」

琴は病床で新作の着替えを手伝ってやりながら、怖い顔をして言った。

とはいえ、琴は新作に負い目以上のものを感じるのも確かだった。

「お嬢でなけりゃ、おらぁ、あの野郎にとどめを刺されてた……」

琴に咎《とが》めがなかったのは、新作がこのように小頭や肝煎締役の調べに証言した結果だったからだ。

幸い、新作の傷は悪化することなく快復してゆき、琴は胸をなで下ろした。

新作の身の回りの世話と仕事に明け暮れる内に、江戸の風もいつしか温まっていった。

燦々《さんさん》とした陽光のもと、吹く風にも草花の匂いがほのかに香り始める。

春だった。——江戸では上州のように野が萌《も》えるわけではないけれど、それでも琴は、並木や塀を越えて伸びる大名屋敷の木々に、町の軒先の鉢植えに、なにより寒さから解放された町人たちの表情をみて、新しい季節の訪れに微笑むことができた。

春を待ち望んでいたのは町人たちだけではない。厳しい寒さの冬、辛い〝廻り〟に就いていた新徴組士たちにとっては、ひとしおであった。となれば、肩にのし掛かっていた寒さという重荷を下ろしたのを言祝《ことほ》ぎ、桜を愛《め》でつつ酒宴を、となるのは必然であった。

そんな花見には、琴も喜んで参加した。そして——、生まれて初めて酒を飲み、酔ってしまったのも、壱番隊の組士たちと共に出掛けた上野でのことだった。芸を見せよ、と声がかかって、では、と琴が腰の与三左衛門尉祐定を抜き放つと、周りの町人たちは慌てて茣蓙《ござ》から腰を浮かしかけた。けれど琴が彩雲のような満開の桜の下で、見事な剣舞を披露しはじめると、町人たちはやんやと喝采《かっさい》を送ったものだ。……が、屋敷の長屋に帰ってから良之助に、新徴組士ともあろう者が町人たちを騒がせてはいかん、と叱られた。

そんな春の、ある日のことである。

「お琴さん。……すこし風に当たっていきませんか」

雄太郎が、三番隊の非番組士たちとともに、花見へと出掛けた帰りに言った。

丸い望月が、縁を夜に滲ませて朧《おぼろ》に浮いていた。宴は昼前から始まり、よく飲みもしたのだが、さすがにこの時刻となると冷めている。

春の宵、道行く人々も身分にかかわりなく、どこか浮き足立っているように見える。

琴は空になった重箱の包みを、雄太郎は丸めた茣蓙を小脇に抱えて、ほろ酔いの上機嫌で家路についた組士たちの群れから、すこし遅れて歩いていた。

「ええ」

琴は、酒の匂いを薄めて帰らないと兄上もうるさいし、と思いながら、雄太郎に微笑んだ。そうしてから、自分がまだ、肝心な事をきちんと伝えられていないのに気付いた。

「あの……雄太郎さま。先日は、とんだ醜態と御迷惑をおかけしてしまって」

琴は、芝の盗賊一統が惨殺されていた一件をさして言った
「ああ、もう過ぎたことだ。いずれ、あなたも慣れるでしょう」

「――雄太郎さまは、芝の一件より前にも、あのような場に？」

琴は、寂れた道場の座敷に捨て置かれていた遺骸の有様を、慎重に思い起こしながら言った。雄太郎に、また迷惑をかけたくない。

「いえ」雄太郎は首を振った。「それがしも、あれほど酷い場に臨んだのは初めてでした」

「では、わたくしと同じなのに……」

琴は重箱を抱えたまま、肩をすぼめた。恥ずかしかった。

「それがしが……なんとか己を保てたのは、いつも頭の中で問いつづけていたからかも知れません。――悪徒とはいえ、ひとを斬ればどうなるのか。……そして己自身が斬られればどうなるのかを」

琴は黙って、耳を傾け続ける。

「私も武士の端くれです。そうである以上、いつ路傍に屍《しかばね》を晒《さら》すことになるかも知れない。だから――」

雄太郎は羽織の襟を指さして続けた。

「ここに名を縫い取っています」

覚悟、ということを雄太郎は言っている。琴は我が身と比べて、さらに恥ずかしくなる。それは、自分はあの時まで――待ち伏せされて新作が斬られた夜に至るまで、具体的な覚悟をもっていなかったということを、改めて突きつけられたからだった。

「……雄太郎さまは、強くなられたのですね」

琴は、道場の稽古では未だ雄太郎に引けをとる気はしなかったものの、皮肉ではなく心から言った。

「そんな……強いなどと」雄太郎は言いかけて、思い返したようにうなずく。

「……いや、確かに、憚《はばか》りながら、少しは強くなったのかもしれません。強くならざるを得なかった……という気もします」

琴は微笑みながらうなずく。将軍の膝下《しっか》、江戸の鎮静を任せられた新徴組組士なのだ。強くなろうとするのが当然だ、と思ったからだった。

「強くなりたいと願い、倦《う》まずやってこれたのは、――それがしのずっと先を、歩いているひとがいたからです。そのひとに追いつきたい、それだけでなく、肩を並べたい……。ともにいたい……。そう願えば、強くなるしかなかった」

「あの……、雄太郎さま……？」

琴は微笑を消した怪訝な表情で、前を向いたまま話し続ける雄太郎の横顔を、覗き込む。重ねられてゆく雄太郎の言葉がどこかに辿《たど》りつこうとしている――、収斂《しゅうれん》してゆくのを感じ取ったからだ。

「それがしの先を歩き、ともにありたいと願う、そのひととは――」

雄太郎は足を止め、琴の顔を真正面から見詰め返して告げた。

「――お琴さん。あなたですよ」

「えっ……？」

琴は驚いて足を止め、雄太郎と向き合っていた。

「お琴さん」雄太郎は琴を見詰めて言った。「それがしは――いや、俺はあなたが好きだ」

琴は突然に告げられて、頭の中が空白になった。そのまま、ぽかんと雄太郎の凜々《りり》しい、真剣な顔をぼんやり眺めていたが――、唐突に右手を閃《ひらめ》かせた。

ばしん！　と音が響き、道行く者が振り返るなか――、いきなり頬を張られた雄太郎は、驚いた顔を前に戻す。呆然《ぼうぜん》としている。

「雄太郎さま！」琴は叱責するように言った。「気をしっかりお持ちなさいませ！　わたくしはこのような女子ですぞ！……それとも、まだ酔っておられるのですか！」

雄太郎は頬に赤い手形を残したまま、自分の方こそ酔ったように真っ赤になった琴の顔を、訳も解らず見返すしかない。

「そ、それに！」琴は怒ったように言い捨て、肩を怒らせ歩き出そうとする。

「お、女子をそのようにからかうのは、わ、悪い戯《ざ》れ言《ごと》ですっ！」

「馬鹿な……！」雄太郎は琴の肩を摑んだ。「あなたこそ、そうやって誤魔化すのか」

「あっ……」

琴は引き留める手に込められた、真摯《しんし》さゆえの強い力に怯えた。雄太郎は、振り返った琴の表情で、それに気付く。

「──すまない」雄太郎は呟くように詫びて手を離した。「組屋敷へ帰ろう」

琴と雄太郎は無言で歩き出す。鞠木坂に帰り着くまで、ふたりは一言も喋《しゃべ》らなかった。

……〝お琴さん。それがしは──いや、俺はあなたが好きだ〟

琴の脳裏に雄太郎の声が響いては、また消える。その繰り返しだった。

雄太郎さまは何故、突然にあのようなことを……。驚くよりなにより、戸惑いが大きい。

けれど、突拍子もない……と思おうとして、実は意外でもなかった様な気もする……。

──でも、だからといって……

「琴ねえちゃん、どうしたの？」

「……ん？」

長次の声がして、琴は唐突に現実に引き戻される。額を弾かれたように顔を上げた。

「あの……」

おかつが気遣わしげに身を乗り出している。

「お口に合いませんか？」

「えっ？　いいえ！　そのようなことは——」

花弁がちらほらと風に乗りだした桜の下で、琴は近江屋の皆に誘われて、花見にやってきていた。敷いた茣蓙の上で、重箱を囲んでいる。

琴は急いで、手にしたまま膝に置いていた箸と小皿を取り直した。

「——頂戴しています。美味しいです」

「ちょっと勘兵衛さん、飲み過ぎちゃいけないよ！　——ああ、ごめんなさい。それなら、よろしゅうございますけど……」

「好き嫌いすると背が伸びないよ、琴ねえちゃん」

長次が言った。普段は自分が、おかつにそう言われているのだろう。

「これ以上に身の丈が伸びれば、嫁のもらい手が無くなる」

本当は、その嫁の貰い手らしき男が現れたせいでぼんやりしてしまったのだが、琴は長次に冗談めかしていった。

「じゃ、じゃあそうなったら、おいらが琴ねえちゃんをお嫁にもらってあげるよ」

長次は子どもなりに、ひどく真剣な表情で言った。年上の女に憧憬を抱きやすい年頃なのだろう。まして長次は、母親をほとんど知らない。

「ふふっ、長次、生意気を言うではないか。でも、わたくしは弱い殿御が大嫌いじゃ。それでもよいか？」

「うん！　おいら、剣術《やっとう》だって習うよ！」

琴は、くすりと笑みを漏らした。……こんなふうに、雄太郎さまとも、無邪気に言い合えたらいいのに。

どんな話題でも、千葉雄太郎と結びついてしまう。せっかく誘ってくれたのに……、そう思って長次たち近江屋の皆には申し訳ない気持ちになったが、自然と口数が減り、いつものようには振る舞えない。困った、と自分でも思う。

「……琴ねえちゃん、きょうはお腹でも痛かったの？」

「そ、そんなことはないけれど」

別れしな、長次が近江屋の店先で見上げて問うのに、琴は、腹ではなく胸がちょっと苦しかっただけ、と思いながら答えた。……ごめんね、長次。

「ふうん。じゃあ、これあげる」

長次が差し出した小さな手の平にあったのは、――纏められた一本の組紐だった。艶やかな朱色をしている。新徴組の陣羽織の色に似ていた。

「これを――わたくしに？」

身を屈めたまま驚く琴に、長次がうなずく。

「俺たちみんなで、銭を出し合ったんだ」

亀吉がいうと一番小さな次郎も言い添える。

「うん。小遣い貯めたり、古釘をあつめたりしてさ」

琴は受け取った組紐に、優しい眼を落とした。これは、子供たちの好意の徴《しるし》だ。この時代、子供たちが道端で拾い集めたくず鉄を回収する、〝とっけえべえ〟という行商人がいた。子供たちは鉄と交換に貰える飴や玩具が目的だったけれど――、それを我慢して銭を貯めて贈ってくれたのだ。

「そう……。ありがとう」

琴は左手で髪を束ねると、右手で長刀から抜いた小柄で元結を切った。そのまま組紐をくるくると髪に捲いて纏めると、きゅっと縛った。

「どうじゃ」琴はよく見えるように顔を振ってみせながら笑った。「似合うか？」

「お琴さま、とってもきれい」お梅が見とれていった。

この日一番の笑顔になって、琴は子供たちと、おかつや勘兵衛に別れを告げて、組屋敷へと戻った。けれど笑顔は長続きしなかった。

六尺棒を持った庄内藩士に目礼し、門の面番所で鑑札を受け取った矢先に、羽賀軍太郎と——千葉雄太郎に行き会わせたからだった。

「あ……あの、御苦労様にございます」

琴は、ともすれば赤らめてしまいそうな顔をうつむけて言った。

「お、どうした？　その頭のは」羽賀は意外な目敏さを発揮した。

「い、いえ……これは心やすくしている店の子供たちが」

「へえ、そうか。なかなか似合ってるぞ。な？　千葉」

「ええ……」雄太郎もどこか琴を見るのを避けるようにして答える。

「あ、あの！……わたくし、兄が待っておりますので、これで……！」

琴は妙な気詰まりに居たたまれなくなって、そそくさと立ち去る。

そんな、常にない琴を不思議そうに見送ってから、羽賀が言った。

「なんだか妙だな、お琴は。先日の隊の花見以来のような気がするが……。なあ千葉？」

「は、はい！」

「急にでかい声をだすな。――そういえばお主、あの花見の帰り、お琴とすこし帰参が遅れたな。なにか心当たりでもないのか」

「さ、さあ」

「そうか。しかしな――」

「羽賀さんは随分とお琴さんが気になるのですね」

雄太郎は、さらに言い募ろうとする羽賀へ逆に質問し、やり過ごそうとした。が、すこし黙り込んでから、羽賀は言った。

「嫌いではないからな、あの娘が」

「――は？」雄太郎はながい睫毛に縁取られた瞼を、瞬かせる。

「いや、お主に打ち明けた話をすれば、俺は……ひとりの女子として、お琴が好きだな」

照れくさそうに、しかしこの男らしくきっぱりと言い切った羽賀の言葉に、雄太郎はその場に立ち尽くした。

この頃、琴の周りも変化しつつあったけれど、天下の情勢はそれ以上に激しく動きつつあった。

長州藩の対幕府方針が〝武備恭順〟に決したのである。

禁門の変という災厄に等しい騒乱を惹起《じゃっき》し、無謀な攘夷戦争を決行した結果、長州は国内外から追い込まれた。幕府からの討伐令に対しては家老及び参謀の首級を差し出して許しを請うたが、英国を始め四カ国艦隊の報復をうけて沿岸の砲台——台場を完膚無きまでに破壊された。……ちなみに、馬関戦争の賠償金を四カ国に支払ったのは幕府である。

必然的に、後に〝正義派〟と自称することになる長州藩攘夷激派は、藩政中枢から遠ざけられ、代わって、これまた後に〝俗論派〟と蔑称《べっしょう》される保守派が藩政を取り仕切ることになった。幕府への絶対恭順策を推進したのは無論、保守派であった。

けれど、攘夷激派の急先鋒、高杉晋作の率いる、いわゆる長州〝諸隊〟は、それに反発した。決起した彼らは元治の内乱で藩の正規軍を破り、その威力をもって藩政を握ることに成功する。文久以前の長州の主張、つまり開国し国を富ませるべしという〝遠洋航路策〟から一転し、ほとんど宗教的狂信に近い攘夷論へと一藩あげて舵《かじ》を切って以来の急転であり、——昭和期、その初めから第二次世界大戦敗戦直前まで続く帝国陸軍のクーデター体質の礎《いしずえ》となった、最初の成功体験だったのかもしれない。

それはともかく、いわゆる〝正義派〟はこれまで〝俗論派〟が採っていた幕府に平伏する恭順一辺倒の政策を破棄、恭順姿勢は見せつつも幕府軍を迎え撃つ方針へと転換し、戦備を整え始めた。これが、武備恭順である。

「そう、千葉様のご子息が……お琴さんに」

お光は、洗濯物を物干し竿にかけながら言った。

琴は、雄太郎から告げられたあの夜以来、毎日が落ち着かない。あれだけ心待ちにしている勤めに呼ばれれても、隊列のなかに雄太郎を見付けた途端、他の組士たちは影絵のように色を失い、ひとり雄太郎の姿のみが、やけに鮮明に視界の中で浮かび上がってしまう。困った、……と琴は思う。だから、思いあまってお光に打ち明けたのだった。

「……わたくしはどうすればよいのでしょう？」

肌着を干すのを手伝いながら呟く琴に、お光は言った。

「お琴さんは、雄太郎さんはお嫌い？」

「いえ！　そんな」

琴は咄嗟に干した肌着から顔を突き出したが、――自分の口調の強さに恥ずかしくなり、洗濯物の陰に顔を隠しながら呟く。

「……嫌いではないから、困っているのです」

「だったら、御自分の気持ちに素直になれば良いのではないのかしら。――雄太郎さんは、若いけれど立派な方と聞いています。兄上様も、お喜びになるでしょう」

「ええ、それは……。でも……雄太郎さまは、わたくしなんかを」

「——若いって、良いわね」

お光は、眩しげに眼を細めて微笑した。

「恋に迷うことができるのだもの」

「そんな……からかわないで下さいまし」

「ごめんなさい。でも羨《うらや》ましいのはほんとう」

お光は微笑んだまま言った。

「武家の婚姻はね、家同士のことだもの。互いの家同士で縁組みが決められて、事は進められてしまう。ああ、林太郎《うちのひと》に不足があるわけではないのよ？　でもね、女子にとって好ましくおもう殿方から求められるのは、とても幸せなことですもの」

そこでふと気付いたように、お光は付け加える。

「……それともお琴さん、あなたももしかして、他に意中の殿方がおありなの？」

「え？……い、いえ、そんな」琴は胸を突かれたように顔を上げた。「わたくしの方が、その……勝手にお慕いしているだけで」

「——おられるのね」お光はそっと手を差し伸べるように言った。

「……土方様」琴は胸の内に刻み込んだその名を読み上げた。「土方歳三様です」

えっ、とお光は声を上げて手を止め、琴を見詰めた。

「――歳さんを？」

「はい。浪士組に加えていただいて、上洛《じょうらく》した際に……」

「そう、でも土方さんだったら――」お光は言いかけて口を閉じた。

「土方様が、なにか？」

琴は顔を上げた。土方たちと縁の深いお光なら、なにか土方の消息について知っているのではないかと思ったからだった。

「いえ、何でもないの。……でもどうかしら、うちの総司もそうですけれど、土方さんはいつ京での御役目を終えて江戸にお戻りになるか判らないし……それに、お別れしてから、もう二年の月日が流れているのでしょう？」

……お光さんの言うとおりなのだろう。琴は薙刀を担いで、人気のなくなった表通りをゆく夜廻りの二列縦隊のなかで、思う。

土方歳三とは約束を交わしたわけでなく、独り決めしたのに過ぎない――とは自分でも判っている。しかし、土方との再会を待ちつづける、と心に刻んだのは自分自身なのだ。

それなのに、私のこころはいま、雄太郎さまの言葉に揺れている。

私はふしだらな、浮気な女なのだろうか……？　そうかもしれない。思い返してみれば、穴原の村を出立するにあたり、母へは剣一筋に生きて操を守る、と宣言したにもかかわらず、わずか十日ほどの後には、土方歳三に惹《ひ》かれていたのだから。我ながら貞淑とは言い難い。けれど、でも——。

——わたくしは、どうすれば……？

〝知れば迷い知らねば迷わぬ恋の道〟——土方が豊玉の名で詠んだ句そのままの、琴の心持ちであった。

琴は、ちいさく息をついて気を取り直すと、大店の庇下《ひさしした》に溜まった暗がりに目を凝らした。それは一間、二メートル足らずほどの庇を道へ張り出して設けられているものだが、昼間は店舗の一部として、夜は公道として使われる。現代でいうアーケードで、悪徒どもはその下に潜んで〝廻り〟をやり過ごそうとすることもあり、注意しなければならない。今夜はその闇がいつもより黒々としている気がして、琴はふと顔を上げた。

町並みの陰影を際立たせる朧月が、霞《かす》んだ夜空に浮いていた。土方さまも、と琴は思った。京で同じ月を眼にしているのだろうか。

〝公用に出て行く道や春の月〟——。

そんなある日、鞠木坂の組屋敷へ穴原村からの手紙と小さな荷物が届いたのは、昼前のことだった。

「……村のみんなは、息災だということだ」

良之助は紙から切れ長の眼を上げて、琴に告げた。

「そう、小天狗たちも与平爺さまも……。良かった」

琴は法神流の弟子たちと、餞別《せんべつ》に草鞋を手渡してくれた老人を思い出しながら言った。

「それからこちらは」良之助は傍らの包みに目をやる。「法神丸だそうだ。千葉様へお分けするように、と。お前、届けてやれ」

「わ、わたくしが？」

琴は驚いたように眼を見張り、視線を泳がせながら続けた。

「あの、兄上……、お願いできませんか」

「なんだ、今日に限って。いつものことではないか」良之助は怪訝そうに言った。「それに千葉さんがこの頃、床につく日が増えているのは知っておろう。はやく持っていって差し上げろ。いいな」

はあ……、と琴は口の中で返事をした。雄太郎と顔を合わせるかもしれない。そう思うと息苦しいような気もする。けれど、静馬の加減が心配なのも確かだった。

そういうわけで、敷地の東隅にある千葉父子の長屋へと出掛けた。その短すぎる道すがら、足下の定まらない心持ちの自分自身が口惜しくて、琴はなんども同じ文句を胸の内で繰り返した。雄太郎さまのばか、雄太郎さまのばか……。

「これは、お琴さま。いつもありがとうございます」

幸い、長屋の入り口で声をかけた琴に応え、上がり框に手をついて迎えたのは、まだ前髪をのこした少年だった。

「あ、弥一郎さん。お父上さまは？」

この少年は二年前の文久三年三月、清河八郎の暗殺後、当時、屯所だった本所の三笠町屋敷が幕府方諸藩兵から包囲をうけた際、そこに寝泊まりしていた静馬のもとへ面会に来ていた少年だった。琴は最初に見掛けたとき、少年が町人の身なりだったのを奇異に感じたものだが——。

「へえ、おとうなら……」少年は商人のような言葉遣いで言いかけた。

静馬が浪士組に参加して後、長女のふでは親戚に預けられたが、弥一郎のほうは浅草三《さん》間町《げんちょう》の古着屋へ、住み込みで奉公していたのだった。この春から、晴れて父兄とともに長屋で暮らすようになっていた。

「あっ、これは……！」弥一郎は慌てて、気張った口調に改めて言い直す。「おとう……、いえ、父は奥で身を休めております。どうぞお上がりくださいますように」

そう、では……と、琴は草履を脱ぎながら、さり気なく尋ねてみる。

「あの、兄上さま——雄太郎さまは？」

奥の襖を開けながら、勤めに出ております、という弥一郎の返事に、琴は、ほっと息をついた。

「これはお琴さん、いつもいつも、かたじけない」

静馬は床で起き上がり、穏やかな笑顔で琴に言った。

「お加減はいかがでございます？」

琴は夜具の脇に座ると、静馬は足を寝間着の上からさすりながら、寂しそうに笑った。

「なかなか、思うように良くはなってくれませんな。組の御同志の方々にも、御迷惑をかけるのは心苦しいのだが」

「ご心配なさらずご療養してください」弥一郎が少年らしい気負った声で言った。「私と兄上が父上の分まで働きますから」

「そうか」静馬が笑顔でうなずく。「すまんな。お前たちには苦労を掛ける」

琴は父子の会話を、微笑ましくみていたのだが——それも弥一郎が茶を淹《い》れるために席を外すまでだった。

こうして差し向かいになってしまうと、手習い師匠然とした千葉静馬というひとと話している、というより、どうしても〝雄太郎の父親〟であることを意識してしまう。だから、どうしても会話も途切れがちになる。

雄太郎さまのばか……！　琴は畳の目を探りながら、また胸の内で呟く。

「――どうかなさったかな」静馬が声をかけた。

「あ……いえ」

慌てて顔を上げた琴の、その感情を良く映す円らな眼を見ながら、静馬は言った。

「雄太郎が、御迷惑をおかけしておるようですな」

え、と琴は喉の奥で絶句する。それでは静馬様、雄太郎さまがわたくしに告げたことを……？

「そ、そそ、そのような、迷惑などとと……！」

琴の頬が、胸で膨張し吹きあがってきた溶岩のような血流で、松明《たいまつ》のように熱くなる。

慌てて手を振って静馬に答えながら、雄太郎さまのばか、と叫んでいた。

「わ、わたくしこそ、……その」

「あれは、……雄太郎は武辺一辺倒の無骨者ゆえ、直截《ちょくせつ》な口を利きすぎると、懸念していたのでござるが」

「い、いえ！　わ、わたくしの方こそ！……その、きちんとお答えもせず……」

「――いかがなさった？」

静馬も、琴が頬をのぼせそうなほど火照らせて答える様子に、さすがに怪訝な顔をしていたが……、やがてうなずいた。

「そうか……、そうでござったか」静馬は言った。

「いや、これまでは日ごとに、雄太郎からお琴さんの話を聞かされておったのだが……近頃はめっきり、聞かなくなったものでしてな。それで倅《せがれ》が、お琴さんを不快にさせたかと案じたまでだったのだが――そうか、そういうことでござったか」

琴は呆然としてしまう。

――はやとちり……？　わたくしの……？

赤い顔のままぼんやり見返す琴に、静馬は続けた。

「雄太郎といえば……それがしの身が、このように自由が利かなくなりつつあるうえは、先程も申したが御同志方への御迷惑も考え、雄太郎に家督を譲ろうと存じましてな」

新徴組はこの春より、いかがわしい浪士の紛れ込みやすい新規召し抱えをやめ、組士をその子弟から登用することに決定した。あわせて、第一次長州征討に際して検討された野戦編成をもとに、新徴組の御定人数、つまり編制定員を百六十名とした。

「……雄太郎が将来《さき》のことをお琴さんに問うたのだとしたら、それもあったのかもしれませんな」

「し、失礼致しますっ！」

琴は恥ずかしさに居たたまれなくなり、刀を摑んで立ち上がった。

「お、おお、お大事になさいませ……！」

そのとき、襖が開いて、茶器を載せた盆を持った弥一郎が顔を出した。

「あ、お帰りですか？　いま茶など——」

琴は床を踏み鳴らしながら、呆気《あっけ》にとられた弥一郎の脇を、返事もせず通り過ぎる。

「お琴さん」

土間の草履へ、蹴躓《けつまず》いたように足を突っ込む琴の背中を、静馬の声が追いかけた。

「それがしも、あなたが雄太郎のもとへ嫁いで下さらぬかと夢見ないではなかった……。私からもお願いする。よろしく考えてみては下さらんか」

琴は顔を伏せたまま一礼し、逃げるように千葉家の長屋を後にする。

足をひたすら急がせながら、琴は思った。

——どうしよう……？

「どうするもなにも」お光は框に座って言った。「あなたの心持ちひとつですよ」

「それは、……解ってはいるのですけど――」

腰掛けた琴も答えた。

「――その……お光さま、もうすこし為になるご助言をお願いできればと……」

「これ以上の助言なんて」お光は微笑んだ。

「でも……わたくしは……土方さまを」

お光はすこし黙ってうつむいた。それから顔を上げたが、もう微笑んではいなかった。

「お琴さん。――歳さん、いえ土方様は、実はもうすぐ江戸に戻られるのです」

「えっ……！　土方さまが、でございますか？」

ええ、と妙に静かな表情でお光はうなずいた。

「……なんでも、新選組に迎える新しい同志の徴募のためだとか。局長である近藤先生の、武士は東国者に限る、というお考えからだそうです。ともかく――、土方様からは、うちの林太郎のもとへも文を戴きましたけれど、こちらの新徴組の方々にはこのことを漏らさぬように、と記されていました。だから先日、お琴さんから土方様へのことをお聞きしたときには驚いてしまったのだけれど……。黙っていて、ごめんなさい」

お光はちいさく頭を下げてから、続けた。

「それで、そのことを私はなぜかしら、とは思っていたのですけれど、いまは合点がいきました」

「どうしてでしょう……？」

「お琴さん」お光はすこし厳粛な表情になった。「あなたの為、ではないかしら」

「わたくしの……？」琴は眉を寄せて呟いた。

そんなの納得できない。わたくしを少しでも気にかけてくれるのなら、……一目でも顔を見せて、一言くらい言葉をかけてくださっても良いはずだ。なのに——。

「そう」お光は慈母のように微笑む。「江戸に戻れば、あなたが会いたがるかも知れない、それを案じたのだと思うの。そうなれば、お琴さん、あなたの心を搔き乱してしまうと」

琴はただ、お光を見詰め続ける。

「だから、お琴さん。土方様はね、あなたを一人の女子として思い遣っているからこそ、あなたに知られないようにしたんじゃないかと、私は思うの」

「そうでしょうか？　ほんとうは、土方さまはわたくしなど、もうお忘れになっていて
……！」

琴は聞き分けの悪い子供のような反問をした。その口調には、この快活な娘には珍しく、僻《ひが》んだような湿っぽさが混じっている。

「それはないでしょうね」お光は即座に言った。

どうして？　と眼で問う琴に、お光は言った。

「土方様にはね、上洛する前に縁談が持ち上がったの。でも、大望を果たすまでは、と土方様が固辞されたのね。その方の御名前が――お琴さん、というの」

「わたくしと同じ名の……、そんな御方が」

「ね？　だから忘れるわけがないでしょう？　きっと、あのお方のことだから――」

お光はそこまで言うと、急に口調を変えた。

「〝おらぁ、京で仕事をすらぁ。だからよぉ、お琴、おめぇは江戸で女子として幸せになんな〟」

武家女性の鑑《かがみ》のようなお光の口から、急に雑駁《ざっぱく》な多摩の地言葉が飛び出したのに驚き、眼を丸くする。そんな琴に、お光はにこりと笑いかける。

「……と、おっしゃりたいのではないかしら」

「でも――いまさら心変わりなど、わたくしには……」

あまりにも浮気すぎる、と琴は思ってしまうのだ。

「なにを言うの」お光は木洩《こも》れ日のように笑う。「お琴さん、あなたは御自分を、御府内の――そう、番町あたりのお旗本の、その浮薄な姫のように思わずとも良いのです。私の眼から見てもあなたは立派な、武門の貞淑なる女子です」

「ほんとうに……ほんとうに、そう思って下さいます？」

琴が身を乗り出すと、お光は大きくうなずいて請け合う。

「ええ。あなたは立派な、武家の息女です」

「ありがとうございます。なんだか、胸の重しがすこしだけ軽くなった気がします」

琴は口許だけで小さく微笑むと、刀を手に立ち上がった。

「長々と失礼致しました」琴は与三左衛門尉祐定を腰に差しながら、聞いた。「あの……お光さん？」

「なにかしら」

「気のせいかも知れませんけれど……、お光さんはわたくしの悩みを、すこし愉しんでおられるのではありませんか？」

琴が苦笑を浮かべて横目で問うと、お光は急に悪戯っぽい眼で含み笑いをした。

「ちょっとだけ。……だって、私にはもう無縁なことなんですもの」

「いやなお光さま」

琴はくすりと笑って暇《いとま》を告げると、沖田家の長屋から歩き出した。

わたくしのこころ次第、とお光さんは言った。

琴は、西の端にある自分の長屋まで、屋敷内をとぼとぼ歩いていたが、心はまだ、うろうろと彷徨《さまよ》っている。

お光さんはそういうけれど……、私は土方歳三さまを、ずっと――。

そう思いはしたものの、ふと心に、翳《かげ》りのような疑問がよぎる。

――江戸に戻ってからのわたくしは、土方さまの面影を、どれほど思い浮かべただろう……？

琴は地面に落としていた眼をあげた。自問へ即答できなかった自分自身に驚きに、円らな瞳をさらに丸くしたものの、すぐに打ち消す。

「……そ、そんなことはない！」

思わず口をついた声の勢いが、通りかかった組士を驚かせた。けれど琴本人は気付かず、歩きだしながら思い続ける。

昨年の池田屋事件の際は、土方さまの身を随分とご案じしたんだもの。決して忘れたわけではない。忘れたわけではないのだ――でも。

けれど、その前は？　そしてその後は？　いつ、土方さまのことを……？

思い出せなかった。まさか――。

――わたくしは自分でも知らぬ内に、土方さまにお別れをしていた、というのだろうか……。

そうかも知れないと、琴は妙に冷静な気持ちで認めた。でもそれは決して、自分が浮薄でふしだらな女だから、ではない気がする。何故ならそれは――。

――わたくし自身の心がこの町に、……江戸に根付いてしまったから。

この町で武芸で身を立てるという望みが叶った。それだけでなく、この江戸には、兄やともに闘う仲間たち、それに私の愛する人たち……長次やおかつさんら近江屋のみんながいる。

――わたくしを守ってくれる人たちがいて、そしてわたくしが守りたいと願う人たちがいる。

それがここ、江戸なのだ。

……気がつくと、役所御殿の前、玄関と正門の間に敷かれた石畳まで歩いていた。

琴は足を止めて、春の薫風の吹き渡る自分の町の空を見上げる。

土方歳三様、と琴は心の中、瞳を浅黄色で一杯にしながら話しかけた。

――さようなら……。そして、ありがとうございました……。

琴は溜めていた息をつき、空へ向けていた顔を戻した。すると、門の方へと向いたその眼に、こちらへと歩いてくる人影が映る。

千葉雄太郎だった。……視界に飛び込んできたように感じたのは、琴のいまの心持ちのせいばかりではなく、いつもは質素な身なりのあの若者が、今日は珍しく真新しい羽織を着ているせいでもあったろう。

琴が天の悪戯に息を飲み、立ち尽くしたまま眼を見張ると、石畳をやってくる雄太郎もまた、そんな琴に気付いた。

けれど、それだけだった。

琴も雄太郎、どちらも声をかけるでもなく、それどころか、どこか気まずくさえあるように、互いの姿を避けた。そのまま雄太郎は頑なに足を止めず、うつむいたままの琴との間だけが、縮まってゆく。——雄太郎はもちろん、琴もまた、この時代の娘であった。

視線は交わさぬまま影だけを交わし、ふたりは他人行儀な目礼だけですれ違おうとした。

「あ、あの……！　雄太郎さま」

琴は咄嗟に呼び止めてから、自分で自分の声に心臓を跳ね上げた。斬り合いの最中ですら感じたことのない緊張に堪えかねて、口から言葉が吹き出してしまったのだった。

雄太郎は足を止め、深呼吸でもしたのか、背中を揺らしてから振り返る。

「なにか？　お琴さん」

なんですか雄太郎さま、そのご挨拶は？　琴は軽い反発を覚えながら思う。雄太郎としてはそれ以外に答えようもなかったのだが、琴は自分をこんなに緊張させた雄太郎が、急に憎らしくなる。そしてそう思うことで、すこし余裕ができた。

「すこし、お話しいたしません？」

「ええ。——良いですね」

琴が微笑みながらいうと、雄太郎もつられて微笑み、緊張で重荷を担いだように張っていた両肩が、すとんと落ちた。

「——桜も散り始めましたね」

雄太郎が幹を見上げて言うと、琴も雄太郎の視線をたどって顔を上げる。

「ええ」

桜の花びらがそよ風にのせられて漂い、舞っていた。それはまるで、冷たくない雪のように琴には見えた。春爛漫《らんまん》の陽の下で、桜たちは艶《あで》やかな装いを脱ぎ捨てようとしている。

組屋敷のある鞘木坂から少し歩いた元飯田町、田安稲荷。

この社《やしろ》は三年前、朝廷から公武合体策の一環として将軍家茂へ降嫁した和宮が子宝祈願に参詣《さんけい》したことから、〝世継ぎ稲荷〟とも呼ばれる。

そんなことを思い出しただけで、琴は頬が染まる思いがする。

「しかし季節が巡れば、また桜を仰いで、愛でることができます」

雄太郎は言って、琴をみた。静かだけれど、だが確固とした表情で告げている。

そのときは琴さん、あなたとともに――と。

琴は雄太郎に見詰められて、動悸《どうき》が太鼓の響きのように鼓膜を打つ。鼓動のほかの物音がどこかへ遠のいてゆくのを感じながら、琴は胸の高鳴りを抑えるように握った手を、そっと襟元に押しつけて、うつむく。眼を閉じる。

しっかりしなければ。琴は自分を励ます。――わたくしは、雄太郎さまのお気持ちに応えるために、ここへ来たのだから……！

琴はゆっくり息をついて、瞼を開けた。

「はい、そのときは――」

琴の声は小さく震え、かすれていた。けれど、眼はまっすぐに雄太郎に向けられていた。

「――そのときは、わたくしも雄太郎さまとともに……。いいえ、いまよりももっと、もっと雄太郎さまのお近くで、一緒に桜を眺めとうございます」

「お琴さん……それは」

雄太郎が驚いて問い返すと、琴は真っ赤な顔で目を逸らしながら、こくりとうなずく。

「――はい」

「そ、そうか」雄太郎の顔に驚きと嬉しさが入り交じった。「……まことなんだな?」

「このようなことを、女子にもう一度言えとおっしゃるのですか……!」

琴は、ぷっと頬を膨らませて、上目遣いに雄太郎を睨む。

「あ……! す、すまない。い、いや、これは、そ、それがし……いや俺が悪かった」

気が昂《たか》ぶると舌の回らなくなる琴が、すんなり言葉を口に出来たのに、いまは雄太郎の方が声を上擦らせている。

けれど、琴の真意を確かめると、途端に散り始めた桜の下で、雄太郎は笑顔を咲かせた。

「お琴さん」

雄太郎は花びらの淡い吹雪のなかを、琴と並んで歩きながら言った。

「……はじめて、あなたと出逢ったときから、……あなたが、好ましかった」

琴は、雄太郎の横顔を振り返り、ちょっと意地の悪い気持ちでからかう。

「ふふっ、でも雄太郎さま。いつかは、わたくしに好きになってくれなどとは頼みもしない、とおっしゃったではありませんか?」

「あれは……!」

雄太郎は立ち止まり焦ったような表情で琴をみる。「あ、あれはお琴さんが……あまりにお節介だったからです」

怒ったように言い、雄太郎は琴を置いて歩き出す。

ちょっとからかいすぎたらしい。琴は自分を置いて先に行ってしまう、雄太郎の真新しい羽織の背中に、急に針で胸を突かれたような切ない痛みを感じて、追う。

「あ、あの……雄太郎さま？」

琴は雄太郎と肩を並べてから、その横顔をおずおずと覗き込む。

「今度はなんです？」

口調こそ無愛想だったけれど、雄太郎は笑っていた。内心では琴の言うとおりだ、と認め、照れくさかっただけだった。

琴は、ほっと、胸をなで下ろす。――雄太郎さまに嫌われると、こんどはわたくしの方が悲しくなるもの……。

「新しい羽織をお召しですね」

琴は気を取り直して、話題を変えた。

「ああ、これですか。……前のは着古しましたから。しかし、継ぎを当てた羽織で〝廻り〟に出張るわけにもいかぬので、あつらえたのです」

「襟には、もう御名前を？」

琴は自分の羽織の同じ部分を指さして尋ねた。雄太郎は以前、言っていた。武士たるものは人知れず路傍で倒れる覚悟をもたねばならず、そのために自分の名前を羽織に名前を縫い取っている、と。

「いえ、これにはまだ」雄太郎は首を振った。「暇をみてそれがしが……、あるいは、ふでに頼もうかと思っていますが」

「では、わたくしが」

「いや……それは」

「いいのです。わたくしにさせて」

雄太郎は躊躇《ためら》ったものの、やがて笑って言った。

「では、お願いします」

「おまかせあれ」琴は微笑む。

年が半ばを過ぎる前に、年号が元治から慶応へと変わったばかりの四月。……この麗らかな日のことを、琴は生涯忘れなかった。

幕府から第二次長州征討の号令が発せられる、半月ほど前の出来事である。

第八章　神田明神外

西暦では一八六五年、元治二年は四月をもって慶応へと改められた。

それに合わせたように一月後《ひとつき》の五月十六日、将軍家茂《いえもち》は江戸を進発、長征の途につく。

第二次長州征討の開始である。

幕府は今年一月、一年前の元治元年、京の町を〈応仁の乱〉以来の騒乱の渦と化さしめた〈禁門の変〉に敗退して以降、恭順姿勢をとる長州藩に対し、藩主毛利敬親《たかちか》、広封《ひろあつ》父子の江戸への召喚を命じた。事実上の人質であり、幕府への完全な屈服の要求であった。

幕府は、二月《ふたつき》後の三月二十九日までに、長州藩がこの裁定に従わなければ追討する、と諸藩へ通達した。

長州への最後通牒《つうちょう》であり、諸藩へ追討の大号令を予告するものであった。

一方、長州藩も、それに先立つ元治元年末、攘夷《じょうい》激派が高杉晋作率いる奇兵隊以下〝諸隊〟の武力をもって藩政を掌握し、藩の方針を幕府への絶対的な恭順から、〝武備恭順〟

へと劇的に転換している。武備恭順とは、恭順の語こそ含まれているが、事実上は藩主父子の召喚拒否であり、幕府との交戦も辞さない、ということだった。三月二十二日、長州はこれを藩論として表明した。

これで長州征討は確実となった。

この年、慶応元年は五月が二度あった。江戸を発した家茂が、幕府方の前進拠点である大坂城へ到着したのは、これよりすこしさき、閏《うるう》五月二十六日のことである。

「……そして、またもや我が酒井家は蚊帳《かや》の外、というわけですな」

菅《すげ》秀三郎が細い眼に悔しさを滲《にじ》ませ、絞り出すように言った。この怜悧《れいり》な男が激しい感情を漏らすのは珍しかった。

庄内藩江戸屋敷、神田橋役所。その御用部屋だった。

一年前の第一次征討でも、庄内藩は幕府から江戸市中鎮静専務を命じられて、征討軍の編制からはずされた。その口惜しい思いを完全軍装で市中を行軍する〝大廻り〟で晴らしたものだったが、今回の第二次征討でも市中取締方専務を命じられたのだ。

「そうとばかりも言えないでしょう、菅さん」

部屋の主である、権十郎が言った。

「御公儀より御進発にあたり江戸市中取締の任を、我ら酒井家家中一手にて担うよう命ぜられたのは、我らのこれまでの働き、なにより大樹公からの御信任を戴《いただ》いているとみていい。お応えせねばならんだろう」

これまで数藩の兵が分担して行っていた江戸市中取締を、庄内藩のみが一手に担うよう幕府から申し渡されたのは、四月のことである。権十郎の言うとおり、幕府からの信頼は絶大なものがあった。この時期に庄内藩士が国許へ送った書状にも、それが表れている。

『……公辺の模様承るに、御当家無二の味方、頼り切られ候もののよし。尤《もっと》も善悪ニ付き、公辺とともに相成らざれば済ませられず……』

〝幕府の動静をみていると、酒井家を無二の味方として頼り切っている。もっともこれは善し悪しで、幕府とともにあらねば済まなくなってしまう。〟……

とはいいつつ、この藩士は冷めた眼で幕府をみている。書状の別の部分で、西国の雄藩の動きに〝徳川家も末と申すべきや〟と現状認識を示す一方で、〝見殺《とくせん》しにも仕らず〟と苦衷を覗《のぞ》かせている。〝大公儀〟でも〝将軍家〟でもなく、ただ徳川家、と記したところに、幕府と譜代名門である酒井家との関わりの濃さが表れていた。三方領地替えの一件とその報復措置で印旛沼《いんばぬま》干拓を命じられるなど、過去に経緯があったとしても。

それはともかく——江戸鎮静を一手に任せられるにあたり、庄内藩も職制を変更し、権十郎の役職を〝惣轄〟とした。新徴組も含めた庄内藩治安部隊全体の責任者である。現代の警察組織の階級に対比すれば、町政と治安両方に責任を持ち警視総監にあたる南北町奉行には及ばないまでも、地方本部長級の警視長あるいは警視監にはあたるであろう。

江戸市中の凶悪犯罪に対応する準軍事部門の若き指揮官は、その美貌《びぼう》を引き締めて告げた。

「我ら庄内藩酒井家家中にとって、江戸八百八町こそが戦場と心得るよう、家中組、新徴組の別なく申し伝えよ。市中鎮静こそが我らの誉れである、と」

心得ました、と菅秀三郎が軽く頭を下げて答えると、新徴組取扱頭取である田辺儀兵衛も口を開く。

「承知仕りました。ところで大夫……いえ、御惣轄。これまで以上に市中取締を厳となすならば、その割り振りもいささか変える要あり、と心得ますが」

「田辺殿の申されるとおりだ」権十郎は言った。「他藩の応援がない以上、宵のうちが手薄となる。昼日中は本藩藩士の家中組に、夜は新徴組を廻らせることとする」

「悪徒どもに隙《すき》はみせぬ、ということですね」菅が言った。

「その通り」権十郎はうなずいた。「大樹公が御征討の途に遊ばす間、なにびとであろうと市中鎮静を乱すものを許さず、この任を全うする。――」

権十郎は側用人《そばようにん》と取扱頭取の顔を等分に見詰めた。

「――我ら庄内藩酒井家の面目にかけて」

琴は驚いて、膝《ひざ》にのせた羽織から顔を上げる。気がつくと、障子を開けた窓から射し込む陽の光にも、暮色が混じっていた。

「おい、琴……！」

羽織の襟に、千葉雄太郎の名を縫い取る針仕事に、没頭していたのだ。

そんな琴に呼びかけたのは、昇り口から頭だけを覗《のぞ》かせた良之助《よしのすけ》だった。

「え？　あ……兄上？　何でございましょう」

「いや、そろそろ夕餉《ゆうげ》はと思い、下から何度も呼んだのだが」

良之助は琴の膝の上の羽織に目を止めた。

「それはなんだ？」

「いえ……、別にその、……なんでもございません」

「ふん、そのように答えるところをみると、お前のものではなさそうだな」

良之助は琴の顔を探るようにしていう。

「そしてお前は、わしのためにこっそり調《とと》えて喜ばせようとするほど、殊勝でもない」

失礼な、と琴は思ったのだが、事実その通りなので返す言葉もない。

「……ああ、なるほど。そういうことか。――そういうことなら、夕飯の支度は急がずともよいぞ。邪魔をしたな」

良之助は意味ありげに言うと、昇り梯子《ばしご》の軋《きし》む音を残して、頭を引っ込めた。

兄は一体なにがわかったというのか？　まさか、私と雄太郎さまとのことが、組中で噂《うわさ》に上っているとか……。

「あ、あの兄上！　なにがわかったのでございます？　ねえ……兄上！」

琴は慌てて羽織を置いて立ち上がり、階下へ消えた兄を追いかけた。

……そんなこともあったのだけれど、二日後、琴は預かった羽織を目立たぬように風呂敷包みにして、千葉家の長屋に持参した。雄太郎は在宅待機の〝詰め番〟だからだ。

まず、このところ床で臥《ふせ》っている静馬を見舞った。弥一郎は道場に剣術の稽古《けいこ》へ出掛けていて、静馬の身の回りの世話は、ふでがしている。

「お琴さん、忙しいだろうに、また来て下さったのか」

静馬は病床から、いつもの笑顔で迎えてくれた。けれど、その頰は痩《こ》け、顔色も土気色に近かった。容態が思わしくないのが琴の眼にも判った。ただ、この間の件については、雄太郎が枕頭《ちんとう》にいたにもかかわらず、静馬はなにも言わなかった。

「あの、わたくしにもお手伝いできることがございましたら、遠慮なくお声を掛けてください」

琴は見舞いを終え、見送りに長屋の出入り口に出てきた雄太郎とふでに言った。

「いつもお気遣い戴いて、そのうえ……。かたじけのうございます」

「いえ、そんな……。大してお役にはたてないかもしれませんけれど……」

琴はふでに伝えるべきことを伝えてしまうと、口ごもる。名を縫い取った羽織を、妹の前で兄へ手渡すのは、なんとなく気恥ずかしく、気が引けた。

ふでは、そんな琴のいつにない雰囲気に気付いた。もっとも、琴の大きくて感情を映しやすい瞳が、風呂敷と兄の間を何度も往復していれば、察するまでもなかった。それに、ふでは、自らの結婚生活の経験から、兄とこの娘との間に、縁が結ばれつつあるのを感じ取っていたのかもしれない。

「では、私はここで失礼を。兄上、私は父上のそばに戻ります。――御免くださいね」

「あ、ああ」雄太郎はぎこちなく、妹にうなずいた。

ふたりきりになると、琴は口の中で言った。「あの、ちょっと中へ」

ふでの草履だけが残る土間に戻り、向き合うと、琴は風呂敷を差し出した。

「お預かりしていた羽織です」

「ああ……、かたじけない」

包みに落ちていた視線がほぼ同時にあがり、眼が合った。琴と雄太郎は、互いを驚いた表情で見つめた。雄太郎は琴の双眸《そうぼう》を覗き込んだまま、風呂敷の下へ腕を伸ばして、――それを支えていた琴の手に触れた。その指先には、針で何度も突いたせいで、包帯代わりの布が、ばつが悪そうに巻かれていた。

「……お琴さん」

重ねられた雄太郎の手は――、柄巻《つかまき》と竹刀《しない》を握り続けて皮膚の厚くなった掌は、それでも柔らかく、温かく……自分を好いているといってくれた男の鼓動を、感じることができた。

「は、はい……」琴はかすれそうな声で囁《ささや》き返した。「……雄太郎さま」

その時、――

「いよう、雄太郎！　どうかしたのか！」

羽賀軍太郎の盛大な声が、戸口に上がった。

琴と雄太郎は手を取り合ったまま、飛び上がるほど驚いた。二人とも新徴組士である以上、平素なら羽賀の気配を察知した筈《はず》だったが――、いまばかりは気づかなかった。これも恋のなせるわざだった。

「軒先にお琴と一緒にいると思いやって来れば、急に二人で姿など消して、お主たちは一体、……な、に、を、し、て、い、る、の、だ……？」

後半の言葉は、驚きで呂律《ろれつ》が回らなくなっている。羽賀は土間に足を踏み入れたまま、眼を丸くして立ち尽くしている。

手に手を取り合って凍りついた琴と雄太郎の姿は、誰がどう見ても男女の逢《あ》い引《び》きの図であったから。

「あ、あの、羽賀さま？」琴はしばしの沈黙あと言った。「こ、これはでございますね……」

琴は、しどろもどろに言い抜けしようとした。それは単に気恥ずかしさのためだったけれど、雄太郎は、胸を突かれたような顔を羽賀に向けていた。それは、羽賀が立ち尽くしたのは、場違いに居合わせてしまったからだけではないのを知っていたからだ。

羽賀軍太郎もまた、琴を思っていたのだ――。

雄太郎は琴の手を離すと、命を預け合う同僚であり、親友でもある男に向き直った。

「……すまない、羽賀さん」雄太郎はぽつりと告げて頭を下げた。

今度は琴が驚く番だった。羽賀さまが、わたくしのことを……？

――そんな……、羽賀さまはそんな素振りは、すこしも……。いつもいつも、わたくしをからかって……。

羽賀は、頭を下げ続ける雄太郎と、驚きに見張った眼を向ける琴を呆然と眺めて突っ立っていた。だが、羽賀軍太郎は漢《おとこ》であった。——突如、叫んだ。

「気にするな！」腹の底から叩き出すような声だった。

「お、俺に遠慮などせずとも良い！　うん、お主たち、なかなか似合いだ。だから、よいな！　余計な気遣いは無用だ！」

「あ、あの羽賀さま。お心遣いは嬉《うれ》しいのですけれど、もうすこし小さなお声で……」

「そ、そうだな……すまん！　そ、それがしはもう行くぞ！」

羽賀はくるりと背を向け、壊れかけのカラクリ人形のような足どりで行きかけた。

「よいか、気にせずともよいからな！」

振り返って念を押した途端、羽賀は敷居に躓《つまず》きかけてしまう。言葉とは裏腹に、心中の動揺を如実に物語っていた。羽賀はなんとか立ち直り、ギクシャクとした足どりで、出て行ってしまった。

「——優しいお人ですね、羽賀さまは」

すこし落ち着くと、琴は羽賀の思いやりがじんわりと心に染みてくるような気がして、言った。……ちょっと恥ずかしかったけれど。

「ああ、そうだな」雄太郎も言った。「優しい仁だ」

羽賀が出て行った戸口を、二人はしばらく見詰めていた。


慶応元年五月は、こうして琴と雄太郎の仲が急速に縮まっただけではない。

天下も——時代もまた動いている。

長州征討に進発した将軍家茂の一行は、この頃はまだ大坂への途上にある。前進拠点である大坂城への到着は翌月、閏五月二十六日であったが——、それから先は、討伐の大号令はなかなか発せられず、停滞することになる。それは、将軍家茂が病を得て、彼の地で病臥《びょうが》することになったのが理由だった。

一方で、江戸の鎮静を一手に担う庄内藩への声望は、町人たちのあいだで日増しに高まり続けている。

乱暴狼藉《ろうぜき》をみかければ、諸藩藩士はもちろん御家人《ごけにん》も容赦せず取り締まった。江戸屋敷内にある神田橋役所の惣轄、権十郎の指揮のもとでその対応は迅速を極め、町人が町奉行所を通さず、直接、注進に及ぶことも多かった。江戸の町人たちは、原則的には武家に手が出せない町方役人ではなく、庄内藩士たちを頼ったのである。

日中は家中組や大砲組、そして夕刻から夜更けにかけては新徴組当番隊が、常時、三百人規模で江戸市中を絶えず巡察した。勤めに精励する彼等を称える唄が人々の口の端《は》にのぼり始めたのも、この頃であった。

〝酒井左衛門様お国はどこよ　出羽は庄内鶴岡　酒井無しにはお江戸は立たぬ　お廻りさんには泣く子も黙る〟……

〝京で肥後様　お江戸で酒井様　どちら梅やら桜やら〟……

琴たち新徴組々士たちにとっても最も多忙で、けれど充実し得意な日々であった。

そんな慌ただしくも、初夏の陽差しに新緑が照り映えるある日――。

千葉静馬の病状が悪化した。

「いかがですか、静馬様のご容態は……！」

琴は弥一郎に呼ばれて長屋に駆けつけると、框《かまち》で出迎えたふでに、息を切らして尋ねた。

組屋敷は闇《やみ》の帳《とばり》に沈み、塀や建ち並ぶ長屋から淡い光が漏れている。

「はい……」ふでは眼を伏せた。「今晩が峠だとお医者様は……。お上がりになって」

琴は土間を足で引っ掻《か》くようにして草履を脱ぎ捨てると、ふでに続いた。

奥の六畳間では、静馬の病床を囲むように、雄太郎とその義兄でありふでの夫である、庄野伊左衛門が顔を揃えていた。庄野は良之助に匹敵する六尺近い巨漢だが、いまはその身体を縮め、沈痛な顔をしている。

「静馬様……？」

琴は枕頭ににじり寄り、静馬の顔を覗き込んで囁いた。

「琴が参りましたよ……。静馬様……？」

静馬の土気色をした顔からは、いつもの温和な笑みは消えていた。どんな表情もなかった。それが琴に、静馬が命を終えようとしているのを、氷柱《つらら》のような冷厳さで突きつけた。

静馬はもう半ば意識がないらしかったが、うっすらと眼を開いた。

「ああ……、お、お琴さん……か」静馬は擦り切れた声で言った。

「あ……あなたには、せ、世話になった。礼を……」

はい、と琴が湿った声で答えると、静馬は末期《まつご》の力を振り絞るようにして続けた。

「しょ、庄野殿……娘を……ふでをどうか……お頼み申す」

「しかと、しかと承知致しました」庄野は絞るような声で答える。

「や、弥一郎……、兄の言いつけを、よ、よく聞き……何事も……よく学ぶのだ……ぞ」

「解りました……！」

弥一郎は肩を震わせて答えた。涙が許されるのは、年少者の特権であったろう。

「ゆ、雄太郎は、……いるか」

「はい！」雄太郎は膝を進めた。「ここに――お側におります！」

「お、お前には、詫《わ》びねばならん……な。わ、わしの自儘《じまま》で、しゅ、主家を無くさせたのを……」

静馬は、浪士組に参加する前には川越藩に仕え、奥右筆《おくゆうひつ》も務めていた。しかし、何らかの事情で藩を脱け、それが、雄太郎との確執を生んだ。

「わ、わしを恨んでいよう……な」

「いいえ、いいえ！」雄太郎は子どものように大きく首を振って否定した。

「……わしが、……わしが藩より抜け出た理由は――」

「父上！」

雄太郎は叫び、父の擦れた言葉を押しとどめた。

「もうよいのです……！」雄太郎は涙を堪えながら身を震わせた。「そのことはもうよいのです……！　父上！」

堪えきれぬ涙で視界が曇った琴に、ほんの一刹那《いっせつな》ではあったけれど、静馬の顔が安らぎ、微笑したように映った。けれどその笑みは、陽炎《かげろう》のように儚《はかな》いものだった。

「そうか……。ゆ、雄太郎。お、お琴さんを――」

その先の言葉は、永遠に失われた。

「──父上？」

雄太郎は卒然と顔をあげた。長い睫毛《まつげ》を濡《ぬ》らした眼を見開いている。

「父上！」

「……静馬様？」

琴も顔を跳ね上げて呼びかける。──そしてもう、あの穏やかな笑みを、記憶のなかでしか見ることができなくなったのを知った。

文久三年、上洛の帰路以来の三年間、いつも和やかに琴を見守ってくれた千葉静馬は、布団のなかで息を引き取っていた。


翌日、静馬の葬儀が行われた。雄太郎やふでや弥一郎ら家族だけでなく、琴たち旧浪士組からの古参組士たち、それに新徴組の慣例として各組から二人ずつも参列し、静馬を見送った。

「文に拙《つたな》い者も少なくない組中にあって、珍しいくらい能筆な仁であった」

古参の一人として、また好学の同志として親しかった文学教授方の桑原玄達が、琴に言った。

「惜しいお方をなくしたものじゃな……」

玄達先生の言うとおり、と琴は思った。もとは藩の奥右筆役を務めただけあって、静馬の書く文字は、美しかった。単に形が整っているだけでなく、琴にも感じられるほどの風韻があった。きっと、静馬様のお人柄そのものが顕れていたからだろう……。

江戸帰府以来、何人かの組士が病没したが、琴は初めて、親しい者をなくした。

「はい」

琴は白い喪服姿で言葉少なく玄達先生に答え、葬儀に参列した人々の合間から、雄太郎を見た。

喪主として、雄太郎は立派に振る舞っていた。弥一郎も唇を引き結んで涙に堪えながら、掛けられる悔みと慰めの言葉に答えている。ふでも時折、袂《たもと》を眼に当てるものの、気丈な様子だった。

野辺おくりの後、静馬の遺骨は、雄太郎の手で故郷の川越へと運ばれ、菩提寺《ぼだいじ》で亡き妻とともに葬られた。

半月後、故郷の川越から戻った雄太郎は、本席、——正規の組士として復帰した。

朱い陣羽織と、琴が名を縫い取った羽織を着て勤めに励み、その顔は父を亡くした哀しみとは、どこかで一区切りつけた表情だった。琴はそれを見て、雄太郎のために良かった、と思ったのだが、今度は別の心配の種ができた。

三番隊、それも雄太郎と羽賀の所属する六番組へ加わるように命じられること、だった。

かなり気まずい。それに、自分のことで、雄太郎と羽賀の間がおかしくならなければいいのだけど……、と琴は案じてしまうのだった。

そんな六月になって間もないある日――。

「……では、わたくしは宅へ引き取ります」琴は、ことさら慇懃《いんぎん》な口調で述べた。

その日、琴は三番隊の肝煎締役に呼ばれ、それも六番組に配属されて、夜の〝廻り〟勤めにあたるように命じられた。恐れていた事態が現実になったのだった。

琴は夕六つ、つまり午後六時頃に黐木坂《もちのきざか》の屋敷を出発し夜の町を巡邏《じゅんら》する間、雄太郎に不必要に話しかけないようにし、それどころか、視線もできるだけ合わせないようにした。

余計な気を遣ったせいで、いつになく琴は疲れてしまった。

深夜九つ、午前零時頃に屋敷へ無事に帰還したあとは、他の組士は稽古場へ夜具を敷いての宿直だが、そこは女子《おなご》である琴は、自宅の長屋で仮眠をとることになっていて、これから自宅の長屋へ戻るところだった。

「――なにか異変がございましたら、よろしくお願いいたします」

琴は日常用の出入り口である定口（中之口。内玄関）の土間で、慇懃さを崩さずに続けた。それもその筈だった。

琴が立って帰宅の挨拶《あいさつ》をしている土間は、炉の切られた八畳ほどの板間をおりたところで、その板間は平組士たちの詰め所、〝溜まり〟になっている。そしてその時、そこで不寝番に就いていたのが――。

雄太郎と羽賀の二人だったのである。

「御苦労でござった」

「おう、またな」

蒲座《がまざ》についた雄太郎と、床に寝転んで肘枕《ひじまくら》をしたままの羽賀は、それぞれ答えた。

まるで針の筵《むしろ》じゃ……。琴は思う。といって、呼ばれたら勤めに出ないわけにはいかない。いや、そもそも、どうにかしようと思うこと自体、おこがましい、とも感じた。だから琴は顔を伏せ、雄太郎と羽賀、どちらとも眼を合わさぬまま振り返り、板戸を開けた。

「羽賀さん」

琴が板戸を締めていなくなり、しばらく経つと、雄太郎が口を開いた。

「……すまない、と思ってる」

まるで罪を懺悔《ざんげ》するような口調だった。

「羽賀さんがお琴さんをどう思っているのか、俺は四月まで知らなかった」

「もういい、構うな。それに、だな。――」

羽賀は寝転んだまま、素っ気なく聞こえる口調で言い、揶揄《やゆ》するように続けた。

「――知っていたら、お主はどうしていたというのだ？　身を引いたか？」

「それは……」雄太郎は言葉に詰まった。

「だろう？　だからこればっかりは、仕方のねえことなんだよ」

羽賀は苦く笑って続けた。

「そう言うわけで、だ。俺様はお主が泣いて羨《うらや》ましがるような女子を娶《めと》るつもりだ。……あんなお転婆で鉄火肌の女弁慶じゃなくてな」

その言葉が本心でないのは、雄太郎にも解った。けれど解ってなおも、羽賀への罪悪感が雄太郎の口を開かせてしまう。

「だが、羽賀さん――」

「もういいと言っただろう……！　俺に構うな」

羽賀は押し殺した声を絞り出した。同情や憐《あわ》れみは、この男の最も嫌うものだった。たとえそれが、友情からでたものであっても。

二人の間に、蠟燭《ろうそく》の灯心が焦げる音まで聞こえそうな沈黙が、落ちた。

そしてそれを破ったのは、やはり羽賀だった。何気なく、言った。

「千葉、茶を淹《い》れてくれ」

「あ……、ああ」

雄太郎が、冷えた番茶を土瓶から縁の欠けた湯呑みに注いだ。受け取ったそれを、羽賀は行儀悪く寝そべったままですすりながら言った。

「……お主は、良い奴だ」

「茶を淹れてやったからか」雄太郎は苦笑した。

「良い同胞だといっておるんだ、お主と俺は。そういえば――」

羽賀はふと気付いたように続ける。

「羽賀軍太郎に千葉雄太郎。……名までよく似ているではないか」

「そうかな」雄太郎は少し意地悪く切り返す。「似てないのではないかな」

「つれない奴だなあ、お主は」

……定口の板戸の外、そこへ良くないと知りつつも留《とど》まって、中の様子へ聞き耳を立てていた琴は、自らの懸念が杞憂《きゆう》に過ぎなかったことへ、ほっ、と安堵《あんど》の息をついた。それだけでなく、雄太郎と羽賀の間にある友誼《ゆうぎ》が羨ましいような、……それでいて何だか妬《や》いているような、温かい気持ちになった。

琴は足音を忍ばせて、長屋へと帰って行った。

春が去り、夏――静馬の初盆も過ぎた。

大川、いまの墨田川が川開きとなり、文人墨客《ぼっかく》に〝墨水〟と風雅を称えられたその川辺も、宵には夕涼みに繰り出した大勢の人々で賑《にぎ》わう。長州征討で将軍不在ではあったけれど、享保《きょうほう》十八年、いまより百三十年以上前、八代将軍吉宗《よしむね》によって施餓鬼《せがき》供養の水神祭として始まった花火は、今年も挙行される。

「お琴さん、両国の花火を見に行きませんか」

琴は雄太郎から、その花火見物に誘われた。

「ええ、それは……かまいませんけれど」

琴は迷ったけれど、父親を亡くした雄太郎の気持ちが少しでも晴れるなら、と思い、出掛けることにした。

ところが当日になってから、琴は文字通り頭を抱える羽目に陥った。何故だか、いつもの男の格好で行きたくなかったので、仕方なく、箪笥《たんす》に仕舞われた唯一の女物である浴衣を着ることにしたのだが――、一つ問題があった。浴衣ではどうしても体型が出てしまうので、首から上が男では困る、ということだった。鏡の前で、大髻《おおたぶさ》に結った髪をほどいて、いろいろ試してみたのだが、髪の長さもおまけに時間も、島田に結うには足りなかった。結局、昔に大流行した勝山髷《かつやままげ》の変形のようになってしまったのだが――。

でも、まあ……こんなものか。琴は鏡を覗いたまま両手を下ろした。

勝山髷は遊女の名に由来する結い方で、後の武家女性の標準的な髪型である丸髷の原型だが、この勝山という遊女、ただ者ではなかった。勝ち気で、男装をしたうえ大小の木刀を帯び、その気性を富家諸侯から愛され、井原西鶴《さいかく》も著書に名婦として名を留めた。気性や姿は、琴と似ていなくもない。似ているといえば、やはり勝山が考案したといわれるものに、広袖などに別の布地を当てる〝丹前〟があるが、琴もやはり、袖口を朱い羅紗地で縁取った新徴組の羽織を着ている。

それはともかく、琴は役所当番の小頭に許可をもらうと、受け取った鑑札を門番に渡して組屋敷を出た。雄太郎とは外で待ち合わせている。

夏の夕暮れかけた空に、鴉《からす》が鳴いていた。

「……お琴さん」

雄太郎は世継ぎ稲荷の鳥居の脇で、待っていた。琴が雄太郎の思いを受け入れたその場所を、待ち合わせに選んでいた。

声をかけてしばらく、雄太郎は琴を見詰めていた。

「なにか……、その、おかしいでしょうか？」琴は心配になって聞いた。

「いや」雄太郎は慌てて言った。「そうではない。ただ、お琴さんが女子のなりをしているのを眼にするのは、これが初めてだと思ったまでです。……とても綺麗《きれい》だ」

「良かった」

琴は微笑んだ。——嬉しい。

参ろうか、と雄太郎は促した。男女が揃って歩いているだけで白眼視され、叱責《しっせき》される時代ではあったけれど、賑わいに紛れてしまえば目立たないだろう。と——。

「おっ、どうした、お主たち？」

参道から出た途端、声をかけられた。

他行からの帰りの羽賀軍太郎が、驚いた顔で立っている。

「ははあ、しめし合わせて花火見物ってところか？」羽賀は邪気のない声で笑った。「いや、すまんすまん、俺はすぐに消える。気をつけて行け」

「あの……！　羽賀さま……！」

琴は咄嗟《とっさ》に、背を丸めるように立ち去ろうとする羽賀を呼び止めていた。そうしてから雄太郎を見ると、雄太郎もまた琴を見ていた。二人は同じことを考えている。そう確信した琴は、続けた。

「あの、花火見物、羽賀さまもご一緒しませんか？」

「ああ?」羽賀は振り返って苦笑する。「馬鹿を申すな。俺は野暮も邪魔もせん。帰って酒を喰らって寝る。あ、酒の肴《さかな》など土産に持参すれば、喜んでやるぞ。じゃあな」

「あ、お待ちに!」

琴は行こうとする羽賀をまた呼び止めてから、ちらりと雄太郎を見た。

「で、では、わたくしの警固として」

「はあ?」羽賀は呆《あき》れた。「お主を守る? 誰からだ? 町の悪徒のほうが裸足で逃げ出すであろう。巴御前《ともえごぜん》か板額《はんがく》か、はたまたお琴か、と称されるほどのお主ではないか」

「いえ……ですから、それは」琴は咄嗟に言った。「雄太郎さまから」

「え?」雄太郎は突然指名されて、目を瞬かせた。「そ、それがし……?」

「ええ」琴は澄まし顔でうなずく。「日が落ちると、殿御はなにをするか解りません」

「あ——、お琴さん……?」

なにか言いたそうに口を開いた雄太郎に構わず、琴は続けた。

「雄太郎さまとて、例外ではございませんもの」

「……そうまで言われて、しかも、それがしも男であるうえは、返す言葉もない」雄太郎も琴の意図をようやく察して、言い添えた。「羽賀さん、御足労を願えませんか」

「良かろう」

羽賀は仕方なさそうに笑いながら言った。さすがにこれだけ言葉を重ねられると、無下《むげ》に断るわけにもいかないと思ったのだった。

「俺様が、禽獣《きんじゅう》の如き同輩から、我が新徴組の姫様を御警固つかまつろうか」

三人は、夕暮れのなかを歩き出した。

……予想どおり、大川の川辺は大変な人混みだった。薄暮の中の影絵のように、人々がさざめきつつ、流れてゆく。混み合っているのは川面も同じで、岸から眼を転じれば、大尽たちの繰り出した屋形船や屋根船のその軒先で、提灯《ちょうちん》の灯りが揺れている。その脇を、船頭の竿《さお》に操られた猪牙舟《ちょきぶね》が、川面に映った灯りを波紋で乱しつつ、すり抜けてゆく。

吹き抜ける川の微風が、心地よかった。

琴たち三人は、混雑の中に隙間を見付け、佇《たたず》んだ。この頃の花火は、とっぷり暮れたらお月様やお星様に空を譲ろう、という江戸っ子らしい配慮から、夕刻の早い時間から始まる。ほどなく打ち上がるはずだった。と――。

墨色の空に白い尾を引いて、花火が打ち上がった。音とともに橙色の光を炸裂《さくれつ》させて、夜空を焦がす。頭上を仰ぐ観衆から、玉やぁ！　の声援が、どよめきのように上がる。

綺麗……、と琴は花火の色に頬を染められながら思った。

新徴組の長屋に入る前は馬喰町の公事宿《くじやど》に寄宿していたので、この花火を目にするのは初めてではない。けれど今宵は、格別に美しい。

ただ、一発一発の間隔は長い。〝上がる流星　星下り　玉屋がとりもつ縁かいな〟――間が開きすぎて男女の仲まで結ばれるほどだ、と歌われた所以《ゆえん》である。

「――小腹が空いたな。屋台でなにか、買ってきます」

琴は雄太郎がそう告げると、現実に引き戻された。

「……あの、羽賀さま？」

琴は、雄太郎が混雑に紛れて見えなくなると、口を開いた。

「うん？　なんだ、お琴」

羽賀は刀の柄を押し上げながら、琴を見た。背後の鞘《さや》を下げて誰かに当たるのを防ぐ為で、佩刀《はいとう》に触れれば恐縮せざるを得ない町人たちへの心遣い、心ある武士の嗜《たしな》みだった。

「その……、羽賀さまのお気持ちを知って、驚きました」琴は呟《つぶや》くように言った。

自分はいま、羽賀に対してとても残酷なことをしているのかもしれない、という自覚は琴にもあった。けれど――こうでもしなければ残ってしまう、と琴は思った。羽賀と自分、お互いに。けれど羽賀はこの先、自分とふたりだけになる機会があったとしても、決してこのことについて口にはしないだろう。友である雄太郎との絆《きずな》ゆえに。だからこそ、こうして雄太郎も承知したうえで、羽賀と話しておきたい、と思ったのだった。そうした琴の心情を理解したからこそ、雄太郎もまた、その場を離れたのだ。

「……羽賀さまが、わたくしのような粗忽《そこつ》な女子に寄せて下さった思し召しは、……大切に大切に、わたくしの心の筐底《きょうてい》に仕舞っておきます」

「そなたは美しい」羽賀は夜空に顔を向けたまま言った。「伝通院で土方殿を薙《な》ぎ倒す凜々《りり》しい姿を見たあの時から、ずっとそう思っていた。いつかそれを告げる好機が巡ってこぬかと思ってはいたのだが……。俺もこの性分だ、つい戯《ざ》れ言《ごと》ばかりになってしまった」

羽賀は琴に顔を向けた。その目には、いつものおどける色は、全くなかった。

「しかしもう、それも詮無《せんな》きことだな」羽賀は苦笑した。「だが、こうして率直にお主に伝えることが出来て、胸のつかえが下りた」

「わたくしも」琴も微笑を返す。

その時、どん、と音が響いて花火が上がった。四寸玉だろうか、夜空で開いた光の花は、しだれ桜のような曲線を輝きながら幾重にも描き、鍵やぁ！　とどよめく地上へと降り注ぐ。

「お待たせした」

花火の光で蜜柑《みかん》色に染まる人々の間から、雄太郎が戻ってきた。

「遅いぞ」羽賀が屈託のない表情で言った。「じゃじゃ馬娘を持て余していたところだ」

「まあ、ひどい」琴も羽賀の言いぐさに憤慨してみせる。

「どこも混んでいた」雄太郎も二人の様子を見て安心したのか、笑顔で言った。

雄太郎の差し出した竹皮の包みから、団子を一本ずつとって頬張りながら、琴たち三人は次の花火を待ち受ける。そして――。

花火がまた上がって、空を白く焦がしたとき、琴は団子の串を突き上げながら、腹の底から玉やぁ！　と叫んだ。

この時代の花火は、現代のそれからみれば橙色一色、それも放物線を描くだけの〝流星〟が主という、どちらかと言えば地味なものであっただろう。

けれどこの夜、雄太郎と羽賀とともに見上げた花火の鮮やかさは、琴の心に焼き付いて、終生、消えることはなかった。

それは第一に、翌年の慶応二年には、この両国での花火が行われなかったこと。

そしてなにより、この年の末、新徴組史上最大の悲劇に見舞われたからである。

上弦の月が中天から冴え冴えと照らし、瓦屋根が鈍く輝いている。

月明かりが夜の帳を淡い紺色に薄めるなか、神田明神に近い神田同朋町《どうぼうちょう》の町屋と、武家地の練塀に挟まれた往来を、新徴組の〝廻り〟が、二列の縦隊で進んでいた。

先頭を馬上でゆく指図役に率いられるのは、各々手にした提灯を物陰に向けて警戒しながら徒歩《かち》で従う、三番隊の組士五十名であった。

「皆、火の気にも注意せよ」肝煎役の指示が飛んだ。

先年来、江戸では小さな火事が頻発している。将軍不在とはいえ、――いや、むしろそれ故に市中取締に任ずる新徴組としては、厳重に取り締まらねばならない。将軍家茂は大坂で病臥したまま、長州征討は半年前と変わらず停滞していた。

「おっ、中村さん。どうかなさいましたか？」

六番組の列の中で、羽賀が同僚に声をかけた。その、中村と呼ばれた組士は、提灯を振り向けて軒下の闇を照らして確かめた後、ふと頭上の月を見上げて立ち止まり、それからまた歩き出したからだった。

「ははあ、もしや」羽賀がからかうように続ける。「月の丸みに、お長屋で待つ赤子の柔らかい頬でも、思い起こされましたか」

「馬鹿を言え」

冷やかされた中村常右衛門は、苦笑混じりに言い返した。否定はしたものの、三十になったばかりの精悍《せいかん》な顔が、少しだけ緩んでいる。中村は、今年になってようやく男の子を授かり、安太郎と名付けていた。

「子とは、それほどまでに可愛いものですか」

雄太郎が尋ねた。その問いに興味以上のものが含まれていたのは、……琴のことを意識したせいかもしれない。

「ああ、可愛いぞ。なんとしてでも、守ってやりたくなる」中村は今度は臆面《おくめん》もなく言った。「……千葉、お主の父もそうであっただろう」

「――はい」雄太郎はぽつりと答えた。

「これからもっと可愛くなるのでしょうね」羽賀が言った。「楽しみだな、中村さんの親馬鹿ぶりが」

「抜かせ」中村は小さく笑った。「だが、そうなるかもしれんな。子は可愛い盛りの一時で一生分の親孝行を済ませる、ともいうからな」

「千葉、聞いたか？」羽賀が可笑しそうに言った。「中村さんは、すでにお馬鹿さまになりかけておられるぞ」

「こら、口を閉じぬか」小頭が振り返って言った。「羽賀、お主は舌が回りすぎるぞ」

「はっ、面目次第もござらん。以後、自重致します故、何卒《なにとぞ》ご勘弁を――」

……先頭の指図役が物音に気付いたのは、その時だった。自らの乗馬とは違う、別の蹄《ひづめ》の音が近づいて来る。

「ん？」指図役は馬上から、月光が青く染めた路上を見透かした。

まだ離れてはいたが、前方から馬に乗った侍がこちらへ近づいて来る。府内で騎乗するとは、旗本かどこかの藩の重役であろうとは見当がついた。しかし、口取りの従者も連れず、馬乗り提灯にも灯がともっていない。不審には違いない。

指図役は隊列に止まるよう合図すると、念のために馬から下りた。

「お急ぎのところ、御免仕りまする。身どもは市中取締御用、庄内藩酒井家家中、新徴組の者どもにござる」

指図役は馬上の侍に声をかけた。「役儀によってお尋ねいたす。いずく方様でございますか」

侍は手綱を引いて馬を止めた。身なりから大身《たいしん》の旗本らしい。

もしここで、――この旗本が気持ち良く名乗り、〝大樹公ご進発の折、御府内取締の御役目、まことに御苦労〟とでもいえば、この後の展開はなかったであろう。だがこの旗本の平生はどうあれ、この時は、まともではなかった。愛妾宅《あいしょう》でしたたかに飲酒し、酩酊《めいてい》していたのである。

「なんだあ？　そのほうどもは……！」

旗本は陣笠の下で、熟柿《じゅくし》臭いしゃっくりとともに言葉を吐いた。

「酒井の〝どろぼう廻り〟ごときが、我ら徳川家《とくせん》のお旗本の足を止めてもよいと思うておるのか！　調子づくでないわ！」

「無礼は平にご容赦願いまする」指図役は忍耐強く言った。「されど身どもにも御役目がありまする。御名を――」

「ええい、うるさい！　どけ、目障りじゃ！」

旗本は手にした鞭《むち》を、びしり！　と馬の尻に当てた。驚いた馬は前足を振り上げ、甲高く嘶《いなな》き――。

三番隊の縦列に突進した。

紐の切れた数珠《じゅず》の玉のように、わっ、と路上を五番組の組士たちが散った。

「どけ、陪臣《またもの》が！　ま、た、ものどもが！」

旗本は濁った罵声《ばせい》を上げながら、鞭を滅茶苦茶に振り回し、五番組の組士たちを打擲《ちょうちゃく》する。

右往左往しつつも囲みを解かない組士たちが、旗本をさらに心地よく酔わせた。馬を乗り回して暴れながら、自らが元亀天正《げんきてんしょう》の頃の、それも敵陣に単騎斬り込んだ、勇壮な騎馬武者になったような気になっている。

……一方、五番組に続いていた六番組の雄太郎らには、指図役と乗馬の武士の間で問答が交わされているのは察せられたものの、いかに明るいとはいえ夜の帳に遮られて、詳しい様子までは見て取れなかった。

「なんだ、揉《も》め事か?」羽賀が背を伸ばして見透かしながら言った。

「さあ……、わからないが」

雄太郎が呟いた瞬間だった。警戒の叫びとともに五番組の組士たちが左右に開いた。そしてそこから、嘶きとともに馬が突っ込んできた。

「下がれ!」誰かが叫んだ。

咄嗟に跳びすさって避けた六番組組士たちの真ん中で、鞭を振り回し続ける旗本を乗せたまま馬は跳ね回り、前足で宙を搔く竿立《さおだ》ちと、後ろ足を蹴りだすのを繰り返した。

馬の足を喰らえば、ただでは済まない。それどころか――良くて大怪我、悪ければ……死ぬ。

「神保様!」肝煎役玉城織衛《たまきおりえ》が叫ぶ。「これ以上は、組士の者が――!」

「しかし、相手は御直参ぞ!」指図役も叫び返して、唇を嚙む。

そして、その間にも旗本と奔馬は——雄太郎と羽賀、そして中村常右衛門へと迫っていた。

「中村さん！」

雄太郎は羽賀とともに跳びすさり、紙一重で躍動する馬体を避け、叫んだ。旗本の馬は、地獄の釜の如く白い息を吹く鼻面を、中村に向けていた。

「羽賀、千葉！　来るな！」

中村は剣を抜き、振り上げつつ叫んだ。「手出しは——」

「中村さん！」

馬の尻を追って踏み出す雄太郎に、羽賀も当然のように続いた。

「雄太郎ぉっ！」

雄太郎と羽賀も躊躇《ためら》わず、剣を抜き放った。仲間を守るため——、なにより市中鎮静という新徴組の使命を全うするために。

空を蹴る奔馬の蹄を、中村が寸手で躱した次の刹那——天を突く三振りの白刃が月光に燦《きら》めく。三つの輝きは夜の大気を裂き、流星のような尾を引いて、暴れ馬のうえで鞭を振るう旗本の、左右の脇腹へと吸い込まれた。

があっ、と叫びを上げ、鞍上《あんじょう》の旗本の身体がぐらりと揺れる。そしてそのまま、積んだ俵が崩れたような、どさり、という音を立てて地面に転げ落ちた。

師走の冷えきった路上で仰向けになったたまま、旗本は動かなかった。粗暴な主のいなくなった馬も、組士に手綱を押さえられると、ようやく四肢を地面に落ち着けた。

「……なぜ、大身のお旗本が……このような真似を」

雄太郎が荒い息をつきながら、遺体を見下ろしていった。

「さあな」羽賀が不快そうに顔をしかめて答えた。「大方、大江戸名物〝悪旗本〟だったんだろうよ。ご身分を鼻に掛けてたんだろうが、喧嘩《けんか》の相手は選んで欲しいもんだぜ」

「お主ら、怪我はないか？」中村も息をつきながら言った。

ええ、と雄太郎と羽賀がうなずいた。中村にも怪我はなかった。

気がつくと、組士たちが三人と遺体の回りに集まり取り囲んでいる。雄太郎たちは血刀を拭《ぬぐ》って、鞘に納めた。

「やむなき仕儀とはいえ、お旗本の骸《むくろ》を路傍に晒《さら》しておくわけにはいくまい」

指図役は言って肝煎締役へと命じた。「誰かを辻番所に走らせよ。戸板と覆うものを持って来させよう」

組士が夜の静寂の中を駆けだして行った。それから程なく、やってきた町役人《ちょうやくにん》とともに届けられた戸板に旗本の遺体をのせ、筵をかけて安置した。

三番隊は所定の措置をとると、心得通りに〝廻り〟を再開し、その場を離れた。

雄太郎ら三人も含めて、三番隊組士の誰もが、大事とは感じていなかった。

大身の旗本だったとはいえ狼藉者《ろうぜき》には違いなく、彼等の職務執行法である〝新徴組規則〟に照らしても、なんら落ち度はなかったからだ。

「そうか、それは御苦労であったな」

そしてそれは、翌日になって報告を受けた神田橋役所でも、同様だった。御用部屋で報告に答えた松平権十郎の穏やかな声が、それを示していた。

庄内藩は新徴組も含め、老中から厳重な通達を再三再四、受けている。

〝悪行相働き候者は、見掛け次第に搦捕り《からめと》候に及ばず〟――〝身分柄にかかわらず斬り捨て苦しからず候〟と。

江戸市中の鎮静は、幕府にとっても喫緊の課題であったのである。

「組士の者どもに怪我人がなかったのは幸いであったが、……狼藉を働いたお旗本というのは」

「は、小普請組《こぶしんぐみ》、永島直之丞殿との由にございますな」

新徴組取扱頭取、田辺儀兵衛は特に昂《たか》ぶることもなく答えたが、これはいつものことだった。

「それにしても、御惣轄」菅秀三郎が少し苛立《いらだ》たしさを滲ませて言った。

「いかに御直参とはいっても、いささか横暴なお振る舞いが目に余ります」

この頃の旗本御家人、つまり幕臣は太平の世に狎《な》れきっている。俗にいう旗本八万騎、実数三万人程度のなかで有能な官吏はひとつかみ程度で、大半の者は官僚ですらなく、それどころか軍人ですらない、代々の禄を受け取るだけの存在に堕してしまっている。

菅にとっては、昨夜、三番隊に斬られた永島直之丞なる旗本が、その代表に思える。

将軍が長州征討に進発中というのに、将軍の親衛隊たる旗本が酩酊し、深夜の路上で酒乱の沙汰《さた》に及ぶとは何事か。――そんな思いがつい、口をついてしまったのだった。

さらに、江戸市中において町人に迷惑を掛ける者のなかで、公辺の者――つまり幕府関係者の割合は、実に多い。本来なら治安に貢献して然《しか》るべきにもかかわらず。

「ならば此度の一件」権十郎が言った。「旗本御家人の皆様にはすこし薬になったかもしれぬな。ひと一人の命が失われた、苦い薬だが」

「はい。御公儀からお褒めを賜るやもしれません」

菅もそう答えたが、田辺儀兵衛のみは、さて、と呟いて腕を組んだ。

「……田辺殿には、ご異見が？」菅は意外そうに尋ねる。

「左様でございますな。――まずは、事の見極めが肝要かと」

沈着な新徴組取扱頭取は韜晦《とうかい》しつつも、後の推移を予想していたのかもしれない。なぜなら事態は、権十郎らの予想しなかった激流となって、雄太郎や羽賀、中村の三人を飲み込もうとしていた。

〈下巻に続く〉

この作品は徳間文庫のために書下されました。

本書のコピー、スキャン、デジタル化等の無断複製は著作権法上での例外を除き禁じられています。本書を代行業者等の第三者に依頼してスキャンやデジタル化することは、たとえ個人や家庭内での利用であっても著作権法上一切認められておりません。

徳間文庫

緋《ひ》色《いろ》の華《はな》 新徴組《しんちょうぐみ》おんな組士《くみし》 中沢琴《なかざわこと》 上

© Mio Kurosaki 2019

2019年8月15日 初刷

著者 黒《くろ》崎《さき》視《み》音《お》

発行者 平野健一

発行所 東京都品川区上大崎三−一−一 目黒セントラルスクエア 〒141−8202
株式会社 徳間書店

電話 編集〇三(五四〇三)四三四九
販売〇四九(二九三)五五二一

振替 〇〇一四〇−〇−四四三九二

印刷 製本 大日本印刷株式会社

ISBN978-4-19-894490-2 (乱丁、落丁本はお取りかえいたします)

徳間文庫の好評既刊

黒崎視音

警視庁心理捜査官 上 下

このホトケはまるで陳列されているようだ……えぐられた性器をことさら晒《さら》すポーズ、粘着テープ、頭部からのおびただしい流血。臨場した捜査一課に所属する心理捜査官・吉村爽《さわ》子《こ》は犯人像推定作業（プロファイリング）を進めるが、捜査本部の中で孤立を深めていた。存在自体を異端視される中、彼女は徐々に猟奇殺人の核心に迫りつつあった。息をもつかせぬ展開、そして迎える驚愕の結末。

徳間文庫の好評既刊

黒崎視音

警視庁心理捜査官
KEEP OUT

警視庁の「心理応用特別捜査官」だった吉村爽子《さわこ》。世を震撼させた連続猟奇殺人事件を見事に解決したが、現場主義の組織と幾多の軋轢《あつれき》を生んだ。結果、爽子は強行犯係主任として所轄《ショカツ》署に異動となった。さらにアクの強い刑事たちとの地道な捜査活動の日々。だが、爽子の心理捜査官としての眼は、平凡に見える事件の思わぬ真相を決して見逃さなかった。

徳間文庫の好評既刊

黒崎視音

警視庁心理捜査官 KEEP OUT II
現着

文庫オリジナル

公安で培《つちか》った術《すべ》を駆使して解決のためならなんでもあり、捜査一課きっての実力行使派明日香《あすか》。わけあって所轄《しょかつ》署に飛ばされてもなお、冷静な分析で事件解決の糸口を見つける地味系心理捜査官爽子《さわこ》。男社会の警察で、眼の前の事件以外のものとも闘いながら、女だてらにと眉をひそめる男どもを尻目に、女だからこその度胸で難事件に立ち向かう——。本書のための書下し新作ほか極上の全三篇！

徳間文庫の好評既刊

黒崎視音
警視庁心理捜査官
公安捜査官　柳原明日香
女狐

書下し

視察、秘撮、秘聴……とりわけ追尾能力に異能を発揮する公安部第一課の柳原明日香は、その冷徹な仕事ぶりから〝公一の女狐《めぎつね》〟と畏れられていた。しかし、居並ぶ幹部の前で一本の秘聴テープを聴かされ愕然とする。自身の情事のあられもない喘ぎ声だった。ハニートラップ!?　一体だれが何のために？　降格され汚辱と屈辱にまみれた明日香は、自分を貶《おとし》めた者たちへの復讐を沈着冷徹に遂行する。

徳間文庫の好評既刊

黒崎視音

警視庁心理捜査官
捜査一課係長 柳原明日香

書下し

　斬りおとされた首は膝の上に乗せられていた。警察手帳を咥《くわ》えさせられて――。都内高級住宅地の公園で発見された警察官の惨殺死体。捜査主任は捜査一課第二特殊犯捜査第五係の柳原《やなぎはら》明日香《あすか》。公安時代は女狐《めぎつね》と恐れられた警部だ。犠牲者が身内ということもあり、上層部からのプレッシャーは凄まじい。手詰まりとなった明日香は心理捜査官《プロファイラー》として多摩中央署・吉村爽子《よしむらさわこ》の特別招集を決断するが…。